László Krasznahorkai

Krieg und Krieg

ROMAN

AUS DEM UNGARISCHEN
VON HANS SKIRECKI

2ba Kras

AMMANN VERLAG

Die ungarische Originalausgabe »Háború és háború« erschien 1999
bei Magvető in Budapest.

Die Übersetzung dieses Buches wurde durch
das Literarische Colloquium Berlin
mit Mitteln der Stiftung Pro Helvetia gefördert.
Der Verlag bedankt sich hierfür.

Der Himmel ist traurig.

I

Wie ein brennendes Haus

1 *Mich interessiert nicht mehr, daß ich sterbe,* sagte Korim, dann, nach einer längeren Pause, deutete er auf einen nahen Grubenteich: *Sind das dort Schwäne?*

2 Sieben Kinder hielten ihn umzingelt auf der Eisenbahn‚ überführung, im Halbkreis hockend, ihn regelrecht ge‚ gen das Geländer pressend, nicht anders als eine halbe Stunde zuvor, als sie ihn überfallen hatten, um ihn auszurauben, nicht anders, nur wollten sie es jetzt nicht mehr, weder ihn überfallen noch ihn ausrauben, denn sie hatten erkannt, einen wie den kann man zwar überfallen und ausrauben, aber es lohnt sich nicht, wahrscheinlich hat er tatsächlich nichts, und was er hat, ist eine unabsehbare Last, so daß sie, als sich dies an einem bestimmten Punkt seines wirren, stürmischen, doch für sie »eigentlich verdammt langweiligen« Monologs heraus‚ stellte, übrigens ungefähr an dem Punkt, wo er vom Verlust seines Kopfes zu reden begann, nicht aufstanden und ihm nicht den Rücken zukehrten wie einem Irren, sondern blie‚ ben, wo und wie sie waren, im Halbkreis hockend, reglos, ihres Vorhabens eingedenk, denn langsam wurde es Abend, und die in der Stille der Dämmerung herabsinkende Dunkelheit ließ sie verstummen, denn *dieser* starre, wortlose Zustand drückte ohnehin am tiefsten ihre Aufmerksamkeit aus, wel‚ che, nachdem Korim sich ihr entwunden hatte, nur noch ei‚ nen einzigen Gegenstand hatte: die Schienen da unten.

3 Niemand hatte ihn gebeten zu reden, sie hatten gewollt, daß er sein Geld herausgäbe, doch er gab es nicht heraus, vielmehr sagte er, er habe keins, und dann redete er, anfangs stockend, dann fließender, schließlich unaufhaltsam, und er redete, weil die Augen der sieben Kinder ihn erschreckten oder weil, wie er später selbst aufdeckte, sein Magen sich vor Furcht verkrampfte, und wenn die Furcht seinen Magen bedränge, sagte er, dann müsse er reden, unbedingt, zumal die Furcht nicht verflogen sei, habe er doch nicht wissen können, ob sie bewaffnet seien, so daß er dem Rededrang immer stärker erlag, dem Drang, ihnen alles zu erzählen, endlich jemandem, denn seit er sich heimlich – und im letzten Augenblick! – »auf die große Reise«, wie er sich ausdrückte, begeben habe, hatte er mit niemandem ein Wort gewechselt, nicht ein Wort, es wäre ihm zu gefährlich gewesen, und mit wem auch, stieß er doch unterwegs kaum auf irgendwen, der harmlos gewesen wäre und den er nicht zu fürchten gehabt hätte, denn für ihn war niemand harmlos genug, und er hatte jedermann zu fürchten, er sehe, hatte er gleich am Anfang gesagt, in jedem Menschen denselben, den nämlich, der, ob unmittelbar oder hintergrundartig, mit seinen Verfolgern in Verbindung stehe, in irgendeiner nahen oder ferneren, jedoch unbezweifelbaren Verbindung mit denjenigen, die seines Erachtens über jeden seiner Schritte unterrichtet seien, nur sei er eben schneller, erzählte er später, als sie, »mindestens um einen halben Tag« immer schneller, wenn auch die flüchtigen Siege der Zeitpunkte und Schauplätze ihren Preis hätten: kein Wort, wirklich, zu niemandem, erst jetzt und hier, aus Furcht, unter dem natürlichen Druck der Furcht immer wichtigere Territorien seines Lebens betretend und hiermit intime und immer intimere, tiefe und immer tiefere Einblicke gewährend, um sie damit zu bestechen, um sie für sich einzunehmen, um aus seinen Angreifern den Angreifer einfach

wegzuwaschen und um sie, alle sieben, zu überzeugen, hier hat sich einer nicht bloß ergeben, mit seiner Kapitulation eilt er den Angreifern gleichsam entgegen.

4 Teergeruch lag in der Luft, widerlicher, durchdringender, massiver Teergeruch überall, und da konnte auch der kräftige Wind nichts ausrichten, denn der Wind, der nicht Halt machte bis zu den Knochen, trieb den Geruch nur hoch und im Kreis, konnte ihn aber nicht gegen einen anderen einwechseln, denn in der ganzen Gegend, kilometerweit und hauptsächlich hier, zwischen der Mündung der von Osten kommenden und sogleich fächerartig auseinanderlaufenden Gleise und dem hinten sichtbaren Güterbahnhof, bestand die Luft aus ihm, diesem Teergeruch, von dem aber letztlich schwer zu sagen gewesen wäre, was er außer den Gerüchen nach Ruß und Rauch, nach Hunderten und Tausenden vorbeidonnernder Züge, nach schmutzigen Schwellen, Schotter und Schienenstahl noch alles in sich faßte, wenngleich zweifellos nicht nur sie, sondern auch andere, verborgenere, lediglich umschreibbare oder geradenwegs unbenennbare Elemente, darunter mit Gewißheit die ungeheure Last der menschlichen Vergeblichkeit, die ein von hier, aus der Höhe des Übergangs, zu erschreckender Ziel- und Zwecklosigkeit sich formierender, millionenfacher und brechreizerregender Wille in jenen Hunderten und Tausenden von Zügen einhertrug, wie ihn sicherlich auch der Schwebegeist der Ödheit, der Verlassenheit, der gespenstischen, betrieblichen Erstarrtheit speiste, der sich in Jahrzehnten allmählich hermetisch auf diese Landschaft gelagert hatte, in die Korim sich jetzt einzuordnen versuchte, er, der im Fliehen ursprünglich – unbemerkt, schnell und geräuschlos – nur zur anderen Seite hinüber gewollt hatte, um seinen Weg in Richtung auf das vermutete Zentrum der Stadt fortzusetzen, sich jetzt aber an

diesem zugigen, kalten Punkt der Welt einrichten mußte, um es so zu sagen, sich festhalten – Geländer, Gehwegkante, Asphalt, Metall – an aus Augenhöhe wichtiger erscheinen, den, sonst aber freilich zufälligen Einzelheiten, so daß her, nach eine Eisenbahnüberführung, diese hier, einige hundert Meter vor einem Güterbahnhof, von einem nicht existieren, den Segment der Welt zu einem existierenden Segment der Welt, zu einer wichtigen frühen Station seines neuen Lebens oder, wie er selbst es später ausdrückte, seines »Amoklaufes« werden sollte, eine Eisenbahnüberführung, über die er, wäre er nicht aufgehalten worden, blind hinweggeeilt wäre.

5 Es hatte urplötzlich begonnen, ohne Einleitung, Vorah, nung, Vorbereitung und Anlauf, genau in einem be, stimmten Augenblick seines vierundvierzigsten Geburtstags hatte die Erkenntnis zugeschlagen, und zwar gleich unsäglich schmerzhaft, ähnlich wie die sieben mitten auf der Überfüh, rung hier über ihn hergefallen seien, sagte er, ähnlich uner, wartet und unvorhersehbar, er habe damals, wie auch sonst zuweilen, am Fluß gesessen und keine Lust gehabt, gerade an seinem Geburtstag heimzugehen in die leere Wohnung, er saß da, und urplötzlich, erzählte er, wie ein Blitz, sei die Einsicht gekommen, großer Schöpfer, er verstehe das alles nicht, wehe, wehe, er habe von nichts eine Ahnung, Jesusmaria, die Welt sei nicht zu begreifen, und erschreckt habe es ihn schon, daß die Sache sich in seinem Inneren so Ausdruck verschaffte, auf diesem Niveau des Phrasenhaften, des Banalen, des ekelhaft Naiven, aber so war es nun mal, sagte er, auf einmal habe er sich, vierundvierzigjährig, als fürchterlich dumm gesehen, als leer und dusselig und vierundvierzig Jahre hindurch *ohne Verstehen* der Welt, und wie er sie, so seine Erkenntnis, am Fluß sitzend, nicht verstanden habe, so habe er das alles nicht verstanden, wobei am schlimmsten gewesen sei, daß er vier,

undvierzig Jahre lang alles zu verstehen geglaubt, jedoch gar nichts verstanden habe, das sei das schlimmste gewesen an sei⁄ nem Geburtstagsabend am Fluß, schlimm, weil mit dieser Erkenntnis kein Na⁄jetzt⁄kapier⁄ich⁄es⁄aber einhergegangen sei, weil er im Tausch für das andere nicht ein neues Wissen bekommen habe, wenngleich er doch an jenem Abend unge⁄ heuer tief an die Welt gedacht und sich abgequält habe, sie zu verstehen, aber es ging nicht, die Kompliziertheit wurde nur immer noch unübersichtlicher, er habe schon das Gefühl ge⁄ habt, diese Kompliziertheit sei der Sinn der Welt, mit deren Verständnis er sich so abquäle, daß die Welt also identisch sei mit ihrer Kompliziertheit, hier sei er angelangt und habe nicht aufgegeben, jedoch ein paar Tage später bemerkt, daß mit seinem Kopf allmählich etwas nicht mehr stimmte.

6 Da habe er seit langen Jahren schon allein gelebt, er⁄ zählte er den sieben Kindern, selber ebenfalls hockend im Novemberwind, der über die Überführung pfiff, den Rücken an das Geländer pressend, allein, denn seine Ehe sei wegen der Hermes⁄Affäre (mit einer Handbewegung deu⁄ tete er an, darüber werde er später berichten) in die Brüche gegangen, und danach habe er sich »in einer sehr heftigen Liebe total ausgebrannt«, weshalb er beschloß, nie wieder, nie mehr auch nur in die Nähe einer Frau, was natürlich keine absolute Isolation bedeutet habe, für die eine oder an⁄ dere schwere Nacht habe es immer Frauen gegeben, sagte Korim und sah die Kinder an, und bei allem Alleinsein sei er, natürlich seiner Arbeit im Archiv wegen, in Arbeitskon⁄ takten, seiner Nachbarn wegen in nachbarschaftlichen Kon⁄ takten, wegen des Verkehrs in Straßenkontakten, wegen der Einkäufe und der Kneipen in Einkaufs⁄ und in Kneipen⁄ kontakten mit den verschiedensten Menschen, letztlich also in der Nähe sehr vieler Menschen geblieben, wenn auch in

der fernsten Ecke dieser Nähe, ziemlich vieler, bis auch diese ausblieben, von der Zeit an im wesentlichen, als er im Archiv, im Treppenhaus, auf der Straße, beim Einkauf und in der Kneipe gezwungenermaßen zu berichten begonnen hatte, er glaube leider, er werde den Kopf verlieren, denn als sie verstanden, daß er es nicht bildhaft, nicht in übertragenem Sinn meinte, sondern so, wie er es sagte, also Kopf ab, bedauerlicherweise, höchstwahrscheinlich, da flohen sie vor ihm wie aus einem brennenden Haus, stürzten regelrecht davon, und sehr schnell war alles um ihn herum weg, er stand da wie ein brennendes Haus, begonnen hätten sie, sagte er, damit, daß sie sich von ihn zurückzogen, daß sie ihn im Archiv nicht mehr ansprachen, daß sie seinen Gruß nicht erwiderten und nicht am selben Tisch mit ihm aßen, bis sie ihm zuletzt, wenn sie ihn auf der Straße erblickten, auswichen, versteht ihr?, fragte Korim die sieben Kinder, sie seien ihm ausgewichen, das habe ihn am meisten geschmerzt, ergänzte er, mehr als das, was mit seinen Halswirbeln passiert war, gerade in diesem Zustand hätte er größtes Mitgefühl benötigt, sagte er, und ihm war anzusehen, daß er am liebsten bis in die kleinstmöglichen Details hinein weitergeredet hätte, wie andererseits den Kindern anzumerken war, zum einen Ohr rein, zum anderen raus, denn die sieben Kinder hätten zu alledem sowieso nichts mehr gesagt, es interessierte sie nicht, besonders von dem Punkt an, wo »der Typ vom Verlust seines Kopfes anfing«, wie sie später anderen berichteten, »Murks«, sagten sie und wechselten Blicke, das älteste nickte den anderen einvernehmlich zu, was ungefähr bedeutete, »lassen wir das, lohnt sich nicht«, dann hockten sie wieder nur wortlos da und beobachteten die Mündung der Gleise, zuweilen, wenn unter ihnen ein Güterzug vorüberratterte, fragte das eine oder andere, wie lange noch, woraufhin ein anderes, immer dasselbe, blonde, neben dem ältesten, auf seine Uhr sah und lediglich sagte, es werde schon Bescheid geben, wenn die Zeit gekommen sei, und bis dahin: Klappe halten.

7 Hätte Korim gewußt, daß die Entscheidung, und zwar diese, gefallen war, und hätte er bemerkt, wie sie sich zunickten, dann freilich wäre nichts so gekommen, wie es kam, aber er wußte es nicht, da er es nicht bemerkte, und bei sich deutete er die Dinge sichtlich gar nicht so, wie sie waren, für ihn nämlich wurde die Lage – hier im Wind zu hocken mit diesen Kindern – immer beunruhigender, weil nämlich nichts passierte und nichts sich herausstellte, was sie tatsächlich wollten und ob sie überhaupt etwas wollten, er selbst mußte es sich erklären, warum sie ihn nicht wegließen oder nicht allein hierließen, da er sie doch überzeugt hatte, kein Geld zu haben, da das ganze also unnütz war, eine Erklärung mußte her, und er fand sie auch, jedoch fand er aus der Sicht der sieben Kinder nicht die richtige Erklärung, denn für ihn, der genau wußte, wieviel Geld in den rechten Ärmel seiner Jacke eingenäht war, gewann diese Reglosigkeit und Stummheit, wie sie nichts machten und wie nichts geschah, immer stärker und furchteinflößender an Bedeutung, statt in Anbetracht seiner Person zunehmend an Bedeutung zu verlieren, weshalb er in der ersten Hälfte eines jeden Augenblicks bereit war, aufzuspringen und davonzulaufen, um in der zweiten Hälfte desselben Augenblicks dann doch zu bleiben, als wollte er genau das, und zu reden, als sei er noch beim Anfang der Dinge, bereit also sowohl zur Flucht als auch zum Bleiben, wobei er sich stets für das Bleiben entschied, aus Furcht allerdings, ließ er sie doch wiederholt wissen, wie wohltuend es für ihn sei, endlich gehört zu werden in einem so vertraulichen Kreis, wo auch er etwas zu sagen, eigentlich sogar verblüffend viel zu sagen habe, denn wenn er es sich recht überlege, sagte er, sei es verblüffend im wortwörtlichen Sinn, was

alles erzählt werden müsse, damit klar werde, am Mittwoch, beziehungsweise, so genau wisse er momentan nicht, vor wie viel, aber etwa vor dreißig bis vierzig Stunden sei der schicksalhafte Tag gekommen, an dem er verstand, er müsse wahrhaftig »die große Reise« antreten, an dem er verstand, daß für ihn alles, vom Hermes bis zum Alleinsein, in eine einzige Richtung laufe, an dem er verstand, daß er im Grunde genommen schon unterwegs war, denn alles habe sich geordnet und alles sei eingestürzt, habe sich *vor ihm* geordnet und sei *hinter ihm* eingestürzt, wie es ja, sagte Korim, bei »großen Reisen« dieser Art der Ordnung der Dinge zufolge höchstwahrscheinlich zu sein pflege.

8 Nur über den Treppen brannte je eine Lampe, im wieder und wieder zustoßenden Wind Licht in trostlosem, fröstelndem Kegel spendend, zwischen den beiden waren auf den gesamten dreißig Metern Länge der Überführung alle Neonlampen herausgeschlagen, so daß dorthin, wo sie hockten, keinerlei Helligkeit drang, dennoch nahmen sie einander genauestens wahr, wie sie auch die ungeheure dunkle Masse des Himmels wahrnahmen, den Himmel, der jetzt diese ungeheure dunkle, sternenvibrierende Masse seiner selbst in der unten ausgebreiteten, riesigen Eisenbahnlandschaft widergespiegelt hätte sehen können, wenn zwischen seinen vibrierenden Sternen und dem stumpfen Rot der unzähligen zwischen die Gleise gestreuten Signale eine Verbindung möglich gewesen wäre, doch eine solche Verbindung gab es nicht, denn es gab keine gemeinsame Ordnung und keinen gemeinsamen Zusammenhang, nur eine eigene Ordnung und einen eigenen Zusammenhang oben und unten und überall, da Sternen- und Signalwald blind aufeinander schauten, und blind füreinander waren alle großen Lehrsätze des Daseins, blind das Dunkel und blind das Strahlen, auch blind die Erde und blind

der Himmel, auf daß solcherart schließlich im verlorenen Blick einer höheren Sicht eine tote Symmetrie der Weite und Breite entstehe, mit einem winzigen Fleck mittendrin freilich: Korim ... auf der Überführung ... und die sieben Kinder.

9 Der ist total irre, erzählten sie tags darauf jemandem aus der Gegend, ein Irrer, total, absolut, einfach ein beklopp⟨ter Idiot, sagten sie, den man wohl doch besser irgendwie hätte killen müssen, denn bei solchen weiß man nie, ob sie nicht doch auspacken, immerhin hat er von allen das Gesicht gesehen, setzten sie dann, wieder unter sich, hinzu, vielleicht hatte er sich gemerkt, welche Kleidung, Schuhe und so weiter sie an jenem späten Nachmittag trugen, ja, das sahen sie tags darauf ein, sie hätten ihn killen müssen, nur hatte daran keiner rechtzeitig gedacht, alle hatten seelenruhig auf der Überfüh⟨rung gehockt, weil unten ja alles ordentlich vorbereitet war, sie hatten nur ins Dunkel über der Gleiseinmündung gegafft und auf das erste Zeichen des Sechsachtundvierzigers aus der Ferne gewartet, um dann aber sofort zum Damm hinunterzu⟨rennen und ihre Plätze im Gestrüpp einzunehmen, dann sollte der Tanz losgehen, also niemand, sagten sie, niemand habe daran gedacht, daß das Spiel diesmal auch anders enden könnte, anders, nämlich mit vollem Sieg, mit dem größten, dem perfekten Treffer, also dem Tod, in welchem Fall so ein Typ, na klar, eine Gefahr darstelle, der kann alles ausquat⟨schen, sagten sie, völlig unerwartet und hochhysterisch den Bullen alles ausquatschen, und das hatte sich deshalb so erge⟨ben, und sie hatten deshalb solche Schlüsse gezogen, weil sie einfach nicht hinhörten, nein, sonst hätte ihnen aufgehen müssen, daß er wahrhaftig keine Gefahr für sie darstellte, wußte er doch später nicht einmal, ob hier gegen sechs acht⟨undvierzig überhaupt etwas passiert war, da er immer tiefer in seine Furcht und der Furcht wegen in sein Erzählen getaucht

war, welches, wozu es leugnen, vom ersten Augenblick an tat￫
sächlich keinerlei Struktur hatte, nichts, womit er Aufmerk￫
samkeit auf sich hätte ziehen können, nur Rhythmus und …
Gedrängtheit, da alles gleichzeitig erzählt werden wollte, was
er in sich trug, was ihm widerfahren war, was er erkannt hatte,
und wie sich alles an jenem gewissen Mittwochmorgen zu ei￫
nem Ganzen geformt hatte, vor dreißig oder vierzig Stunden,
zweihundertzwanzig Kilometer von hier entfernt, in einem
Reisebüro, gerade, als er an der Reihe gewesen wäre mit seiner
Frage nach dem nächsten Zug nach Budapest und dessen
Preis, als er also am Schalter plötzlich das Gefühl hatte, *danach*
dürfe er *hier nicht fragen*, und gerade da habe er in der Spiege￫
lung des Schalterglases etwas gesehen, zwei Angestellte der
Kreis￫Psychiatrie nämlich, maskiert als menschliche Idioten,
zwei sogenannte Fürsorgerinnen, die ihre simple Aggressivität
noch durch die Poren der Haut ausschwitzten, hinten, an der
Eingangstür.

10 Die Leute von der Kreis￫Psychiatrie, sagte Korim,
hätten ihm das nie erklärt, weswegen er angefangen
habe, dorthin zu gehen, und zwar, wie denn nun das ganze
System vom ersten Halswirbel bis zum Ligamentum funktio￫
niere, sie erklärten es ihm nicht, und das nicht etwa, weil sie es
nicht wußten oder davon nichts verstanden oder in ihren
Köpfen eine unbeschreibliche Finsternis herrschte, anfangs
gafften sie ihn nur an wie Kälber ein neues Tor, und später ta￫
ten sie, als wäre die Frage an sich dumm und zugleich Zei￫
chen und sinnfälliger Beweis seiner Verrücktheit, allein
schon, daß er ihnen mit so etwas komme, mit einem kaum an￫
gedeuteten Nicken sahen sie sich bedeutungsvoll an, das ist
schon vielsagend genug, nicht wahr, dann redeten sie darüber
hinweg, was natürlich zur Folge hatte, daß er diesbezüglich
keine Fragen mehr stellte, sondern, unerschütterlich das Pro￫

blem auf den Schultern weiter mit sich herumschleppend, daranging, selbst herauszubekommen, was denn nun zwischen dem ersten Halswirbel und diesem gewissen Ligamentum los sei und wie also nun das kritische Zusammenpassen zwischen ihnen aussehe, seufzte Korim, wie es sich also verhält, ist sein Schädel nun einfach *draufgesetzt* auf den obersten Wirbel des Rückgrats, er habe sich das schon seinerzeit durch den Kopf gehen lassen, sagte er jetzt, daß seine Hinterhauptknochengelenke ja in seinen ersten Hauptwirbel eingekeilt seien, und er habe schon damals darüber nachgedacht, daß sein Schädel mittels Ligamenten an seinem Rückgrat befestigt sei und dieses *das Ganze* halte, schon bei der bloßen Vorstellung des Bildes seines Inneren sei es ihm kalt über den Rücken gelaufen, und kalt über den Rücken laufe es ihm auch heute, denn ihm sei schon nach ziemlich kurzer Prüfung und ziemlich kurzer Selbstbeobachtung klargeworden, daß dieses Zusammenpassen zu den hauchfeinsten, empfindsamsten, verletzlichsten und schutzlosesten im Organismus gehöre, daß folglich hier der Grund zu suchen sei, denn bei diesem Zusammenpassen hat es angefangen, stellte er fest, und bei ihm endet es auch, denn wenn die Röntgenärzte außerstande waren, aus den Aufnahmen etwas herauszulesen, und so war es ja, dann bestand für ihn kein Zweifel, nachdem er sich einigermaßen auch in die tiefere Prozedur des Untersuchens und Selbstbeobachtens eingearbeitet hatte, daß der Schmerz, jawohl, hier dingfest zu machen war, an diesem Verknüpfungs-, diesem Einkeilungspunkt, an diesem Zusammentreffen von erstem Halswirbel und Hinterhauptknochen, auf das nun selbstverständlich alle Aufmerksamkeit zu konzentrieren gewesen sei, oder auf die Ligamente, das habe er damals noch nicht genau gewußt, das noch nicht, was er aber genau gewußt, was er von Tag zu Tag, von Woche zu Woche, von Monat zu Monat durch zunehmende Hals- und Rückenschmerzen hindurch eindeutig wahrgenommen habe, das sei, daß der Prozeß begonnen habe und unhemmbar seinen Fort‚ gang nehme, und objektiv betrachtet, sagte er, führt der Pro‚ zeß unaufhaltsam zum endgültigen Aus des Verhältnisses zwischen dem Schädel und dem Rückgrat, letzten Endes also – *keineswegs symbolisch gesprochen*: warum auch? sagte Korim und deutete auf seinen Hals, soll ein dünnes kleines Stück‚ chen Haut den halten? –, unvermeidlich zum Verlust des Kopfes.

11 Ein, zwei, drei, vier, fünf, sechs, sieben, acht, neun Schienenpaare führten unter der Überführung hin‚ durch, und die sieben Kinder konnten eigentlich nichts weiter tun, als sie zusammenzuzählen, deshalb wanderten ihre Blicke immer wieder durch das vom Licht der Signale kaum durchdrungene Dunkel zur Mündung hin, sonst nichts wei‚ ter, während sie warteten, daß endlich der Sechsachtundvier‚ ziger in der Ferne auftauchte, denn die Spannung, die ihnen ins Gesicht geschrieben stand, bezog sich auf nichts anderes mehr als auf den Sechsachtundvierziger, der Typ nämlich, wie sie Korim nach den ersten Versuchen in ihren Erlebnis‚ berichten am Tag darauf endgültig tauften, und die mit ihm verbundenen Hoffnungen, die Wartezeit werde schneller ver‚ gehen, wenn sie ihn ausraubten, hätten sich schon eine Vier‚ telstunde, nachdem sie ihn gestellt hatten, von selbst erledigt, und auch wenn sie es gewollt hätten, wären sie nicht fähig ge‚ wesen, irgend etwas von seinem mehr und mehr ausufernden, nicht enden wollenden Monolog aufzunehmen, den er hier, in ihrer Mitte ans Geländer gedrängt, unaufhaltsam abspulte, so berichteten sie tags darauf, sie hätten einfach abgeschaltet, sagten sie, anders wäre es gar nicht auszuhalten gewesen, nur so, mit total abgeschaltetem Kopf, wäre er nämlich einge‚ schaltet geblieben, setzten sie hinzu, hätten sie ihn schon kil‚

len müssen, um nicht den gesunden Verstand zu verlieren, aber leider hätten sie also der nüchternen Vernunft zuliebe ab, geschaltet, weshalb andererseits auch das geplante Filzen weg, fiel, das aber nicht hätte wegfallen dürfen, warfen sie einander vor, Mist, daß es so gekommen ist, wiederholten sie mehrmals, denn normalerweise wußten sie am besten, was passiert, wenn ein Zeuge wie der nicht völlig verschwindet, ganz zu schwei, gen davon, daß für sie, die sich in den ernstzunehmenden Stadtbezirken allmählich einen Namen als »Pulsaufschnei, der« machten, die Aufgabe im Grunde genommen weder neu noch besonders riskant gewesen wäre.

12 Was über ihn hereinbrach, sagte Korim und schüt, telte, immer noch ungläubig, den Kopf, sei anfangs geradezu unbegreiflich und geradezu unerträglich gewesen, denn als er sah und feststellte, wie kompliziert die Dinge la, gen, habe er nach der ersten Konfrontation zuallererst in einer kurzen Runde mit seiner »krankhaft hierarchischen Weltan, schauung« abrechnen, die »falsche Pyramide« stürzen und sich von der außerordentlich wirkungsvollen, aber überaus kindlichen Fata Morgana des sicheren Bescheidwissens be, freien müssen, die Welt sei ein nicht mehr steigerbares Gan, zes, und dieses Ganze besitze einen ewigen Bestand und ewige Beständigkeit und innerhalb dieses ewigen Bestands und ewiger Beständigkeit eine einheitliche Struktur, einen strengen Zusammenhang seiner Elemente, sowie das Gesamt, system eine bestimmte Richtung, Entwicklung, Progression und Geschwindigkeit, will sagen, einen hübschen, runden Inhalt, zu alledem habe er tatsächlich schon ganz am Anfang ein für allemal nein sagen müssen, um dann erheblich später, sagte er, ungefähr vor dem hundertsten Schritt, zu korrigie, ren, was er anfangs als Abrechnung mit dieser hierarchischen Denkweise bezeichnet hatte, doch diese Korrektur und Ab,

rechnung sei nicht erforderlich gewesen, damit er diese zur Pyramide angewachsene, ihren eigenen Sinn nicht leugnende Weltordnung als irreführend und falsch für immer verliere, denn er habe, sagte er, merkwürdiger-, sehr merkwürdiger- weise nichts verloren, vielmehr zeigte sich, daß jener Geburts- tagsabend zum Ausgangspunkt nicht eines Verlustes, son- dern eines Gewinns werden sollte, und zwar eines fast unbegreiflichen, fast unerträglichen Gewinns, denn dort, in dem langsamen Prozeß zwischen dem Flußufer und dem hundertsten Schritt des inneren Ringens, habe sich mittels der Erkenntnis ihrer ungeheuren Kompliziertheit von der Welt zwar herausgestellt, daß es sie nicht gibt, jedoch auch, daß es alle auf sie bezügliche Gedankengänge sehr wohl gibt und daß sie in ihren tausend und abertausend Varianten nur so existiert: als tausend und abertausend Vorstellungen des sie, die Welt, beschreibenden menschlichen Geistes, also, sagte er, als bloßes Wort, als über den Wassern schwebendes Wort, ihm sei, setzte er hinzu, auf einmal also klargeworden, daß so zu denken falsch war, daß Voraussetzung des Richtigen die Wahl des Richtigen ist, da wir nicht wählen müssen, sondern Ruhe finden, nicht wählen zwischen Richtigem und Fal- schem, sondern uns damit abfinden, daß nichts uns überlas- sen ist, begreifen, daß die Richtigkeit keines einzigen großen Gedankensystems von seiner Wahrheit abhängt, denn woran sie messen?, sondern von seiner Schönheit, und diese Schön- heit löst den Glauben aus, diese Schönheit sei: richtig – das geschah, sagte Korim, zwischen jenem Geburtstagsabend und dem hundertsten Schritt des Grübelns, es kam das Ver- ständnis der unermeßlichen Bedeutung des Glaubens, es kam die erneute Erkenntnis des alten Wissens, daß die Welt von dem auf sie bezüglichen Glauben erschaffen und erhalten wird und das Erlöschen dieses Glaubens an sie abschafft, was zur Folge habe, sagte er, daß sofort ein ganz und gar lähmender, ungeheurer Reichtum über sie hereinbricht, ja, und von da an habe er gewußt, daß alles Gewesene auch heute ist und daß er sich unerwartet an einen gewichtigen Ort verirrt habe, von dem aus deutlich zu sehen sei, oh, nun, wie solle er es nur sagen, seufzte er, daß zum Beispiel ... Zeus immer noch existiert und wie er, alle Götter des Olymps leben, daß es im Himmel immer noch Jahve und den Herrn gibt und hinter uns alle Gespenster der Winkel, daß wir uns nicht ängstigen müssen und uns ängstigen müssen, weil nichts spurlos verlorengeht, da das, was nicht ist, ebenso sein System hat wie das, was ist, und daß es immer noch Allah und den rebellischen Fürsten und sämtliche toten Sterne des Himmels gibt, es gibt aber auch die bloße Erde mit ihren gottlosen Gesetzen wie auch die schreckliche Tatsache der Hölle und das dämonische Reich: Wirklichkeit, tausend und abertausend Welten, sagte Korim, jede nach einer eigenen – erhabenen oder erschreckenden – Ordnung, tausend und abertausend, und er erhob die Stimme, in einem einzigen fehlenden Zusammenhang – so habe er damals über die Dinge gedacht, erzählte er, und als er, hier angelangt, diese grenzenlose Fülle des Daseins wieder und wieder nachvollzogen habe, da habe mit seinem Kopf etwas begonnen, über dessen voraussagbaren Ausgang er vorhin schon berichtet habe, vielleicht habe er diesen Reichtum nicht ertragen, diese gewisse Unerschöpflichkeit der Götter und der Vergangenheit, letztlich wisse er es nicht, bis zum heutigen Tag sei ihm nicht klar, wie es denn eigentlich begonnen habe, auf jeden Fall aber plötzlich und parallel zu den Schmerzen am Hals und im Rücken, daß er Dinge vergaß, wahllos, nach keiner Regel und blitzschnell, erst nur, wohin er den Schlüssel getan habe, den er gerade noch in der Hand gehalten hatte, und auf welcher Seite er gestern zu lesen aufgehört habe, dann, was vor drei Tagen, an einem Mittwoch, vom Morgen bis zum Abend geschehen war, hiernach das

Wichtige, das Dringliche, das Langweilige und das Nichtige, zuletzt, sagte er, habe er sogar den Namen seiner Mutter, den Geruch der Pfirsiche vergessen, die vertrauten Gesichter, woher sie vertraut waren, die Verrichtungen, daß er sie längst vollzogen hatte, kurz und gut, sagte er, allmählich sei ihm alles entfallen, die ganze Welt, Stück für Stück, jedoch auch hier, auch diesmal ohne Zusammenhang und Sinn, als genüge immer noch, was übrigbleibe, oder als sei ständig irgend etwas wichtiger als das, was eine höhere, unverständliche Kraft ihn zu vergessen nötige.

13 *Irgendwie habe ich wohl vom Wasser der Lethe getrunken,* meinte Korim und zog, während er verzagt den Kopf schüttelte, wie um anzuzeigen, daß er die Umstände, unter denen sich das alles vollzogen hatte, wahrscheinlich nie erfahren werde, eine Schachtel Marlboro aus der Tasche: *Hat jemand Feuer?*

14 Alle waren sie ungefähr gleichen Alters, das jüngste Kind elf, das älteste vielleicht dreizehn oder vierzehn, und alle führten sie wenigstens eine Rasierklinge in einem Futteral mit sich, beziehungsweise sie führten sie nicht nur mit sich, sie konnten die eine, die sie »Simpla« nannten, oder auch die drei, die »Vorrat« hießen, perfekt handhaben, und jedes der Kinder wäre fähig gewesen, sie im Bruchteil einer Sekunde zu zücken und zwischen zwei Fingern verborgen in der Hand zu halten, mit keiner Wimper zuckend und den Blick ruhig auf das Opfer richtend, um dann, wenn es gerade an der Reihe war, mit einer flinken Bewegung die Ader am Hals zu treffen – das war es, was sie am besten beherrschten, besonders zusammen, zu siebt und gleichzeitig, das machte sie beispiellos gefährlich, so daß sie in der Tat bereits einen gewissen Ruf hatten, natürlich hatten sie es geübt, bis sie

soweit waren, geübt nach einem exakten Plan und an stetig
wechselnden Schauplätzen, vielhundertmal, bis es klappte
mit unnachahmlicher und unüberbietbarer Geschwindigkeit
und Harmonie, um dann weder miteinander noch mit anderen darüber zu sprechen, niemals mehr, denn von der Zeit an,
als sie es fehlerfrei beherrschten und bei einem Überfall ohne
ein Wort feststand, wer im gegebenen Fall den Schritt nach
vorn machte und wer in welcher Ordnung hinten blieb, war
Prahlerei nicht mehr angebracht, darüber konnte man einfach
nicht reden, so perfekt war das Zusammenwirken, zudem erstickte ihnen das bei solchen Gelegenheiten hervorsprudelnde
Blut das Wort im Hals, es machte sie stumm, diszipliniert
und ernst, in einem gewissen Sinn sogar sehr ernst, was sie
übrigens durchaus belastete, sie brauchten also etwas, das sie
spielerischer, zufälliger, also mit einigem Risiko zum Tod geleitete, denn den suchten sie, allesamt, es hatte sich so ergeben,
der interessierte sie, deshalb kamen sie hierher, das war der
Grund, daß sie so manchen Nachmittag hier verbrachten,
zum eigenen Vergnügen und seit Wochen, Nachmittage und
frühe Abende.

15 In der Bewegung, sagte Korim am Tag darauf im
Malév-Büro, lag nichts Zweideutiges, und es wirkte
ganz normal und alltäglich, wie er nach der Zigarettenpak-
kung gegriffen habe, harmlos und ungefährlich, eigentlich
improvisiert, wie ein plötzlicher Einfall, daß sich mit dieser
freundschaftlichen Geste vielleicht ein wenig von der Spannung ableiten lasse, ein einfacher Versuch, mit dem Anbieten
von Zigaretten rundherum seine Situation ein wenig zu er-
leichtern, also tatsächlich, sagte er, so war es, er übertreibe
nicht, er habe mit allem gerechnet, nur damit nicht, daß auf
seiner mit der Marlboroschachtel aus der Tasche genomme-
nen Hand auf einmal, am Gelenk, eine andere Hand lag, die

das Gelenk aber nicht umklammerte wie eine Handschelle, sondern es lähmte, und im nächsten Moment habe er Wärme am Handgelenk verspürt, erzählte er am Tag darauf, immer noch verwundert, auf einmal seien die Muskeln schwach geworden, aber nur diejenigen, die die Marlboroschachtel hielten, und währenddessen sei kein Laut zu hören gewesen, mit Ausnahme des unmittelbar neben ihm hockenden Kindes, das, seine Bewegung mißverstehend, mit akrobatischer, regelrecht atemberaubender Geschicklichkeit zugeschlagen habe, sie hätten nicht mit der Wimper gezuckt und nur die fallende Marlboroschachtel angesehen, das eine habe sie dann aufgehoben und eine Zigarette herausgenommen, darauf habe es die Packung weitergereicht, und so ging sie reihum, während er, Korim, so getan habe, als wäre überhaupt nichts, als wäre nur ein ganz winziges, lächerliches und nicht erwähnenswertes Malheur passiert, dem er keine Bedeutung beimaß, er habe mit der *schuldlosen* Hand instinktiv das blutende Gelenk umfaßt, aber das Geschehene nicht gleich verstanden, bis er allmählich begriff, und nun habe er den Daumen auf die kleine Wunde gedrückt, denn mehr war es nicht, erzählte er, ein klitzekleiner Schnitt, und als sich das bei solchen Gelegenheiten aufkommende Trommeln und Hämmern und Lärmen in seinem Kopf zu legen begann, überflutete seinen Kopf eine kühle Gelassenheit, ähnlich wie das Blut zuvor sein Handgelenk, das heißt, behauptete er energisch, er sei überzeugt gewesen, nun würden sie ihn töten.

16 Die Arbeit im Archiv, sagte er, nachdem auch in der Hand des letzten Kindes eine Zigarette glimmte, oder ob er besser sagen solle, sagte er mit bebender Stimme, seine persönliche Arbeit dort habe wahrhaftig nicht zu denjenigen Arbeiten gehört, die den Menschen zerbrechen, herabwürdigen, ausbeuten und aufzehren, nein, in seinem Fall

könne davon nicht die Rede sein, er müsse sogar feststellen,
daß »nach der betrüblichen Wendung in seiner Rolle unter
den Menschen« gerade sie für ihn die erste und alleinige Zuflucht sowohl im pflichtgemäßen als auch im freiwilligen, also
außerhalb der Arbeitszeit vollzogenen, persönlichen Tun geworden und geblieben sei, wegen einer grundlegenden und
für ihn schicksalhaften Erkenntnis aus den letzten Monaten
nämlich: daß die Geschichte nicht der verbitterndste, sondern wohl der vergnüglichste Beweis für die Unzugänglich-
keit der Realität ist, alles, was er als Lokalhistoriker für die
Klärung, Erschaffung und Pflege der Geschichte getan habe,
erhebe ihn in die außerordentliche Gnade der Freiheit, denn
als er sich nun Klarheit darüber verschafft habe, daß diese
Geschichte ein merkwürdiges, hinsichtlich ihres Ursprungs
zufälliges und in bezug auf ihr Ziel nur zynisch beschreib-
bares Gemisch aus Realitätserinnerungen, menschlichen Kennt-
nissen und Vorstellungen von der Vergangenheit, aus Wissen
und fehlendem Wissen, Ablehnung, Lüge, Übertreibung,
richtigen und falschen Daten und Deutungen, Suggestion
und Steuerung hinlänglich vieler Überzeugungen in eine
Richtung darstellt, war die Arbeit im Archiv oder, wie
sie vor Ort genannt wurde, die *Niveaueinordnung* des Schrift-
materials in allen ihren Spielarten in der Tat die Freiheit
selbst, war es doch *einerlei, womit* er sich beschäftigte, einerlei,
ob mit der Einordnung aufs allgemeine, aufs mittlere oder aufs
Stückniveau oder mit der Fonds- und Bestandsverzeichnis-
pflege, was er auch tat, wohin er auch langte in diesem Archiv mit seinen knapp zweitausend laufenden Metern Schriftstücke, er hielt damit immer die Geschichte in gutem Stand,
während er bei der Realität andauernd danebengriff, wenn er
sich so ausdrücken dürfe, doch daß er davon wußte, während
er es tat, schenkte ihm die unbedingte Gewißheit des Nicht-
behelligtwerdens und der Unverrückbarkeit, in gewissem

Sinn sogar der Unantastbarkeit als ein Mensch, der einsieht, daß überflüssig ist, was er macht, weil sinnlos, aber auch, daß dieses Überflüssige und Sinnlose eine rätselhafte, unnach﹣ ahmliche Süße habe – ja, sagte er, ohne Zweifel, er habe sich durch seine Arbeit also in die Freiheit erhoben, leider aber nicht in die genügende Freiheit, denn nachdem er in den letz﹣ ten Monaten vom Exzeptionellen dieser Freiheit gekostet habe, sei sie ihm sogleich zu knapp bemessen gewesen, und er habe begonnen, nach der allergrößten Freiheit zu lechzen und zu gieren, er habe zu überlegen begonnen, was er dafür tun, wohin er sich ihretwegen wenden müsse, ihn habe also fortan im Archiv die Frage gequält, wo diese allergrößte Freiheit sein mag.

17 Das alles, diese seine ganze Geschichte, führe weit in die Vergangenheit zurück, sagte Korim, bis zu dem Zeitpunkt, als er zum erstenmal erklärt habe, daß sie in einer total verrückten Welt aus ihm einen normal Verrückten ma﹣ chen wollten, das nun wirklich nicht, zwar wäre es Blödsinn gewesen zu bestreiten, daß über kurz oder lang natürlich alles »darauf hinausläuft«, daß also früher oder später wirklich et﹣ was in dieser Art eintreten werde, das Verrücktwerden näm﹣ lich, das war schon damals klar, aber bis dahin sei noch dies und jenes zu erwarten, im Verrücktwerden, sagte er, sehe er übrigens keine unheilvolle, keine schon lange vorher bedrük﹣ kende Drohung, vor der man zittern müsse, keineswegs, er habe davor keinen Augenblick lang gezittert, es sei einfach so, erklärte er den sieben Kindern, daß bei ihm eines Tages »die Sicherung durchgebrannt« sei, denn wenn er jetzt zurück﹣ denke, habe seine Geschichte eigentlich nicht mit dem er﹣ wähnten Flußufer begonnen, sondern wesentlich früher, als ihn urplötzlich eine bislang unbekannte, in ihrer Tiefe völlig unbekannte und sein gesamtes Wesen in den Grundfesten

erschütternde Verbitterung erfaßt hatte, als er von einem Tag
auf den anderen gewahr wurde, daß er sehr, daß er äußerst
verbittert war, und zwar, wie er es für sich damals formuliert
habe, »über den Zustand der Welt«, und dies sei nicht die
Folge einer rasch gekommenen und rasch gegangenen Stimmung gewesen, sondern, nun ja, ein ungeheuer scharfes Aufblitzen, sagte er, das sich ihm für immer eingebrannt habe,
blitzartig habe er erkannt, daß in der Welt nichts *Edles* mehr
existiere, wenn es auch früher existiert habe, er wolle ja nicht
übertreiben, aber tatsächlich, im Ernst, er sei im erschrek-
kendsten Sinn des Wortes zusammengebrochen, als er erkannt hatte, daß rund um ihn herum Schönes und Gutes
vielleicht niemals existiert habe und nie mehr existieren
werde, das klinge kindisch, und kindisch klinge auch die
Lehre, die er in seiner Verbitterung daraus für die Geschichte
gezogen habe, das gebe er zu, ebenso, daß er mit dieser Verbitterung damals gewissermaßen hausieren gegangen war,
Tag für Tag und von Kneipe zu Kneipe, um, wie er es damals
genannt habe, »einen von den Engeln des Himmels« zu finden
in seinem allgemeinen Zusammenbruch, bis er einen gefunden habe, dem er alles erzählte, um dann in seiner Bitternis
eine Waffe gegen sich selbst zu richten, Gott sei Dank aber er-
folglos, kurz, das alles sei äußerst einfältig gewesen, daran bestehe kein Zweifel, aber so habe es eben begonnen, aus dieser
Verbitterung sei er, der »neue Korim«, hervorgegangen, und
er habe nachzudenken begonnen über die Dinge, wie sie denn
nun sind, und was ihn persönlich erwarte, wenn sie so und so
sind, und als er verstand, daß ihn persönlich nichts mehr erwartete in dieser Welt, als er begriff, daß er eigentlich absolut
am Ende war, da habe er sich gesagt, gut, in Ordnung, kapiert, so steht es um ihn, aber was nun?, soll er sich ergeben?,
hübsch leise abtreten aus dieser Welt?, oder was?!, und es sei
diese Frage, gestellt auf der Alles-egal-Grundlage, gewesen,

27

die ihn pfeilgerade zum Tag der äußersten Entscheidung ge¬
führt habe, zu jenem gewissen Mittwochmorgen, als sich ent¬
schied, daß es kein Weiter gab, daß er sofort handeln mußte,
pfeilgerade, ja, aber über gnadenlos schwere Stationen, sagte
er, immer noch hockend, sie, die sieben Kinder, wüßten ja in¬
zwischen von diesen schweren Stationen, angefangen am
Flußufer mit dem Verständnis der Kompliziertheit der Welt
bis hin zur weiteren Versenkung, als er, der Lokalhistoriker
aus einem gottverlassenen Nest, den ungeheuren Reichtum
der Gedankengänge bezüglich der nicht existierenden Welt
und die exzeptionelle Schöpfungskraft des Glaubens erken¬
nen mußte, dann, wie ihn die tiefe Furcht vor dem Vergessen
und dem Kopfverlust befiel, bis ihn schließlich das Schmek¬
ken der Freiheit im Archiv zur letzten Station geleitete, wo es
kein Weiter mehr gab, wo er entscheiden mußte und ent¬
schied, er seinerseits mache das nicht weiter mit und lasse den
Dingen nicht ihren freien Lauf, er werde fortan »aktiv auftre¬
ten«, das heißt, anders, ganz anders handeln als die anderen
rundum, zum Beispiel, daß er einmal kräftig nachdenkt und
nicht bleibt, sondern weggeht, weg von dort, wohin er be¬
stimmt war, weg für immer, aber nicht einfach weg, denn ihm
sei die Idee gekommen, *in das Zentrum der Welt* zu gehen, wo
die Dinge sich entscheiden, wo sie geschehen und sich ent¬
scheiden wie einst in Rom, er beschloß also, zu packen und
nach »Rom« zu gehen, denn warum solle er, habe er sich da¬
mals gefragt, hier, zweihundertzwanzig Kilometer von Buda¬
pest entfernt, im Südosten, in einem Archiv herumsitzen,
wenn er genausogut im Zentrum der Welt sitzen könne, als sei
es mit ihm so oder so, und gerade als der Gedanke in seinem
ständig schmerzenden Kopf Gestalt anzunehmen begann, sei
er aufgestanden und im Archiv, in dem er sich an diesem spä¬
ten Nachmittag allein aufhielt, zwischen den Regalen umher¬
gegangen, einfach so, und *rein* zufällig in eine nie angerührte

Ecke mit einem nie angerührten Regal gelangt, aus diesem habe er einen noch nie, seit dem zweiten Weltkrieg aber bestimmt nicht mehr angerührten Karton und aus ihm wiederum, registriert als uninteressante Familienschriftstücke, ein Konvolut mit der Signatur IV.3/10/1941–42 entnommen, er habe es herausgenommen, und damit habe sich sein Leben verändert, denn das dort Gefundene habe ein für allemal entschieden, was er tun müsse, wenn er »aktiv« auftreten wolle beim »letzten Abschied«, es habe ihm ein für allemal gesagt, was er machen müsse nach so vielen Jahren des Nachdenkens und Sinnens und Grübelns, nämlich sich einen Dreck um sie scheren, und zwar ab sofort, denn das Material, der Faszikel mit der Signatur IV.3/10/1941–42, ließ ihn nicht im Zweifel darüber, was er in seinem Kummer über das verlorene Edle hier noch zu tun haben werde, das heißt, wo und vor allem worin er, der ihrer so sehr beraubt war, jene gewisse, jene so ersehnte, jene allergrößte Freiheit auf Erden zu suchen habe.

18 Die Fischfütterungsschleuder, erzählten sie am Tag darauf vor der Bingo-Bar, die allein habe sie interessiert, nicht das irre und massive Gedöns, das nur so aus ihm strömte, das der Typ ohne Ende von sich gab, er wollte einfach nicht mehr aufhören, und nach ungefähr einer Stunde wurde immer deutlicher, daß er wohl von seinem eigenen blöden Gequassel durchgedreht war, aber für sie, sagten sie, habe er sich absolut unnötig abgearbeitet, total überflüssigerweise, für sie war der Typ nichts anderes als der Wind auf der Bahnüberführung, bläst und bläst und ist nicht aufzuhalten, aber sie dachten schon gar nicht mehr an ihn, wozu, sie gaben sich einfach nicht mit ihm ab, ebensowenig wie mit dem Wind, mochte er blasen, denn wichtig waren für sie im Moment nur die drei Fischfütterungsschleudern, wie sie funktionieren würden, wenn der Sechsachtundvierziger käme, um diese

Zeit, ein paar Minuten bevor der Personenzug kommen sollte, dachten sie zunehmend nur noch daran, an die drei Profi-Fischfütterungsschleudern, für die sie unter der Hand, erzähl-ten sie, auf dem Polenmarkt insgesamt neuntausend Forint geblecht hätten und die jetzt unter ihren Jacken steckten, sie waren sehr neugierig, wie sie funktionieren würden, angeblich kann man mit denen unvergleichlich stärker schießen als mit den ungarischen Zwillen, vom Wurf mit freier Hand ganz zu schweigen, nach Meinung mancher ist dieses deutsche Zeugs nicht nur stärker, man zielt und trifft auch fast hundertpro-zentig, ohne Zweifel das Beste also, es hat sich herumgespro-chen, zumal wegen der Handschiene, die unmittelbar an den Stiel mit der Gabel darauf montiert ist und die ein eventuelles Zittern und jede andere Unsicherheit der Hand auf ein Mini-mum reduzieren soll, denn sie hält den Arm straff bis hin zum Ellbogen, angeblich, sagten sie, angeblich, was dann aber in Wirklichkeit wurde, das hätten sie sich nicht träumen lassen, denn dieses Ding konnte tatsächlich allerhand, es war phäno-menal, sagten sie, und das sagten vor allem die vier, die es beim erstenmal nicht bedienen konnten, absolut phänomenal.

19 Unter ihnen bretterte ein weiterer langer Güterzug hindurch, und wieder begann die Überführung sanft zu vibrieren und vibrierte, bis – unter Zurücklassung von zwei hüpfenden roten Punkten – auch der letzte Wagen durch war, nun wurde es leiser, allmählich erstarb das Rattern der Räder, es wurde völlig still, und da tauchten, gleichsam in der Spur der beiden roten Pünktchen, die sich entfernten, unmittelbar über den Schienen, nicht mehr als einen Meter hoch, Fledermäuse auf und flogen dem Zug hinterher, Richtung Rangierbahnhof, ohne jedes Geräusch, lautlos, wie eine mittelalterliche Gespensterformation, in ge-schlossener Ordnung, dicht nebeneinander, mit einer konstanten, rätselhaft konstanten Geschwindigkeit, streng dem Schienenstrang folgend, huschten sie dahin, und es sah aus, als ließen sie sich nach Budapest ziehen, als nutzten sie den vom fahrenden Zug errichteten Luftkorridor, als wolle der ihnen den Weg zeigen, sie hinschleppen, hinsaugen, damit sie anstrengungslos und mit ausgebreitet ruhenden Flügeln im Dunkeln die Stadt erreichten, einen Meter hoch über den Bahnschwellen.

20 Sonst rauche er nicht, sagte Korim, das Päckchen Marlboro habe er nur bei sich, weil er unterwegs Geld wechseln mußte, für den Kaffeeautomaten, und im Kiosk, in den er an einer Bahnstation ging, wollte man seinen Wunsch nur erfüllen, wenn er eine Packung Zigaretten kaufte, was er dann auch notgedrungen tat, aber dann habe er sie nicht weggeworfen, weil er meinte, zu irgend etwas werde sie vielleicht noch nützlich sein, wie zum Beispiel, sagte er, jetzt, tatsächlich, sie komme ihm jetzt sehr gelegen, vorhin, wenngleich er selbst nicht danach gierte, das sei nur einmal passiert, sagte er und hob den Zeigefinger, er wolle es ehrlich sagen, ein einziges Mal hätte er sich allzu gerne eine Zigarette angezündet, nämlich als er unverrichteterdinge wegen der beiden Nervenfürsorgerinnen das Reisebüro verließ, er ging an ihnen vorbei, aber sie stürzten sich nicht auf ihn, jedenfalls nicht sofort, vielmehr folgten sie ihm, im Grunde genommen, da sei er sich sicher, obgleich er sich kein einziges Mal umgedreht habe, er sei damals nach Hause gegangen, ohne groß nachzudenken heimgegangen, und habe zu packen begonnen, und obwohl er das meiste schon erledigt hatte, den Wohnungsverkauf, die Veräußerung der beweglichen Habe, die Vernichtung der in langen Jahren zusammengetragenen Schriftstücke, Tagebücher, Notizen, Kopien und Briefe, die Verbrennung sämtlicher amtlicher Dokumente, Zeugnisse,

Matrikelauszüge, Kreditkarte, Personalausweis usw. usw., den Reisepaß jedoch ausgenommen, so daß nichts dergleichen ihn mehr belastete, fiel er beim Eintritt in seine Wohnung völlig der Verzweiflung anheim, weil er das Gefühl hatte, er müsse sich jetzt gleich auf den Weg machen, wofür er sich jedoch wegen der unzähligen Vorbereitungen nicht entscheiden mochte, was aber, sagte er, ein Irrtum gewesen sei, denn es habe sich herausgestellt, daß von »unzähligen Vorbereitungen« nicht die Rede sein konnte, eine reichliche Stunde erwies sich als ausreichend, und er war reisefertig, das solle man sich einmal vorstellen, und er erhob die Stimme, eine Stunde reichte aus, um nach so vielen Monaten mit einemmal auf Reisen zu gehen und aus der Tür einer Wohnung zu treten, in die man nie mehr zurückkehren wird, eine Stunde, damit aus einem Traum, alles hinter sich zu lassen, Wirklichkeit wird, so, und als er da tipptopp und reisefertig in der nunmehr leeren Wohnung stand und um sich sah und sich ohne Bedauern und Herzweh diese Leere anschaute und verstand, daß uns eine Stunde genügt, um alles aufzugeben und in unserer samt und sonders aufgegebenen Wohnung zu stehen und hernach von der Bildfläche zu verschwinden, na, sagte Korim, da hätte er sich gerne eine unter die Nase gesteckt, da hätte er gerne eine gute Zigarette geraucht, sonderbar, aber da hätte er sich den Geschmack herbeigewünscht, hätte er gerne an einer gezogen, den Rauch schön tief eingesogen, schön langsam, doch das sei der einzige Fall, daß es ihn so sehr danach verlangte, nie zuvor und nie danach, nicht ein einziges Mal, er verstehe auch gar nicht, was da los war.

21 Ein Archivar, sagte Korim, und besonders ein Oberarchivarsanwärter, wie er es war, müsse sich auf vielerlei verstehen, eins jedoch könne er verraten: Weder als Archivar noch als jemand, der praktisch schon auf der Schwelle

zum Status eines Oberarchivars stand, verfügte er über die Fähigkeiten, die zur Begleitung von Güterzügen in deren Bremserhäuschen unabdingbar sind, deshalb begann, als er einsah, als eine im Grunde genommen verfolgte Person könne er weder den Autobus noch den Personenzug wählen, noch per Anhalter fahren, da man ihn sofort anpeilen, identifizieren und mit Leichtigkeit schnappen würde, ein garstiger Leidensweg, man stelle sich vor, sagte Korim, er, der, das wüßten sie ja schon, jahrzehntelang ausschließlich im Viereck seiner Wohnung, seiner Kneipe, seines Archivs und seines Ladens gelebt und sich aus diesem Viereck niemals, er übertreibe nicht, aber wirklich kaum für eine Stunde weggerührt habe, finde sich unvermittelt im entlegenen und bisher völlig unbekannten Bezirk eines Bahnhofs wieder, stolpere über Schienen, balanciere von Schwelle zu Schwelle, achte auf Signale und Weichen und werfe sich beim Auftauchen eines Zuges oder eines Streckenarbeiters schnellstens in den Graben oder hinter einen Strauch, ja, so sei es abgelaufen, wirklich und wahrhaftig, Schienen, Bahnschwellen, Signale, Weichen und immer wieder Wegtauchen, gleich am Anfang der Sprung auf einen fahrenden Zug und dann der Sprung vom fahrenden Zug, dazu über zweihundertzwanzig Kilometer die ständige Angst, von Schrankenwärtern, Bahnhofsvorstehern oder Bremsen und Achsen prüfenden Bahnarbeitern bemerkt zu werden, es sei einfach schrecklich gewesen, sagte er, auch jetzt noch, nachdem dies alles doch hinter ihm liege, denke er nur ungern daran, was er sich mit dieser Reise aufgeladen habe, denn was solle er nun als erschöpfender und erbitternder bezeichnen, die bis in die Knochen dringende Kälte im Bremserhäuschen oder daß er darin nicht schlafen konnte und nicht zu schlafen wagte, es war so eng, daß er die Beine nicht strecken konnte, weshalb er unablässig stehen mußte, was ihm gewissermaßen den Rest gab, und so weiter, oder daß er in den Bahnhofsrestaurants nie etwas anderes bekam als Kekse, Kaffee und Schokolade, so daß er nach zwei Tagen den Brechreiz kaum unterdrücken konnte, ehrlich, sagte er zu den sieben Kindern, das ganze sei eine große Scheiße gewesen, sie könnten es ihm glauben, und nicht nur die Kälte und die Unausgeschlafenheit und die steifen Beine und die Übelkeit, nein, zum Beispiel auch, ob der Zug überhaupt in die richtige Richtung fuhr, das habe ihn immer und pausenlos beunruhigt, hatte er sich zu Beginn anhand des Klebezettels am Wagen vergewissert, daß die abgelesene Richtung ihm paßte, so fühlte er sich, sobald sie eine Stadt oder ein Dorf, Békéscsaba, Mezőberény, Gyoma oder Szajol, durchfuhren und hinter sich ließen, doch verunsichert, und diese Verunsicherung wuchs von Kilometer zu Kilometer, bis er um ein Haar drauf und dran war, abzuspringen und auf einen Zug, der in die entgegengesetzte Richtung fuhr, aufzuspringen, was er dann aber doch nicht tat, vielmehr nahm er sich vor, eine wichtigere Bahnstation abzuwarten, dort seien die Chancen größer, er habe es sich vorgenommen, sofort aber wieder bereut, nicht gesprungen, sondern geblieben zu sein, er fühlte sich dann ganz verloren und mußte doch ständig achtgeben, wenn sie in gefährliches Terrain gelangten, wo unliebsame Personen auftauchen konnten, Streckenarbeiter, Bahnwärter, Zugführer, dieser und jener, denn dann wäre Schluß gewesen, dann nichts wie raus aus dem Bremserhäuschen und in Deckung gehen, Graben, Stellwerk oder Strauch, je nachdem, so ungefähr, sagte Korim, sei er bis hierher gereist, er sei durchgefroren, er äße gerne mal wieder etwas Salziges, oder so gerne vielleicht auch wieder nicht, jedenfalls würde er jetzt, wenn es ihnen recht sei, weitergehen, hinein in die Stadt, da er bis morgen früh, wenn das Malév-Büro öffnete, unbedingt eine Unterkunft für die Nacht finden müsse.

22 Es war erstaunlich, wie der ausgewählte Stein, ungefähr so groß wie eine Kinderfaust, gleich beim ersten Schuß eine Scheibe einfach auseinandersprengte, sie hörten es nicht nur im Zuggeratter, sie sahen auch, wie eins der vielen vorüberhuschenden Fenster im Bruchteil einer Sekunde in tausend kleine Scherben zersprang, denn er sei gekommen, erzählten sie tags darauf, wenn auch mit ein wenig Verspätung, aber er kam, und sie flitzten auf das erste Zeichen an den Damm, in die vorbereitete Deckung, und als er auf sie zugedonnert kam, sprangen sie auf, Feuer!, und nahmen ihn unter Beschuß, drei mit den Fischfütterungsschleudern, drei mit normalen Zwillen und eins nur mit der Hand, aber im selben Augenblick und in Schützenkette, Feuer!, und sie nahmen den Sechsachtundvierziger unter Beschuß, wobei gleich beim ersten Versuch ein Fenster in die Brüche ging, womit sie sich aber nicht begnügten, sondern es folgte eine zweite Serie, sie mußten nur lauschen, ob eventuell die Notbremsen kreischten, und zwar sehr, und konnten sofort feststellen, nein, niemand hat die Notbremse gezogen, nichts von dem eventuellen schrillen Kreischen, wahrscheinlich herrschte drinnen, wo von den am Fenster Sitzenden nicht mehr viel übrig gewesen sein dürfte, größte Panik, und das ganze habe sich, berichteten sie dann ausführlicher vor der Bingo-Bar, das ganze habe sich, schwer zu verstehen, aber wahr, innerhalb einer knappen Minute, vielleicht in dreißig Sekunden abgespielt, möglicherweise noch schneller, setzten sie hinzu, das genau zu bestimmen sei ungeheuer schwer, mit Sicherheit aber waren sie alle auf der Hut, und auf der Hut mußten sie sein, die Eventualität der Notbremsen bedenken, als jedoch in diesem Dreißig-Sekunden-Bereich einer Minute nichts geschah, versuchten sie es mit der zweiten Serie und hörten, daß auch das klappte, sie hörten die ungeheuer schnellen Einschläge der Steine, ta-ta-ta-ta-ta-ta-ta, in die Wagenflanken, schließlich,

fast am Ende, gab es wieder einen Volltreffer, wieder ein Fen‐
ster, das mit gräßlichem Geräusch zerbarst, doch später, als
sie sich auf sichere Distanz verdrückten und die Angelegen‐
heit auf ihre Weise, also immer verzückter, zu analysieren be‐
gannen, herrschte die Meinung, der zweite Treffer, das könne
nur der Postwagen gewesen sein, aber der erste, und in der
Verzücktheit überschlugen sich ihre Stimmen, das war ein
echter Volltreffer, und das wiederholten sie wieder und wie‐
der, das machte von da an die Runde wie ein kitzelnder Fin‐
ger, das gab einer dem anderen und der dem nächsten weiter,
bis sie zuletzt allesamt, nach Atem ringend, vom Schluckauf
geplagt, röchelnd auf dem Boden lagen in dem blöden Ge‐
lächter, mit dem sie, wenn es sie erst einmal überkam, nicht
mehr aufhören konnten, wie es auch jetzt der Fall war, wäh‐
rend sie riefen: getroffen!, und einander sanft boxten, getrof‐
fen, fuck you, Treffer!, was sagste dazu, so das eine, das andere
knuffend, du Arsch, du Arsch, du Arsch, Treffer!, und so
setzte es sich fort bis zur völligen Erschöpfung, in sicherer
Entfernung vom Schauplatz und weit weg von der erahnten
Tatsache, daß jemand ums Leben gekommen sei dabei, na‐
türlich ohne daß Korim von alledem auch nur einen blassen
Schimmer gehabt hätte, erfuhr er doch nicht einmal, was pas‐
sierte, als die sieben Kinder auf einmal aufsprangen und von
der Überführung verschwanden, verdufteten wie Kampfer,
als wären sie hier nie gewesen, auf und davon alle sieben, wor‐
aufhin er ebenfalls weglief, wie aus der Pistole geschossen,
ohne sich umzudrehen, weglief, aber in die entgegengesetzte
Richtung, weg von hier, hämmerte es in ihm, möglichst weit
weg, keuchte er, nur eins war wichtig, daß er in der Hast die
Richtung nicht verfehlte, stadteinwärts, denn sein Ziel war
die Budapester Innenstadt, die City, und dort ein Platz für die
Nacht, wo er sich langmachen und aufwärmen, wo er einen
Happen essen könnte oder auch nicht, jedenfalls brauchte er

ein Dach überm Kopf, ein unentgeltliches Nachtquartier, denn Geld hatte er dafür nicht übrig, konnte er doch nicht wissen, was am Tag darauf das Ticket kosten würde, einen einigermaßen ruhigen Platz, erzählte er im Malév-Büro, habe er sich gewünscht, mehr nicht, als er mit einemmal, und das kam völlig überraschend für ihn, wieder frei war, als sie mir nichts, dir nichts plötzlich verschwunden waren und er steifbeinig hineinstiebte in die erhoffte Möglichkeit, davonstürmte, so schnell er konnte, vorwärts, dem immer dichteren Licht entgegen, völlig erledigt von der Müdigkeit und der Angst, ihn habe nicht interessiert, was die Leute von ihm hielten, sagte er, er habe drauf geschissen, daß er womöglich genau seinen Verfolgern in die Arme lief, er habe nur starr auf die Entgegenkommenden gesehen, habe geradewegs in ihre Augen gestarrt und nach dem einzigen Menschen gesucht, den er, der jetzt ausgehungert und übermüdet hier stehe, hätte ansprechen können.

23 *Ich bin so und so ein Mensch*, sagte, matt die Arme anhebend, Korim, als er auf eine Ansammlung traf und ein junges Paar erblickte, und als er auf einmal das volle Gewicht dessen spürte, wie unsagbar sei, was er war, und wie wenig es irgendwen interessiere, fügte er lediglich hinzu: *Wißt ihr nicht was ... für die Nacht?*

24 Die Musik, der Ort, die Menge, das heißt die zahllosen jungen Gesichter, das Halbdunkel, die Lautstärke, der Qualm, dann die beiden, die er angesprochen hatte, Mädchen und Junge, wie sie beim Filzen und an der Kasse halfen, wie sie ihn hineinführten, wie sie ihm erklärten, was wo sei, während sie freundlich beteuerten, natürlich wüßten sie eine Lösung, diese hier sei die beste, reinkommen ins Almásy und hierbleiben, das wird vermutlich eine stäh-

lerne Fete, sagten sie, mit den Balatons und mit Mihály Víg, und das geht bis in den Morgen hinein, keine Bange, dann die unglaubliche Fülle, der Gestank, schließlich die glasigen, die leeren, die traurigen Augen überall, mit einem Wort, das alles urplötzlich und auf einen Hieb, sagte Korim am Tag darauf im Malév-Büro, es habe ihn einfach gefesselt nach den Tagen des Alleinseins und des Überfalls auf der Bahnüberführung, noch keine Minute dort drinnen, sei ihm schwindlig und kribbelig im Kopf geworden, er habe sich nicht einfügen kön-nen, die Augen dem Halbdunkel und dem Qualm nicht an-passen können, seine Ohren hätten nach dem Dröhnen der Züge das Gelärm als besonders unerträglich empfunden, und überhaupt habe er sich anfangs »in diesem verzweifelten Amüsiergedrängsel«, wie er es ausdrückte, kaum bewegen können, erst stand er nur herum, dann ließ er sich einfach zwischen den schwitzend aneinandergepreßten Tanzenden treiben, schließlich bahnte er sich zwischen ihnen hindurch irgendwie einen Weg an den Rand, wo es ihm gelang, zwi-schen zwei stumm dastehenden Gruppen Wurzeln zu schla-gen, und erst jetzt und dort vermochte er, sich wie der Laut-stärke entgegenstemmend, eine Art Abwehr aufzubauen, jawohl: Abwehr all dessen, was hier unerwartet über ihn her-einbrach, erst jetzt und dort fing er an, sich und seine Gedan-ken zusammenzunehmen, denn diese seien ihm, obgleich er dieses total verworrene Asyl gefunden hatte, auseinanderge-fallen, da konnte er noch so eifrig versuchen, sie wieder einzu-sammeln, sie drifteten immer weiter weg, am liebsten hätte er abgeschaltet und sich in irgendeiner Ecke hingehauen, doch das ging nicht, und für eine lange Zeit war diese Entschei-dung die letzte, die zu treffen er imstande war, er blieb einfach stehen, wo er stand, und sah mit den immer von neuem aus-einanderfallenden Gedanken im Kopf zur Bühne, auf der die Musiker standen, dann auf die Menge, dann wieder auf die

Musiker, während er versuchte, etwas von den Texten mitzukriegen, aber es ging nicht, er schnappte nur die eine oder andere Wendung auf, »alles am Ende« und »lieber hinüber«, dazu die eiskalte Melancholie, die aus dem Gesang sickerte – *sie* kam trotz allem Krach und Lärm ohne Verzögerung bei ihm an, er musterte die drei Musiker, hinten der grünhaarige Drummer, wie er dastand und mit ernsten, reglosen, nie die Richtung wechselnden Augen seine Instrumente bearbeitete, seitlich der gelbhaarige Baßgitarrist, wie er sich träge im Takt der Musik wiegte, und vorn, am Mikrofon, der mit Korim ungefähr gleichaltrige Sänger, der mit seinem strengen Blick aussah, als wollte er aus einer tödlichen Müdigkeit heraus ohne Unterlaß über tödliche Müdigkeit sprechen, hin und wieder glitt sein strenger Blick über die Menge da unten, man hätte glauben können, bei dem, was er sah, werde er sich sogleich aufraffen und für immer von der Bühne gehen, aber stets blieb er und sang weiter, die also, erzählte Korim, habe er betrachtet, und er sei machtlos gewesen gegen die erbarmungslose Melancholie, die ihn betäubte, ihn deprimierte, ihm die Kehle zuschnürte, anders gesagt, das da, das Zentrum am Almássyplatz mit seiner stählernen Fete, war in den ersten zwei, drei Stunden einfach kein Asyl für ihn.

25 Unklebbares Herz, so summten sie mit den anderen zum Gesang, dann kamen sie ziemlich schnell auf Touren vom XTC, und alles war wieder okay, nur ein glücklicher Taumel, wie es halt so ist, so daß sie ihn, sagten sie anderntags am Telefon zu einem guten Bekannten, im Gewimmel aus den Augen verloren hätten, nachdem er mit ihnen hereinkam, dabei wirkte er schon einigermaßen absonderlich, wie er, noch draußen, auf dem Platz, zu ihnen trat und sagte, ich bin so und so ein Mensch, wißt ihr nicht eine Unterkunft irgendwo?, das solle er, der Bekannte, sich einmal vorstellen,

das habe er gesagt, wortwörtlich, er sei so und so ein Mensch, aber was für einer, das sagte er nicht, nur so und so einer, das geht echt ab, nicht?, und schon wie er aussah, einfach irre, langer dunkelgrauer Mantel mit dem Geruch nach Mottenkugeln und im Verhältnis zur Körpergröße ein ganz kleiner, runder, kahler Kopf mit zwei riesengroßen, abstehenden Ohren, wie Schaufeln, sagten sie, einfach irre habe er ausgesehen, sagten sie immer wieder, wie eine alte Fledermaus auf zwei Beinen – eine Beschreibung, aus der sich Korim allerdings nicht wiedererkannt hätte, und wenn er auch die beiden, den Jungen und das Mädchen, die ihn hineingebracht hatten, nicht vergessen würde, so sah er doch nicht die geringste Chance, daß sie ihm noch einmal im Leben oder zumindest in der Menge über den Weg laufen würden, denn eine geraume Zeit später, nach ein oder zwei Stunden, als er sich gründlich aufgewärmt und ein wenig an die Atmosphäre im Saal gewöhnt hatte, löste er sich von der Wand und ging auf die Suche nach etwas wie einem Ausschank, um etwas zu trinken, keinen Alkohol natürlich, setzte er hinzu, dem habe er schon vor etlichen Monaten endgültig abgeschworen, er habe sich also in das dichte Gedränge gestürzt und Coca-Cola getrunken, erst zwei, dann drei Deziliter und dann nochmals drei, in Flaschen gab es sie nicht, nur vom Hahn, aber sie tat ihm gut, und nach der dritten war ihm aller Appetit aufs Essen vergangen, sein Magen war gefüllt, er machte sich mit den Örtlichkeiten vertraut, die Nacht war schon fortgeschritten, und allmählich kannte er sich aus im Zentrum am Almássyplatz, denn er probierte die Plätze aus, natürlich, wohin er sich bis zum Morgen zurückziehen könnte, wo ihn die Sicherheitsleute auch dann nicht fänden, wenn die stählerne Fete vor dem Morgen enden würde, er lungerte herum, stieg Treppen, drückte auf Klinken, kein Aas beachtete ihn, und Sicherheitsleute waren nicht in Sicht, inzwischen, sagte er, seien alle, aber ausnahmslos alle, Männlein wie Weiblein, high gewesen, ausnahmslos und ganz und gar, die Augen, die ihn anstarrten, seien immer glasiger geworden, er sei über mehr und mehr Körper gestolpert beim Umhergehen, manche sackten regelrecht auf ihn und ließen sich auch nicht mehr aufrichten, weshalb das ganze am Ende einen ganz erstaunlichen Anblick bot, das gesamte Almássy, mit der Zeit nämlich landeten alle auf dem Fußboden, den Treppenstufen, den WC-Fliesen, wie auf einem absonderlichen Schlachtfeld, wo die Niederlage langsam und von innen heranreift, und der Sänger sang und sang, dann hörte er auf, und das nicht am Ende eines Songs, sondern mittendrin, plötzlich sang er nicht weiter, es war wie der Tod, mit womöglich noch strengerem und ernsterem Blick als am Anfang und ohne ein Wort ging er, nachdem er die Gitarre abgenommen hatte, auf der Bühne seitlich nach hinten, und da er, Korim, inzwischen genau wußte, wohin er, Korim, für diese »Nacht« gehen würde, sobald er witterte, daß hier Schluß sein würde, verließ er, als der Sänger auf seine sonderbare Weise fertig geworden war, durch eine Tür zur Linken den Saal und stieg ein paar Stufen hinunter, dorthin, wo er, vorher schon, eine Art Requisitenkammer hinter der Bühne entdeckt hatte, die angefüllt war mit Krimskrams, mit Sofas, Möbelstücken und Holzfaserplatten, zwischen denen man sich gut verstecken konnte, und er huschte gerade durch eine Art Korridor zur Kammer, als er plötzlich den Sänger vor sich sah, der ein aufgewühltes Gesicht und für ihn, Korim, lediglich einen scharfen Blick übrig gehabt habe, sagte Korim, der ist, habe er sofort gedacht, wahrscheinlich Mihály Vig, er sei, fuhr er am Tag darauf fort, mit langen Schritten an ihm vorbeigestürmt, mit wehendem Haar, und für Augenblicke habe er selbst sich verunsichert gefühlt, weil den Sänger offenkundig nicht im geringsten interessierte, was ein Fremder hier zu suchen hatte, er sei gleichfalls weitergegangen, hinein in diese Kammer, und habe es sich auf einem Sofa hinter einem Schrank bequem gemacht, ein Stück warmer Dekostoff habe dort gelegen, in das er sich wickeln und mit dem er sich zudecken konnte, und in dem Augenblick, als er sich ausstreckte, sei er nicht einfach eingeschlafen, nein, er habe vor lauter Müdigkeit gleichsam das Bewußtsein verloren.

26 Eine unaussprechlich schöne und unsagbar ruhige Landschaft umgab ihn, das habe er, wie er am Tag darauf berichtete, gewissermaßen in den Zellen seines Körpers gespürt, wenn auch nicht gesehen, da seine Augen geschlossen waren, die Arme ausgestreckt, die Beine leicht und bequem gespreizt, und dazu der fette Rasen unter seinem Körper, wie zartester Flaum, und das laue Wehen eines Windes, wie die freundlichste Hand, und das wogende Licht der Sonne, wie ein Hauch aus nächster Nähe ... und das weiche Dickicht der Pflanzen rundum, und im fernen Schatten die ruhenden Tiere, und der Himmel, blaue Leinwand hochoben, und die Erde, duftende Masse hier unten, und das, und das, sagte er, in einem nicht endenden, nicht beschließbaren Nebeneinander, doch jedes Faktum in unverrückbarer Beständigkeit, wie auch er selbst: in Beständigkeit und Unverrückbarkeit, daliegend, ausgestreckt und festgenagelt, hingesunken, eingesunken und weggetaucht in diese schwindelerregende Süße des Friedens, als gäbe es einen solchen Frieden und eine solche Süße, eine solche Landschaft und eine solche Ruhe, als gäbe es sie, sagte Korim, als ... könnte es so sein!

27 Er könne, so sprach er am Tag darauf im Malév-Büro die neben ihm sitzende Stewardeß an, er könne von sich wirklich nicht sagen, daß er zu denjenigen gehöre, die einfach so und ohne weiteres den Mut aufbringen, Fremde an-

zusprechen, sich darauf berufend, daß man ja warten muß, aber sie hier, das Fräulein Stewardeß neben ihm, sei *so sehr* schön, daß er in den vergangenen Minuten, seit er sich gesetzt habe, sie unablässig anschauen müsse, worauf sie mit ihren Blicken antworte, doch sei das eine Duckmäuserei, von der er nichts halte, lieber verrate er sich, so ständen die Dinge, er sehe darin vielleicht nichts Kränkendes und nichts Hinterhältiges, und sie werde es ihm hoffentlich nicht übelnehmen und es weder als Anmache noch als aufdringlichen, dummen Plaudervorwand betrachten, beides liege ihm fern, sie, das Fräulein Stewardeß, sei halt nicht nur so sehr, sondern *auf solche Weise* schön, daß er darüber nicht wortlos hinweggehen könne, er wolle ihr nicht den Hof machen, wenn sie ihm verzeihe, nein, das nicht, keineswegs, er mache niemandem mehr den Hof, aber die Schönheit, die außergewöhnliche Schönheit, die er, Korim, an ihr, dem Fräulein Stewardeß, wahrnehme, habe ihn überrumpelt, das ist der Sachverhalt, sehen Sie, sagte er, nicht er überrumple sie, sondern ihre Schönheit ihn, und bei dieser Gelegenheit, setzte er hinzu, möchte er sich wenigstens, und er bitte um Entschuldigung, vorstellen, er habe seinen Namen noch nicht gesagt, György Korim, über seinen Beruf jedoch möchte er sich gerade heute nicht weiter auslassen, da er über alles, was er sei, nur in der grammatischen Vergangenheit sprechen könne, und über sich selbst wünsche er, gerade heute und gerade zu ihr, dem Fräulein Stewardeß, einzig und allein in der grammatischen Zukunft zu sprechen, was aber kaum möglich sei, höchstens indem er ihr verrate, aus welchem Grund er letztlich doch den Mut aufgebracht habe, sie anzusprechen, nämlich um ihr zu erzählen, welch ganz, aber wirklich ganz verblüffenden Traum er letzte Nacht gehabt habe, er pflege nie zu träumen oder sich an seine Träume zu erinnern, da sei die vergangene Nacht eine absolute Ausnahme, denn er habe nicht nur ge-

43

träumt, er erinnere sich auch genauestens an diesen Traum, sie
möge sich bitte eine unaussprechlich schöne und unsagbar ruhige Landschaft vorstellen, wie er, Korim, in allen Zellen
spürte, obgleich er die Augen geschlossen hielt, aber er spürt
es, seine Arme sind ausgestreckt, die Beine leicht und bequem
gespreizt, und nun solle sie sich einen fetten Rasen vorstellen,
der dem zartesten Flaum gleicht, das laue Wehen eines Windes, das wie die freundlichste Hand, und schließlich das wogende Licht der Sonne, das wie ein Hauch aus nächster Nähe
ist, und überhaupt, fuhr Korim fort, dann das weiche Dik-
kicht der Pflanzen rundum, dann im fernen Schatten die ruhenden Tiere, dann die blaue Leinwand des Himmels hochoben und die duftende Masse der Erde hier unten, und so
weiter, und das in einem nicht endenden Nebeneinander, aber
alles in einer unverrückbaren Beständigkeit, und mitten in
dieser Vollkommenheit er, daliegend, ausgestreckt und festgenagelt, hingesunken, eingesunken und weggetaucht, es sei,
wie solle er sagen, unglaublich und haarsträubend gewesen,
wie ihn dieser Traum wie in eine schwindelerregende Süße
des Friedens entrückte, als gebe es eine solche Süße und einen
solchen Frieden, eine solche Landschaft und eine solche
Ruhe, wissen Sie, Fräulein, das ganze sei gewesen, als gäbe es
das, als ... könnte es so sein, und wenn überhaupt jemand,
dann könne er, Korim, mit Fug und Recht sagen, das sei
selbst als Traum eine Verrücktheit, nicht daß es gleich jetzt,
am Anfang, keine Verrücktheiten gegeben habe im Zusammenhang mit ihm, es genüge wohl, wenn sie sich einen Menschen vorstelle, ihn, György Korim, in einer Kleinstadt zweihundertzwanzig Kilometer südöstlich von hier, wie solle er
bloß anfangen, es sei ungeheuer schwierig, tatsächlich, einen
Anfang zu finden, aber wenn seine Geschichte sie nicht lang-
weile, und warten müsse man sowieso, wolle er gerne mit ein
paar kleinen Einzelheiten aufwarten, damit sie wenigstens

wisse, wer sie angesprochen oder von wem sie es einfach hin‚
genommen habe, daß er sie, ratz‚patz, einfach ansprach.

28 Sie sei Zweite bei einem Schönheitswettbewerb ge‚
worden, antwortete sie notgedrungen, und obwohl
ihr der Sinn durchaus nicht danach stand, mit dem Mann,
der sich auf den Platz neben ihr gesetzt hatte, ein Gespräch zu
führen, hatte sie ihm doch mehrmals verständlich zu machen
versucht, daß sie dazu am allerwenigsten Lust hatte, schlit‚
terte sie irgendwie doch hinein, indem sie antwortete, wenn
sie hätte schweigen sollen, indem sie bei einer Frage nicht den
Kopf abwandte, sondern, wenn auch nur in kurzen Worten,
reagierte, und ohne daß sie es bemerkte, steckte sie auf einmal
in diesem unerwünschten Gespräch mit einem Wildfremden
und erzählte ihm, wie sauer sie war, weil sie wer weiß wie
lange hier würde warten müssen, dazu noch auf äußerst
ungewöhnliche Weise, bis sie einen ihr zugeteilten und auf
volle Begleitung angewiesenen Passagier in Empfang nehmen
könne, eine alte Dame aus der Schweiz, im Rollstuhl, die
werde sie dann zum Flughafen bringen und in die Abendma‚
schine nach Rom verfrachten, noch etwas äußerst Unge‚
wöhnliches, sie hatte sich also zwar vorgenommen, es nicht zu
tun, aber schon damit, daß sie das erzählte, ließ sie sich auf
einen Schwatz ein, was sie ja um keinen Preis gewollt hatte,
wie auch immer, sagte sie später in der Maschine zu den an‚
deren, sie habe es nicht sonderlich bereut, er sei nur am An‚
fang so merkwürdig gewesen, ein Verrückter, habe sie ge‚
dacht, einer, der Selbstgespräche führt, aber das stimmte
nicht, er sei ein ganz Harmloser gewesen, mit großen, eben‚
mäßigen Ohren, dafür habe sie schon immer eine Schwäche
gehabt, für große Ohren, die machten auch noch ein Gesicht
freundlich, neben dem man sonst glatt vorbeiginge, und er
hatte solche, und wie er ihr *praktisch* sein ganzes Leben erzählt

habe, da habe sie einfach nicht widerstehen können und ihm zuhören müssen, ja, sie habe ihm zugehört, das gebe sie zu, aber um ehrlich zu sein, sie wisse immer noch nicht, ob er die Wahrheit gesagt habe, denn kann es zum Beispiel die Wahrheit sein, wenn jemand in fortgeschrittenem Alter, mit vierzig oder wie alt er war, wisse sie ja nicht, sein Hab und Gut verkauft und beschließt, nach New York zu reisen, aber nicht, um dort sein Leben neu anzufangen, sondern um es zu beenden, und ausgerechnet dort, er habe sich wiederholt so ausgedrückt: »Im Zentrum des Lebens«, ob er da die Wahrheit gesagt habe, na, sie wisse nicht, sagte sie an Bord der Maschine, jedenfalls war er überzeugend, man konnte nicht denken, daß er sie nicht gesagt habe, nur hat man halt seine Zweifel, man hört heute so vieles, und nichts ist wahr, dieser Mann freilich machte nicht den Eindruck, daß man an ihm zweifeln müßte, sie selbst habe ihm nach einer Weile sogar mancherlei erzählt, weil sie ja so lange warten mußten, im Ernst, Dinge, die sie noch nie einem erzählt habe, irgendwie habe sie sich ihm eröffnet, er sei ja auch so aufrichtig gewesen, so verzweifelt *eigentlich*, ständig habe sie das Gefühl gehabt, der letzte Mensch zu sein, mit dem er spreche, tatsächlich, so richtig traurig war das alles, und wie er ihre Schönheit lobte und sie fragte, warum sie sich mit soviel Schönheit nicht als Schönheitskönigin wählen lasse, ein Versuch, habe er gesagt, und sie werde gewinnen, ganz bestimmt, woraufhin sie ihm am Ende verraten habe, einmal, in einem schwachen Augenblick, habe sie es versucht und sich so einer Wahl gestellt, aber sie habe ungeheuer ernüchternd gefunden, was sie dort sah, und sei nach diesem Wettbewerb erbittert heimgegangen, da habe es ihr so gut getan, als der Mann meinte, nein, Sie hätten nicht den zweiten Platz verdient, das ist ein Irrtum und absolut ungerecht, sondern, habe der Mann gesagt, den ersten.

29 Er brauche ein Ticket für sofort, sagte Korim an der Theke, beugte sich darüber hinweg und erklärte der auf ihren Computer starrenden Angestellten, worum es sich eigentlich handele, nämlich nicht um eine einfache Reise, und er sei auch kein einfacher Reisender, also weder Tourist noch Geschäftsmann, noch wolle er Familienangehörige besuchen, woraufhin er unter Gebrummel und heftigem Kopfschütteln von der Angestellten die Antwort bekam, sofern er aufhören könne, sich über den Tisch zu beugen, gebe es eine einzige, eine bescheidene Hoffnung, ein Last-Minute-Flug, aber da müsse man sogar abwarten, ob sich das Warten überhaupt lohnen werde, er möge sich also zurückbemühen dorthin, wo er, wie bitte?, fragte Korim, Last-Minute, sagte die Angestellte gedehnt, er drehte das Wort eine Weile im Mund hin und her, bis ihm einfiel, was es bedeutete, schließlich hatte er ja ein paar Monate englischen Sprachunterricht genommen, ach ja, er verstehe, sagte er, dabei verstand er nichts, nicht das geringste, aber die Stewardeß erklärte es ihm, als er ratlos zur Wartebank zurückkehrte, doch als sich herausstellte, daß er ein Visum benötigte, das er natürlich nicht hatte, umwölkte sich auch ihre Stirn für einen Augenblick, Visum?, fragten sie an der Theke und sahen ihn an, wolle er denn sagen, er habe kein Visum?, nun, das könne aber, ob er das nicht wisse, dauern, könne bis zu einer Woche dauern, was wolle er also mit einem Ticket für sofort?, jaja, meinte mit einem betrübten Nicken die Stewardeß, als Korim, der Verzweiflung nahe, sich wieder zu ihr setzte, er solle nicht gleich den Mut verlieren, fuhr sie fort, sie wolle mal was versuchen, dann ging sie zu einem Fernsprecher und begann zu telefonieren, rief den an, rief jenen an, in dem Lärm verstand Korim kein Wort, jedenfalls konnte er, als nach ungefähr einer halben Stunde ein Mann auftauchte und sagte, in Ordnung, mein Herr, betrachten Sie die Sache als erledigt, feierlich erklären, sie, das

Fräulein Stewardeß, habe ihn nicht nur mit ihrer Schönheit
überrumpelt, sondern auch mit ihrer Zauberkraft, denn dieser Mensch war ja tatsächlich gekommen, fünfzehntausend
Forint, sagte er zu Korim, fünfzehntausend?, fragte Korim
und stand erbleichend auf, genau, sagte jener, aber er, Korim,
könne ja auch allein aufs Konsulat gehen, sich allein am Ende
einer langen Schlange anstellen und allein zurückkommen
nach drei oder vier Tagen, das gehe auch, wenn man genug
Zeit habe, aber wenn nicht, dann habe das diesen Preis, jaja,
sagte die Stewardeß und sah ihn an, eine andere Möglichkeit
besteht kaum, daraufhin ging Korim in die Toilette, entnahm
dem Mantelärmel drei Fünftausender und gab sie ihm, und
dieser Mensch sagte, keine Sorge, er werde ausfüllen, was aus-
zufüllen ist, er werde hinbringen, was hinzubringen ist, und
er werde sich anstellen, wo man sich anstellen muß, keine
Nervosität, die Angelegenheit befinde sich in den besten
Händen, am Nachmittag schon werde er ihm, Korim, das
verfluchte Visum aushändigen, und hinterher könne er, sagte
dieser Mensch weiter und zwinkerte Korim zu, bevor er seine
Angaben aufschrieb und verschwand, zehn Jahre ruhig
schlafen, so daß Korim an der Theke darauf bestehen konnte,
sehr wohl ein Ticket für sofort zu verlangen, hernach setzte er
sich wieder zu der Stewardeß und gestand ihr, nicht zu wissen und sich nicht vorstellen zu können, was aus ihm werde,
wenn erst die alte Dame im Rollstuhl auf der Bildfläche
erscheine, keine Ahnung, wirklich, und nicht nur, weil er
eigentlich noch nie im Leben geflogen sei, also die Umstände
nicht kenne und ständig auf hilfreiche Tips angewiesen sei,
sondern auch, und deshalb vor allen Dingen, weil sich der
Himmel, der sich mit ihrem, des Fräulein Stewardeß,
Erscheinen aufgeklärt habe, gleich wieder bewölken werde
über ihm, wenn sie ihn mit der alten Dame im Rollstuhl hier
allein zurücklassen müsse.

30 Von den hinter der Theke sitzenden Angestellten über die Sachbearbeiterinnen der überhöht angeordneten Sekretariate im Hintergrund bis zu den in eher zufälligen Gruppierungen herumstehenden Reiseinteressenten gab es im ganzen Büro kein Augenpaar, das nicht nach ihnen beiden gesucht hätte, denn für das Miteinander, das sie boten, gab es keine Erklärung: nicht für die ungewöhnliche Schönheit der jungen Frau in der Uniform einer Stewardeß, das heißt, daß so eine Schönheit Stewardeß beziehungsweise daß eine Stewardeß so schön sein konnte, nicht für den ungewaschenen, übelriechenden Korim in seinem verknautschten Mantel, das heißt, sieht denn so ein Passagier nach Amerika aus beziehungsweise wie kann ein so Aussehender nach Amerika reisen, aber besonders schwierig war es, eine Erklärung dafür zu finden, daß die beiden in einem großen Zusammenhang, in einer tiefen Aufmerksamkeit und in einem Gespräch miteinander versunken waren, auf dessen letzten Inhalt sich nicht schließen ließ, verriet doch die Leidenschaftlichkeit, mit der sie sprachen, nichts außer dieser Leidenschaft, nicht einmal, ob sie sich nun kannten oder aber nicht, möglich waren nämlich aus der Sicht des Malév-Büros beide Fälle, kurzum, diese mit königinnenhafter Bescheidenheit getragene Schönheit und dieses Aussehen nach einem heruntergekommenen Bettler nebeneinander störten das Büroleben auf das schwerste, und es schien sogar ein kleiner Skandal heranzureifen, konnte man doch davon ausgehen, daß die Stewardeß keine Königin und Korim kein Bettler war, so daß den anderen nichts übrigblieb als hinzuschauen und abzuwarten: zu warten, daß dieses merkwürdige Stilleben irgendwann einmal auseinanderfallen, erlöschen und vergehen werde, denn sie boten ein Stilleben auf der Wartebank, ohne Zweifel, Korim mit seinem Aussehen eines heruntergekommenen Bettlers und seinem schutzlosen Nicht-von-dieser-Welt-Sein, die

49

Stewardeß mit ihrem zauberhaften Körper und der versen‑
genden Sinnlichkeit dieses Körpers, ein Stilleben also, mit be‑
sonderen Regeln, und natürlich hätten sie die äußerste Auf‑
merksamkeit der Umgebung auf sich gezogen, sagte die
Stewardeß später an Bord der Maschine, zuletzt habe sie es
bemerkt, und sie sei verlegen geworden, als sie merkte, daß
alle zu ihnen hinblickten, in diesen Blicken habe sogar, er‑
gänzte sie, etwas Erschreckendes gelegen, jedes Augenpaar
habe sie mit dem gleichen Blick angesehen wie die anderen
Augenpaare, wie solle sie es sagen, als hätte ein einziges Ge‑
sicht sie angegafft, es sei wirklich erschreckend gewesen, er‑
schreckend und lächerlich, erzählte sie auf dem Flug nach
Rom.

31 *Meine Vorfahren waren im wesentlichen geruhsame Men‑
schen*, sagte Korim nach einer längeren Pause, verzog
säuerlich das Gesicht, kratzte sich am Kopf und fuhr, jedem
Wort Nachdruck verleihend, so fort: *Ich bin immer nervös.*

32 Die Brustwarzen drängten sich zart an den schnee‑
weißen, warmen Stoff der gestärkten Bluse, der tiefe
Ausschnitt hob entschieden den fragilen, edlen Schwung des
Halses, die sanften Täler der Schultern und die sich wie‑
gende, volle, jugendliche Masse der beiden Brüste hervor,
doch niemand hätte sagen können, ob letztlich sie es erzwan‑
gen, daß alle Augen immer wieder nach ihr suchten und zu
ihr zurückkehrten, oder der straff an den Hüften anliegende,
kurze dunkelblaue Rock, der ihre langen Schenkel dicht an‑
einander zwängte, beziehungsweise der Bruch des Rockes,
der die Kontur ihres Schoßes nachzeichnete, ob dies zusam‑
men oder das schulterlange, schwere, glänzende schwarze
Haar, die hohe, reine Stirn, das wunderschön geschnittene
Kinn, die vollen, weichen Lippen, die leicht gebogene Nase

oder aber die strahlenden Augen, in deren Tiefe unauslösch-
bar zwei unsterbliche Lichttropfen glühten, kurz und gut,
wirklich niemand hätte entscheiden können, was von alledem, und die Männer und Frauen, die sich im Büro auf
hielten, entschieden es auch nicht, sie sahen sich nur, einen
nach dem anderen, die Bestandteile dieser aufrührerischen
Schönheit an, jeden für sich, und sie taten es – infolge der Fei-
erlichkeit dieser Schönen und ihrer eigenen Gewöhnlichkeit –
ganz hemmungslos, die Männer mit hungrigem, grobem, un-
verhülltem Verlangen, die Frauen von Detail zu Detail, von
oben nach unten und von unten nach oben, benommen von
der Sensation, doch von einer schlechten, neidischen Empfin-
dung getrieben, mit wachsender Abneigung, ja Verachtung,
denn sie sagten, als das ganze zu Ende war, als dieses skanda-
löse Paar zwar nicht gleichzeitig, aber doch endgültig aus dem
Malév-Büro verschwand, da sagten sie, und allen voran die
Frauen, nein, sie keineswegs aus Voreingenommenheit oder
weil sie auch Frauen seien und eine Frau die andere immer *so*
sehe, nicht die Spur, aber es gehe eben doch zu weit, wenn die
kleine Stewardeß, dieses Flittchen, sagte sogleich die eine von
ihnen, so tat, als sei sie das unschuldigste Engelchen auf der
Erde, ein naives, zuvorkommendes, goldiges Prinzeßchen, wo
sie doch, riefen sie zornig, als sie sich endlich an einem Tisch
zusammenfinden konnten, um den Vorfall durchzusprechen,
wo sie doch mit ihrer enganliegenden Bluse, dem ultrakurzen,
straff am Po klebenden Rock, dem langen Schenkeln und dem
zwischen den Schenkeln weiß aufblitzenden Slip und überhaupt damit, daß an ihr alles, aber auch alles *zu sehen* war,
einfach nur Aufsehen erregen wollte, solche Unschuld, das
sei ihnen bekannt, solches Tricksen, daß deutlich heraus-
kommt, was man ruhig vorzeigen kann, aber verschwindet,
was man besser versteckt hält, nein, sie würden ja nichts
sagen, wenn!, na, diese dreiste Lüge aber, etwas absolut Hu-

renhaftes so auf die Bühne zu bringen, als hätte man es mit er-
habener Sanftmut zu tun, na, nein, das ließen sie sich in ihrem
Alter nicht mehr weismachen, was die männlichen Augen-
zeugen, die paar Ticketkäufer oder höheren Sachbearbeiter,
später, als sie, bevor sie heimkehrten, noch auf ein paar Worte
in einem Park oder einer Kneipe haltmachten, ergänzten, indem sie sagten, Frauen diesen Schlags gewännen immer damit, ungeheuer gute Figur, mächtige, vorstehende Titten und,
sagen wir, sagten sie, ein runder, sich wiegender Arsch, zwei
solche Titten und ein *solcher* Arsch, und dazu, sagen wir, sagten sie, ein schneeweißes Gebiß mit charmantem Lächeln,
schmale Hüften, eine kleine Drehung und schließlich ein
Blick zur rechten Zeit, ein Blick, der dir, dem ja längst der
Mund ausgetrocknet ist von dem Anblick, mitteilt, du
täuschst dich, täuschst dich ungeheuer, wenn du glaubst, das
alles kannst du bekommen, denn du stehst, läßt dich dieser
Blick wissen, du stehst einer Jungfrau gegenüber, ja, der
Jungfrau an sich, einer, die noch nicht mal ahnt, wozu sie erschaffen ist, kurzum, wenn alles so zusammentrifft, dann bist
du erledigt, stellten die Männer im Park oder in der Kneipe
fest, dann bist du, und sie zeigten auf die Zuhörenden, am
Ende, und nun begannen sie mit der Beschreibung der im
Malév-Büro gesehenen jungen Frau von den Brustwarzen bis
zu den schmalen Fesseln, begannen, kamen aber nie ans
Ende, denn diese Frau, wiederholten sie immer von neuem,
lasse sich eigentlich auf keine Weise beschreiben, denn was
sage es schon, wenn sie jetzt sagten: die sich wiegende, volle,
jugendliche Masse der beiden Brüste, was sage das schon: der
straff an den Hüften anliegende Rock mit den langen Schenkeln, und was: das schwere, glänzende schwarze Haar, die
weichen Lippen, die Stirn, das Kinn, die Nase, was wohl?!,
fragten sie – schlicht und einfach unmöglich, sie zu erfassen,
so, als müsse in seiner Schönheit erfaßt werden, was auf ge-

meine Weise unwiderstehlich ist, oder, um es ganz offen zu sagen: ein echtes, phantastisches, königliches Weib in der öden, der ekelhaften, der falschen Welt.

33 Wenn überhaupt jemand, dann wünsche sie ihm von ganzem Herzen, daß ihm gelinge, was er vorhabe, behauptete die Stewardeß an Bord der Maschine den anderen gegenüber, nur stehe fest, daß er von dort nirgends mehr hingelangt sei, nirgends, höchstwahrscheinlich habe man ihn sofort aus dem Verkehr gezogen, als sie, bevor sie die mit fast dreieinhalb Stunden Verspätung doch noch eingetroffene alte Dame aus der Schweiz hinausschob, sich von ihm verabschiedet und getrennt habe, aus dem Verkehr gezogen, wiederholte sie entschieden, mit Sicherheit, von wem, wisse sie nicht, von welchen, die in solchen Fällen eingreifen, Polizisten, Pfleger, Sicherheitsleute, solche gewöhnlich, mit hundertfünfzig Prozent Wahrscheinlichkeit, denn bei seinem Auftreten und Aussehen grenze es an ein Wunder, daß er es bis ins Malév-Büro geschafft hatte, aber von dort weiter, das glaube sie, wie sie ihn kennengelernt habe, nicht, das glaube vermutlich niemand, sie allerdings wünsche es ihm, daß er es schaffe: quer durch die Stadt, raus zum Flughafen Ferihegy, dort die Überprüfungen, Ticket, Zoll, Sicherheit, und dann Amerika, nein, nein, nein, fuhr sie fort und schüttelte den Kopf, absolut undenkbar, und jetzt, ein paar Stunden später, glaube sie fast, sie hätte es nur geträumt, andererseits habe sie etwas so Seltsames lange nicht mehr geträumt, das gebe sie gerne zu, vorläufig könne sie mit dem Traum auch nichts anfangen, von so etwas rede man nur, dann stecke man es zu anderen absonderlichen Erinnerungen – sie wisse nur nicht, was das sei, was sie weggesteckt habe, sagte sie, im Augenblick nämlich sei es noch so lebendig, so nahe, daß sie keinen Abstand habe, so daß sie überhaupt nicht sagen könne, wer die-

ser Mann *eigentlich* sei, sie finge nur gleich an, ihn zu rechtfertigen und zu verteidigen, statt etwas von ihm zu behaupten,
sie würde also Anschuldigungen zurückweisen, zum Beispiel, daß er auf den ersten Blick zwar so dusselig wirke, wie
sie gesagt habe, aber nicht dusselig sei, sondern, wie solle sie
sich ausdrücken, bei ihm sei alles irgendwie so ernst, und das
sei äußerst ungewöhnlich, äußerst, sie scheue das Wort nicht,
erschütternd, diese Ernsthaftigkeit in allem, da kommt einer,
der tatsächlich zu allem entschlossen ist, zu allem, und er
spaßt nicht, er tut nicht nur so, es ist nicht so dahingesagt,
dann hat er bis zum Morgen alles überschlafen, nein, so nicht,
er meint es ehrlich, und da sei andererseits sie, sagte die Stewardeß und zeigte auf sich, mit ihrer Plauderbereitschaft und
ihrem Enthusiasmus, zuletzt werde man noch sie für dusselig
halten, daß sie so in Fahrt kam, nicht wahr?, nein, nein, sagte
sie, wenn die Kolleginnen so dächten, dann könne sie es verstehen, so daß sie jetzt schweigen, den Erlebnisbericht beenden werde, pardon, wenn es ein bißchen langweilig war, sagte
sie und lachte mit den anderen in der allgemeinen Heiterkeit,
dann setzte sie nur noch hinzu, wie traurig, da begegnen wir
zufällig einem Menschen, wir reden mit ihm, wir lernen ihn
kennen, er beeindruckt uns, dann verlieren wir ihn und sehen
ihn nie, nie wieder, und das sei, was immer jemand sagen
möge, betrüblich, ganz im Ernst, und sie wiederholte es,
gleichfalls lachend, echt betrüblich.

34 Hermes, sagte Korim, dieser Name steht im Zentrum
dessen, was er als den realen Ausgangspunkt seines
Lebens, als seinen tiefsten geistigen Ursprung betrachte, er
habe darüber noch nie und mit niemandem gesprochen, ihr
aber, dem Fräulein Stewardeß, wolle er es unbedingt anvertrauen, daß er es sei, zu dem er schließlich gelangte, nachdem
er so viele Male den weiter zurück nicht mehr aufrollbaren

Anfang gesucht und so viele Male zu verstehen, zu erforschen und nicht zuletzt denjenigen, mit denen ihn das Schicksal auf seiner bisherigen Reise zusammengeführt hatte, zu erzählen versucht habe, wo die Entscheidung fiel, daß aus ihm kein normaler Archivar werden würde, und hier handle es sich nicht darum, daß er kein Archivar habe werden wollen, *er sei von Herzen Archivar*, jedoch kein normaler Archivar, und woran das liege, habe er pausenlos herausfinden wollen, deshalb sei er stetig zurückgegangen in der Zeit, und immer habe er etwas gefunden, etwas Neues in seiner Vergangenheit gefunden, von dem er dachte, jetzt habe ich es, das war er, er habe also gesucht und gesucht, was die Quelle, der Ursprung des Wirrwarrs in seinem Leben gewesen sein könnte, das ihn schließlich, vor dreißig bis vierzig Stunden, zum Antritt dieser Reise veranlaßte, aber er sei immer wieder auf neue und andere Quellen und Ursprünge, Ausgangspunkte und Anfänge gestoßen, bis er an einen Punkt gelangte, wo er sagen konnte, aha, das ist tatsächlich der Punkt, den ich gesucht habe, und dieser Punkt, fuhr er fort, heiße Hermes, in der Tat, Hermes sei für ihn der absolute Ursprung gewesen, die Begegnung mit dem Hermesschen Wesen, der Tag, die Stunde, als er Hermes zum erstenmal ins Auge blickte, als er – auch so könne man es ausdrücken – seine Bekanntschaft machte und Einblick nahm in die Hermessche Welt, die Welt, zu der Hermes sie gemacht habe, in der also Hermes der Herr sei – und dieser griechische Gott, der zwölfte von den zwölf, mit seiner Rätselhaftigkeit, seiner Unbestimmtheit, seine Vielfältigkeit über die Maßen, seinen verschwiegenen Zügen und der oft geahnten Stille von der dunklen Seite seines Wesens, dies alles habe seine Phantasie behext, genauer, habe sie gefangengenommen, habe sie beunruhigt und in einen Bann gezogen, aus dem es, wie aus einem Fluch oder einer Beschwörung, keinen Ausweg gab, Hermes war es also, aber nicht der geleitende Gott, sondern der wegleitende, der wegtreibende, der wegrufende, der wegziehende, der verlok‚ kende, der aus dem Gleichgewicht bringende, der von der Seite, von oben ins Ohr flüsternde, und warum gerade er, und warum gerade einen Archivar zweihundertzwanzig Kilome‚ ter von Budapest entfernt, niemand weiß es, und er habe das Gefühl gehabt, nie dürfe erkundet werden, warum, jedenfalls geschah es so, er habe Kenntnis erlangt von ihm, vielleicht aus den Hymnen des Homer, vielleicht durch Kerényi, vielleicht dank dem großartigen Graves, wer zum Kuckuck könnte sa‚ gen, durch wen, sagte Korim, und dies sei, wenn er sich so ausdrücken dürfe, die Phase der Einweihung gewesen, an die sich bald die zweite anschloß, die der Versenkung, in welcher er nur noch und ausschließlich Walter F. Ottos grandioses und unnachahmliches Werk *Die Götter Griechenlands* gelesen habe, und zwar nur und ausschließlich das einschlägige Ka‚ pitel, dieses aber bis zum Zerfledern der Seiten! – und damit sei die Unruhe in sein Leben eingezogen, von da an waren die Dinge nicht mehr so wie zuvor, von da an sah er die Dinge an‚ ders, die Dinge veränderten sich, und die Welt begann mit den Dingen ihm ihren erschreckendsten Inhalt herzuzeigen, ihre Ungebundenheit, denn Hermes bedeute, sagte Korim, das Heimischsein zu verlieren, die Zugehörigkeit, die Abhän‚ gigkeit, das Vertrauen, die Hingabe, den Glauben, die Treue, die Überzeugung für alle Zeiten, denn Hermes bedeute, daß im großen Ganzen plötzlich ein Unsicherheitsfaktor auftau‚ che, aber ebenso plötzlich stelle sich heraus, nein, doch nicht, *diese Unsicherheit ist der einzige Faktor,* denn Hermes bedeute die Relativität und Okkasionalität der Gesetze, bedeute, daß Her‚ mes sie erläßt, und zurückzieht, also freiläßt, darum handle es sich, sagte Korim zu der Stewardeß, wer ihn erblicke, sei nicht länger Gefangener weder des Ziels noch des Wissens, denn Ziel und Wissen seien nur ein schäbiger Mantel, um eine solche lyrische Wendung zu benutzen, den der Mensch nach Lust und Laune anziehen und ablegen könne, das habe ihn Hermes gelehrt, der Gott der nächtlichen Reisen, der Nacht, deren Macht sich in Hermes' Gegenwart irgendwie auch gleich auf den Tag erstrecke, denn wenn er irgendwo auftaucht, formt er sofort die menschliche Welt um, und zwar so, daß er scheinbar die Tage hell bleiben läßt, daß er schein, bar die Macht der Gefährten vom Olymp anerkennt, daß scheinbar alles ungestört nach den Plänen des Zeus vonstat, ten geht, während er, Hermes, seinen eigenen Untertanen zu, flüstert, es ist nicht *ganz* so, und sie in die Nacht einführt, ih, nen das unbegreiflich komplizierte Chaos der Wege zeigt und sie mit dem Plötzlichen, dem Unerwarteten, dem Unbere, chenbaren und Zufälligen, der Gefahr und dem Eigentum, dem Tod und der Sexualität mit ihrem sehr vagen Gewinn konfrontiert, kurz, er sendet seine Untertanen aus der Zeuss, chen Helligkeit in die Hermessche Dunkelheit, wie er auch ihn, Korim, dorthin geschickt habe, nachdem er ihm zu ver, stehen gegeben hatte, daß die von seinem Anblick in seinem, Korims, Herzen geweckte Unruhe niemals enden wird, als er sich ihm zeigte und ihn verdarb, indem er sich zeigte, denn um nichts auf der Welt wolle er sagen, daß Hermes zu erblik, ken, zu entdecken, gefunden zu haben gleichbedeutend sei da, mit, Hermes liebgewonnen zu haben, er sei vielmehr er, schrocken vor ihm, so war es, so sieht es aus und nicht anders, erschrocken wie jemand, der im Augenblick seines Verder, bens gewahr wird, daß man ihn verdorben, das heißt in den Besitz von Wissen gebracht hat, das er keineswegs besitzen will, nun, so ergehe es auch ihm, Korim, exakt so, denn was sonst habe er sich gewünscht, wenn nicht das gleiche wie die anderen, er habe sich nicht ab, und herausheben wollen, er habe solche Ambitionen nicht gehabt, er habe Abhängigkeit und Sicherheit, Übersichtlichkeit und Heimischsein gewollt, lauter normale Sachen also, die er dann binnen eines Augenblicks verlor, als Hermes in sein Leben trat und, so könne er es ruhig sagen, einen Untertan aus ihm machte, und blitzschnell habe sich hernach der Untertan von seiner Frau, seinen Nachbarn, seinen Mitarbeitern entfernt, weil es ihm hoffnungslos erschien, die nicht bezweifelbare Veränderung in seinem Verhalten mit einem griechischen Gott zu erklären, oder gar, sie alle auf seine Seite zu ziehen, sie solle sich das einmal vorstellen, sagte Korim zu der Stewardeß, eines Tages tritt er vor seine Frau oder im Archiv zu seinen Kollegen und Kolleginnen und sagt, ich weiß, ihr habt eine merkwürdige Veränderung an mir beobachtet, nun, dahinter steckt ein griechischer Gott, sie solle sich, sagte Korim, den Effekt vorstellen, seine Frau und so ein Eingeständnis!, seine Arbeitskollegen und so eine Erklärung!, so daß es kaum anders kommen konnte, als es kam: rasche Scheidung von der Frau, und im Archiv von befremdeten schrägen Blicken bis zur völligen Ächtung alles, sie gingen soweit, auf der Straße einen Bogen um ihn zu machen und seinen Gruß nicht zu erwidern, das habe ihn sehr geschmerzt, sagte Korim, die eigenen Kollegen, mit denen man Tag für Tag!, und dann erwidern sie auf der Straße einfach den Gruß nicht, das habe ihm Hermes eingebracht, das, er sage es nicht als Klage, sondern stelle nur die Tatsache fest, zur Klage nämlich habe er keinerlei Grund, begonnen habe er als der normalste Archivar mit der berechtigten Hoffnung, es zum Oberarchivar zu bringen, statt dessen, das solle sie sich einmal überlegen, sagte Korim, habe er es bis nach Budapest gebracht, in, wenn ihm ein kräftiger Zeitsprung erlaubt sei, ein Budapester Malév-Büro, wo er zuversichtlich sei, und das sei er wirklich, mit dem Visum und mit dem Ticket werde es klappen, so daß er nicht nur das weltberühmte New York, sondern mit ihm auch seine in die Hermessche Unsicherheit deponierten großen Ziele, und hier senkte

58

er die Stimme, vielleicht werde erreichen können – ganz zu schweigen davon, setzte er hinzu, wenn er eine Entschädigung wolle, aber er wolle keine, wenn er im Tausch etwas wünsche, aber er wünsche nichts, dann könne im Tausch und als Entschädigung, daß er kein normaler wurde, auch dies geschehen: daß er manchmal, mitunter, Hermes selbst zu sehen vermeine, den Gott, wenn er, und das komme vor, voller Gelassenheit in eine schattige Ecke blicke, manchmal, wenn er nachmittags einschlafe und urplötzlich aufwache, oder manchmal, wenn er durch das abendliche Dunkel eile und er seitlich, im gleichen Tempo wie der Mond, sichtbar werde, einen Wink gebe mit seinem Kerikaion, nicht ihm, und irgendwo in der Ferne verschwinde.

35 Das Visum kam, aber sie blieben dort sitzen, auf die gleiche Weise, auf derselben, für die Wartenden bestimmten Bank, denn noch war die alte Dame nicht gekommen, und an der Theke sagten sie beim Vorzeigen des Visums auch nichts anderes als vorher, nämlich, was er immerfort herumhample und voller Ungeduld nachfrage, er solle einfach abwarten, wenn es soweit sei, werde man ihn aufrufen, andere warteten aus ähnlichem Grund wochenlang, was er also wolle, so daß Korim natürlich zustimmend nickte und die Angestellte beschwichtigte, er werde von jetzt an keinen Ärger mehr machen, er habe verstanden, mit ihm werde sie keine Probleme haben, das verspreche er, damit kehrte er auf seinen Platz neben der Stewardeß zurück und sagte minutenlang nichts, wartete nur, sichtlich besorgt, sein Verhalten könne den Unwillen der Angestellten geweckt haben, das aber, erklärte er der Stewardeß, würde seine Position verschlechtern, auf einmal dann, als hätte er dies alles plötzlich vergessen, wandte er sich ihr wieder zu und knüpfte dort an, wo er vorhin abgebrochen hatte, indem er sagte, am liebsten

bliebe er eine volle Woche hier, um zu erzählen ohne Ende, er wisse selber nicht genau, was in ihn gefahren sei, daß so vieles aus ihm herauswolle, obendrein Dinge, die einzig und allein ihn beträfen, früher habe er so etwas nicht gemacht, niemals, und er sah der Stewardeß in die Augen, früher wäre so etwas undenkbar gewesen, damals hätte man ihn am ehesten mit der Feststellung charakterisieren können, daß er über sich selbst nie ein Wort verlor, neuerdings aber müsse er aus irgendeinem Grund, wahrscheinlich wegen der Angst beim Überfall oder daß sie ihm auf der Spur seien, das sei zwar nicht sicher, jedoch wahrscheinlich, neuerdings müsse er aus irgendeinem Grund pausenlos reden, er habe das Gefühl, alles wolle aus ihm heraus, das Flußufer, die Kreis-Psychatrie, die Hierarchie, das Vergessen, die Freiheit und das Zentrum der Welt, und endlich müsse er jemanden einweihen, ausgerechnet er, der sich nie veranlaßt gefühlt habe, irgendwen einzuweihen in die Geschichte der letzten Jahre, der letzten Monate und des letzten Tages, in die Geschehnisse im Archiv, im Bremserhäuschen, auf der Bahnüberführung und am Almássyplatz, also wirklich in alles oder, besser gesagt, in das Wesentliche, nur falle es ihm immer schwerer, das Wesentliche zu erzählen, und nicht allein, weil sich das Wesentliche aus Einzelheiten zusammensetze und weil es eine beklemmende Vielzahl von Einzelheiten gebe, sondern auch aus dem ernüchternd alltäglichen Grund, daß ihm der Kopf weh tue, ganz genau genommen, das Kopfweh, das bei ihm einen konstanten Pegel aufweise, habe diesen Pegel überschritten und beginne unerträglich zu werden, und es sei nicht allein der Kopf, der ihn schmerze, auch der Hals, die Schultern und der Nacken hier oben, und er zeigte der Stewardeß, wo, das alles zusammen, und wenn es losgeht, wird es bald unerträglich, an diesen Stellen kann man sonstwas versuchen, sie massieren, den Kopf drehen, mit den Schultern kreisen, nichts hilft, nur

Schlaf hilft, der allein, das völlige, unbewußte Lockerwer‑
den, und gerade um das Lockerwerden sei es bei ihm schlecht
bestellt, er könne dieses Unbewußte nicht lockern, genauer,
den Kopf nicht lockern, sondern ihn nur halten, nur anspan‑
nen, so, wobei sich die Muskeln natürlich verkrampfen, wo‑
bei die Ligamente natürlich protestieren, kurzum, das ganze
hier oben beginnt zu rebellieren, und da hat er leider keine
Wahl, er muß sich ein wenig hinlegen, hier auf die Bank, sie,
das Fräulein Stewardeß, möge es ihm nicht übelnehmen, nur
für eine Minute, aber er müsse liegen, um den Muskelschich‑
ten und den Ligamenten, den Trapeziussen und den Sple‑
niussen, den Suboccipitalessen und den Sternocleidomastoi‑
deussen die Arbeit abzunehmen, um sie zu entlasten, sonst
geschehe schon heute das, wovor er seit Jahren bange, näm‑
lich, daß er den Kopf verliere, denn was sonst, der ganze Kür‑
bis würde abreißen, und dann adieu! New York, dann wäre,
sagte Korim, in Augenblicksschnelle alles zu Ende.

36 Die Stewardeß stand auf, ihm Platz zu machen, Ko‑
rim legte sich auf den Rücken und ließ den Kopf
langsam, vorsichtig auf die Bank sinken, aber die Augen
schloß er nur knapp, nur so, daß er sie unverzüglich öffnen
konnte, denn plötzlich wurde die Tür von der Straße her auf‑
gestoßen, und herein fluteten eine Menge Menschen, obzwar
richtiger gesagt werden müßte, daß sie hereinbrachen, herein‑
stürmten mit so brutaler Gewalt, als wollten sie das ganze
Büro niederrennen, wobei sie mit keinerlei Widerspruch dul‑
denden schrillen Anweisungen nach rechts und links, vorn
und hinten signalisierten, die Person, die sie hier umschlös‑
sen, die sie jetzt in einem glanzvollen ebenholzfarbenen Roll‑
stuhl hereinschöben, die jetzt zwischen die Kunden und An‑
gestellten rolle, habe allen Grund, so hereinzubrechen, habe
alles Recht, die in diesem Raum Befindlichen so niederzuren‑

nen, niemand jedoch habe Grund und Recht, sich für diesen
Grund und Recht zu interessieren, es war also, mit fast halb-
tägiger Verzögerung, zum tiefsten Kummer Korims und zur
größten Erleichterung der Stewardeß, endlich die alte Dame
aus der Schweiz *eingetroffen*, und sie tat mit ihrem recht kleinen, verschrumpelten, dürren Körper, ihrem tausendfach ge-
furchten eingefallenen Gesicht, ihren kleinen, glanzlosen
grauen Augen und ihren zusammengepreßten, rissigen Lippen, aber auch mit ihrem unwahrscheinlich großen und bis
zu den Schultern baumelnden goldenen Ohrgehänge ohne
Verzug und ohne einen Ton kund, daß sie genau mit diesem
Körper, diesem Gesicht, diesen Augen und diesem Mund,
das heißt genau mit dieser verächtlichen Schweigsamkeit und
genau mit diesem unwahrscheinlich großen goldenen Ohrgehänge in den nächsten Minuten bestimmen werde, was hier
geschehe und was nicht, und in der Tat kam kein Wort über
ihre Lippen, wenngleich auch nicht gesagt werden könnte,
ihre Begleitung habe ihre Befehle erraten oder erfüllt, die Begleitung rollte sie nur ein Stückchen hier entlang und dann ein
Stückchen da entlang, mal ein bißchen schneller, mal ein bißchen langsamer, während die Blicke an ihr klebten, an ihr
hingen wie das goldene Ohrgehänge an ihren Ohren, dann
wurde, als sie einen hauchfeinen Wink gab, auf einmal klar,
was sie wollte, wohin sie wollte, in welche Richtung zwischen
den Tischen hindurch, und ihrer Richtungswahl vermochten
die Angestellten und die Kunden nicht zu widerstehen, die
Arbeit nämlich ruhte längst, und die Warteschlangen vor den
Tischen hatten sich aufgelöst, wie auch die ungewöhnliche
Situation endete, in welcher sich seines Kopfwehs wegen Korim und die Stewardeß befanden, denn zumindest mußte Korim sich aufsetzen, um sich nach dem ersten Schreck zu ver-
gewissern, daß er nicht abgeholt werden sollte, anders als die
Stewardeß, die hingehen und mitteilen mußte, daß sie es sei,

die, nach Abschluß der unvermeidlichen Formalitäten, der alten Dame im Namen der ungarischen Fluggesellschaft bis zu der hier auszuwählenden Maschine Stütze sein werde, helfende Hand und auf der Fahrt zum Flughafen Ferihegy *Wegweiser* im wahren Sinn des Wortes.

37 Die Hortobágyer Fleischpalatschinke schmecke gut, so übersetzte man der gegenübersitzenden, nervösen Angestellten die Worte der alten Dame, die Luft jedoch, und die zahlreiche Begleitung deutete ein Lächeln an, finde nicht Frau Hanzls Gefallen, eure Luft, wiederholte sie auch schon, auf deutsch, mit donnernder, heiserer Männerstimme, während sie enttäuscht den Kopf schüttelte, ist einfach unqualifizierbar, versteht ihr?, unqualifizierbar, und gab einen Wink, man möge den Computer mit dem Bildschirm zu ihr hin drehen, dort zeigte sie mit dem Finger auf eine Zeile, und von da an spielte sich alles unglaublich schnell ab, keine Minute später hielt die Begleitung das Ticket in der Hand, keine Zeit mehr, der Stewardeß zu erklären, was sie zu tun haben werde »an der Seite von Frau Hanzl, die ihre Reisen immer selbst managt und vielleicht deshalb so ungewöhnlich empfindsam« sei, schon wendeten sie mit dem glanzvollen ebenholzfarbenen Rollstuhl und der ungewöhnlich empfindsamen Frau Hanzl darin, und schon stoben sie quer durch das Büro zur Ausgangstür, so daß Korim, der den Kopf verzweifelt wendete und drehte, nur noch Zeit blieb, zu der Stewardeß zu laufen und irgendwie in einen einzigen Satz all das hineinzupressen, was sie seines Erachtens unbedingt noch erfahren mußte, es sei doch für so vieles keine Zeit geblieben, sagte er und sah sie verloren an, ausgerechnet für das Wesentliche habe die Zeit nicht gereicht, denn das Wichtigste, nämlich was er in New York eigentlich vorhabe, habe noch gar nicht gesagt werden können, kein Wort darüber, und er deutete auf

den Jackenschoß, kein Wort über das Manuskript, das doch am allerwichtigsten sei und ohne das sie, das Fräulein Stewar‚ deß, nichts von dem ganzen verstehen könne, denn dieses Ma‚ nuskript, sagte er, ergriff ihre Hand und versuchte sie aus der enteilenden Begleitung zurückzuziehen, sei das Wundersam‚ ste, was jemals auf Erden geschrieben wurde, aber inzwischen konnte er ihr, dem Fräulein Stewardeß, sonstwas erzählen, sie hörte nicht mehr zu, sie sagte nur mit einem Lächeln, sie müsse leider gehen, woraufhin Korim nicht anders konnte, er mußte vorauseilen und dem mit hoher Geschwindigkeit na‚ henden Rollstuhl die Tür aufhalten, indem er sich gegen sie lehnte, und dort stehend und das Gelärm der ungeordnet ab‚ ziehenden Begleitung überschreiend, ließ er die Stewardeß wissen, was für ein sehr schöner Tag es gewesen sei, ein unver‚ geßlicher, und sie solle ihm erlauben, sich zur Erinnerung für immer die beiden Grübchen von ihrem Lächeln aufzuheben – heben Sie's nur auf, rief die Stewardeß zurück und lächelte mit den beiden Grübchen, dann fiel die Tür zu, und Korim war allein mit der plötzlich eingetretenen ohrenbetäubenden Stille und mit den beiden Grübchen für immer in seiner Er‚ innerung.

3 8 Für 119 000 Forint 1 Woche Island, leierte gelang‚ weilt eine Angestellte, für 99 900 Forint 1 Woche Nil, für 98 000 Forint 1 Woche Teneriffa, für 75 900 Forint 5 Tage London, für 69 900 Forint 1 Woche Zypern, für 55 000 Forint 1 Woche Tunesien oder 1 Woche Mallorca, für 49 900 Forint 1 Woche türkische Riviera, für 39 900 Forint 1 Woche Rho‚ dos, für 34 900 Forint 1 Woche Korfu, für 24 900 Forint 1 Wo‚ che Dubrovnik, Athen – Saloniki 1 Woche, mit den Meteo‚ ra‚Klöstern, 24 000 Forint, Ièsolo 1 Woche 22 900 Forint, Salou Spanien 1 Woche 19 900 Forint oder Kraljevica 8 Tage 18 200 Forint, aber wenn Ihnen nichts paßt, sagte die Ange‚

stellte zu dem vor ihr stehenden Interessenten, der immer noch zu zögern schien, dann, und sie wandte den Kopf ab, dann, und sie verzog den Mund, gehen Sie ruhig woandershin, und damit drückte sie auf eine Taste ihres Computers, lehnte sich zurück und sah mit einem Blick zur Decke, der nicht den geringsten Zweifel aufkommen ließ, ihrerseits sei die Auskunft ein für allemal beendet.

39 *Was für ein Ticket*, fragte später Korim, zur Theke gerufen, um ihn zu informieren, woraufhin er, als wolle er seine abschweifende Aufmerksamkeit wieder zusammenraffen, die Stirn zu massieren begann und, der Angestellten ins Wort fallend, fortfuhr: *Morgen? Was für ein Morgen?*

40 Sie kamen insgesamt zu viert, drei erwachsene Frauen, so zwischen fünfzig und sechzig, und ein Mädchen, das wie achtzehn aussah, aber bestimmt nicht älter als zwölf war, und jede hatte einen Stahleimer mit Putzzeug bei sich und hielt einen gewerblichen Schrubber in der Hand, vier Eimer und vier Schrubber und dazu vier graue Arbeitskittel, damit kein Zweifel aufkam, wer sie waren und was sie wollten und warum sie so dastanden, ein wenig auf alles und auf alle von unten blickend, besonders aber auf den Wink einer bestimmten Sachbearbeiterin wartend, hier unten, auf der Schwelle der Tür, die vom Büro zu den Nebenräumen führte – um dann, als der Wink aus einem der Glaskäfige endlich kam, an die Arbeit zu gehen, zurückhaltend erst, zögernd, Vorbereitungen treffend, dann, als der letzte Kunde und die letzte Angestellte durch die Eingangstür entschwunden waren und draußen geräuschvoll die Rolläden niedergingen, schlugen sie mit den Eimern und den Schrubbern und den vier gleichartigen Arbeitskitteln das volle Arbeitstempo an, zwei gingen nach vorn, zwei blieben auf der Seite zur

Straße hin, und dann, die um die Schrubberkörper gewickelten Lappen in Wasser tauchend und das Wasser abrinnen lassend, bewegten sie sich aufeinander zu, zwei gegen zwei, mit gedehnten, langen Schritten, ernst und stumm, zu hören war nur, wie die vier Wischlappen flink über den künstlichen Marmorfußboden glitten, dann, in der Mitte angelangt und aneinander vorbeischreitend, ein winziger Laut, erneut das Gleiten über den Fußboden bis zum Ende, das Eintauchen und Abrinnenlassen, und zurück, auf die gleiche Weise und ebenso stumm, bis das Mädchen, auf halber Strecke, in die Kitteltasche griff, ein Transistorradio einschaltete und die Lautstärke aufdrehte, so daß sie nun durch den dichten Rotz einer widerhallenden, monotonen, eisigen Maschinenmusik wateten, stumm, die Schrubber in den Händen, die leeren, farblosen Augen auf die nassen Lappen gerichtet.

II

FESTLICHE STIMMUNG

1 Nachdem am 15. November 1997 der Kapitän im Brie-
fingraum des Flughafens Budapest-Ferihegy II über die
normalen Daten hinaus der zehnköpfigen Crew die voraus-
sichtlichen meteorologischen Verhältnisse, die Passagierzahl
und den Air-Cargo-Status mitgeteilt und die Situation dahingehend zusammengefaßt hatte, daß mit einem ausgegli-
chenen, ruhigen Flug zu rechnen sei, rollte unter der Flug-
nummer MA 090 die BOEING 767, ausgerüstet mit zwei
Triebwerken CF 5-80C2, Reichweite 12 700 Kilometer, Kraft-
stoffkapazität 91 378 Liter, Spannweite 47,57 Meter und
Startmasse 175,5 Tonnen, mit 127 Passagieren in der Eco-
nomy Class und 12 in der Business Class an Bord zur Start-
bahn und hob nach durchschnittlicher Rollzeit mit einer Geschwindigkeit von 280 km/h um 11 Uhr 56 ab, erreichte um
12 Uhr 24 in der Nähe von Graz die Reiseflughöhe von 9800
Metern und gelangte in dem unter den für die Jahreszeit üblichen atmosphärischen Bedingungen nicht sehr starken Ge-
genwind aus West-Nordwest über Stuttgart, Brüssel und Bel-
fast hinweg über den Atlantik, wo sie, den vorgegebenen
Koordinaten folgend, nach vier Stunden und zwanzig Minuten den Kontrollpunkt in Südgrönland erreichte und hiernach, sechsundfünfzig Minuten vor dem Ziel, die Flughöhe
zu verringern begann, indem sie erst die aktuelle Höhe um
800 Meter senkte und nach der Übernahme durch die Flug-
sicherheitszentrale in Neufundland stetig um weitere 4200

Meter sank, um schließlich, schon unter dem Kommando von New York, flugplangemäß genau um 15 Uhr 25 amerikanischer Zeit auf der linken Landebahn 36 des Kennedy International Airport in der Neuen Welt zu landen.

2 *Oh, yes, yes,* sagte Korim mit bereitwilligem Nicken zu dem dunkelhäutigen Beamten des Immigration Office, und auf dessen wieder und wieder gestellte und immer gereizter klingende Frage, als weder der Fingerzeig auf die Papiere noch das Nicken, noch das viele Yes und Yes weiterhalfen, breitete er ergeben die Arme aus, schüttelte den Kopf und sprach: *Mir kannst du viel erzählen, ich verstehe nicht ein Wort, no understand.*

3 Das Zimmer, in das er durch den langen, engen Korridor geführt wurde, ähnelte am ehesten einem geschlossenen Getreidewaggon, die Wände waren mit grauem Stahl überzogen, nirgends ein Fenster, und die Tür ließ sich nur von außen öffnen, tatsächlich, wie ein leerer Waggon, erzählte Korim später, denn da seien zwei Sachen gewesen, sagte er, ein unverwechselbarer Geruch und ein feines Vibrieren im Fußboden, weshalb er, nachdem sie die Tür hinter ihm abgeschlossen hatten und er allein war, tatsächlich meinte, er sei in einen fauligen Waggon geraten, in einen amerikanischen, aber eben doch in einen Waggon, beim Eintreten nämlich sei ihm gleich ein durchdringender Getreidegeruch entgegengeschlagen, und er habe gleich das Vibrieren unter seinen Füßen gespürt, der Geruch sei mit keinem anderen zu verwechseln, den habe er auf der Fahrt nach Budapest gründlich kennengelernt, und von dem Vibrieren konnte er ebenfalls nicht denken, es sei eine Sinnestäuschung, wegen der flakkernden Neonröhren, denn so sehr fein vibrierte der Fußboden nun auch wieder nicht, vielmehr übertrug sich die Vibra-

tion auf seine Fußsohlen, und als er versehentlich die Wand anfaßte, merkte er, auch sie vibrierte, der ganze Raum, sagte Korim, habe unbestreitbar vibriert, man könne sich denken, wie ihm darin zumute gewesen sei, sagte er, zumal er nicht kapierte, was zum Henker sie von ihm wollten, was zum Henker sie ihn fragten, was zum Henker das hier sei, und er zog sein Notizbuch hervor, in das er während des Flugs aus einem in der Jackentasche mitgenommenen Taschenwörterbuch die wichtigsten Wörter übertragen hatte in der Überlegung, dieses Taschenwörterbuch in der Jackentasche werde ihm nicht viel nützen, wenn er mit jemandem sprechen müsse, zu unbequem, zu langsam, zu umständlich, das ständige Blättern und Suchen, obendrein verhalte es sich bei seinem Wörterbuch so, daß der Finger stets weiterlief, wenn er beim Blättern hätte anhalten müssen, entweder, weil an der betreffenden Stelle die Seiten zusammenklebten und unzugänglich blieben, oder weil er beim Blättern dachte, na, gleich werde er den gesuchten Buchstaben wieder überblättern, weshalb er langsamer zu blättern versuchte, nun den gesuchten Buchstaben jedoch gerade mit dieser nervösen Achtsamkeit übersprang, womit die ungeduldige Kleinarbeit ihren Anfang nahm, denn nun mußte er das Wörterbuch anders halten, um Seite für Seite nachzusehen, kurzum, auf diese Art und Weise ging das alles sehr langsam vonstatten, und deshalb hatte er sich für diese Notizbuchvariante entschieden, die mutmaßlich wichtigsten Wörter herausschreiben und eine Ordnung finden, die das Blättern erleichterte, das heißt beschleunigte, und er hatte sie gefunden, hatte sie während des langen Fluges aufgebaut, und darauf mußte er jetzt zurückgreifen, wollte er raus aus dem Schlamassel, damit mußte er einen englischen Satz basteln, etwas erfinden, eine Lösung finden, damit die festliche Stimmung in seinem Kopf nicht wegbrach, denn er war doch hier, war angekommen, es hatte geklappt, das Unmögliche, um es so zu sagen, sagte er, sei möglich geworden, deshalb mußte er einen verständlichen Satz zusammenbasteln, aus dem deutlich würde, wer er sei und was er wolle, und zwar einen, in dem nur von der Zukunft die Rede sein würde – es sei sein fester Vorsatz gewesen, einzig und allein von der Zukunft zu sprechen, unbeirrbar, habe er sich gesagt, erzählte er später, was ihn in dieser festlichen Stimmung trotzdem ein wenig bedrücke, darüber werde er schweigen, denn sich selbst belügen, das könnte er auf gar keinen Fall, neben der festlichen Stimmung habe es nämlich durchaus auch ein wenig Traurigkeit gegeben, im Kopf die festliche Stimmung, im Herzen diese Traurigkeit, die daher rührte, daß er beim Aussteigen zurückblicken wollte, dorthin, wo Ungarn lag, und bekümmert war, daß man Ungarn von hier aus nicht sehen konnte, wo er doch endlich hier war, angekommen und unerreichbar für alle Verfolger, er, ein kleiner Punkt im großen All, er, der unbekannte Lokalhistoriker aus den Tiefen eines Archivs, zweihundertzwanzig Kilometer von Budapest entfernt, stand jetzt hier: in A-me-ri-ka! und würde bald darangehen, den Großen Plan umzusetzen, kurz, neben solchen beglückenden Empfindungen gab es jene andere, als er mit den übrigen Passagieren die Gangway hinabschritt und sich, während sie die Busse stürmten, umdrehte und zurückblickte in dem Wind, der über die Betonpiste fauchte, und dachte, oh, nie wieder, er habe mit dieser beglückenden Ankunft alle Brücken abgebrochen, endgültig, es wird keine Vergangenheit, es wird kein Ungarn mehr geben, und er sprach es auch laut aus, als er sich auf das Drängen der Stewardessen zum Bus begab, noch einmal in die Richtung blickend, wo er Ungarn vermutete, oh, für ihn war dieses Ungarn auf ewig verloren.

4 Mit dem ist letztlich alles in Ordnung, berichtete der mit der Kontrolle osteuropäischer Einwanderer betreute Si-

cherheitsbeamte seinem Vorgesetzten, er ist einfach nur ohne Gepäck gekommen, ohne das kleinste Täschelchen, nichts weiter als seine Jacke, in deren Schoß er ein, wie aus seiner Aussage und nach Einblicknahme seitens des Dolmetschers hervorgeht, Manuskript privater Art sowie, weiter oben, einen Umschlag mit seinem Geld eingenäht hatte, aber nicht das kleinste Beutelchen, kein Rucksack, nichts, weshalb man natürlich bedenken müsse, sprich nur, Andrew, warf der Vorgesetzte mit einem Nicken ein, daß er möglicherweise Gepäck hatte, aber jetzt nicht mehr hat, doch wo es dann sei, da hilft nur eine Visitation, und die hätten sie, unter Einhaltung der Vorschriften und Einbeziehung eines Dolmetschers, vorgenommen, aber der war nicht verdächtig, fuhr der Beamte fort, der ist praktisch sauber, und daß er ohne Gepäck einreist, scheint zuzutreffen, so daß man ihn, erklärte der Beamte, ruhig reinlassen kann, Geld hat er, und zwar Cash, jede Menge, und wenn Osteuropäer ohne Scheckkarte kämen, dann werde das nicht weiter überprüft, Paß und Visum seien okay, außerdem habe er aus New York City einen Bescheid von dem Hotel, wo er abzusteigen gedenke, ob er das tue, werde man spätestens in vierundzwanzig Stunden kontrollieren, die Sache wäre damit abgeschlossen, denn seiner Meinung nach, sprich nur, Andrew, so der Vorgesetzte, genüge das, der ist, fügte er an, vermutlich nichts weiter als ein harmloser, gewöhnlicher zerstreuter Professor, der in der Kacke rühren kann, wann und wo es ihm beliebt, und wenn es das eigene Arschloch ist, bei welchen Worten der Beamte sein strahlend weißes Gebiß zeigte, er jedenfalls meine, sie sollten den in Frieden und durchlassen, soll er in Gottes Namen gehen, okay, Andrew, stimmte der Vorgesetzte zu, und eine halbe Stunde später war Korim wieder frei, obgleich er, um ehrlich zu sein, offensichtlich auch vorher kaum zur Kenntnis genommen hatte, daß er es nicht war, da ihn das nicht weiter beschäftigte, besonders jetzt nicht, am Ende, als er bemerkte, daß den Dolmetscher interessierte, was er sagte, vielmehr lag ihm daran, zu Ende zu erzählen, was zu erzählen er begonnen hatte, es abzuschließen, denn er wollte, daß sie wüßten, dereinst würden, sofern er sein Ziel erreichte, sogar die Vereinigten Staaten von Amerika selbst noch stolz darauf sein, daß der Große Plan hier, gerade hier verwirklicht worden sei – nein, wehrte der Dolmetscher lächelnd ab und strich sich langsam über das in der Mitte gescheitelte, dicht anliegende, schneeweiße Haar, so liebenswert er ihn, Korim, auch finde, dazu sei jetzt keine Zeit, er müsse das verstehen, worauf er, Korim, antwortete, er verstehe es voll und ganz, und er wolle ihn auch nicht länger aufhalten, nur eins möchte er noch anmerken, erstens handle es sich in seinem Fall um die Einbringung von etwas außergewöhnlich Schönem in die Ewigkeit, das Anliegen, das ihn hergeführt habe, sei also ungefährlicher als, um es so auszudrücken, der Flug eines Falters über eine Stadt, und zwar aus der Sicht der Stadt, setzte er hinzu, und zweitens, sagte er, Dank, wenigstens Dank möchte er ihm, dem Herrn Dolmetscher, sagen für seine Hilfe in diesem Schlamassel, und jetzt wolle er ihn wirklich nicht länger aufhalten, Dank und nochmals Dank oder wie sie hier sagen, und Korim blickte in sein Notizbuch, thanks, many thanks, Mister.

5 Er habe ihm seine Visitenkarte gegeben, erzählte später außer sich der Dolmetscher und wandte seiner Geliebten, mit der er im Bett lag, zornig den Rücken, aber nur, fuhr er fort, um ihn los zu werden, anders war es nicht möglich, der Kerl quasselte und quasselte, und da habe er gesagt, schon gut, Kumpel, das hier ist meine Telefonnummer, ruf mal an, okay?, das war's, mehr nicht, was ist dabei?, eine Höflichkeitsgeste, eine beschissene Visitenkarte, mit so was schmeißt man um sich wie der traurige Ackerbauer mit dem beschissenen

Saatgut, fertig, und der Dolmetscher wiegte total verbittert den Kopf, aus, vorbei für ihn, es geht nicht, nichts geht, er bringt es zu nichts, fast vier Jahre, daß er nach Amerika gekommen ist, aber nichts, nur diese Scheiß-, Scheiß-, Scheiß-, Scheiß-, Scheiß-, Scheiß-, Scheiß-, und er drosch auf das Kissen ein, Scheißstellung beim Immigration Office, und da soll er noch dankbar sein, daß sie ihn als Neuankömmling überhaupt genommen haben, dankbar für diese Scheiße, aber ist ja jetzt sowieso egal, im Bruchteil einer Sekunde haben sie ihn gefeuert, so schnell, daß er es erst kapierte, als er auf der Straße stand, und das wegen einer verdammten Visitenkarte, aber wer mit Hunden schläft, steht mit Flöhen auf, wer für eine so dreckige Behörde dolmetscht, wo nur Stiesel und Arschlöcher sind, dem steht nichts anderes zu, ein Tritt in den Hintern, und ab mit dir, weil das Stiesel und Arschlöcher sind, Stiesel und Arschlöcher und Stiesel und Arschlöcher, genau wie die Ungarn, ein finsteres Pack, all diese Paßkontrolleure, Zöllner, Sicherheitsleute und so weiter, das ganze dreckige Gesocks, Arschlöcher allesamt, und der Dolmetscher nickte hysterisch vor sich hin, und Stiesel, Stiesel allesamt, wir danken Ihnen, Mister Sarvary, haben sie gesagt, bei uns, wissen Sie, ist das schwere Insubordination, aktive oder passive Aufnahme von persönlichen Kontakten, im Gesetz für den öffentlichen Dienst steht und so weiter und so weiter, Schiß haben sie!, sagte der Dolmetscher, dem Weinen nahe vor Wut, dieses Arschloch sagt: Sarvary, ständig nennt er mich so, dabei weiß er, ich heiße: Sharvary, gottverflucht, dieser Stiesel, was fängt man mit so einem Arschloch an, es wird nie ein Ende nehmen, er sei, klagte der Dolmetscher und bohrte den Kopf in das Kissen, unfähig, dieses dreckige Tempo zu übernehmen, er sei Dichter, brüllte er unvermittelt in die Richtung, wo seine Geliebte lag, Dichter und Videokünstler, aber kein Dolmetscher, ist das klar?!, mit denen

wischt er sich den Arsch ab, mit solchen wie diesem drecki⟨
gen Nigger, dem Arsch, die sind Nullen, an ihm gemessen,
denn ob sie glaube, fragte er seine Geliebte und beugte sich zu
ihr, ob sie denn glaube, daß von denen auch nur einer ahnt,
wer er sei?!, ob sie das tatsächlich glaube?!, dann soll sie mal
hingehen und sich so einen aus der Nähe angucken, und sie
wird sehen, genauso ein Arschloch und genauso ein Stiesel
wie die anderen, sagte er mit versagender Stimme, wandte ihr
erneut den Rücken zu und warf sich auf die Bettdecke,
Arschlöcher wie der, am Anfang kriegte er nicht den Mund
auf, was zum Satan er hier will, unfähig, die einfachsten Fra⟨
gen zu beantworten, aber er, er, und der Dolmetscher zeigte,
sich seiner Geliebten wieder zuwendend, auf sich, er habe
dem Dussel natürlich geholfen, so gut er konnte, diesem trot⟨
teligen Arschloch, und deshalb sei er, der Dolmetscher, ein
Blödmann, der allergrößte Blödmann auf dem ganzen drek⟨
kigen Kontinent, denn wozu hilft er dem, wer hat ihn darum
gebeten, wer zahlt ihm auch nur einen Cent mehr, weil er so
hilflosen Dusseln helfen möchte, zum Beispiel diesem un⟨
glücklichen Arsch, der höchstwahrscheinlich immer noch
dort herumsteht mit der Visitenkarte in der Hand, statt sie
sich in den Hintern zu stecken und zu verduften, höchstwahr⟨
scheinlich hat er dort Wurzeln geschlagen mit seinem blöden
Kuhgesicht, weil dieser Dussel nicht mal weiß, was baggage
ist, nicht mal das, obgleich er, der Dolmetscher, es ihm erklärt
habe, er steht herum, er sehe ihn regelrecht vor sich, und hat
ein für allemal die Hosen voll, aber keiner kommt und wischt
ihm den Arsch ab, so sind sie alle, und sie, seine Geliebte,
solle es ihm nicht verübeln, wenn er die Selbstbeherrschung
und obendrein seine Stellung verloren habe, und warum,
Liebste?, wegen einem von diesen Arschlöchern, denn das
sind sie alle, ehrlich, alle, alle, alle – ausnahmslos!

6 Exit, nur darauf müsse er achten, sagte Korim laut vor
sich hin, nur Exit, nur da entlang, wo Exit geschrieben
steht, nirgendwo sonst entlang, da verirrt man sich, Exit, ja,
hier entlang, geradeaus, und niemanden störte es, weil es nie‐
manden interessierte, daß er Selbstgespräche führte, schließ‐
lich gab es hier ein paar tausend Leute, die es genauso mach‐
ten, die umherrannten wie aufgescheuchte Hühner, die
Augen auf Schilder und Piktogramme gerichtet, die plötzlich
nach links liefen, stehenblieben, zurück, dann nach rechts,
stehenblieben, wieder zurück, schließlich vorwärts und vor‐
an, neuen Ratlosigkeiten entgegen, genauso also wie Korim
auf Exit achteten, nur darauf, alles auf Exit setzen und nicht
verfehlen und sehr, sehr aufpassen, damit man bloß nicht ab‐
gelenkt wird, in diesem wahnsinnigen Trubel genügt ein win‐
ziges Blackout, und man ist aufgeschmissen, man findet nie
mehr den richtigen Weg, und nicht unsicher werden, sagte er
zu sich, einfach gehen und gehen, die Gänge lang, die Trep‐
pen rauf, nicht auf die seitlichen Türen in den Gängen und an
den Treppen achten, gar nicht erst hinsehen, und wenn doch,
blind durchgehen durch diese seitlich sich öffnenden Seiten‐
türen, hindurch durch die verlockende Tatsache, daß auf der
einen oder anderen, wenngleich mit andersartigen Buchsta‐
ben, Exit steht, durch, nur durch, nicht achten auf die Seiten‐
türen, und das tat Korim auch nicht, er ging weiter und
durch, es sei, erzählte er später, wie in einem Wahnsinnslaby‐
rinth gewesen, für ihn jedenfalls, aber nicht nur das Laby‐
rinth, auch das Schrittempo sei reiner Wahnsinn gewesen,
irgend etwas diktierte den Menschen eine gnadenlose Ge‐
schwindigkeit, so daß er immer plötzlich entscheiden mußte,
und das war das schwierigste, in einem einzigen Augenblick
zwischen zwei möglichen Richtungen wählen, denn von Zeit
zu Zeit sei, als er die Gänge lang und die Treppen rauf‐ und
runterging, ein Punkt gekommen, da wäre man vielleicht

weitergegangen, aber ein Hinweisschild machte einen unsicher und zwang zum Stehenbleiben, etwas störte, ein unlogischer Hinweis an einem verwirrenden Ort, so daß in einem einzigen Augenblick entschieden werden mußte, wie weiter, welches ist diese verfluchte Hauptrichtung, diese oder jene, die störende, von der man nicht wissen kann, ob sie etwa eine Änderung der Hauptrichtung darstellt, man mußte sich also in einer beklemmend kurzen Zeit entscheiden, das quälte ihn, suchen und gehen ohne Halt, im sicheren Bewußtsein schon der völligen Unmöglichkeit, an einen Halt zu denken, der Halt als Möglichkeit war völlig ausgeschlossen, als wäre allen eingebleut, gleich sei *draußen Torschluß*, da müsse man sich beeilen, müsse man spurten, jeder nach Kräften, doch ohne Halt, gehen und laufen und den Exit suchen, den übrigens, und das sei das andere gewesen, sagte Korim, völliges Dunkel umgab, denn wie sollte man wissen, was darunter zu verstehen war, hinaus, das habe es für ihn bedeutet, also raus aus dem Gebäude, hinaus ins Freie, zu einem Bus, der einen in die Stadt bringt, oder zu einem Taxi, wenn es nicht zu teuer ist, man wird ja sehen, aber ob er sich diese ganze Exit-Ausgang-Sache so vorstellen durfte: draußen, und im Freien, das wußte er wahrhaftig nicht, er ging nur, ging weiter in wachsender Unsicherheit, er sei, berichtete er später, verunsichert durch die Gänge und treppauf, treppab gegangen, nicht wissend, ob es sich um die richtigen Gänge und Treppen handelte, aber als er bemerkte, daß ihm der Weg unter den Füßen wegrutschte, daß er möglicherweise schon seit längerem in eine falsche Richtung ging, da erschrak er erst richtig, und in so einem Schreck kannst du nicht mal mehr denken, wie auch er nicht dachte, sondern seinen Instinkten folgte und sich der Menge anvertraute, ihr Strömen in eine Richtung akzeptierte, sich dieser Hauptrichtung anschloß, also die Geschwindigkeit der Menge übernahm und sich mit ihr treiben ließ wie ein

Laubblatt unter vielen, wenn er sich so altmodisch ausdrük-
ken dürfe, sagte er, wie ein Laubblatt im tobenden Sturm, er
sah kaum noch etwas rundum, zu schnell, zu heftig, allzu ha-
stig und vibrierend und schwer war alles rundum, klar war
lediglich, daß dieses Alles von Grund auf anders war, als er es
sich vorgestellt hatte, wie es ja tatsächlich von Grund auf anders war, und da sei, erzählte er, seine Furcht noch größer geworden, Furcht im Land der Freiheit, Angst in der festlichen
Erleichterung, weil das Ganze mit einemmal über ihn hereinbrach, zu schnell, als daß er es hätte verstehen, begreifen und
durchschauen können, zu schnell für den Versuch wenigstens, hinauszufinden, aber da waren nur die Gänge und die
Treppen, eine nach der anderen und ohne Ende, und da war
er, wie er in dem Radau aus Sprechen, Weinen, Schreien,
Kreischen und einem wilden Gelächter und dem heranwo-
genden und abebbenden Donnern und Dröhnen unentwegt
vor sich hin sagte, Exit, ja, dort entlang, geradeaus.

7 Dort, wo sich die Mündung der Einreisehalle verbreitert,
standen auf den vier Eckpunkten eines ungefähr zwei
mal zwei Meter großen Quadrats vier sichtlich für spezielle
Aufgaben ausgebildete, schwarz uniformierte, mit Handfeu-
erwaffen, Gasspray, Gummiknüppeln und wer weiß was allem ausgerüstete Posten, reglos, Helme auf dem Kopf, und einer allein konnte schon in zweiunddreißig Richtungen
gleichzeitig blicken, vier martialisch aussehende Aufpasser
mit leicht gespreizten Beinen und um sie herum ein rotes Ab-
sperrseil, das die Menge nur bis an die Seiten eines ungefähr
vier mal vier Meter großen Quadrats heranließ, mehr war
nicht zu sehen von dem vermutlich beispiellosen Sicherheits-
system, das den Menschenstrom in den ersten Augenblicken
empfing, nur das, nicht die Kameras und die sprungbereiten
Einheiten, die hinter den Mauern in nächstmöglicher Nähe

versteckt waren, nicht die für Spezialaufgaben bestimmten motorisierten Kommandos vor den Eingängen zum Terminal, auch nicht das Hauptquartier des Generalstabs drinnen im Gebäude, von wo aus alle achtundsechzigtausendvierhundert Sekunden des Tages überwacht wurden, und das war in der Tat beispiellos, so beispiellos die ganze Sicherheitskonzeption, daß von alledem nur vier Posten und vier rote Seile sichtbar waren, denn am beispiellosesten war das, was sie beschützen sollten und weswegen die Menschen ohne Zahl hierher strömten, und wie sie strömten: die Einheimischen, die Durchreisenden und die Ausländer, die Sachkundigen, die Laien und die Sammler, es kamen die Leidenschaftskranken, es kamen die Diebe, es kamen die Frauen und die Männer und die Kinder und die Alten, und alle wollten sie sehen, alle wollten weiter nach vorn, um die von den vier Seilen und den vier Posten beschützte, mit schwarzem Samt bezogene, von oben mit weißen Punktleuchten beleuchtete breite Säule zu sehen und auf ihr die Vitrine aus kugelfestem Glas, alle wollten die *Diamanten* sehen, wie sie sie der Einfachheit halber nur nannten, sie wollten eine der wertvollsten Diamantenkollektionen der Welt sehen, wie es in den Anzeigen hieß, denn dort waren sie wahrhaftig, die einundzwanzig funkelnden Wunder dieser Erde, die einundzwanzig magischen Inkarnationen reinen Kohlenstoffs, einundzwanzig unvergleichliche Stücke in Stein erstarrten ewigen Strahlens, veranstaltet vom Geological Institute mit der freundlichen Unterstützung zahlreicher weiterer Institutionen sowie Privatpersonen, obzwar natürlich, wie immer, wenn hinieden irgendwo von Diamanten die Rede ist, unter der diesmal nicht verheimlichten Oberhoheit der De Beers Consolidated Mines Ltd. im Hintergrund, einundzwanzig *Spezialitäten*, wie die Kataloge es formulierten, was in diesem Fall auch keine Übertreibung war, denn als die Sammlung nach den vier klassischen Kriterien der

Diamantenbewertung – Colour, Clearness, Cut und Carat – zusammengestellt wurde, die keine Klasse unterhalb der Klassifikationsgruppen IF und VVSI berühren durften, war man darauf bedacht gewesen, ein umfassendes Bild von der eindrucksvollen Welt der Facetten, der Dispersion, der Brillanz und des Schliffs zu vermitteln, mit einundzwanzig Sternen, stand im Text, ein Bild vom ganzen Universum, schon allein die Absicht, stand da zu lesen, sei etwas Spezielles, da die Zuschauer nicht einfach mit ein oder zwei unvergleichlichen Schönheiten fasziniert werden sollten, sondern mit der unvergleichlichen Schönheit schlechthin in einundzwanzig verschiedenen und sehr unterschiedlichen Formen, und tatsächlich, es war fast alles Denkbare vertreten innerhalb der Farbqualitäten River, Top Wesselton und Wesselton, einundzwanzig Vollkommenheiten nach der Tolkowskyschen, der Skandinavischen und der Epplerschen Harmoniebestimmung, es gab den Mazarin-, Peruzzi-, Marquise- und Smaragdschliff, es gab die ovale Form, die Birnenform, die Navettform und die Halbnavettform, es gab alles zwischen fünfundfünfzig Karat und einhundertzweiundvierzig Karat, und natürlich gab es da zwei Sensationen, den in Silber gefaßten ORLOW und das einundsechzigkarätige, bernsteinfarbene TIGERAUGE, es war ein wirklich ganz spezielles wahnsinniges Strahlen in der kugelsicheren Vitrine, noch dazu am verblüffendsten Ort, am sensibelsten Punkt des verkehrsreichsten Airports der Vereinigten Staaten von Amerika, wo so ein millionenschweres Gepränge vermutlich am schwersten zu schützen ist, aber wo es eben doch geschützt wurde, nämlich mittels vier roter Absperrseile und vier martialischer Aufpasser mit leicht gespreizten Beinen.

8 Korim trat hinaus auf den letzten Gang und erblickte hinten die Halle, und indem er sie erblickte, so erinnerte

er sich später in einem Gespräch, wußte er sofort, daß er die richtige Richtung genommen hatte, die ganze Zeit hindurch, das bedeutet, habe er sich gesagt, ich bin raus aus dem Laby⸗ rinth, er habe also die Schritte beschleunigt und von Schritt zu Schritt erleichterter, weniger bang und zunehmend in die frühere festliche Stimmung zurückfindend die letzten paar hundert Meter in Angriff genommen, als ungefähr nach ei⸗ nem Drittel zurückgelegter Strecke, während er auf das Licht, den Lärm, die Sicherheit der Halle zuschritt, in der Flut ihm auf einmal ein Puertoricaner auffiel, jung, zwanzig oder zweiundzwanzig, klein, schmalbrüstig, in karierter Hose und mit einem seltsam tänzelnden Gang, der Bursche sah, ja lächelte ihn schon aus gut zehn Metern Entfernung an, er erstrahlte geradezu bei Korims Anblick, und überrascht wie einer, der im anderen unerwartet einen alten Bekannten erkennt, hob er wie zum Gruß beide Arme und kam immer schneller auf Korim zu, der natürlich seinerseits genötigt war, verhalten weiterzugehen, gleichfalls zu lächeln und mit fra⸗ gendem Blick das Zusammentreffen zu erwarten, doch als es soweit war, geschah etwas für Korim ganz Unglaubliches, die Welt verdunkelte sich, er mußte sich krümmen und nieder⸗ kauern, denn der Schlag hatte exakt seine Magengrube getrof⸗ fen, jawohl, erzählte Korim, der Puertoricaner habe sich, ver⸗ mutlich aus purem Vergnügen, wie aus dem Stegreif, aus dem Gewimmel der Ankommenden irgendwen ausgesucht, mit einem Hochziehen der Augenbrauen seine Friedfertigkeit ge⸗ zeigt und ihn dann aus nächster Nähe in die Magengrube ge⸗ boxt, nichts habe er gesagt, nichts Freundliches oder Nettes, nichts von Ichkenndichdoch oder Alterbekannter, nur plopp, aber mit Pep, erzählte am Abend dieses Tages der Puertorica⸗ ner in einer Bar dem Kellner, plopp, und er zeigte es ihm mit einer blitzschnellen Bewegung, wie ein Magenfick, aber so, daß der sofort zusammenklappte, und der Puertoricaner spielte dem Kellner vor, wie, er griff sich an den Bauch, krümmte sich und kippte ohne einen Mucks um, der platzte auseinander, grinste der Puertoricaner, seine kariösen Zähne aufblitzen lassend, wie ein Fladen unter einem Kuharsch, ob er verstehe, fragte er den Kellner, mit einem einzigen Plopp, keinen Mucks habe er gesagt, kippte einfach weg, und als er, erzählte Korim, wieder gucken konnte, war der Puertoricaner weg, aufgesogen vom Trubel, vom Erdboden verschluckt, verschwunden wie nie existiert, während er, Korim, verständnislos den Kopf im Kreis gewendet habe bei dem Versuch, sich aufzurappeln, er habe in seiner Verblüffung die Augen aufgerissen, habe hilfesuchend und eine Erklärung erhoffend in die nahenden und sich entfernenden Gesichter gestarrt, aber niemand blieb stehen, nicht einer verlangsamte den Schritt, sichtlich war keinem etwas aufgefallen, so daß er vergeblich auf eine Erklärung wartete, wußten sie alle doch nicht einmal, daß er dort hatte sein wollen, an der Grenze des unteren Drittels des Ganges zum Terminal des JFK-Airport.

9 Es tat noch sehr weh, als er zu den Diamanten kam, das sei ihm bestimmt ins Gesicht geschrieben gewesen, und als er in die Halle trat und sich völlig blind diesen Diamanten näherte, da sei er mit beiden Händen auf dem Bauch gegangen, er hätte sie, wie er erzählte, gar nicht wegnehmen können, solche Schmerzen hatte er bei den Diamanten, der Magen, die Rippen, die Lunge, die Leber, wegen der Ungerechtigkeit, Bösartigkeit und Absurdität des Überfalls, eigentlich alles habe geschmerzt, bis in die kleinste Faser hinein, deshalb habe er sich gesagt, bloß raus, nicht nach rechts sehen, nicht nach links sehen, nur gehen, vorwärts und voran, das habe er sich im Gehen gesagt, nur vorwärts und voran, und während er ging, bemerkte er gar nicht, wann die Hand

auf dem Bauch, die den Schmerz linderte, zum Zeichen allꞋ
gemeiner Bereitschaft, allgemeinen und unbedingten MißꞋ
trauens und ihm auflauernder allgemeiner Gefahr wurde, so
sei es jedenfalls geschehen, erzählte er Tage später in einer chiꞋ
nesischen Imbißstube, auf einmal nahm seine Hand diese
Haltung an, und als er sich endlich durch das dichte Chaos
der Halle gedrängt hatte und zwar nicht ins Freie, sondern
unter eine Art Betonarkaden gelangte, versuchte er mit dieser
linken Hand alle Vorübergehenden von sich fernzuhalten,
versuchte er mit ihr jedem in seine Nähe Kommenden zu verꞋ
stehen zu geben, daß ihm ein böser Schreck in den Gliedern
steckte und daß er in seinem Schreck auf alle Eventualitäten
gefaßt war, kommt mir also bloß nicht zu nahe, bedeutete er
ihnen demonstrativ, hin und her gehend auf der Suche nach
einer Bushaltestelle, aber von Bus keine Spur, woraufhin er in
der Sorge, hier ewig bleiben zu müssen, zu den Taxis auf der
anderen Straßenseite ging und sich verbittert ans Ende einer
langen Schlange stellte, die zu einem Mann führte, der aussah
wie ein kräftiger Hotelportier – und das sei richtig gewesen,
erzählte er später, er habe sich entschlossen angestellt den BeꞋ
tonarkaden gegenüber, und damit endeten das Umherirren
und die Hilflosigkeit, denn es war ein Punkt erreicht in einem
großen Mechanismus, an dem er nicht zu erklären brauchte,
wer er war und was er wollte, da sich sofort herausstellte, wer
und was, als er wartete, an die Reihe zu kommen, und sich
dem Mann, der wie ein Hotelportier aussah, Schritt für
Schritt näherte, kurzum, dank seines verbitterten, jedoch
glücklichen Entschlusses sei jetzt alles wie geschmiert geganꞋ
gen, er zeigte den Zettel mit dem Namen des Hotels, den ihm
die Budapester Stewardeß mit auf die Reise gegeben hatte und
hinter dem sich eine bewährte und billige Adresse verbarg,
der Hotelportier entzifferte sie und sagte, twentyꞋfive dollar,
und schon saß er in einem riesigen gelben Taxi, schon fegten

sie, zwischen den Fahrstreifen hin und her pendelnd, auf Manhattan zu, und er drückte immer noch die geballte Faust auf den Bauch, um sich zu schützen, um den nächsten Angriff abzuwehren, wenn in diesem schönen großen Taxi zwischen dem Fahrer und ihm plötzlich die Trennscheibe niedersauste oder an einer roten Ampel eine Bombe durchs Fenster hereingeworfen würde, einfach so, oder wenn es möglicherweise gar der Fahrer auf ihn abgesehen hätte, der Fahrer, der auf den ersten Blick wie ein Pakistani, Afghane, Bengale, Iraner oder Bangladescher aussah, sich umdrehte mit einem imposanten Revolver und sagte, money, Korim sah nervös in seinem Notizbuch nach, or life.

10 Ein Verkehr, daß einem schwindlig wurde, sagte Korim in der chinesischen Imbißstube, und weil er unablässig einen neuen Anschlag erwartete, seien ihm alle vorübersausenden Verkehrshinweise im Gedächtnis geblieben, er habe gesehen: Southern Parkway, Grand Central Expressway, Interborough Parkway und Atlantic Avenue, er habe gelesen: Long Island, Jamaica Bay, Queens, Bronx und Brooklyn, und all diese Namen hätten sich sofort in seinem Kopf festgesetzt, als sie tiefer und tiefer in die Stadt hineinfuhren, nicht das unbegreifliche, hysterisch pulsende, tödliche Ganze mit der Brooklyn Bridge und den Wolkenkratzern der Downtown hätten sich eingeprägt, mit denen habe er nach den zu Hause unermüdlich gelesenen Reiseführern ohnehin gerechnet, sondern Kleinigkeiten, Details aus dem großen Ganzen, zum Beispiel der erste Kanalisationsdeckel am Gehwegrand, aus dem ohne Unterlaß Dampf wallte, der erste faul sich schaukelnde, breite, betagte Cadillac, dem sie an einer Tankstelle zuvorkamen, das erste plumpe Feuerwehrauto, Chrom und Nickel, das von vorn gesehen ausgesprochen an ein Menschengesicht erinnerte, und so weiter, bis zum ersten

Chassidim, zur ersten Feuerleiter und zum ersten erbärm⁄
lichen Drugstore, kurz und gut, sagte er, lauter solche Dinge
hätten sich seinem Hirn eingebrannt, Straßenschilder,
Dampf, Cadillac und Feuerwehrauto, aber noch etwas ande⁄
res, und er senkte die Stimme, jedoch nicht eingebrannt, eher
nur angesengt, es war nämlich so, erzählte er weiter, daß das
Taxi lautlos rollte und rollte, als führe es durch Butter, und er
blickte, die linke Hand natürlich schützend am Bauch, mal
rechts, mal links aus dem Fenster, als er auf einmal das Gefühl
hatte, er müßte etwas sehen, das er aber nicht sah, er müßte
von dem, was er sah, etwas begreifen, das er aber nicht begriff,
es müßte ganz eindeutig etwas da vor ihm sein, ihm regelrecht
in die Augen stechen, von dem er aber nicht wußte, was es
war, lediglich, daß er es ohne das, wohinein er gekommen
war, nicht würde verstehen können, und solange er es nicht
verstehen würde, würde er immer nur wiederholen können,
was er an diesem späten Nachmittag und diesem Abend
mehrmals feierlich ausgesprochen hatte: Herr und Schöpfer,
das ist hier tatsächlich das Zentrum der Welt, und er befinde
sich, daran bestehe jetzt kein Zweifel mehr, tatsächlich im
Zentrum der Welt, aber weiter kam er an diesem ersten Nach⁄
mittag nicht, denn sie bogen von der Canal Street in die Bo⁄
wery ab und hielten bald darauf vor dem Suites Hotel, weiter
nicht, sagte Korim, und dabei sei es bisher geblieben, setzte er
hinzu, das heißt, er habe noch immer keine Ahnung, was er
in dieser ungeheuerlichen Stadt erblicken müßte, obgleich er
doch wisse, daß es vor ihm liegt, daß er daran vorbeigeht, daß
er mittendrin steckt, er wußte es, als er dem schweigsamen
Fahrer die fünfundzwanzig Dollar zahlte und vor dem Hotel
ausstieg und den beiden roten Heckleuchten nachsah, die sich
rasch entfernten, bis der Wagen an der Kreuzung der Bowery
Richtung Chinatown abbog.

11 Er drehte zweimal den Schlüssel im Schloß und prüfte zweimal die Sicherheitskette, ob sie auch ordentlich halten würde, dann trat er ans Fenster, betrachtete eine Weile die menschenleere Straße und versuchte zu erraten, was da unten was sei, dann erst, erzählte er Tage später, bisher sei er einfach außerstande gewesen, sich aufs Bett zu setzen, jetzt erst, als er Schloß und Sicherheitskette geprüft und einen langen Blick auf die Straße geworfen hatte, habe er sich aufs Bett setzen und feststellen können, daß er ja am ganzen Körper zitterte – aber da konnte er noch nicht daran denken, mit diesem Zittern aufzuhören, noch nicht gleich, wie er sich erinnerte, noch kam es nicht in Frage, daß er nicht dasaß und nicht zitterte oder daß er sich besann und irgend etwas durchdachte, denn es sei schon eine sehr große Leistung gewesen, sagte er, daß er sich hinsetzen und daß er zittern konnte, und er habe tatsächlich minutenlang nur dagesessen und gezittert, er geniere sich auch nicht, einzugestehen, daß er hinterher, nach den langen Minuten des Zitterns, eine gute halbe Stunde lang: weinte – er gestand, öfter zu weinen, und als sich jetzt das Zittern legte, überkam ihn dieses Weinen, ein krampfartiges, erstickendes Schluchzen, das einen regelrecht durchschüttelt, das qualvoll schnell kommt und qualvoll langsam geht, aber das sei nicht das Schlimmste gewesen, dieses Zittern und Weinen, sagte er, sondern daß er so unzähligen und gewichtigsten Tatsachen ins Auge blicken mußte, so vielfältigen und unüberschaubaren Verflechtungen, daß er sich danach, also als er auch nicht mehr schniefen mußte, so völlig, als wäre er hinaus in das All getreten, stumpf und gewichtlos fühlte, sein Kopf, um es so zu sagen, sagte er, habe leer gedröhnt, er wollte schlucken, konnte aber nicht, er wollte sich auf dem Bett ausstrecken, vermochte sich aber nicht zu rühren, zu allem Überfluß setzte der allzu bekannte stechende Schmerz im Nacken ein, und zwar so heftig, daß er im ersten

Augenblick vermeinte, gleich breche ihm der Kopf ab, gleichzeitig begannen seine Augen zu brennen, und eine ent' setzliche Müdigkeit befiel ihn, es könne jedoch sein, ergänzte er, daß dieser Schmerz, dieses Brennen und diese Müdigkeit schon lange in ihm steckten und jetzt nur ein Schalter in sei' nem Kopf klick gemacht hatte, woraufhin *das ganze anlief*, ach, egal, sagte Korim, nun könne sich ja jeder vorstellen, wie ihm zumute war im All mit solchem Schmerz und solchem Bren' nen und solcher Müdigkeit, und da sei er endlich darange' gangen, die Ereignisse, die verstanden oder wenigstens regi' striert werden wollten, zu ordnen, er habe, sagte er, gekrümmt auf dem Bett gesessen und zur Kenntnis genommen, daß es schmerzte, daß es brannte und daß alles müde war, aber fast gleichzeitig habe er mit dem Registrieren und Ordnen der Geschehnisse begonnen, möglichst von vorne an, angefangen damit, wie verblüffend leicht das Geld ohne die erforderliche Ausfuhrgenehmigung den ungarischen Zoll passiert hatte, denn das war der Anfang, zweifellos, also der Verkauf der Wohnung, des Wagens und der sonstigen beweglichen Habe in der Heimat, rasch war alles zu Geld gemacht, das er in klei' nen Mengen, wie es gerade kam, allmählich auf dem Schwarzmarkt in Dollars eintauschte, jedoch, erklärte er jetzt, Ausfuhrgenehmigung?, nicht die Spur, so habe er die ganze Summe mit dem Manuskript zusammen in den Jacken' schoß eingenäht und sei damit einfach hinausspaziert aus dem Land, kein Schwanz habe ihn gefragt, kein Schwanz habe ihn gefilzt, er sei einfach durch den Zoll geschlendert, und ei' gentlich diesem Umstand habe er es zu verdanken, daß er hei' ter und gelassen hier ankam, er könne sich gar nicht an ir' gendein ernsthafteres Problem im Zusammenhang mit der Reise über den Ozean erinnern, es sei denn, daß ihm an der Nasenwurzel ein häßlicher Pickel wuchs und daß er immer' fort nachsehen mußte, ob er seinen Reisepaß, den Hotelzettel, das Wörter- und Notizbuch noch hatte, daß er kontrollieren mußte, ob sie noch dort steckten, wo er sie augenblicklich gerade vermutete, kurz, sonst nichts weiter, nichts mit dem Flug, dem ersten seines Lebens, keine Angst, kein Genuß, nur eine große, große Erleichterung, die jedoch nach der Landung schwand, da fingen die Pannen an, sagte er, das Immigration Office, der Puertoricaner, die Bushaltestelle und das Taxi, vor allem aber, hier oben, hier drinnen, und er deutete auf seinen Kopf, eine totale *Eintrübung*, er meine, ein totales vorübergehendes *Aussetzen*, das habe er verspürt und verstanden im ersten Stock des Hotels, verstanden aber auch, daß dem unverzüglich abgeholfen werden müßte, unverzüglich, habe er entschieden, zuerst die linke Hand wegnehmen, dann ganz allgemein zur Ruhe kommen, das heißt den Weg, der zu gehen war, klären für sich selbst, denn letzten Endes, habe er sich gesagt, sagte er, stand auf und trat erneut ans Fenster, sei die Richtung, in die alles sich bewege, in Ordnung, nur müsse er den sogenannten inneren Frieden finden und sich daran gewöhnen, hier zu sein und hier zu bleiben, wonach er sich vom Fenster weg- und umdrehte, dem Zimmer zu, an das Fenster gelehnt, und als er so dastehend die Einrichtung betrachtete, schlichter Tisch, Stuhl, Bett, Wasserhahn und Becken, als er sich überlegte, daß er von nun an hier leben und von nun an hier seinen großen Plan verwirklichen würde, da habe er sich, ein Resultat seines strengen Entschlusses, wieder auf den Beinen halten können, er sei nicht zusammengeklappt, er habe nicht von neuem zu weinen begonnen, denn sonst wäre das an der Reihe gewesen, gestand er aufrichtig, Zusammenbruch und Weinkrämpfe in New York, im ersten Obergeschoß des Suites Hotel.

12 *Wenn ich die vierzig Dollar pro Tag mit zehn multipliziere, ergibt das vierhundert Dollar pro Tag,* sagte Korim zu

dem Engel, als ihn nach der wegen der Zeitverschiebung im Wachen verbrachten Nacht gegen Morgen endlich der Schlaf eingeholt hatte, aber auf eine Antwort wartete er vergebens, der Engel stand nur erstarrt da und sah, sah auf etwas hinter Korims Rücken, so daß der sich auf die andere Seite drehte und hinzusetzte: *Auch ich habe nachgesehen. Aber es gibt dort nichts.*

13 Einen vollen Tag lang rührte er sich nicht aus dem Hotel und nicht einmal aus dem Zimmer, wozu, und er schüttelte den Kopf, ein Tag ist wahrhaftig nicht die Welt, erschöpft sei er gewesen, erklärte er, ohne Kraft in den Beinen, wozu etwas erzwingen, und zählt es denn, ob heute oder morgen oder übermorgen, so irgendwie, erzählte er einige Tage später, habe es angefangen, er habe nur hin und wieder die Sicherheitskette kontrolliert und einmal unter heftigem Aber-Aber-Aber-Aber! die vormittäglichen Reinigungskräfte weggeschickt, als diese, weil er auf ihr Klopfen nicht reagierte, mit dem eigenen Schlüssel hereinkommen wollten, doch von diesen Unterbrechungen abgesehen, verschlief er den größten Teil des Tages, wie erschlagen, und nachts spähte er auf die Straße hinab, soweit sie einsehbar war, benommen und stundenlang, was passierte von der einen Ecke bis zur anderen, sein Blick bestrich den Abschnitt Meter für Meter, die Geschäfte registrierend, das ist ein Laden für Holzplatten, sagte er, das einer für Farben, und weil Nacht war und sich da unten wenig tat, sah er immer das gleiche, die Straße immer in unverändertem Zustand, so daß sich ihm allmählich auch die winzigsten Dinge einprägten, die Reihenfolge der parkenden Wagen am Straßenrand, die an den Mülltonnen schnuppernden herrenlosen Hunde, der eine oder andere spät Heimkehrende oder das Licht, das aus den im Wind klirrenden Straßenlaternen rieselte, alles prägte sich ihm ein, nichts entging seiner Aufmerksamkeit, nicht einmal, wie er selbst am Fenster

im ersten Stock saß und unerschütterlich hinaussah, während er sich immer wieder sagte, immer ruhig, dieser Tag gehört dem Ausruhen, dem seelischen und körperlichen Kräftesammeln, denn es waren ja keine Kleinigkeiten, die er durchgemacht hatte, wenn er alles bedachte, die Verfolgung, noch zu Hause, die Bahnüberführung, daß er nicht an das Visum gedacht hatte, dann das Warten, die Aufregung beim Zoll, schließlich der Flughafen, der Überfall und im Taxi dann das bedrückende Gefühl, er bewege sich blind durch etwas vorwärts, das alles hat ein einziger Mensch erlebt, erinnerte er sich, ein einziger, ohne Schutz und Stütze, ist es da ein Wunder, wenn er jetzt nicht hinausgehen will?, es ist kein Wunder, sagte er sich mehrmals und saß weiter da und sah hinaus, saß stumpf und regungslos am Fenster, und wenn es am ersten Tag nach seiner Ankunft so war, dann war es am zweiten Tag erst recht so, und als nach erneutem ohnmachtartigem Schlaf der – ja, wievielte? – dritte Abend anbrach, sagte er genau das gleiche wie am Tag zuvor, nämlich: heute noch nicht, heute auf keinen Fall, morgen, morgen ganz bestimmt, dann begann er, im Zimmer auf und ab zu gehen, vom Fenster zur Tür im Kreis in dem engen Raum, er könne schwerlich sagen, erzählte er, wieviel tausend Male oder eher wieviel zehntausend Male er im Kreis gegangen sei in dieser dritten Nacht, deshalb würde er, sollte er den ersten vollen Tag in aller Kürze charakterisieren, dies sagen: *nur geschaut*, während er vom zweiten sagen müßte: *nur gegangen*, denn so sei es gewesen, er sei pausenlos gegangen, den Hunger ab und an aus einer von der Flugreise aufgehobenen Packung Kekse stillend, hin und her im Kreis zwischen dem Fenster und der Tür, bis er schließlich vor Müdigkeit zusammengeklappt und aufs Bett gestürzt sei, ohne entscheiden zu können, so, jetzt kommt der dritte volle Tag, was nun.

14 Seine Straße war die Rivington Street, rechts, in östlicher Richtung, mündete sie in die Christie Street und in einen langgestreckten, zugigen Park, links in die Bowery, das mußte er sich merken, als er nach all dem Schlaf tagsüber und den durchwachten Nächten verwirrt und unsicher, wieviel Tage er sich hier bereits aufhalte, an dem einen aus der Tür des Suites Hotel trat, da er es länger nicht mehr aufschieben, da er nicht ein ums andere Mal sagen konnte, heute nicht, aber morgen oder übermorgen, er mußte auftauchen und sich hinauswagen, denn seine Kekse waren aufgezehrt, und er hatte Bauchweh vor Hunger, kurzum, er mußte etwas essen, und sofort danach, betonte er auch jetzt noch, als er dies gerade bei dem Chinesen erzählte, und er betonte es auf das entschiedenste, *sofort* danach habe er sich eine neue Bleibe suchen müssen, denn die vierzig Dollar, die er hier pro Tag zahlen mußte, schlossen aus, daß er länger als ein paar Tage blieb, und diese paar Tage seien umgewesen, der Aufschub, den er sich gegönnt, abgelaufen, diese Großzügigkeit sich selbst gegenüber, habe er sich gesagt, nach dem ersten Schreck und der Erschöpfung sei vielleicht noch erträglich, auf Dauer jedoch unhaltbar gewesen, viermal zehn Dollar pro Tag, das macht vierhundert für zehn Tage, und dreimal vierhundert, das sind im Monat eintausendzweihundert Dollar, eine Zahl, die man kaum aussprechen könne, sagte Korim, nachdem er sie ausgesprochen hatte, das geht zu weit, so gut steht es nicht um uns, und nachdem er die Strecke zwischen der Christie Street und der Bowery zweimal abgeschritten hatte, um sich des Zurückfindens sicher zu sein, tauchte er in den spärlichen Verkehr auf der Bowery und peilte als Ziel den ersten geeignet erscheinenden Laden auf der anderen Straßenseite an, er peilte ihn also an, und als Ziel erwies er sich als richtig, ärgerlich nur, daß ihn unmittelbar vor der Ladentür der Mut verließ, denn was sollte er sagen, wie drückte

man seinen Hunger aus, sein Kopf enthielt nicht ein engli⸗
sches Wort mehr, und das Wörterbuch, er klopfte seine Ta⸗
schen ab, hatte er natürlich nicht mitgenommen, was macht
man da, fragte er sich hilflos und begann, vor der Tür auf und
ab zu schlendern, bis er sich einen Ruck gab, in den Laden
stürmte, verzweifelt das erstbeste und als eßbar Erkannte,
nämlich zwei große Bündel Bananen, ergriff und immer noch
mit dem gleichen verzweifelten Gesicht wie beim Hereinstür⸗
men bei dem erschrockenen Ladeninhaber bezahlte, schon
war er wieder draußen, lief und futterte eine Banane nach der
anderen, bis ihm plötzlich etwas auffiel, auf der anderen Seite,
vielleicht zwei Straßen weiter, ein großer roter Backsteinbau
mit einer riesigen Reklame, und wenn er auch nicht sagen
könne, berichtete er später, als er das erblickte, sei mit einem⸗
mal alles wieder in Ordnung gewesen, dann doch soviel, daß
ihm wenigstens bewußt geworden sei, du mußt dich zusam⸗
mennehmen, er sei also stehengeblieben mitten auf dem Geh⸗
weg, habe mit den Bananen in den Händen sich mit diesen
Händen an den Kopf gefaßt und laut zu sich gesagt, nun mal
ehrlich, was bist du denn, ein losgelassener Idiot, ehrlich, ein
Geisteskranker, daß du dich so aufführst?!, so ohne alle
Würde?!, ganz ruhig bleiben, habe er sich gesagt, mit den Ba⸗
nanen seinen Kopf festhaltend, solange du deine Würde nicht
verlierst, ist noch alles in Ordnung, alles sei noch in Ord⸗
nung, wiederholte er, solange er seine Würde nicht verliere.

15 Das Sunshine Hotel lag ungefähr da, wo die Prince
Street in die Bowery ausläuft und sich höchstens ein
wenig die Stanton Street öffnet, genau neben ihm stand der
große Backsteinbau mit dem riesigen Plakat, und auf dem
Plakat war nur ein einziges Wort, SALE, dieses Wort war Ko⸗
rim in die Augen gefallen, dieses hatte er schon von weitem
gesehen, dieses war es, was ihn ein wenig besänftigte, war das

SALE doch, als er, gerade aus dem Laden gestürmt und nun
Bananen mampfend, wie für ihn persönlich hingeschrieben
von einer gütigen Hand, eine andere Frage sei es, ergänzte er,
daß er, als er beim Näherkommen verstand, worum es sich
handelte, durchaus hätte enttäuscht sein können, sei unter
dem Hinweis SALE doch ein einfacher Autoverleih oder ein
Parkhaus zu verstehen gewesen – er hätte enttäuscht sein kön/
nen, in der Tat, jedoch bemerkte er, und deshalb war er dann
doch nicht enttäuscht, links an dem Gebäude ein kleines
Schild, auf dem Sunshine Hotel 25 Dollar stand, mehr nicht,
ohne jeden Hinweis, wo man denn nun dieses Hotel für fünf/
undzwanzig finden werde, immerhin konnte Korim die
Summe und ebenso das vorher erblickte Wort SALE sofort
übersetzen, beide Wörter beruhigten ihn und weckten seine
Neugier, denn war er nicht ohnehin gewillt und entschlossen,
so schnell wie möglich eine neue Bleibe zu suchen?, fünfund/
zwanzig Dollar, und er ließ sich die Zahl auf der Zunge zer/
gehen, fünfundzwanzig, dreißig mal zwanzig macht sechs/
hundert, und dreißig mal fünf macht hundertfünfzig, summa
summarum also für einen Monat siebenhundertfünfzig Dol/
lar, nicht übel, sagte er, jedenfalls wesentlich besser als die tau/
sendzweihundert in der Rivington Street, und er ging unver/
züglich daran, den Eingang zu suchen, aber neben dem
großen Backsteinbau stand lediglich ein verdreckter, verkom/
mener Sechsstöcker, kein Schild, kein Hinweis, wo denn
nun, nur eine braune Tür in der Mauer, dort werde er sich er/
kundigen, beschloß Korim, Sunshine Hotel, das werde er
wohl sagen können, und die Antwort werde er auch enträt/
seln, irgendwie, also öffnete er die Tür und stieg eine enge, in
der Mitte wegbiegende und sehr steile Treppe hinauf, doch
völlig unerwartet führte diese Treppe zu einem soliden Gitter,
nicht eine Tür, ein Treppenhaus, eine Treppenkehre erwarteten
ihn, sondern ein herabgelassenes eisernes Gitter, er habe, er/

zählte er später, natürlich sofort kehrtmachen und Böses ah-
nend die Stufen hinuntergehen wollen, als er durch das Gitter
hindurch, hinter dem sich übrigens keine Tür befand,
menschliche Rede vernahm, er werde sich lautstark bemerkbar machen, beschloß er sofort, denn was könnte schon passieren, zwischen ihnen stand das Gitter, und tatsächlich
machte er sich lautstark bemerkbar, da sah er, aber es war zu
spät, seitlich neben der Gittertür eine Klingel, und auf sein
Gelärme hin habe drinnen jemand grob zu fluchen begonnen, erzählte Korim, so habe es zumindest geklungen, und
schon erschien hinter den Gitterstäben ein vierschrötiger,
kahlgeschorener Mann, sah ihm aus unmittelbarer Nähe ins
Gesicht und sagte nichts, nein, gesagt habe er nichts, er sei
dorthin zurückgegangen, woher er gekommen war, aber da
hörte Korim schon ein knarrendes Surren, er hatte nicht die
Zeit, seine Gedanken zu ordnen, denn er mußte durch das
sich öffnende Gitter eintreten, was er auch getan habe, er sei
eingetreten und habe sich in einem engen Vorraum wiederge-
funden, vor einem gleichfalls mittels eines eisernen Gitters
und, hinter diesem, einer Glaswand abgetrennten kleinen
Büro, er habe nun in eine Öffnung sprechen müssen, die sie
ihm von drinnen zeigten, sie antworteten, yeah, Sunshine
Hotel, und zeigten auf ein weiteres Gitter, seitlich, dorthin
blickte Korim, aber vor dem Anblick erschrak er, den erschreckenden Anblick boten etliche dunkelhäutige Gestalten, die zu diesem Gitter gekommen waren, als er sich lautstark bemerkbar gemacht hatte, er war so erschrocken, daß er
sie nur einen Augenblick lang sah, und sie waren so erschrek-
kend, daß er nicht zurückzublicken wagte, Sunshine Hotel?,
fragte jemand von drinnen, von jenseits des Glases und des
Gitters, mit einem ziemlich mißtrauischen Gesicht, und was,
so erzählte er weiter, hätte er daraufhin sagen sollen, ja?, das
habe er gesucht?, aber nun, schönen Dank, nicht mehr?, er

könne sich, erzählte er weiter, nicht mehr genau erinnern, was er denn nun gesagt habe, keine Ahnung, was er auf diese Frage hin sagen konnte, jedenfalls sei er im nächsten Augen⁄ blick wieder auf der Straße gewesen, keine Ahnung, was er auf diese Frage erwidern konnte, sicher sei nur, daß er binnen Augenblicken auf der Straße war und, wie man so sage, die Beine in die Hand nahm, zurück, habe eine Stimme in seinem Inneren gehechelt, während er zur Rivington Street hastete, zurück ins Suites, habe er im Takt seiner Schritte zu sich ge⁄ sagt, und er habe zur Rechten und zur Linken, bis sein Hotel erreicht war, nichts anderes gesehen als die grinsenden Visa⁄ gen der finsteren Gestalten, nichts anderes gehört als jenes knarrende Surren und das kalte, harte Klicken des Schlosses, immer wieder, nichts anderes gerochen als den unbekannten, abstoßenden, säuerlichen Gestank, der ihm drinnen entge⁄ genschlug und ihm dann auf dem Rückweg vom Sunshine Hotel zum Suites Hotel nicht mehr aus der Nase ging, und wenigstens dies, diesen quälenden Gestank werde er nie mehr vergessen nach jenem denkwürdigen Vormittag, als er zum erstenmal, und wenn es erlaubt sei, wolle er es jetzt so aus⁄ drücken, sagte Korim zu seinem Gesprächspartner am Tisch der chinesischen Imbißstube, als er zum erstenmal eingetreten sei durch das schreckliche Tor von *New York*.

16 Er konnte nicht anders, es mußte sein, der es nahm, gab es zurück, ja, so war es, er habe es weggenommen und zurückgegeben, womit er natürlich nicht behaupte, alles sei in Ordnung, aber wenigstens bekomme er eine Zeitlang sechshundert im Monat, mehr als vorher, sagte der Dolmet⁄ scher total erledigt zu dem mexikanischen Taxifahrer, der nichts verstand, mehr als nichts, aber wenn er etwas nicht vor⁄ ausgesehen habe, dann, und er deutete auf Korim, der mit offenem Mund auf dem Rücksitz schlief, den hier, vielerlei,

und der Dolmetscher wiegte grinsend den Kopf, aber nicht
das, nicht mal im Traum, nicht, daß der die Frechheit haben
würde, ihn anzurufen, nachdem man ihn seinetwegen gefeuert habe, aber der hat nicht gefackelt, der hat einfach angerufen, der hat gedacht, wenn er die verfluchte Visitenkarte hat,
heißt das, er kann anrufen, also hat er angerufen und gebettelt,
er will sich treffen, er braucht Hilfe, in New York, sagte der
Dussel, so erzählte der Dolmetscher, sei er völlig verloren, hören Sie?, fragte er den Mexikaner, völlig verloren, sagte er, ist
das nicht ausgezeichnet, und der Dolmetscher klatschte sich
auf die Schenkel, als ob das irgendwen interessierte in dieser
Stadt, wo jeder völlig verloren ist, und er habe schon auflegen
wollen, soll der Dussel sich doch mit sonstwem amüsieren,
nicht mit ihm, als er ihn plötzlich sagen hörte, er hätte ein bißchen Geld, er brauche eine Unterkunft und für die erste Zeit
einen, der ihm zur Seite steht, hören Sie?, fragte er laut lachend den Mexikaner, in der ersten Zeit, sagt der Dussel,
und: zur Seite steht, er sagte aber auch, er könnte an die sechshundert Dollar pro Monat zahlen, mehr nicht, hat er entschuldigend am Telefon gesagt, weil er das Geld einteilen
muß, und hier habe Korim, der Dussel, nicht recht gewußt,
wie er sich einem Unbekannten gegenüber ausdrücken sollte,
ich bin in Sorge, Herr Sárváry, habe er gesagt, er sei ein bißchen erledigt von der Reise, und er sei, habe er zu erklären versucht, kein gewöhnlicher Reisender, er sei nicht nur so nach
New York *gekommen*, er werde hier etwas *machen*, und daß er
so erledigt sei, tue seinem Plan nicht gut, er brauche also wirklich, und dies sei der letzte Augenblick, Hilfe, einen Menschen, der ihn unterstütze, natürlich habe er praktisch keinerlei Wünsche, er möchte nur wissen, an wen er sich wenden
könne, wenn er mal in der Klemme sitze, mehr eigentlich
nicht, und wenn er könne, habe Korim gesagt, solle er möglichst persönlich zu ihm kommen, er kenne sich hier über-

haupt noch nicht aus, er habe keine Ahnung, wo er sei, wieso, wo sind Sie?, wissen Sie wenigstens, wie das Hotel heißt, von wo Sie sprechen?, das habe er gefragt, und was sollte er machen, wegen dieser beschissenen sechshundert Dollar fuhr er sofort nach Little Italy, denn der Dussel wartete dort, in der Gegend der Bowery, auf den nächsten Tag, sechshundert Dollar, rief der Dolmetscher und sah, auf Zustimmung hoffend, den Mexikaner an, dafür soll er jetzt zur Metro rennen, für elende sechshundert Dollar, dafür soll er springen, nein, so habe er sich das nicht gedacht, erzählte er weiter, bei der Ankunft in Amerika habe er nicht im Traum daran gedacht, daß es so endet, daß er nichts sein eigen nennen kann außer einer für drei Jahre im voraus bezahlten Miete in der westlichen 159. Straße, und schon gar nicht, daß der ihm aus der Patsche helfen wird, aber es war nun mal so, daß der Dussel das fragte und ihm sofort sein hinteres Zimmer einfiel, das wäre doch was für ihn, sechshundert sind lächerlich, aber auch die helfen ihm jetzt weiter, in einer Stunde sei er dort, sagte er ins Telefon, in einer Stunde?, rief Korim glücklich und behauptete, er, Herr Sárváry, habe ihm das Leben gerettet, danach sei er hinunter in die Halle gegangen, habe er ihm später berichtet, und seine Rechnung beglichen, um die hundertsechzig Dollar, sei hinaus und über die Straße gegangen und habe sich gegenüber dem Hotel neben dem Holzplattenladen auf ein Mauerstück gesetzt, dort habe er die Minute gesegnet, als ihm nach seinem bedrückenden Abenteuer im Sunshine Hotel aufging, daß er hier nicht bleiben, daß er nicht zögern durfte, wenn er der totalen Pleite und Niederlage entgehen wollte, mußte sofort Hilfe her, und helfen konnte nur er, er habe in den Taschen nach der Visitenkarte gefingert, allein er, sie gefunden und dann die schmucken Buchstaben entziffert, er, Mr. Joseph Sharvary, Telefon (212) 611-1937.

17 *Möglich, daß dies der erste solche Fall in den USA ist, aber ich bin nicht hergekommen, um ein neues Leben anzufangen,* sagte Korim gleich zu Beginn, und obgleich er nicht wußte, ob sein bierseliger Gesprächspartner ihn hörte oder, mit dem Kopf auf dem Tisch, schlief, setzte er sein Glas ab, langte über den Tisch und legte ihm die Hand auf die Schulter, um, sich vorsichtig umschauend, mit gedämpfter Stimme hinzuzusetzen: *Ich möchte das alte abschließen.*

18 Er war es, der alles bezahlte, das warme Essen beim Chinesen, die Unmengen Bier, die sie soffen, dann die Zigaretten für ihn und auch noch das Taxi hinauf zur Upper West Side, wirklich alles, und zwar sehr gerne und sichtlich mit größter Erleichterung, denn er habe, wie er immer wieder sagte, kein Licht am Ende des Tunnels mehr gesehen, er habe völlig den Boden unter den Füßen verloren, bis er, der Dolmetscher, wieder in sein Leben getreten sei, immerfort sagte er derlei Dinge, und nochmals danke schön, und nochmals danke schön, minutenlang, aber dann wurde es völlig unerträglich, erzählte der Dolmetscher in der Küche, danach schnatterte er ohne Punkt und Komma, als hätte er Quasselwasser getrunken, und bis ins kleinste Detail, angefangen mit der Fahrt vom Flughafen in die Stadt, aber so ins einzelne gehend, daß er praktisch jeden Schritt beschrieb, daß er die Füße so und so gesetzt habe, haarsträubend, und er übertreibe nicht, sagte er, das stundenlang, angefangen damit, daß ihn angeblich irgendein Ganove schon drinnen, vor dem Terminal, niederschlug, dann, daß er keinen Bus Richtung Stadt fand, jedoch ein Taxi, und wer der Fahrer war und wie er seine Hand hielt auf der Fahrt nach Manhattan und irgendwas Wirres, das er auf der Fahrt nach Manhattan hätte sehen müssen, aber nicht sah, wirklich alles, Meter für Meter, bis Manhattan, dann war das Hotel an der Reihe, und er beschrieb die komplette Einrichtung seines Zimmers, im Ernst, und was er dort tagelang gemacht hatte, daß er sich nicht hinausgetraut hatte, dann aber doch, Bananen kaufen, er mache keine Witze, sagte der Dolmetscher laut lachend, die Ellbogen auf den Küchentisch gestützt, es scheine nur so, aber er spaße nicht, der sei wirklich so ein Dussel, daß es ihn unterwegs sogar in eine Art Knast verschlug, er faselte von Gittern und daß er sich unverzüglich wieder verdrückte, total durchgedreht, wirrer Kopf, wirre Augen, eine Quasselstrippe, ein Wasserfall, obendrein immerfort dieselbe Leier, daß er zum Sterben hergekommen sei, und ihm sei, als er das hörte, die Sache, obwohl er ihn im Grunde genommen für harmlos halte, brenzlig vorgekommen, dieser Blödsinn vom Sterben, der müsse auch bei einem scheinbar so harmlosen Dussel ernstgenommen werden, weshalb auch sie, sagte er und deutete auf seine Geliebte, die ihm am Küchentisch gegenübersaß, ständig ein Auge auf ihn haben müsse, was jedoch keineswegs bedeute, daß es irgendwelche Gründe zur Besorgnis gebe, denn wenn ja, hätte er ihn nicht in die Wohnung gelassen, nein, es gibt keine, sagte der Dolmetscher, wenn nötig, schwört er drauf, der Dussel redet nur das Blaue vom Himmel, kein Wort darf man ernst nehmen, aber man kann ja nicht vorsichtig genug sein, es gibt da ein tausendstel Prozent, und was ist, wenn man genau das erwischt und der Dussel ausgerechnet hier bei ihm abkratzt, das wünsche er sich gar nicht, sagte der Dolmetscher, aber was sei ihm denn übriggeblieben, heute morgen sah es noch danach aus, daß kein blasser Hunderter bis zum Abend aufzutreiben wäre, und jetzt, na bitte, drei Stunden später, ist er ausgestattet mit sechshundert Dollar, einer kompletten chinesischen Mahlzeit, zirka fünfzehn Bier und einer Schachtel Marlboro, nicht übel, am Morgen noch die finstersten Gedanken, plötzlich so ein Dussel mit sechshundert Piepen, wie ein Geldsack, der vom Himmel fällt, und der Dolmetscher grinste, wenn einer sechshundert Dollar im Monat zum Verjuxen hat, darf man den nicht einfach wegflutschen lassen, da sagt man nicht nein, denn was ist letztlich, er kuschelt sich hier ein, sagte der Dolmetscher, gähnte kräftig und lehnte sich zurück, ganz klein will er sich machen und bloß niemanden stören, seine Ansprüche sind bescheiden, Tisch und Stuhl als Arbeitsplatz, ein Bett, eine Waschschüssel, dazu die Kleinigkeiten für den Alltag, soviel und mehr nicht braucht er, und ihm scheint, das findet er hier restlos, dann kam wieder das endlose Dankeschön, fuhr der Dolmetscher fort, er wisse gar nicht, wie er seinen Dank ausdrücken könne, und was für ein Stein ihm vom Herzen gefallen sei, es reicht, fiel ihm der Dolmetscher ins Wort, der das alles wahrhaftig nicht noch einmal hören wollte, stand auf und überließ Korim im hinteren Zimmer seinem Schicksal, wo Korim, nun allein, den Blick im Kreis wandern ließ in diesem hinteren Zimmer, seinem Zimmer, und laut, aber nicht zu laut, denn Herr Sárváry und seine Lebensgefährtin drüben sollten es nicht hören, er wollte ja wirklich nicht stören, und er würde auch nicht, laut sagte er nochmals danke schön, setzte sich auf das Bett, stand wieder auf und trat zum Fenster, setzte sich erneut auf das Bett und stand erneut auf, und so ging das minutenlang, denn die Freude kam wieder und wieder über ihn, gleichsam anfallsweise, und da mußte er wieder und wieder sitzen oder stehen, je nachdem, zuletzt zog er, damit sein Glück vollkommen sei, den Tisch vorsichtig, um keinen Lärm zu machen, ans Fenster und drehte ihn so, daß das Licht günstig darauf fiel, danach zog er auch den Stuhl heran, dann betrachtete er vom Bett aus den Tisch am Fenster, wie günstig das Licht darauf fiel, und den Stuhl am Tisch, ein wenig schräg, damit man sich bequem hinsetzen konnte, das sah er sich an, und er konnte sich nicht sattsehen, jetzt hatte er ein Dach überm Kopf, jetzt hatte er Tisch und

Stuhl, und es gab den Herrn Sárváry, und es gab diese Wohꞏ
nung im obersten Stockwerk im Haus mit der Nummer 47 in
der westlichen 159. Straße, gleich neben dem Aufgang zum
Dachboden, ohne Namensschild.

19 Als Kind, begann Korim am Morgen darauf in der
Küche zu erzählen, während die Geliebte des Dolꞏ
metschers mit dem Rücken zu ihm am Gasherd stand und irꞏ
gend etwas kochte, eigentlich schon als Kind habe er es imꞏ
mer mit den Verlierern gehalten, beziehungsweise nein,
berichtigte er sich kopfschüttelnd, es sei viel genauer, wenn er
sage, seine gesamte Kindheit sei davon geprägt, daß er es mit
den Verlierern hielt, ausschließlich mit denen, mit nichts anꞏ
derem wußte er etwas anzufangen, nur mit den Unglückꞏ
lichen, den Gescheiterten, den Verschleppten und Preisgegeꞏ
benen, nur sie habe er gesucht, nur ihnen sich nahe gefühlt,
nur ihre Sorgen verstanden und nur ihnen es in allem gleichꞏ
getan, sogar in den Schulbüchern, er entsinne sich, entsann
sich Korim, mit halbem Hinterteil auf dem Stuhl an der Tür
sitzend, sogar im Literaturunterricht habe er sich einzig und
allein von Dichtern mit tragischem Schicksal angesprochen
gefühlt, eigentlich in Wirklichkeit nur vom tragischen Ende
eines Dichters, wenn er ihn gebrochen, verlassen, in letzter
Kenntnis vom geheimen Wissen um Leben und Tod verbluꞏ
tend und gedemütigt in einem Schulbuch abgebildet gesehen
habe, für ihn, Korim, sei es bezeichnend gewesen, daß er nieꞏ
mals in einen Siegesrausch einstimmen, sich damit einfach
nicht identifizieren konnte, denn identifizieren konnte er sich
nur mit der Niederlage, mit der aber gleich im ersten Moꞏ
ment, und zwar mit jedermann, unverzüglich, wenn der
Betreffende unterlegen war, und darin habe, fuhr Korim fort,
zögernd aufstehend und seine Worte an den reglosen Frauenꞏ
rücken richtend, eine besondere Süße des Schmerzes gelegen,

eine süße Wärme, die sich in ihm ausbreitete, wie ihn andererseits den Siegen und Siegern gegenüber stets und ohne
Ausnahme kalte, eiskalte Ablehnung erfaßt habe und in ihm
verströmt sei, er habe Siege und Sieger zwar nicht gehaßt und
verachtet, aber er habe sie einfach nicht *verstanden*, ebensowenig die Freude, die der Sieger empfindet, sie sei für ihn
keine Freude, und die Niederlage, die die Niederlage eines
Siegers sei, keine Niederlage, denn nur sie, die Ausgestoße-
nen, die grausam Weggejagten, die, wie solle er sagen, zu Ein-
samkeit und Unglücklichsein Verurteilten stünden seinem
Herzen nahe, so daß es kein Wunder sei, wenn er von Kin-
desbeinen an ständig abglitt, zurückwich, zu schwach war,
und ebensowenig, wenn er dann als Erwachsener infolge
des ständigen Abgleitens, Zurückweichens und Schwachseins
selbst zu einer einzigen großen Niederlage wurde – obzwar es
sich zugleich, sagte Korim und machte einen Schritt in die
Richtung der Küchentür, nicht darum handelte, daß er angesichts des vergleichbaren Schicksals in den Verlierern nur
sich selbst erkannt habe und nur deshalb alles so gekommen
sei, wie es kam, aus einem solchen egoistischen und unsäglich
abstoßenden Grund heraus, o nein!, erklärte er, letztlich sei sein
persönliches Schicksal einerseits nicht als auffallend schwer
zu bezeichnen, er habe Vater und Mutter, Familie und Kindheit gehabt, andererseits habe seine tiefe Hinziehung zu den
zur Niederlage Verurteilten eine von ihm und seiner Person
völlig unabhängige Kraft bestimmt, ein unerschütterliches
Wissen, demzufolge ein solcher Seelenzustand wie der seinige
in der Kindheit, welcher aus Mitgefühl, Wohlwollen und un-
bedingtem Vertrauen bestand, samt und sonders unanfechtbar richtig sei, obgleich es sein könne, sagte er, an der Tür stehend, mit einem Seufzer, der die Aufmerksamkeit der Frau
ein wenig auf ihn, Korim, lenken sollte, daß dies verkrampfte
Erklärungen seien, überflüssige Anstrengungen, zu verstehen,

da es sich im Grunde genommen möglicherweise nur darum handle, daß er, mit einfachen Worten ausgedrückt, sagte Korim, ein trauriges Kind war, daß es also fröhliche und traurige Kinder gibt und er zu den traurigen gehörte, zu denen, die ihr ganzes Leben hindurch eine verzehrende Traurigkeit begleitet, wie es bei ihm gewesen sei, darum handle es sich möglicherweise, wer weiß, aber nun möchte er sie, das Fräulein, nicht länger behelligen, sagte er und drückte die Klinke herab, er müsse sowieso in sein Zimmer zurück, er habe sich nur das von der Traurigkeit und der Niederlage von der Seele reden wollen, er verstehe nicht, warum, was sei bloß in ihn gefahren, lächerlich, hoffentlich habe er nicht gestört, sie, das Fräulein, möge nur ruhig zu Ende kochen, also dann, sagte er zum Abschied zum immer noch reglosen Frauenrücken am Gasherd, er gehe jetzt, also dann ... auf Wiedersehn.

20 Bleibt das WC unberücksichtigt, das sich im Treppenhaus neben dem Ausgang zum Dachboden befand, so bestand die Wohnung aus drei ineinander übergehenden Zimmern, der Küche, dem Duschraum und einer kleinen Rumpelkammer, insgesamt also aus sechs Räumen, doch Korim warf in die anderen nur einen kurzen Blick, als der Dolmetscher und seine Geliebte gegen Abend weggegangen waren und er Gelegenheit gehabt hätte, sich gründlich anzusehen, wo er untergeschlüpft war, er beließ es dabei, von der Schwelle aus einen gleichgültigen Blick in die Zimmer zu werfen, was interessierten ihn schon die jämmerliche Einrichtung, die stockige Tapete an den Wänden, der leere Schrank, die vier oder fünf schiefen Regale, er war nicht neugierig auf den zerkratzten Koffer, der als Nachttisch diente, auf die rostige Dusche ohne Rosette, die kahlen Glühbirnen und das vierfache Kombinationssicherheitsschloß an der Wohnungstür, statt der Schlußfolgerungen, die solche Dinge zugelassen

hätten, kreisten seine Gedanken sichtlich nur um eins, wie er nämlich den Mut aufbringen könnte, bei der Rückkehr der beiden vor sie zu treten und zu sagen, Herr Sárváry, ich bitte Sie sehr, finden Sie morgen ein bißchen Zeit für mich, sichtlich interessierte ihn nur das, wie sich später zeigte, darauf bereitete er sich vor, während er stundenlang umherwanderte, das übte er, bis sie endlich kamen, nachts, gegen ein Uhr, so daß er zu ihnen treten und mit einer weiteren, jedoch, das verspreche er, vorerst letzten Frage herausrücken konnte, Herr Sárváry, so hatte er es laut geübt und so sprach er dann gegen ein Uhr nachts, Herr Sárváry, sie waren kaum in die Wohnung getreten, schon stand er vor ihnen, können Sie mich morgen wohl in einen Laden begleiten?, wo er die zu seiner Arbeit benötigten Gerätschaften kaufen könne, da er, das wüßten sie ja, das Englische noch nicht gut beherrsche, zwar könne er sich den Kaufwunsch im Kopf zurechtlegen und ihn vortragen, aber auch die Antwort zu verstehen, dazu sei dieser Kopf noch nicht imstande, er benötige, erläuterte er, einen Computer, einen einfachen Rechner für seine Arbeit, sagte er mit gehetztem Blick, für ihn, Herrn Sárváry, sei das vermutlich eine Bagatelle, für ihn, Korim, jedoch, und Korim ergriff den Arm des Dolmetschers, während dessen Geliebte den Kopf senkte, sich abwandte und in dem einen Zimmer verschwand, eine unschätzbare Wohltat, habe er doch nicht nur seine ständigen Probleme mit der englischen Sprache, nein, auch von den Computern verstehe er nichts, gesehen habe er welche, zu Hause, im Archiv, aber wie sie funktionierten, davon habe er keine Ahnung, leider, deshalb wisse er nicht, was für einen er kaufen solle, er wisse nur, was er dann damit machen werde, also, das kommt drauf an, unterbrach ihn gereizt der Dolmetscher, den es unverkennbar im Augenblick lediglich ins Bett zog, worauf?, fragte Korim, darauf, sagte der Dolmetscher, was das sei, was er damit machen wolle, was er, fragte Korim, damit machen wolle?, nun, und er hob den Zeigefinger, wenn er, Herr Sárváry, eine Minute Zeit für ihn habe, werde er es in der gebotenen Kürze erklären, woraufhin der Dolmetscher verquält zur Küche hin nickte und vorausging, Korim auf den Fersen, der sich an der anderen Seite des Tisches setzte, sich räusperte und nichts sagte, sich dann nochmals räusperte und wieder nichts sagte, sich schließlich nur noch räusperte, immer wieder, ungefähr drei volle Minuten lang, weil er einfach keinen Anfang fand, als wäre er versehentlich in diesen Zustand der Hilflosigkeit geraten, wenn jemand anfangen möchte, und es geht nicht, wenn jemand loslegen möchte, und immerfort hält ihn etwas zurück, wenn sich jemand was eingebrockt hat und kommt nicht mehr raus aus der Tunke, während der Dolmetscher nur dasaß, todmüde und nervös, warum fängt der Dussel nicht endlich an, und während er wartete, tastete er sich unablässig über das schneeweiße Haar, fuhr mit den Fingern prüfend den Mittelscheitel entlang, von der Stirn bis zum Hinterhaupt, ob er noch und wirklich gerade sei.

21 Er stand im Archiv, genauer, er war zwischen den hinteren Regalen hervor ins hellere Licht getreten, alle waren schon gegangen, es war nach vier, vielleicht Viertel nach vier oder fast halb fünf, in der Hand hielt er den als Schriftstück der Familie Wlassich registrierten Faszikel, unter der großen Lampe blieb er stehen, legte das Bündel auf den Tisch und öffnete es, griff hinein, blätterte, sichtete das aufgefundene Material, wobei er die Absicht verfolgte, wenn es ihm nach so vielen Jahrzehnten durch Zufall unter die Finger gekommen sei, Ordnung darin zu schaffen, falls nötig, doch da stieß er zwischen den Tagebuchaufzeichnungen und Briefen, den Vermögensaufstellungen und Testamentsabschriften, den Urkunden und Dokumenten auf eine Akte unter der

Signatur IV.3/10/1941–42, das, *er sah es sofort*, nicht in die Kategorie Familienschriftstücke paßte, denn es war keine Tagebuchaufzeichnung und kein Brief, keine Vermögensaufstellung und keine Testamentsabschrift, keine Familienurkunde und kein Familiendokument, sondern etwas anderes, wie er wirklich sofort sah, als er die Blätter in die Hand nahm, er sah es auf den ersten Blick, aber erst einmal prüfte er das ganze nur so, er blätterte vor und zurück, nach Jahreszahlen, Namen oder Institutionen suchend, er blätterte hin und her, um den Schlüssel zu der Sache zu finden, um sie mit einem entsprechenden Korrekturvorschlag zu versehen, also für die weitere Aufarbeitung vorzubereiten, er suchte also eine Zahl, einen Namen, irgend etwas, das eine Identifizierung zuließe, aber er fand nichts, das schätzungsweise aus hundertfünfzig bis hundertachtzig maschinenbeschriebenen, jedoch unnumerierten Seiten bestehende Manuskript enthielt nichts außer sich selbst, weder einen Titel noch eine Jahreszahl, noch einen Hinweis am Ende des Textes, von wem oder wo er verfaßt worden sei, nichts, stellte Korim am großen Tisch im Archiv stirnrunzelnd fest, wie aber, fragte er sich laut, kommt so etwas?, was hat es zu bedeuten?, und er ging daran, die Beschaffenheit des Papiers, die Beschaffenheit der Maschinenschrift und die Beschaffenheit des Schriftbildes zu prüfen, doch was er dabei feststellte, deckte sich nicht mit den übrigen und ihrerseits miteinander verwandten, also vermutlich zusammenhängenden Teilen des Faszikels, während dieses Manuskript *unverkennbar* keine Verwandtschaft und demnach keinen Zusammenhang mit jenen aufwies, weshalb er sich nun für eine andere Methode entschied und den Text zu lesen begann, er nahm den Packen und machte sich ans Lesen, von vorne an, wozu er sich setzte, langsam, vorsichtig, um den Stuhl unter sich nicht zu verfehlen – er saß also und las, und die Uhr über der Glastür zeigte erst die fünfte, dann die sechste, dann die siebente Stunde an, er jedoch blickte immer noch nicht auf, er las weiter, bis acht, neun, zehn, elf Uhr, da erst blickte er auf und sah, daß es sieben Minuten nach elf war, er sagte es auch, o verdammich, schon sieben nach elf?, er packte die Blätter schnell zusammen, verschnürte das restliche Material und legte dieses, das undefinierte und undefinierbare, in einen Aktendeckel, den ein Gummizug zusammenhielt, klemmte ihn unter den Arm, löschte das Licht, verschloß die Glastür hinter sich und machte sich auf den Heimweg, um sich zu Hause erneut hinzusetzen und noch einmal zu lesen, alles, von vorn an.

22 In der Heimat, sprach Korim dann in die Stille hinein, habe er in einem Archiv gearbeitet, und eines Tages, gegen oder kurz vor halb fünf, habe er in einem der hinteren Regale ein seit langen Jahren nicht mehr angerührtes Aktenbündel gefunden, es herausgenommen und nach vorn mitgenommen, ins hellere Licht, um besser zu sehen, er sei unter die große Lampe getreten, unter welcher der Haupttisch des gesamten Archivs stehe, und habe das Bündel geöffnet, hineingegriffen und geblättert, die zutage gekommenen Akten gesichtet mit der Absicht, sagte er zu dem mit schweren Lidern dasitzenden Dolmetscher, es zu ordnen, wenn es ihm nach so vielen Jahren schon zufällig unter die Finger gekommen sei, falls nötig, und beim Durchsehen der Tagebuchaufzeichnungen und Briefe, der Vermögensaufstellungen und Testamentsabschriften, der Urkunden und Dokumente der Familie Wlassich, denn derlei sei darin enthalten gewesen, sei er auf eine Akte gestoßen, er erinnere sich an die Signatur, IV.3/10/1941–42, das, er habe es sofort gesehen, nicht in die Kategorie Familienschriftstücke gehörte, da es keine Tagebuchaufzeichnung und keine Vermögensaufstellung, kein Brief und keine Testamentsabschrift, aber auch

keine Urkunde und kein Dokument gewesen sei, das habe er,
Korim, wirklich sofort gesehen, als er die Blätter in die Hand
nahm und einer ersten Prüfung unterzog, als er hin- und her-
blätterte, um den Schlüssel zu der Sache zu finden und sie mit
einem entsprechenden Korrekturvorschlag zu versehen, womit sie, erklärte er dem Dolmetscher, für die weitere Aufarbeitung vorbereitet würde, er habe also eine Zahl gesucht, einen
Namen, irgend etwas, das eine Identifizierung zugelassen
hätte, aber nichts gefunden, das Manuskript aus schätzungsweise hundertfünfzig bis hundertsechzig maschinenbeschriebenen, jedoch nicht numerierten Seiten enthielt nichts außer
sich selbst, weder einen Titel noch eine Jahreszahl, noch am
Ende des Textes einen Hinweis, von wem oder wo er verfaßt
wurde, nichts, er habe das Material ratlos betrachtet, erzählte
Korim, sich dann aber darangemacht, die Beschaffenheit des
Papiers, die Beschaffenheit der Maschinenschrift und die Beschaffenheit des Schriftbildes zu prüfen, doch was er dabei
feststellte, habe sich nicht mit den übrigen und ihrerseits miteinander verwandten, also vermutlich zusammenhängenden
Akten gedeckt, dieses eine Manuskript habe, betonte Korim
mit einem scharfen Blick auf den immer wieder einnickenden
Dolmetscher, unverkennbar keine Verwandtschaft und demnach keinen Zusammenhang mit jenen aufgewiesen, deshalb
habe er sich nun zu einer anderen Methode entschlossen und
den Text zu lesen begonnen, er habe den Packen genommen
und sich ans Lesen gemacht, von vorne an, er habe einfach
nur dagesessen und gelesen, erzählte er, die Stunden seien eine
nach der anderen dahingegangen, aber er habe sich nicht vom
Fleck rühren können, bis auch das letzte Blatt gelesen war,
dann habe er das Licht gelöscht, abgeschlossen und den
Heimweg angetreten, zu Hause aber das Gefühl gehabt, er
müsse, was der Zufall ihm in die Hand gedrückt, sofort noch
einmal lesen, sofort, betonte Korim vielsagend, denn kaum

über die drei ersten Sätze hinaus, habe er gewußt, daß ihm da kein alltägliches Material unter die Finger gekommen war, kein alltägliches, sondern, so würde er es heute ihm, Herrn Sárváry, gegenüber ausdrücken, ein die ganze Welt berührendes, bestürzendes, erschütterndes und geniales, er habe gelesen und in einem fort nur gelesen, Satz um Satz, bis in den Morgen hinein, die Sonne ging noch nicht auf, es war noch dunkel, gegen sechs Uhr, sagte er, da habe er gewußt, *man muß was tun*, große Gedanken hätten in ihm Gestalt angenommen, ein großer Plan sei in ihm entstanden in bezug auf seinen Tod und darauf, daß er dieses Material nicht *zurück* ins Archiv, sondern *vorwärts* in die Unsterblichkeit befördern müsse, diese Erkenntnis sei ihm in jener Nacht gekommen, dafür wollte er fortan mit seinem Leben bürgen, und das sei durchaus auch wörtlich zu verstehen, in jener Nacht habe er sich entschieden, wenn er ohnehin sterben müsse, dann wolle er mit seinem Leben für diese Unsterblichkeit bürgen, jawohl, sagte er, so kam es, daß er noch am selben Tag begonnen habe, das, um es so auszudrücken, Instrumentarium der Ewigkeit zu studieren, nämlich, auf welche Art und Weise es in der Geschichte bisher möglich war, etwas, eine heilige Nachricht, eine heilige Offenbarung, auf den Weg in die Ewigkeit zu schicken, er habe die Möglichkeiten und Gegebenheiten des Buches, des Pergamentes, des Films, des Mikrofilms, des Steines und so fort geprüft, letztlich aber nicht gewußt, was er tun solle, das Buch, habe er festgestellt, das Pergament, der Film, der Mikrofilm und so fort, das alles sei vernichtbar und werde auch vernichtet, was also wäre etwas, habe er sich gefragt, das unvernichtbar ist, und dann, ein paar Monate später, doch er könne auch sagen, vor ein paar Monaten, habe er in einem Restaurant, das er sonntags zuweilen besucht habe, einem Gespräch am Nachbartisch gelauscht, zwei junge Männer, erzählte Korim, debattierten, und zwar,

fuhr er mit einem geheimnisvollen Lächeln fort, darüber, daß
das sogenannte Internet erstmals in der Geschichte die prak-
tische Chance zur Ewigkeit biete, es gebe so viele Rechner auf
der Welt, daß der Computer praktisch unvernichtbar sei, was
aber, so habe Korim als für ihn entscheidende Schlußfolge-
rung aus dem Gespräch entnommen, unvernichtbar ist, das
ist doch, mit anderen Worten, ewig, daraufhin habe er, unnötig vielleicht, es zu erwähnen, das Essen stehenlassen, genau
erinnere er sich nicht, was er bestellt hatte, vielleicht Scholet
mit Räucherrippchen, sei sofort aufgestanden, sofort, und
nach Hause gegangen, um sich zu beruhigen, und am Tag
darauf habe er in der Bibliothek alles nur denkbare Material
aufgespürt, er habe Unmengen Bücher gelesen, verfaßt von
zahllosen ausgezeichneten und weniger ausgezeichneten Ken-
nern eines ihm völlig fremden Sachgebiets, und er sei mehr
und mehr zu der Überzeugung gelangt, dies müsse er tun, das
im Archiv entdeckte Dichtwerk von so wundervoller Schönheit in das so merkwürdig klingende, *rein geistige*, da nur in der
vom Computer aufrechterhaltenen *Vorstellung* existierende,
dort jedoch unsterbliche Internet hineinzuschreiben, um es
hineinzuschreiben in die Ewigkeit, denn wenn ihm das gelinge, habe er sich gesagt, werde er nicht vergebens sterben
und nicht vergebens gelebt haben, wenn ihm das gelinge,
habe er sich, noch in der Heimat, in der ersten Zeit, zugeredet, werde sein Tod einen Sinn haben, sagte Korim, die
Stimme senkend, immer noch am Küchentisch sitzend, wenn
schon sein Leben keinen Sinn gehabt habe.

23 Er solle ruhig an seiner Seite bleiben, sagte tags darauf
der Dolmetscher zu Korim, der sich immer wieder
hinter ihm zu verstecken versuchte, auf der Straße, in der
Subway und als sie an der 47. Straße aus der Unterführung
kamen, nicht hinter, schnauzte er, sondern neben ihm solle er

gehen, und er solle nicht so aufgeregt sein, aber Ermahnen und Schnauzen fruchteten nichts, nach zehn, zwanzig Schritten zog sich Korim, unwillkürlich, hinter den Rücken des Dolmetschers zurück, so daß der nach einiger Zeit nichts mehr sagte, er habe sich, wie er zu Hause erzählte, einen Scheiß um den Dussel gekümmert, wenn er hinter mir herlat‚ schen will, äußerte er sich, soll er doch, ihm sei es schließlich egal, Hauptsache, und das habe er dem Dussel offen gesagt, dieses sei ihr letztes gemeinsames Abenteuer, denn ihm, dem Dolmetscher, fehle für so etwas die Zeit, er habe viel zu tun, heute mache er eine Ausnahme, ab morgen müsse er allein zu‚ rechtkommen, allein, kapiert?, habe er geknurrt, denn es habe sehr danach ausgesehen, daß der Dussel dazu keine Lust hatte, daß er nicht einmal zuhörte und einfach nur hinter ihm hertrottete, ein Dussel eben, hören Sie wenigstens zu, habe er wütend gefaucht, dabei hörte ihm Korim durchaus zu, und wie, nur gingen ihm zur gleichen Zeit noch hundert, ja tau‚ send, ja hunderttausend andere Dinge durch den Kopf, denn nach seiner Ankunft und dem unerquicklichen Ausflug ins Sunshine Hotel war er eigentlich so richtig und normal jetzt zum erstenmal *draußen*, zum erstenmal so, daß er mitbekam, was rund um ihn herum geschah, nur habe er sich, erzählte er am Morgen darauf in der Küche, gefürchtet, und er fürchte sich, gestand er, auch heute noch, er habe Angst, weil er nicht wisse, wie er es gestern nicht gewußt habe, wovor er Angst haben müsse und wovor nicht, wo er auf der Hut sein müsse und wo es nicht nötig sei, so daß er bei den ersten Schritten natürlich noch immerfort auf der Hut zu sein versucht habe, auf der Hut, um den anderen nicht aus den Augen zu verlie‚ ren, doch ihm auch nicht vorauszueilen, auf der Hut beim Einführen des Tokens ins Drehkreuz, auf der Hut mit seinem Gesichtsausdruck, um nicht mit einem irgendwie beteilig‚ ten Mienenspiel Aufmerksamkeit auf sich zu ziehen, kurz, er habe sich bemüht, einer Sache gerecht zu werden, von der er eigentlich gar nicht wußte, was es war, so daß er, als er hinter Herrn Sárváry in der 47. Straße ein Geschäft mit dem Schild Photo erreichte, sich kaum noch auf den Beinen hielt, zu allem Überfluß mußten sie drinnen auch noch eine Treppe hinaufsteigen, und er konnte doch kaum noch die Füße heben, weshalb er sich nicht recht merken konnte, was alles dann geschah, Herr Sárváry habe, erzählte er ihr, habe einen chassidischen Verkäufer angesprochen, der habe etwas gesagt, und dann mußten sie warten, Kunden waren kaum im Geschäft, sie mußten mindestens zwanzig Minuten warten, bis der Chasside hinter dem Ladentisch hervorkam und sie zu einer Menge Computern führte, wo er sich in langen Erklärungen erging, die er, Korim, selbstverständlich nicht verstand, außer am Ende, als Herr Sárváry sagte, jetzt hätten sie die optimale Variante für ihn, Korim, gefunden, und ob er beabsichtige, eine Homepage zu machen, doch angesichts seines ratlosen Gesichtes winkte Herr Sárváry nur ab, auf spaßige Weise, erzählte Korim, und dann löste er das Problem Gott sei Dank selber, ihm, Korim, sei nur das Zahlen geblieben, eintausendzweihundertneunundachtzig Dollar, die habe er hingeblättert, und dafür hätten sie ein leichtes kleines Päckelchen bekommen, damit nach Hause, er, Korim, habe sich nicht getraut, etwas zu fragen, ihn hätten auf der einen Seite die eintausendzweihundertneunundachtzig Dollar gedrückt und auf der anderen das leichte Päckchen, sie seien in aller Stille zurück zur Subway und einmal umgestiegen, dann seien sie in aller Stille zur 159. Straße gegangen, kein Wort, kein Laut, vermutlich hatte die Fahrerei auch Herrn Sárváry ermüdet, und deshalb habe er ihm, Korim, drohende Blicke zugeworfen, wenn er den Eindruck hatte, er, Korim, beabsichtige, gleich etwas zu sagen, damit er bloß nicht wieder in seinen idiotischen Monolog verfiel, er sollte den Mund hal-

ten, wenigstens bis nach Hause, dort, erzählte der Dolmet‑
scher, wollte er ihm dann erklären, wie man es macht, und das
tat er auch, er erklärte ihm, schaltete den Rechner ein und
brachte dem Dussel bei, welche Taste und wann, welche
Taste wozu dient, und dann pumpte er sich bei ihm nicht
zweihundert, wie er ursprünglich in der Nacht geplant hatte,
als er sich darauf einließ, beim Computerkauf behilflich zu
sein, sondern vierhundert Dollar, dem steckt das Geld unter
der Haut, sagte er, das heißt unter dem Mantelfutter, und er
lachte breit, sie, seine Geliebte, fuhr er fort, solle sich vorstel‑
len, daß jemand sein ganzes bißchen Geld in den Mantel ein‑
genäht hat und aus dem heraus bezahlt, sie solle sich das vor‑
stellen, undenkbar, wie aus einem Portemonnaie, wieherte der
Dolmetscher, er habe ihm also vierhundert Dollar abge‑
knöpft, insgesamt macht das jetzt einen Tausender, Teuerste,
und dann sei er rausgegangen, erzählte er, aber vor dem Raus‑
gehen habe er ihm noch in aller Offenheit gesagt, Herr
Korim, Sie werden es hier nicht mehr lange machen, wenn
Sie nicht bald das Geld aus dem Mantel nehmen, man riecht
es so, daß irgendwer Sie demnächst, wenn Sie den Fuß vor die
Tür setzen, des Geruchs wegen an der nächsten Ecke um‑
bringen wird.

24 Unter einem herkömmlichen Computer, erklärte der
Dolmetscher, versteht man normalerweise einen
Bildschirm, ein Gehäuse, eine Tastatur, eine Maus, ein Mo‑
dem und verschiedene Software, in Ihrem, sagte er zu dem
verwirrt nickenden Korim, ist alles zusammen, das ist sogar
ein Gerät, und er zeigte auf den ausgepackt auf dem Tisch ste‑
henden Laptop, mit dem man nicht nur sofort ins Internet
gehen kann, das ist selbstverständlich, sondern auch eine
Homepage einrichten, was Sie brauchen, einen Provider ha‑
ben Sie ja schon, das haben wir mit zweihundertdreißig Dol‑

lar Hinterlegung für Monate gesichert, wobei Sie nur die Aufgabe haben – aber warten Sie, wir fangen am Anfang an, seufzte der Dolmetscher angesichts der erschrockenen Miene, die Korim zog, wenn Sie diese Taste drücken, und er legte einen Finger an die Rückseite des Geräts, dann schalten Sie damit ein, und es erscheinen so kleine, farbige Figuren, sehen Sie?, und er zeigte darauf, sehen Sie das hier?, dann holte er tief Luft, um alles herzusagen, aber wirklich mit den allereinfachsten Wörtern und Daten, denn die Auffassungsgabe dieses Dussels, berichtete er seiner Geliebten, sei katastrophal, um von seiner Reaktionszeit gar nicht zu reden, na gut, egal, sagte er, er habe ganz vorne angefangen, wenn er das und das auf dem Monitor sehe, müsse er das und das machen, anfangs habe er vorher noch erklären wollen, was wozu da ist und was was bedeutet, aber das sei ihm rasch völlig nutzlos erschienen, deshalb brachte er ihm nur die mechanischen Reaktionen bei, die ließ er ihn üben, denn mit so einem könne man nur das machen, meinte er, nämlich alles, aber auch alles Vorgeführte sofort üben lassen, so daß der Dussel binnen drei bitterer Stunden gelernt habe, wie man eine Homepage macht, kapiert habe er es vermutlich nicht, immerhin aber wisse er jetzt, wie er das Word aufruft, um dann das bißchen Text einzugeben, und daß er am Ende des Tages, wenn er aufhören will, diesen erst als Hypertext kodieren und dann abspeichern und schließlich Verbindung mit dem Server aufnehmen muß, seinen Benutzernamen, das Paßwort, den Provider, und so weiter, wie er das alles eingibt, Schritt für Schritt bis dahin, wie er das Material auf die Homepage bringt, wie er kontrollieren kann, ob das Material wirklich auf dem Server ist und ob es aufgrund der herausgehobenen Kennwörter für die Suchprogramme wirklich erreichbar ist, das alles, sagte, immer noch ungläubig, der Dolmetscher, habe er ihm mit den primitivsten Methoden einpauken müssen, der Dussel habe nämlich einen absolut löchrigen Kopf, hier rein, da raus, wenn er was hört, legt er vor Anstrengung die Stirn in Falten, der Mann ist eine einzige große Anstrengung, aber man sieht, wie ihm wieder rauskommt, was reingegangen ist, man sieht, daß nichts drinnen bleibt, man könne sich also vorstellen, sagte am Tag darauf in der Küche auch Korim, man könne sich vorstellen, was er durchmachen mußte, bis er das ganze gelernt habe, er gebe nicht nur zu, daß sein Kopf nicht mehr der alte ist, er gestehe auch rundheraus, daß das Gehirn darin nichts mehr taugt, Schrott, kaputt, aus, und es sei nur Herrn Sárvárys fesselnden pädagogischen Fähigkeiten zu verdanken und, nun ja, setzte Korim mit einem ver‚ schmitzten Lächeln hinzu, seiner unendlichen Geduld, daß etwas doch zustande kam, unbestreitbar überrasche es ihn selbst am meisten, daß dieses unglaubliche Wunderwerk, die‚ ses eigentlich federleichte Gerät unter seinen Händen‚funktio‚ niere, er könne es selbst kaum glauben, aber so sei es, erzählte er enthusiastisch, sie solle sich das einmal vorstellen, drüben im Zimmer, genau in der Mitte des Tisches, stehe das Gerät, er setze sich davor, und fertig, es geht, sagte er und mußte plötzlich lachen, es geht, man drückt dies und das, und es passiert tatsächlich, was Herr Sárváry vorausgesagt hat, also noch ein paar Tage üben, sagte er leise zu der wie immer mit dem Rücken zu ihm schweigend am Gasherd stehenden Ge‚ liebten des Dolmetschers, und er könne vielleicht anfangen, nur noch ein paar Tage, und er werde loslegen, ein paar Tage strenges Training noch, aber dann!, und mit Schwung!, eines Tages werde er sich also hinsetzen und damit beginnen, etwas für die Ewigkeit zu schreiben, er, György Korim, in New York, ganz oben im Haus Nummer 547 in der 159. Straße, für insgesamt eintausendzweihundertneunundachtzig Dollar, zweihundertdreißig davon die Hinterlegung.

25 Er suchte einen absolut sicheren Platz im Zimmer und befolgte den Rat des Dolmetschers, nahm also sein restliches Geld aus dem Mantel und versteckte es dort, befestigte es mit einer Schnur straff zwischen den Federn des Federbodens, legte die Matratze wieder darauf und strich den Bettbezug glatt, um dann von verschiedenen Punkten aus, stehend und hockend, zu kontrollieren, das für fremde Augen nichts zu sehen war, wonach er ruhig ausgehen konnte, denn er hatte sich entschlossen, die Zeit bis zum Ablauf der vom Dolmetscher belegten Stunden, wenn er also zwischen fünf Uhr nachmittags und drei Uhr nachts die einzige Telefonleitung nicht zum Computern nutzen konnte, mit einem Ausgang zu verbringen, sich die Stadt anzusehen, damit er wüßte, wo er war, wo er jetzt lebte, wohin es ihn verschlagen hatte, oder genauer, was er gewählt hatte, als er mit New York für die Ausführung seines Plans, also für die Annäherung an die Ewigkeit und den persönlichen Tod, das Zentrum der Welt wählte, er werde, berichtete er dem stummen Frauenrücken in der Küche, sich umtun und umsehen, was er dann auch tat, als er bereits am Tage danach, an dem sie den Computer gekauft und mit dem Üben begonnen hatten, kurz nach fünf Uhr die Treppe hinabstieg, aus dem Haus trat und losging, erst nur ein paar hundert Meter weg, dann zurück, dann wiederum und noch einmal, wobei er des öfteren hinter sich blickte, um das Haus wiedererkennen zu können, ungefähr eine Stunde später wagte er sich bereits bis zur Subwaystation an der Ecke der 159. Straße und der Washington Avenue, wo er sich ausdauernd in einen Kartenaushang mit den Subwaylinien vertiefte, sich aber nicht getraute, hinunterzusteigen, ein Token zu kaufen, diesen Mut brachte er erst am folgenden Tag auf, da durchaus, er kaufte ein Token, stieg in den erstbesten einfahrenden Zug und fuhr bis zum Times Square, dessen Name ihm irgendwie bekannt vorkam, von dort ging

er so lange den Broadway hinab, bis er vor Müdigkeit kaum noch weiterkonnte, und das machte er tagelang, zurück nahm er immer den Bus oder die Subway, zu denen ihm der Dolmetscher riet, und dank diesen immer mutigeren Ausflügen lernte er allmählich in dieser Stadt zu leben, ängstigte er sich allmählich nicht mehr zu Tode, wenn er Verkehrsmittel benutzen oder beim Vietnamesen an der Ecke einkaufen mußte, und überhaupt lernte er, sich nicht *vor jedem einzelnen* zu fürchten, der sich im Bus neben ihn stellte oder den er auf der Straße entgegenkommen sah, er begann es wahrhaftig zu lernen, nur eines blieb, seine Unruhe nämlich, daß er das, was er allmählich lernte, unverändert *nicht verstand*, daß sich sein Unbehagen nicht legte, das sich unmittelbar nach der Ankunft, in jenem denkwürdigen Taxi, seiner bemächtigt hatte, daß er nämlich hier inmitten dieser gigantischen Bauten etwas sehen müßte und doch nicht sah, so weit er auch die Augen aufsperrte, aber er fühlte es, in jedem Augenblick, vom Times Square bis East Village, von Chelsea bis zur Lower East Side, im Central Park, Downtown, in Chinatown und in Greenwich Village, überall rumorte das Gefühl in ihm, daß hier irgend etwas, das er sah, *mit ungeheurer Kraft an etwas erinnerte*, aber er hatte keine Ahnung, was es war, keine Ahnung, sagte er zu der Geliebten des Dolmetschers, aber sie stand wieder nur stumm am Gasherd, ihm den Rücken kehrend und etwas kochend in einem grauen Topf, so daß Korim nur zu ihr zu sprechen wagte, nicht jedoch, sie anzusprechen, sie behutsam zu nötigen, sich einmal umzudrehen und etwas zu sagen, nein, das brachte er nicht fertig, so konnte er gar nicht anders, er sprach zu ihr, jeden Mittag, wenn sie sich in der Küche trafen, sprach über alles, was ihm gerade einfiel, und versuchte auf diese Weise herauszufinden, womit er sie zum Sprechen bewegen könnte, versuchte zu erfahren, warum sie nicht sprach, denn er fühlte sich instinktiv zu ihr hingezogen,

wie auch seine Bemühungen um die Mittagszeit erkennen lie
ßen, wenn er gleichsam ihre Gunst suchte, so daß er jeden
Mittag zu ihr sprach und ihren krummen Rücken am Gasherd ansah, ihr fettiges Haar, wie es ihr strähnig auf die mageren Schultern hing, den seitlich herabbaumelnden Gürtel des
blauen Frotteemantels, dann, wie sie mit einem Küchenlappen den heißen Topf vom Herd hob und an ihm vorbei in
das Zimmer huschte, wo sie mit dem Dolmetscher hauste,
den Blick gesenkt, als wäre sie vor etwas erschrocken, für alle
Zeiten.

26 Hier, in Amerika, sei er ein anderer Mensch geworden, behauptete Korim eines Tages, ihren Rücken
betrachtend, eine Woche sei um, und er sei nicht mehr der,
der er einmal war, womit aber nicht gemeint sei, daß etwas
Grundlegendes in ihm sich verschlechtert oder verbessert
hätte, es gehe eher um Kleinigkeiten, die in seinem Fall eigentlich durchaus keine mehr gewesen seien, seine Vergeßlichkeit
zum Beispiel, sei ihm vor einem oder zwei Tagen bewußt geworden, die sei, könne er fast sagen, völlig weg, das Vergessen,
wenn man es so sagen könne, sei weg, und in seinem Fall,
sagte Korim, könne man das irgendwie sagen, denn vor ein
oder zwei Tagen habe er bemerkt, daß er tatsächlich nicht vergesse, was mit ihm vor sich gehe, das behalte er alles im Kopf,
er brauche nicht mehr nach den Dingen um sich herum zu
suchen, obzwar, sagte er, um ihn herum kaum etwas sei, aber
trotzdem, was sei, das finde er auch immer, er brauche gar
nicht zu suchen, und was das betreffe, was mit ihm vor sich
gehe, früher sei es so gewesen, daß er sich schon am Tag darauf nicht mehr erinnern konnte, jetzt aber an alles und bis ins
kleinste, wo er war, was er gesehen hatte, ein Gesicht, was immer, ein Schaufenster, ein Gebäude bleibe ihm jetzt absolut
im Gedächtnis, was ist das, fragte Korim, wenn nicht Ame

rika, er jedenfalls könne es sich nur mit Amerika erklären, hier sei vielleicht die Luft eine andere, das Wasser ein anderes, was auch immer, aber etwas dürfte von Grund auf anders sein, denn ein anderer sei jetzt auch er, und selbst mit dem Hals und den Schultern habe er nicht solche Probleme wie früher in der Heimat, was bedeute, daß auch die Ängste in seinem Innern geringer seien, womöglich verliere er den Kopf, das seien samt und sonders tatsächlich Veränderungen, und zwar samt und sonders tatsächlich positive, machten sie doch den Weg frei, den er zu gehen habe, ob er ihr, dem Fräulein, schon gesagt habe, fragte Korim, daß es zu diesem ganzen Amerika dadurch gekommen sei, daß er entschied, sein Leben zu beenden, jedoch nicht wußte, wie, er wußte auf das entschiedenste, daß er es beenden wollte, jedoch nicht, auf welche Weise, er könnte ja, habe er zuerst gedacht, ganz still und leise aus der Welt scheiden, er könnte ja einfach plötzlich wegsterben, und eigentlich denke er das heute noch, denn er sei nicht hier, um sich vor dem Ende auf raffinierte Weise einen Namen zu machen, beispielsweise als Reklame für das selbstlose Opfer, solche gebe es in Mengen, aber er gehöre durchaus nicht zu ihnen, nein, in seinem Fall könne davon nicht die Rede sein, in seinem Fall handle es sich um etwas ganz anderes, es gehe um folgendes, als dies alles in seinem Kopf allmählich Gestalt annahm, habe das Schicksal in seiner erschreckenden Gnade ihn, wie solle er sagen, er sage es so: zum glücklichen Finder gemacht, und von da an sei er nicht mehr ein zum Sterben entschlossener Mensch gewesen, wie er bisher rechtens gemeint habe, sondern ein glücklicher Finder, einer wie zum Beispiel jemand, der, schon mit dem Tode im Herzen, Tag für Tag im Garten werkelt, pflanzt, hackt, gräbt und jätet, und mit einemmal schimmert aus dem Boden etwas hervor, nun ja, so ungefähr solle sie, das Fräulein, sich vorstellen, sagte Korim, wie es ihm ergangen sei, denn dem im Garten Werkelnden ist es von da an einerlei, ihn definiert von da an das Hervorschimmernde, und so sei es auch ihm ergangen, indirekt natürlich, indirekt, aber er habe genauso etwas gefunden, nämlich in dem Archiv, wo er vorher gearbeitet habe, sei zufällig ein Manuskript aufgetaucht, eins mit unbekannter Quelle, unbekanntem Entstehungsdatum, unbekanntem Verfasser und, das sei am sonderbarsten, sagte Korim und hob Aufmerksamkeit heischend den Finger, unbekanntem Zweck, diese Ahnung sei ihm gekommen, nach langem, langem Grübeln habe er sich Gewißheit verschafft, und dorthinein wolle er nun schreiben, was er fand, denn *Ewiges nur mit Ewigem*, dieses sein Urteil sei, glaube er, richtig, dann komme der Rest, der Dreck und die Dunkelheit, und Korim senkte die Stimme, dann komme ein Kanalufer oder ein leeres, kaltes Zimmer, ihn werde das absolut nicht mehr interessieren, wie ihn auch seit geraumer Zeit nicht mehr interessiere, auf welche Weise er enden werde, durch eine Kugel oder etwas anderes, Hauptsache, er fange an und bringe zu Ende, hier, im Zentrum der Welt, was er beschloß, um das, was er erhalten habe, wenn er an diesem Punkt ein wenig pathetisch sein dürfe, zu übergeben, um diesen herzergreifenden Bericht hinüberzuheben in diesen prinzipiellen Kontinent der Phantasie, den Bericht, über den er jetzt, denn er werde ihn ihr ohnehin zeigen, im groben nur sagen möchte, daß er von der Erde handelt, wo es keine Engel mehr gibt, und damit, sagte Korim, tatsächlich, wenn das vorliege, komme dann die Dunkelheit und der Dreck.

27 Er saß auf dem Bett mit dem Mantel auf dem Schoß und öffnete gerade mit einer beim Dolmetscher geliehenen Nagelschere den Zugang zu dem mit sogenannten Hexenstichen vernähten Versteck des Manuskriptbündels, um es endlich herauszunehmen und sich feierlich an die Ar-

beit zu machen, als sich auf einmal so leise, daß es kaum zu hören war, die Tür öffnete und auf der Schwelle die Geliebte des Dolmetschers erschien, ein aufgeschlagenes buntes Magazin in der Hand, sie stand auf der Schwelle und sah herein, nicht direkt in Korims Augen, sondern irgendwie schräg in dessen Richtung, sie stand eine Weile so da, stumm und verschreckt wie bisher immer, und es sah schon aus, daß sie wieder nichts sagen würde, daß sie bereute, überhaupt gekommen zu sein, und gleich wieder gehen würde, verschwinden würde für alle Zeiten, als sie schließlich, vielleicht weil Korim wegen ihres unerwarteten Kommens genauso verlegen war wie sie, sehr leise, kaum verständlich, auf ein Foto des aufgeschlagenen Magazins tippend fragte: Did you see the diamonds?, aber als Korim nun vor Überraschung keinen Laut hervorbringen, geschweige denn antworten konnte und einfach nur weiter so dasaß mit seinem Mantel auf dem Schoß und der Hand mit der kleinen Schere in der Luft, da ließ sie das Magazin langsam sinken, senkte den Kopf, machte kehrt und schloß die Tür so leise hinter sich, wie sie sie vorhin geöffnet hatte.

28 *Ewiges nur mit Ewigem*, sagte Korim laut zu sich selbst, und weil er sich beim langen Sitzen die eine Seite gedrückt hatte, hockte er sich jetzt mit der anderen auf das Fensterbrett und betrachtete unverwandt die Blitze der Feuerleitern an den gegenüberliegenden Gebäuden, beobachtete die flachen Wüsten der Dächer und den Zug der verrückten Wolken am Himmel, die der Novemberwind vor sich hertrieb, und er sagte weiter: *Morgen früh, länger als bis morgen kann ich nicht warten.*

III

Schon ganz Kreta

1 Nach den hauchfeinen, biegsamen Sätzen des Manu‚
skriptes erinnerte das Schiff am ehesten noch an die
ägyptischen Seeschiffe, doch niemand wußte, woher es ange‚
trieben worden war, wegen der wilden Winde, die derzeit aus
allen möglichen Richtungen wehten, konnte es aus Gaza,
Byblos, Lukka oder tatsächlich aus dem Reich Thotmes ge‚
kommen sein, aber auch von Akroteri, aus Pylos, aus Alasiya
oder gar von den fernen Liparischen Winden im Sturm abge‚
trieben, eines ist sicher, schrieb Korim, die Kreter, die sich am
Ufer versammelten, hatten so ein Schiff bisher noch nicht ge‚
sehen, aber von einem solchen auch noch nie gehört, und
zwar in erster Linie deshalb nicht, weil erstens, so zeigten sie
einander staunend, das Achterschiff nicht angehoben war,
weil es zweitens nicht die meistmöglichen, also je fünfund‚
zwanzig, sondern je dreißig Ruder besaß, zumindest ur‚
sprünglich, und weil ihnen drittens und überhaupt, wie sie es
aus dem Schutz einer riesigen Felsnase sahen, die Form und
Größe des jetzt freilich zerfetzten, jedoch rekonstruierbaren
Segels, die vorragende Bugverzierung und die ungewöhn‚
liche Anordnung des zweireihigen geschwungenen Taubün‚
dels, weil dies alles ihnen unbekannt vorkam, unbekannt und
noch erschreckend in der Zerstörung, wie die gigantischen
Wellen es erst von Lebena her in die Bucht von Kommos ge‚
trieben, auf eine Klippe gespießt, auf die Seite geworfen und
den erschrockenen Einheimischen als zerbrochenen Körper

gleichsam dargeboten hatten, um ihn mit diesem Aufspießen zugleich vor weiterer Zerquetschung zu bewahren, ihn sozusagen aus dem tobenden Wasser herauszuheben und zu demonstrieren, wie sie nach Gutdünken mit einem aus menschlicher Sicht doch gigantischen Werk umspringen, dieses Wasser, dieser Sturm, diese Tausende nicht zu bremsender Wellen, mit einem nie gesehenen Handelsschiff von eigentümlicher Bauart, auf dem alles tot war, alles, so wenigstens schien es, und so müsse es wohl auch sein, sagten einander draußen die Kreter, denn diesen höllischen Wahnsinn in diesem mörderischen Sturm kann einfach nichts und niemand überlebt haben, den Gott gibt es nicht, beteuerten sie unter der Felsnase einander, der irgend jemanden, diese schreckliche Katastrophe, und mit heiler Haut, der Gott, sagten sie am Ufer und schüttelten immer wieder den Kopf, ist noch nicht geboren, und höchstwahrscheinlich wird er auch nie mehr geboren werden.

2 *Sie kamen für immer,* erzählte Korim in der Küche der Frau, und als sie in der gewohnten Haltung, also mit dem Rücken zu ihm, weiter nur stumm am Herd stand und in einem Topf etwas umrührte, ohne mit der geringsten Bewegung anzuzeigen, daß sie verstand, was sie hörte, oder daß sie der Sache irgendeine Bedeutung beimaß, ging er nicht etwa, wie er es so oft tat, in sein Zimmer zurück, um das Wörterbuch zu holen, sondern er verzichtete darauf, dieses Für-immer und dieses Kommen zu erklären, vielmehr versuchte er einfach das Thema zu wechseln, und auf den Topf zeigend, fragte er verlegen: *Wieder ... was Feines?*

3 Erst am Tag darauf legte sich der Sturm einigermaßen, so daß sich ein Kommosser Kleinschiff hinauswagen und zu der Klippe begeben konnte, gab Korim ein, am frühen

Nachmittag, als der Wind sich gelegt hatte, stellte sich heraus, daß das, was von draußen gesehen ein Wrack gewesen war und unrettbar, zwar auch aus der Nähe gesehen ein Wrack war, jedoch nicht *gänzlich* unrettbar, die improvisierte Hilfs-expedition entdeckte nämlich zu ihrem größten Erstaunen in einer Kajüte drei, vielleicht sogar vier Überlebende, drei, bedeuteten sie den am Ufer Gebliebenen mit Handzeichen, möglicherweise aber auch vier Überlebende, jeder an einen Pfahl gebunden, zwar nicht bei Bewußtsein, aber zweifellos lebendig, zumindest bei dreien stehe das fest, und vielleicht hatte auch der vierte noch Herztöne, jedenfalls wurden die vier abgeschnitten und an Land gebracht, die anderen nicht, sie hatte das eindringende Wasser verschluckt und getötet, die dort, berichteten sie später, sechzig?, achtzig?, hundert?, wer weiß?, schliefen schon den ewigen Schlaf, als sie gefunden wurden, sie hatten, so drückten die Berichterstatter es aus, keinerlei Schmerzen mehr, doch diese drei, sagten die Retter, oder vier hätten es, und das grenze an ein Wunder, überlebt, deshalb habe man sie sofort aus der Kabine geholt und sofort auf das Kleinschiff getragen, einen nach dem anderen, dann seien sie sofort zurückgekehrt, alles andere hätten sie gelassen, wie es war, das ganze Schiff, denn sie wüßten ja, was kommen, sie wüßten genau, was nun eintreten würde, und es trat auch ein, und zwar zerbrach genau zwei Tage später infolge starken Wellengangs der endgültig verwüstete Schiffsleib auf einmal in zwei Teile, die von der Klippe glitten und unglaublich schnell, in wenigen Minuten, in der See untergingen, bis sich nach einer knappen Viertelstunde auch die letzte Welle glättete und schlapp zum Strand auslief, wo das gesamte Fischerdorf Kommos stand, alle Männer und Frauen und Alten und Kinder, wortlos und reglos, da nach der Viertelstunde von dem erschreckend fremden und großen Schiff nichts mehr übrig war, gar nichts mehr, nur drei, die mit Sicherheit, und einer, der vielleicht lebte, insgesamt also vier von den sechzig, den achtzig, den hundert, nur vier Menschen nach der Katastrophe.

4 Ihre Namen sprachen die vier nach den peinvollen Tagen der Genesung jedesmal anders aus, deshalb nannten die Einheimischen sie so, wie sie es am ersten Tag von ihnen gehört hatten oder gehört zu haben meinten, so daß der erste Kasser, der zweite Falke, der dritte Bengazza und der vierte Toot gerufen wurden, das hielten sie für am richtigsten, wenngleich alle es für ausgemacht hielten, daß sie mit diesen vier – und hier außerordentlich ungewohnt klingenden – Namen den vermutlichen eigentlichen nur näherkamen, ohne sie aber zu treffen, doch verursachte ihnen dies, um die Wahrheit zu sagen, das geringste Kopfzerbrechen, denn im Gegensatz zu anderen, die vom Wasser früher hier an Land gespült worden waren und bei denen sich Name, Herkunft, Wohnsitz und Schicksal Stück für Stück verhältnismäßig schnell herausgestellt hatten, geriet bei diesen jetzt alles – Name, Herkunft, Wohnsitz und Schicksal – zunehmend ins Dunkel, das heißt ihre Fremdheit und Besonderheit verringerte sich nicht, vielmehr wuchs sie erstaunlicherweise mit der Zahl der Tage, so standen dann, als genügend Zeit vergangen war und sie sich vom Krankenlager erheben konnten, um sich auf ihre unverständlich vorsichtige Weise ins Freie zu wagen, welchen Augenblick das Manuskript, sagte Korim in der Küche, in einem wundervollen Kapitel, *chapter*, ausgearbeitet habe, so standen also dort vier durch und durch rätselhafte Männer, von denen weniger als nichts bekannt war und die neugierige Fragereien immer wieder auf die gleiche Art zurückwiesen, indem sie in der als gemeinsam akzeptierten, jedoch von beiden Seiten stark gebrochen gesprochenen babylonischen Sprache, *language*, nicht darauf antworteten, worauf die Fra-

gen sich bezogen, sondern immer wieder auf etwas anderes, so daß selbst Mastemann, ein Fremder, den es vor einigen Wochen aus dem im Ostteil der Insel gelegenen Gurnia hierher verschlagen hatte, nachzusinnen schien und keine Meinung äußerte, er, der nie nachsann und immer seine Meinung sagte, selbst Mastemann schwieg, als er, hinter seinem Wagen stehend, beobachtete, wie sie schweigsam durch das kleine Dorf spazierten, wie sie hinüber zu den Feigenbäumen schlenderten, wie sie sich schließlich in einem Olivenhain niederließen, um aus dem kühlenden Schatten zuzusehen, wie die Sonne, *the sun*, am westlichen Horizont unterging.

5 Das ganze sei, sagte Korim zu dem Frauenrücken, so gehalten, als handle es vom Garten Eden, alle Sätze, sagte er, die von da an über das Dorf, das Meeresufer und die jede Vorstellung übersteigende Schönheit der Gegend aufgeschrieben worden seien, wirkten nicht, als wollten sie etwas mitteilen, sondern als wolle das Manuskript selbst sich ins Paradies zurückgeleiten, da es diese Schönheit nicht allein erwähne, zur Sprache bringe oder deklariere, sondern auch ausgiebig in ihr verweile, das heißt, sie auf eine eigene Art schöpfe, weshalb sie dann, diese gewisse Schönheit also, *beauty*, nicht mehr bloß aus der Landschaft, sondern auch aus dem, was sie ausfüllt, bestehe, der Ruhe nämlich und der Heiterkeit, aus der strahlenden Ruhe und Heiterkeit dessen, was gut ist, unbezweifelbar auch ewig ist, und nach diesem Text, sagte Korim, sei irgendwie alles sehr gut, weil es gut geschöpft sei, denn alles, das strahlende Rot des Sonnenlichtes, das scharfe Weiß der Felsen, das geheimnisvolle Grün der Täler und der edle Liebreiz der zwischen den Felsen und den Tälern verkehrenden Menschen, beziehungsweise, so sagte es Korim: *beziehungsweise* die in diesem Rot und Weiß und Grün und Liebreiz auf den Wegen rollenden und von Maultieren

gezogenen Wagen, die im Wind trocknenden Polypennetze, die Amulette am Hals, die Schmuckstücke im Haar, die Ölmühlen und Töpferwerkstätten, die Fischerboote und die Altäre in der Höhe, mit einem Wort: die Erde also, das Meer und der Himmel, *the sky*, das alles sei hier voller Ruhe und Heiterkeit, und dennoch sei es im vollsten Sinn des Wortes Wirklichkeit, so zumindest schilderte Korim die Dinge, so versuchte er anhand der Arbeit dieses Morgens der Frau ein Bild zu skizzieren, doch war dies, wenn jemals, dann jetzt ein vergeblicher Versuch, und vergeblich hätte er auch irgend etwas anderes zu schildern versucht, denn nicht allein, daß die Frau wiederum ihre übliche Position innehatte, sie hatte sie auch erheblich zusammengedroschen inne, wie Korim bei einer versehentlichen halben Drehung ihres Körpers plötzlich wahrnahm, es verhielt sich also nicht nur so, daß er wieder nicht wissen konnte, in welcher Sprache – und ob überhaupt – sie hörte, was er, Korim, ihr heute wie an jedem Vormittag zwischen elf und halb ein, ein Uhr am Mittag in ungarischer Sprache, abgestützt hin und wieder mit einem englischen Wort aus dem Wörterbuch und seinen Notizen, vortrug, er konnte auch nicht die Hämatome in ihrem Gesicht übersehen, nicht, daß ihre Augen geschwollen und Mund und Stirn zerschrammt waren, weshalb Korim sich fragte, ob sie womöglich nachts draußen war und auf dem Heimweg überfallen wurde, er hatte keine Ahnung, trotzdem ging es ihm nahe, und obgleich er so tat, als hätte er nichts gesehen, und unerschütterlich weitersprach, nahm er am Abend, als nach langen Tagen der Abwesenheit endlich der Dolmetscher wieder in der Küche auftauchte, allen Mut zusammen und überfiel ihn gleichsam mit der Frage, was vorgefallen sei und wer sich erdreistet habe, das Fräulein zu belästigen, über mich herzufallen, rief er später, außer sich, über mich, schrie er wütend zur Bettecke hin, wo verschreckt seine

Geliebte hockte und zusah, wie er, der Dolmetscher, aufgebracht hin- und herstiefelte, was bildete denn der sich ein, was
geht denn diesen Arsch etwas an, was mit ihnen beiden geschehe, *oder was nicht*, der bringe es fertig, man solle sich das
vorstellen, der sei imstande, sich einzuschmeicheln und ihn
nach ihrem Zusammenleben ausfragen zu wollen, das dann
doch nicht!, sagte er drohend zu seiner Geliebten, er habe ihn
mit eindrucksvollen Worten sonstwohin geschickt, der habe
nach Luft geschnappt, daß er nur dies wollte und jenes, worauf er, der Dolmetscher, lediglich erwidert habe, wenn nicht
auch er, Korim, eins in die Schnauze kriegen wolle, dann
solle er mit solchen Fragen schnellstens die Kurve kratzen,
woraufhin Korim natürlich wie eine Eidechse in sein Zimmer
gehuscht sei und die Tür so leise geschlossen habe, daß nicht
mal eine Fliege von dem Geräusch zusammenzucken würde,
nicht mal eine Fliege, keuchte außer Atem der Dolmetscher,
von dem Geräusch, als die Tür sich schloß.

6 Es war Nacht geworden, und die Sterne gingen auf, aber
die vier kehrten noch nicht nach Kommos zurück, sie
blieben, sich immer wieder mit größter Umsicht von der Sicherheit der Umgebung überzeugend, dort, wo sie bei Sonnenuntergang gewesen waren, oberhalb des Dorfes, nördlich,
im Olivenhain, wo sie, den Rücken an einen Stamm gelehnt,
eine geraume Zeit nur wortlos dasaßen im hereinbrechenden
Dunkel, bis Bengazza zu sprechen begann und in seinem
brummigen Ton meinte, vielleicht sollte man den Dörflern etwas sagen, er wisse nicht, was sie, die drei anderen, darüber
dächten, aber möglicherweise sollte man eine Beruhigungsfor-
mel finden, was sie denn hier suchten, doch die Antwort auf
seinen Vorschlag war nur ein langes Schweigen, als möge niemand die Stille durchbrechen, und als sie dennoch zerbrach,
kamen sie auf etwas anderes zu sprechen, darauf, daß es nichts

Schöneres gab als so einen Sonnenuntergang über den Bergen und dem Meer, ein Sonnenuntergang, sagte Kasser, dieses
außergewöhnliche Schauspiel, das herabsinkende Dunkel,
diese prachtvolle Vortäuschung von Übergang und Stetig-
keit, aller Übergänge und Stetigkeiten, sagte Falke, ein großartiges Drama war dies, eine gigantische Inszenierung, ein
wundervolles Fresko von etwas, das nicht ist, zugleich aber
auch ein besonderes Gleichnis des Verflüchtigens und Verge-
hens, des Erlöschens und Verglühens, und wie feierlich die
Farben sich vorstellten, sagte Kasser, das Rot und das Violett,
das Gelb und das Braun, das Blau und das Weiß in atemberaubender Verklärung, eine dämonische Verdeutlichung des
gemalten Himmels war all, all das, sagte Kasser, und wie vieles noch, sagte auch Falke, denn da hatten sie noch nicht von
den Tausenden Regungen gesprochen, die ein Sonnenuntergang bei seinem Betrachter auslöst, von der schweren Befan-
genheit, die diesen Betrachter bei seinen Betrachtungen unbedingt ergreift, ein Sonnenuntergang, sagte Kasser, mit seiner
hoffnungsvollen Schönheit des Abschiednehmens wäre also ein
magisches Symbol des Aufbruchs, des Weggangs, des Schrit-
tes in das Dunkel, zugleich aber auch sichere Verheißung des
Rastens, des Ruhens und des nahenden Schlafes, ja, dies alles,
alles zusammen, und wie vieles noch, sagte Falke, ach wie vieles, sagte auch Kasser, doch mittlerweile hatte es sich abge-
kühlt im Hain, und weil die als Kleidung erhaltenen leinenen
Lendenschurze gegen die Kühle nicht genügten, kehrten sie
in das Dorf zurück, stiegen den schmalen Pfad hinab zu den
kleinen Steinhäusern und traten in eines von ihnen, das bei
ihrer Ankunft leergestanden hatte und das sie als zeitweilige
Unterkunft von den braven Rettern, den Kommosser Polypen-
fischern, auf unbestimmte Zeit bekommen hatten, wie lange
auch immer, hatte es geheißen, sie bekamen es, damit sie es bezogen und sich auf ihre Liegestätten legten in der, aus dem In-

neren betrachtet, recht angenehmen Nacht, worauf dann, und so auch jetzt, ein kurzer, unruhiger Schlaf folgte, und schon war der Morgen da, der neue Tag mit der Morgenröte, der gleich mit dem allerersten Lichtzeichen sie vier aus dem Haus lockte, vor das Haus unter einen Feigenbaum in das tau⁄ benetzte Gras, dort hockten sie bei der ersten schleiergleichen Ahnung des Lichtes und sahen zu, wie sich an der Ostseite der Bucht die Sonne erhob, denn einig waren sie sich in dem einen, daß es kaum etwas Schöneres auf Erden gibt als einen Sonnenaufgang, einen Tagesanbruch also, sagte Kasser, die⁄ ses wundersame Aufsteigen, diese beklemmende Wiederho⁄ lung der Geburt des Lichtes, diese verschwenderische und feierliche Rückkehr der Dinge und Konturen, der Schärfe und des Sehens, ein Fest *aller* Rückkehr und der Rückkehr der Vollständigkeit selbst, sagte Falke, Sicherheit gewähren⁄ der Augenblick des Eintritts der Regelmäßigkeit und der Ordnung, zentrales Zeremoniell der Geburt und des Gebo⁄ renwerdens, bestimmt gebe es nichts Schöneres, sagte Kasser, und da hatten sie noch nicht davon gesprochen, was in einem Menschen vor sich geht, der dies alles sieht, der stiller Betrach⁄ ter all diesen Blendwerks ist, ja, sagte Falke, denn wenn er auch die entgegengesetzte Richtung angezeigt habe als die des Sonnenuntergangs, so sei der Tagesanbruch mit seiner nüch⁄ ternen Helligkeit ebenso Quell des Aufbruchs und Anfangs, der wohltuenden Kraft wie jener, aber auch des Vertrauens, sagte Kasser, denn jeder einzelne Morgen trage etwas von ei⁄ nem unbedingten Vertrauen in sich, und wie vieles er noch in sich trage, ergänzte Falke, aber mittlerweile war es gänzlich hell geworden, und mit seiner strahlenden Pracht hielt der Morgen Einzug in Kommos, woraufhin sie sich langsam, ei⁄ ner nach dem anderen, an diesem Morgen in Bewegung setz⁄ ten und in das Haus zurückkehrten, denn alle stimmten sie Toot zu, als er leise sagte, na gut, in Ordnung, alles wahr, aber

es sei jetzt wohl an der Zeit, die gestern von den Dörflern er⸗
haltenen Nahrungsmittel, Fische, Datteln, Feigen und Wein⸗
trauben, endlich zu verzehren.

7 Zwölf Tage waren vergangen, seit das Schiff im Sturm
auf die Klippe geworfen worden war, aber die Kommos⸗
ser, schrieb Korim, wußten über die vier Überlebenden im⸗
mer noch nicht mehr als am ersten Tag, und mit der einzigen
Antwort, die sie einem von denen hatten abpressen können,
konnten sie nicht viel anfangen, denn als sie ihn baten, wenig⸗
stens zu verraten, wohin sie ursprünglich gewollt hätten und
wie sie denn hierhergeraten seien, lautete die Antwort, hier⸗
her hätten sie auch ursprünglich gewollt, und seit sie denken
könnten, habe es sie, alle vier, hierhergezogen, so lautete die
Antwort, das antworteten, den Kommossern zulächelnd, die
Geretteten, um gleich danach *ihrerseits* Fragen zu stellen, und
zwar höchst absonderliche Fragen: wo sich zum Beispiel die
wichtigsten Befestigungen auf der Insel befänden, wieviel
Soldaten die Zentralarmee habe, welcher Meinung über den
Krieg man generell sei und wie es auf Kreta um die Kriegs⸗
kunst überhaupt stehe, sinnlose Fragen dieser Art stellten sie
den Kommossern, und als diese antworteten, hier gebe es
keine Befestigungen und keine Zentralarmee, nur die Flotte in
Amnissos, und Waffen würden hier nur bei festlichen Zere⸗
monien von den jungen Männern benutzt, da begannen sie
ahnungsvoll zu lächeln und zu nicken, als hätten sie vermutet,
dies werde die Antwort sein, und insgesamt gerieten sie nach
diesem Gespräch in eine so gute Stimmung, daß die Fischer
nun gar nichts mehr verstanden, sie beobachteten nur, wie sie
von Tag zu Tag ruhiger und ausgeglichener wurden, wie sie
mehr und mehr Zeit bei den Frauen an den Getreide⸗ und Öl⸗
mühlen und bei den Männern auf den Fangbooten und in den
Werkstätten verbrachten, immer mit dem Wunsch, an der

Arbeit teilnehmen zu dürfen, wie sie jeden Abend, wieder und wieder, hinauf zu den Olivenhainen schlenderten, um einen Teil der Nacht unter dem Sternenhimmel zuzubringen, aber was sie dort taten und was sie dort beredeten, darüber wußte man im Dorf nicht das geringste, auch Mastemann schwieg nur fort und fort und saß den lieben langen Tag neben seinem Wagen auf dem Platz von Kommos, saß nur da und sah vor sich hin, während seine Katzen in den Käfigen von Zeit zu Zeit wie verrückt maunzten, denn obwohl, erzählten sie den vier Ankömmlingen auf den Booten und in den Werkstätten, Mastemann, der angebliche Katzenhändler aus Gurnia, so tue, als warte er darauf, daß jemand ihm noch Katzen über die hinaus abkaufe, die er gleich nach seiner Ankunft an den Mann brachte, warte er, sagten die Kommosser, in Wahrheit auf etwas anderes, worauf jedoch, das verrate er niemandem hier, jedenfalls habe ihn, Mastemann, so Korim, in Kommos vornehmlich Furcht empfangen, und Furcht umgebe ihn heute noch, er mache zwar nichts, sitze nur neben seinem Wagen und streichle eine rote Katze auf seinem Schoß, aber seit er im Dorf sei, stehe es hier schlecht um alle Dinge, das Meer spende keinen Fisch und kein Glück, die Oliven begännen zu vertrocknen, zwischen den Frauen gebe es immer öfter Streit, und sogar der Wind da oben sei übergeschnappt, vergebens trügen sie Opfergaben zu den höchsten Heiligtümern, vergebens beteten sie zu Eileithyia, wie es sich gehöre, es ändere sich nichts, Mastemann bleibe und lege sich wie ein Schatten auf Kommos, dabei warteten sie schon so sehr, daß das, worauf Mastemann warte, eintrete, denn dann werde Mastemann gehen und vielleicht das frühere Leben und das alte Glück nach Kommos zurückkehren, dann kämen auch die Vögel am Himmel zur Ruhe, man stelle sich das vor, erzählten die Männer erschrocken, sogar die Vögel, die Möwen und Schwalben und Kiebitze und Rebhühner,

hätten anscheinend den Verstand verloren, sie flögen und flat‚
terten wie aufgescheucht umher, schlügen Haken und ließen
sich fallen und kreischten, flögen in die Häuser hinein und
suchten die Ecken, als wollten sie sich verbergen, niemand
verstehe, was mit ihnen los sei, aber alle hofften, eines Tages
werde Mastemann weggehen, werde er seine rote Katze schnap‚
pen und die anderen, die in den Käfigen, auf seinen Wagen
steigen und endlich verschwinden auf der Straße nach Phai‚
stos, woher er kam.

8 Er habe ihn schon unzählige Male gelesen, sagte Korim
am Tag darauf, sich auf einen Küchenstuhl setzend,
nachdem er nach langem Lauschen hinter der Tür befunden
hatte, mit dem Dolmetscher sei jetzt nicht zu rechnen, tat‚
sächlich, er sei den Text ungefähr fünfmal durchgegangen,
vielleicht sogar zehnmal, aber die Rätselhaftigkeit des Manu‚
skriptes habe sich nicht verringert, sein unerklärlicher Inhalt,
seine undurchschaubare Botschaft seien für keinen Augen‚
blick klar geworden, so gehe es halt, was man auf der ersten
Seite nicht verstanden hat, genau das versteht man auch auf
der letzten nicht, und trotzdem ist man fasziniert und möchte
nicht lassen von dem magischen Raum und von der Zeit, in
die man hineingezogen wird, denn während man die Seiten
verschlingt, vertieft sich die Überzeugung, daß nichts auf Er‚
den wichtiger ist als dieses Rätsel, diese Unerklärlichkeit,
diese Undurchschaubarkeit, aus ihm zumindest, fuhr Korim
fort, sei diese Überzeugung nicht mehr ausrottbar, deshalb
verhalte es sich so, daß er für sich selbst kaum noch eine
Erklärung benötige, warum er mache, was er mache, warum
er die letzten Wochen dieser außergewöhnlichen Tätigkeit
untergeordnet habe, denn wie ist es denn, sagte er wiederum
nur zum Rücken der Frau, um fünf Uhr morgens wache er
auf, *five o'clock*, von selbst übrigens, wie schon seit Jahren,

er trinke einen Kaffee, hoffe aber, mit dem bißchen Geklirr niemanden zu stören, dann sei es bereits halb sechs, gegen halb sechs sitze er an seinem Laptop und drücke die erforder‐ lichen Tasten, und es laufe wie geschmiert, gegen elf dann lege er wegen des Halses und des Rückens eine längere Pause ein, das sei ja die Zeit, wenn er, nachdem er sich ein biß‐ chen hingelegt habe, in die Küche komme und ihr über die Begebenheiten des Tages berichte, danach Konservenfutter unten beim Vietnamesen mit einer Semmel und einem Glas Wein, und anschließend durchgearbeitet bis fünf, um nun, wie vereinbart, den Laptop abzuschalten und die Leitung für den Herrn Dolmetscher freizumachen, den Mantel überzu‐ ziehen und sich bis zehn oder elf in der Stadt herumzutreiben, nicht ohne Ängste, zugegeben, denn er ängstige sich durch‐ aus, nur habe er sich an seine Angst inzwischen gewöhnt, zu‐ dem reiche sie nicht aus, ihn von diesem täglichen Ausflug um fünf am Abend abzubringen, da ... er erinnere sich nicht, ob er darüber schon gesprochen habe oder noch nicht ... aber ... da er das Gefühl nicht los werde, wie solle er sich aus‐ drücken, schon einmal hier gewesen zu sein, eigentlich doch nicht, sagte er und schüttelte den Kopf, eigentlich dürfe er nicht sagen, er habe das Gefühl, schon einmal hier gewesen zu sein, sondern diese Stadt schon einmal irgendwo gesehen zu haben, was lächerlich klinge, das wisse er, denn wie solle er sie vom Ufer der Körös gesehen haben, aber was soll man machen, auch wenn so eine Feststellung blödsinnig sei, es ver‐ halte sich so, sagte er, daß er *ein ganz besonderes Gefühl* habe, wenn er durch Manhattan streife und die gigantischen, be‐ törenden Wolkenkratzer betrachte, ein Gefühl nur, von dem er jedoch nicht freikomme, und jeden Tag um fünf nehme er sich vor, den Dingen auf den Grund zu gehen, was ihm natürlich nicht gelinge, so kehre er zwischen zehn und elf tod‐ müde heim, hier stehe sein kleiner Computer, er lese noch einmal den Ertrag des Tages, und erst dann, unmittelbar vor dem Schlafengehen, wenn er keinen einzigen Fehler darin finde, erst dann sichere er den Text, wie man sage, so vergehe ein Tag um den anderen, so vergehe sein Leben hier in New York, das schriebe er nach Hause, wenn dort jemand wäre, dem er schreiben sollte, und so sage er es auch jetzt: daß er nie gedacht hätte, so schöne letzte Wochen zu haben, *the last weeks*, nach allem, was er durchmachen mußte, es wäre ihm nie in den Sinn gekommen, und das erzähle er jetzt deshalb, weil ihr ja ein Gleiches passieren könne, daß sie einen schlechten Abschnitt im Leben habe, *bad period*, sagte Korim, aber dann kommt ein Wendepunkt, *turning point*, und alles wird gut, was einem auch manchmal zustoßen mag, sagte Korim tröstend zu der Frau, diese Wende, *turning point*, kann bei jedem von einem Tag auf den anderen eintreten, das ist so, man kann nicht immerfort, sagte er und betrachtete den mageren, krummen Rücken der Frau, im selben Grausen leben, *shudder*, und als er erschrocken gewahrte, wie die Schultern der Frau in einem anwachsenden Schluchzen zu zucken begannen, setzte er noch hinzu, auf diesen Wendepunkt müsse man sich unbedingt verlassen, *hope* und *turning point* und *shudder*, und er bitte sie jetzt sehr, sie solle versuchen, auf eine solche Wende zu hoffen, denn alles wird gut, setzte er gedämpft hinzu, ganz bestimmt.

9 Als sie am Abend im kräftigen Mondschein die unsäglichen Massen des unsteten Meeres betrachteten, sprachen sie im Hain darüber, daß es einen schwer auszudrückenden, jedoch mitreißenden Zusammenhang zwischen Mensch und Landschaft, zwischen Beobachter und Gegenstand der Beobachtung gab, einen großartigen Zusammenhang, durch den dieser Beobachter auf das Ganze sah, es verhielte sich sogar so, sagte Falke, daß dies der einzige Fall in der mensch-

lichen Existenz war, daß man wirklich und ohne Zweifel auf
das Ganze sehen konnte, alles sonstige mit dem Ganzen war
nicht mehr als Phantasterei, Gedanke, Traum, hier jedoch,
sagte Falke, war dieses Ganze real und wirklich dies, kein
falscher Glanz, keine trügerische Illusion, nichts irgendwie
dorthin Phantasiertes, Gedachtes, Geträumtes, sondern das
Ganze des Lebens im Funktionieren, darauf blicke der in die
Betrachtung der Landschaft versunkene Mensch, auf das in
winterlicher Ruhe und frühlingshaftem Explodieren funktionierende Leben, auf das in seinen Einzelheiten sich erschlie-
ßende Ganze, die Natur sei also, sagte Kasser, die erste und
letzte unbezweifelbare Gewißheit, der Anfang und das Ende
der Erfahrung und zugleich auch des Erstaunens, denn wenn
irgendwo, dann kann man nur hier vor der Natur als Ganzem
ergriffen und erschüttert sein als etwas, dessen Wesen wir
zwar nicht verstanden, von dem wir aber gewußt haben, daß
es sich auf uns bezieht, nur ergriffen und erschüttert sein,
sagte Kasser, in der außerordentlichen Situation, daß wir
diese im Ganzen strahlende Schönheit beurteilen können,
selbst wenn dieses Urteil nichts anderes ist als befangene Bewunderung für diese Schönheit, denn schön sei es gewesen,
sagte Kasser und deutete auf den fernen Meereshorizont da
unten, schön die ununterbrochene Endlosigkeit der Wellen
und das Abendlicht, wie es sich spiegelt in der Gischt, schön
auch die Berge dort hinten und weiter entfernt die Tiefebenen,
die Flüsse und die Waldungen, schön und unermeßlich reich,
sagte Kasser, denn das müsse unbedingt hinzugesetzt werden,
die Unermeßlichkeit und der Reichtum, denn wenn der
Mensch sich überlege, woran er denn dachte, als er von der
Natur sprach, dann platze er gleichsam hinein in ihren Reichtum und ihre Unermeßlichkeit, so reich und so unermeßlich
sei sie gewesen, und das beziehe sich allein auf die Milliarden
Teilnehmer, nicht aber auf die Milliarden Mechanismen und

Untermechanismen, worauf es sich doch auch beziehen müßte, letztlich also, sagte Falke, auf die einzige göttliche Präsenz, wie wir die Unbekanntheit des Zieles nannten und die diese unfaßliche Milliarde von Teilnehmern und Mechanismen unnachweisbar, jedoch vermutbar durchdrang, so sprachen sie an jenem Abend im Olivenhain, als dann nach langem Schweigen Toot erwähnte, es stecke hinter dem beunruhigenden Verhalten der Vögel etwas, wegen dessen sie sich nun hiermit befassen müßten, zumindest, sagte Korim zwei Tage später zu dem Frauenrücken, beredeten sie von da an immer öfter, was es sei und was das alles bedeute, bis ein Zeitpunkt kam, an dem sie einsehen mußten, daß sogenannte beunruhigende Symptome nicht nur bei den Vögeln, *birds*, sondern auch bei den Ziegen, den Kühen und den Affen, *monkeys*, registriert werden mußten, beängstigende Veränderungen im Verhalten der Tiere, daß zum Beispiel die Ziegen sich an den steilen Felsen nicht halten konnten und in die Tiefe stürzten, daß die Kühe mitunter ohne ersichtlichen Grund wild wurden und losrannten, daß die Affen kreischend ins Dorf gejagt kamen, es dann aber bei dem Kreischen und Umhertoben belassen, und so weiter, und von da an war es natürlich vorbei mit der früheren guten Stimmung und Ausgeglichenheit, und obgleich sie weiterhin an der Seite der Frauen und Männer tätig waren, obgleich sie regelmäßig in die Ölmühlen gingen, *oil-mill*, und sich an der Polypenfischerei mit Fackeln beteiligten, *octopus-fishing*, mochte abends im Olivenhain oberhalb der Bucht von Kommos keiner dem anderen mehr verheimlichen, daß es endgültig aus war mit der guten Stimmung, daß es jetzt wohl an der Zeit war, das auszusprechen, was Bengazza eines Abends dann auch aussprach: daß es zwar schmerzlich sei, aber anscheinend müßten sie auch diesen Ort verlassen, er vermeine Vorzeichen eines entsetzlichen Himmelskrieges, *heavenly war*, in der Veränderung der Tiere zu erkennen, zerstörerischer als jemals denkbar, als gebe es doch etwas, das real, wenn auch nicht identisch mit der Natur sei, etwas, sagte er, das nicht zuläßt, daß auf dieser wundervollen Insel diese wundervolle Insel bleibt, als wäre es unerträglich, daß sich diese Pelasger hier ihren Frieden errichteten und nicht gewillt sind, ihn zu zerstören, *ruin*, als wäre dies alles skandalös, sagte Bengazza, und unerträglich.

10 Mastemann schwieg weiter, er äußerte keine Meinung mehr, und dieses Schweigen, schrieb Korim, durchbrach er nur, wenn er gelegentlich Lust verspürte, den über den Hauptplatz eilenden Frauen nochmals deutlich zu sagen, worum es sich bei seinem Angebot handle, denn es sei alles vorhanden, sagte er und deutete lächelnd auf die Käfige, libysche Falbkatze und Sumpfluchs, nubischer Kadiz, arabische Quttha und ägyptische Mau, er habe auch den Bastet aus Bubastan, den Kaffer aus Oman und die Birmakatze, alles, was Auge und Gaumen reize, wie er sich ausdrückte, also nicht nur das jetzt, sondern auch das künftig Seiende, mit einem Wort, tatsächlich alles, was man sich vorstellen könne, so redete er zu ihnen, aber vergeblich, nicht eine der eiligen Frauen vermochte er zu gewinnen, eher erschraken sie sogar vor ihm und seinen Katzen, ihre Herzen pochten ein wenig schneller, sie beschleunigten den Schritt und liefen weiter, und Mastemann, hager und baumlang, blieb allein zurück in seinem schwarzen Seidenmantel, allein mitten auf dem Hauptplatz, und als machte es ihm nichts aus, daß er sich vergeblich heiser geredet hatte, setzte er sich wieder neben den Wagen, nahm die rote Katze auf den Schoß und fuhr fort, sie zu streicheln, wie er überhaupt fortfuhr, tagelang im Schatten des Wagens zu sitzen, als interessierte ihn niemand und nichts auf der Welt, als könnte ihn niemand und nichts aus seiner

düsteren Ruhe bringen, wie es auch geschah, als eines Tages
Falke vor den Käfigen stehenblieb und ein paar Worte mit ihm
zu wechseln versuchte, denn Mastemann schwieg unbeirrt
und sah mit seinen hellblauen Augen Falke in die Augen, sind
Sie dort schon gewesen?, fragte Falke ihn und zeigte in die
Richtung von Phaistos, man hört, dort stehe einer der wun-
dervollsten Paläste, ein großartiges Werk von großen Baumei-
stern, wie höchstens das berühmte Knossos, dort sind Sie
bestimmt gewesen, bohrte Falke, und bestimmt haben Sie
drinnen auch das Fresko gesehen, vielleicht sogar die Königin?, fragte er, aber der andere zuckte mit keiner Wimper, hielt
nur seinem Blick stand, dort haben sie doch, fuhr Falke fort,
diese bekannten Vasen und Krüge und Tassen und Schmuckstücke und die Statuen, Herr Mastemann, rief Falke enthusiastisch, hoch auf den Heiligtümern, was für ein Anblick, Herr
Mastemann, und das sind zusammengenommen tausendfünf-
hundert Jahre, wie die Ägypter sagen, sollten wir das alles, alles nicht ein unwiederholbares Wunder nennen?, aber sein Enthusiasmus vermochte Mastemann nicht aufzuheitern, der
blickte so düster drein wie am Anfang, erzählte Korim in der
Küche, keiner von Falkes Versuchen habe ihn beeindruckt, so
daß ihm, also Falke, sagte Korim, nichts weiter übrigblieb, als
den Kopf zu senken und dem Hauptplatz verlegen den Rük-
ken zu kehren, was er auch tat, er senkte den Kopf und kehrte
den Rücken, mochte der doch weiter allein im Schatten des
Wagens hocken und die rote Katze streicheln, wenn weder
Phaistos noch Knossos, noch hoch auf den Heiligtümern die
Göttinnen mit ihren Schlangen.

11 Er hätte Schwierigkeiten, sagte Korim am nächsten
Tag zu der Frau, die mit dem Kochen fertig und jetzt
dabei war, am Herd aufzukehren, Schwierigkeiten, sagte er,
wenn er das Aussehen von Kasser, Falke, Bengazza und Toot

beschreiben sollte, denn auch nachdem er so viele, so unsäg‑
lich viele Stunden auf das intensivste mit ihnen zusammen‑
gewesen sei, könne er kein genaues Bild vermitteln, wer
von ihnen beispielsweise von kleinem und wer von großem
Wuchs oder welcher dick und welcher mager gewesen sei,
um ehrlich zu sein, sagte er, käme er in eine solche Klemme,
würde er sich mit der Behauptung herausreden, alle vier seien
von mittlerer Größe und mittelmäßigem Aussehen, wohin‑
gegen er ihre Blicke vom Beginn des Lesens an vor sich sehe,
äußerst scharf und äußerst lebendig, Kasser mit vornehmem
und träumerischem, Falke mit sanftem und bitterem, Ben‑
gazza mit verschlossenem und müdem, Toot mit hartem und
auf Distanz bedachtem Blick, Blicke, die man, einmal gese‑
hen, nicht mehr vergesse, und so sei es ihm gegangen, sagte
Korim, die vier Gesichter, die vier Blicke und die vornehme,
bittere, müde Härte der vier Blicke gingen ihm seit den ersten
Augenblicken nicht aus dem Kopf, am besten gestehe er jetzt
gleich, noch am Anfang, daß ihm der Gedanke an sie ge‑
nüge, und ihm werde schwer ums Herz, habe er doch schon
beim ersten Anlesen gewußt, daß die Lage der vier, und
wozu hier groß nach dem richtigen Wort suchen, eindeutig
die von Schutzlosen war, daß es sich also hinter den vorneh‑
men, bitteren, müden und harten Blicken so verhielt, daß al‑
les *undefended* war, schutzlos, sagte er, ja, damit sei der ihm ge‑
kommen, erzählte am selben Abend auch der Dolmetscher
seiner Geliebten, der wisse einfach nicht, womit er andere
Tag für Tag beglücken solle, und vor allem nicht, warum
und in welcher Sprache, als er heute sorglos in die Wohnung
trat, habe der ihn gleich von der Schwelle weg geschnappt
und ihn mit der gespenstisch dusseligen Geschichte be‑
glückt, daß es diese vier Kerle in dem Manuskript gibt, und
wie schutzlos sie sind, sie solle entschuldigen, aber das inter‑
essiere doch keinen Schwanz, ob sie schutzlos sind oder

nicht, es interessiere keinen Schwanz, was sie anstellen in diesem Manuskript, Hauptsache, er reicht Kohle rüber und steckt die Nase nicht blöd in anderer Leute Angelegenheiten, und hier nannte er seine Geliebte Liebste und wiederholte diese Anrede im folgenden mehrere Male, es sei einzig und allein ihre Sache, sagte er, was zwischen ihnen geschehe und was nicht, er wiederhole also, welche Meinungsverschiedenheiten zwischen ihnen auftreten könnten oder gelegentlich aufträten, das gehe ausschließlich sie beide etwas an, er hoffe also sehr, daß bei diesen Küchengesprächen, während er, der Dolmetscher, außer Haus sei, *aus ihrer beider Sicht* nicht das geringste verlaute, er hoffe sehr, seine Liebste versuche gar nicht erst, *irgend etwas* aus ihrem Zusammenleben zu erwähnen, ehrlich gesagt, verstehe er auch nicht, was diese langen Gespräche in der Küche sollten, obendrein auf ungarisch, in welcher Sprache sie, seine Liebste, kein Wort verstehe, aber in Ordnung, sie solle den Dussel ruhig reden lassen, das könne man ihm nicht verbieten, aber über sie beide und besonders über seine neue Arbeit kein Wort, das werde sie sich hoffentlich merken, die Liebste, sagte der Dolmetscher, mit der einen Hand seinen Kopf abstützend und die andere, die freie, zu ihr hin bewegend, doch auf halbem Weg überlegte er es sich anders und griff zum Scheitel in seinem schneeweißen Haar, um vom Nasensattel mit dem Finger nach oben fahrend mechanisch zu kontrollieren, ob sich auch kein Härchen, keine Strähne von hüben nach drüben verirrt hatte und so die gerade Linie in der Mitte des Scheitels störte.

12 *Ich glaube, danach ist gar nichts,* sagte Korim einmal völlig unerwartet in ein langes Schweigen hinein, und ohne zu erklären, woran er überhaupt dachte und wodurch ihm das zwischen zwei Sätzen in den Sinn gekommen war,

sah er durch das Fenster in den trostlosen Regen hinaus und setzte hinzu, *nur ein großes Dunkel, ein großes Lichtausmachen, dann, wie auch dieses große Dunkel abgeschaltet wird.*

13 Es goß draußen, von der See wehte ein eisiger, stürmischer Wind heran, Menschen waren kaum unterwegs, sie flüchteten geradezu durch die Straßen an irgendeinen warmen Ort, so hätte man in diesen Tagen auch nur von Hinunterflüchten sprechen können, wenn Korim oder die Frau zu dem Vietnamesen einkaufen liefen, sie kauften nur rasch das Übliche, Korim in der Regel eine Aufwärmkonserve, Wein, Brot, Süßes, solche Dinge, die Frau Chilibohnen, Linsen, Mais, Kartoffeln, Zwiebeln, Reis, Öl, je nachdem, was aufgebraucht war, und Fleisch, meistens irgendwelches Geflügel, und schon eilten sie zurück in die Wohnung, aus der sie sich bis zum nächsten Einkauf nicht mehr wegrührten, die Frau begann mit dem Essenkochen, zwischendurch putzte und wusch sie ein bißchen, Korim, auf die Einhaltung der strengen Arbeitsordnung bedacht, brachte schnell das Mittagessen hinter sich und setzte sich wieder an den Tisch, um bis fünf Uhr weiterzuarbeiten, dann speicherte er das Material ab, schaltete den Laptop aus und blieb in seinem Zimmer, blieb, aber ohne etwas zu machen, lag nur auf dem Bett, stundenlang und regungslos wie ein Toter, starrte die kahlen Wände an, lauschte dem an das Fenster prasselnden Regen, zog schließlich eine Decke über sich und ließ sich vom Schlaf überwältigen.

14 Eines Tages betrat er die Küche mit den Worten, die Schicksalsstunde sei gekommen, freilich sei, sagte er, davon, daß sie kommen und so kommen würde, unmittelbar vorher nichts zu ahnen gewesen, die Angst, *anxiety*, sei natürlich groß gewesen in Kommos, immer wieder schritten sie zu den Heiligtümern und brachten alle nur möglichen Opfer

dar, *sacrifice*, doch sie befragten auch die Priesterinnen und beobachteten, was in den Tieren vor sich ging, beobachteten,
was in den Pflanzen geschah, beobachteten die Erde, den
Himmel, das Meer und die Sonne, den Wind und das Licht,
die Länge des Schattens, das Weinen der Säuglinge, den Geschmack der Speisen, den Atem der Alten, alles, jedoch vorauszusehen, welcher der entscheidende Tag, *decisive day*, sein
würde, vermochte keiner, erst als er da war, wußten sie, er ist
gekommen, sie standen im Kreis und begriffen es in einem
einzigen Augenblick, aber schon liefen sie und verbreiteten
die Nachricht, denn es genügte tatsächlich, ihn zu erblicken,
sagte Korim, mitten auf dem Hauptplatz, es genügte, starr vor
Staunen zuzusehen, wie er in der Einmündung zum Platz
auftauchte, taumelnd nahte, in der Mitte zusammenbrach
und regungslos liegenblieb, damit sie wußten, das ist das entscheidende, das schicksalhafte Zeichen, es gibt kein Weiter, es
ist vorbei mit den Ängsten und dem schmerzenden Bangen,
es ist die Zeit gekommen der Furcht und der Flucht, denn
wenn ein Löwe, *lion*, und das war geschehen, herabkommt
aus den Bergen zu den Menschen, um auf dem Marktplatz zu
sterben, dann entsteht daraus nichts anderes als Furcht und
Flucht, nichts anderes als wieder und wieder der Spruch, um
der Götter willen, was ist das?!, erscheint auf einmal auf dem
Marktplatz?!, taumelnd in höchsten Qualen?!, blickt noch
den von hier und da herbeilaufenden Töpfern und Ölmül-
lern in die Augen, gleichsam jedem einzelnen für sich, und
bricht zusammen?!, sinkt zur Seite auf dem Pflaster?!, was ist
denn das, fragten sie, wenn nicht eine letzte Ermahnung,
wenn nicht die allerletzte und allerklarste Botschaft, daß das
Unheil hier ist, denn es ist hier, so und genau so verstanden sie
es allesamt, *everybody*, dann trat Stille ein in Kommos, in der
Stille begannen die Kinder und die Vögel zu weinen, die
Frauen und die Männer aber zu packen, zu bündeln und zu

überlegen, wie es werden solle – und schon standen auch die Wagen vor den Häusern, schon schickten sie die Rinder und die Ziegen los mit den Hirten, schon war alles vollbracht, Abschied und Bittgebet an den Heiligtümern, ein letzter Halt in der ersten höheren Biegung, Blicke zurück und Tränen und Bitternis und Panik in diesen Blicken, alles sei, sagte Korim, in wenigen Tagen geschehen, sie waren unterwegs, Kommos geräumt, zusammen waren sie alle dann zwischen den Bergen, voller Hoffnung auf Schutz und mehr Sicherheit, auf Erklärung und Davongekommensein, nur wenige Tage, und sie allesamt auf der Straße nach Phaistos.

15 Mastemann sei verschwunden, erzählte Toot ein Kommosser Fischer in den Bergen, in diesem Augenblick war er noch da, im nächsten spurlos weg, und am merkwürdigsten daran sei, daß er mit allem verschwand, nichts blieb zurück, nichts von dem Wagen und nichts von dem Mantel, nicht ein einziges Katzenhaar, er habe noch an der üblichen Stelle auf dem Marktplatz gesessen, das könnten mehrere beschwören, sei also auf jeden Fall noch dort gewesen, als der Löwe verendete, aber schon gleich danach habe ihn niemand mehr gesehen, und das solle er, Toot, so verstehen, daß auch niemand den Wagen wegholpern sah, niemand erinnere sich, wo zum Beispiel wenigstens der Wagen geblieben war oder was die Katzen machten, niemand habe sie mauzen gehört, alle wüßten lediglich, daß in der Panik am ersten Abend, als das Packen in den Häusern und das Anschleppen der Boote am Strand begann, Mastemann bereits abgezogen war, als wäre der krepierte Löwe für ihn das Zeichen zum Aufbruch gewesen, kein Wunder also, wenn allgemein die Ansicht herrsche, sagte dieser Fischer, die Befreiung von Mastemann sei ebenso beunruhigend wie seine bisherige Anwesenheit, eigentlich, fuhr der Fischer fort, hätten alle hier

das Gefühl, vielleicht seien sie gar nicht richtig von ihm befreit, nur sei er jetzt nicht hier, und so werde es fortan sein, be-
haupteten manche, wohin dieser Mastemann einmal seinen
Schatten wirft, von da bewegt dieser Schatten sich nie mehr
weg, ja, so sähen viele es, schloß der Fischer, und Toot wartete
auf seine Gefährten, um ihnen über das Gehörte zu berichten,
aber sie waren im Augenblick für derlei nicht zugänglich, so
daß er mit seinem Bericht wartete, bis sie das Gespräch been-
deten, aber als dies geschah, hatte er das ganze wieder aus dem
Kopf verloren, genauer gesagt, schrieb Korim, die Lust verloren, darüber zu berichten, lieber hörte er Kasser zu, der
über die Zeit sprach, und dem Knarren des Wagens, neben
dem sie herschritten, bergan den steilen Pfad, dann wieder
lauschte er lieber dem Keuchen des Maultieres vor dem Wagen, dem Summen der wilden Bienen in der einfallenden
Strähne des abendlichen Sonnenlichts und schließlich dem
Gesang eines unbekannten, einsamen Vogels zwischen den
dichten Bäumen, im Dunkel.

16

Der Zug kam nur langsam voran, der Pfad war steil
und schmal, manchmal reichte die Breite für einen
Wagen, dann wieder, und nicht selten, verengte er sich auf
vom Wasser ausgewaschenen Abschnitten, *gulch*, auf weniger
als die Breite einer Wagenspur, so daß die eine Seite angehoben und in der Luft gehalten werden mußte, während die beiden inneren Räder die Furchen passierten, vorher freilich
mußte alles Schwere abgeladen werden, damit die sechs oder
acht Mann, die einen Wagen begleiteten, ihn überhaupt irgendwie fassen und heben und über die gefährlichen Stellen
tragen konnten, man könne sich unschwer vorstellen, sagte
Korim, in welchem Tempo sie zwischen den Bergen voranka-
men, zumal sie in den wärmsten Stunden rasten mußten, so
heiß stach die Sonne, weshalb sie den Schatten suchten und

die Tiere zur Seite, an den Fuß der Berge führten und sich selbst befeuchtete Häute und Leinenstücke auf den Kopf legten, damit in der Hitze ihr Hirn nicht erweichte, so zogen sie dahin, so, Tag um Tag, den Schwächeren schwindelte schon vor Erschöpfung, aber die Müdigkeit war auch den Tieren anzumerken, bis schließlich die Ebene von Messena vor ihnen lag und sie den aus der Ebene ragenden Höhenzug mit dem Palast, *the palace*, erblickten, dort ist Phaistos, sagten sie zu den übermüdeten Kindern, wir sind da, sagten sie zu den Alten, am Ziel, riefen sie einander zu, sodann ließen sie sich in einem schattigen Wäldchen nieder, *grove*, und betrachteten einen vollen Tag lang nur den sanften Berghang, nur die Mauern des Palastes, wie sie im Sonnenlicht strahlten, nur das Meer aus Dächern in der Höhe, versunken und wortlos, ausgenommen Kasser, aus dem jetzt, als sie sich unter einer Zypresse gelagert hatten, unaufhaltsam die Rede sprudelte, was offenbar an der ungeheuren Müdigkeit lag, *the cause*, sie war die Ursache, daß er redete und redete, sagend, wenn man in Gedanken durchgehe, von was allem man Abschied nehmen müsse, finde man kein Ende, womit sollte er allein bei den Dingen beginnen, deren Entstehung seiner Meinung nach ein Wunder sei und deren mögliche Vernichtung ein unermeßlicher Verlust, da gebe es zum Beispiel dieses großartige Bauwerk hier oben, wie es mit der einen Seite auf die Ebene von Messena und mit der anderen auf den Berg Ida blicke, oder dort in der Ferne Zakro, Mallia, Kydonia und natürlich Knossos, hernach die steinernen Heiligtümer, die Potnia-Tempel, die Werkstätten der Vasen, der Trinkhörner und der Petschafte, der Schmuck und die Fresken, die Gesänge und den Tanz, die Feste, die Spiele, die Wettkämpfe und die Opferungen, und das sei nur das, was sie bisher gesehen hätten oder wovon man in Ägypten und Babylonien und Phönizien und Alasya wisse, denn das wahre Wunder und der wahre Verlust, so er verlorengehe, sagte Kasser, sei der Mensch, *the man in Crete*, sagte Korim, der Mensch, der imstande war, derlei zu leisten, und der allem Anschein nach drauf und dran ist, dies alles jetzt wieder zu verlieren, sein reger Geist und sein unerschöpf٬ liches Talent, sein Gemüt und seine Lebensfreude, seine Ge٬ schicklichkeit und sein Mut: *Das* sei das beispiellose Wunder und *das* der unermeßliche Verlust, sagte Kasser zu seinen Ge٬ fährten, die aber schwiegen, die dazu kein Wort sagten, weil sie wußten, wovon er sprach, sie blieben still und sahen nur hinauf zum Fackellicht von Phaistos, *torchlights*, sahen zu, wie langsam der Abend herabsank, bis schließlich in die andäch٬ tige Stille hinein auch Toot bemerkte, das sei das Schönste, was er je gesehen habe, danach räusperte er sich, legte sich nach hinten, faltete die Hände unter dem Kopf und brummte, bevor er einschlief, den anderen mahnend zu, na gut, in Ord٬ nung, es reicht an Wundern, denn morgen sei es ihre erste Aufgabe, den Weg zum großen Hafen zu suchen und dort herauszufinden, ob es ein Schiff gebe und wohin es fahre, dies und nichts anderes, sagte er, während ihm schon die Augen zufielen, hätten sie morgen als erstes zu erledigen.

17 Sie hätten den Palast von Phaistos von weitem gese٬ hen, sagte Korim, und aus nächster Nähe dann auch die berühmten Stufen an der westlichen Seite, aber sie seien den Kommossern, die hineinwollten mit ihren Neuigkeiten und Ängsten, nicht gefolgt, sondern sie hätten sich verab٬ schiedet und dann, als sie wußten, wo der Hafen lag, den ab٬ schüssigen, windungsreichen Weg dorthin eingeschlagen, und da geschah es, sagte Korim zu dem Frauenrücken, es war noch Morgen, die Sonne gerade im Aufgehen begriffen, sie zu viert unterwegs zum Meer, daß sich auf einmal der Himmel über ihnen bezog und Dunkelheit hereinbrach, *darkness*, es war Morgen, und eine dichte, schwere, undurchdringliche

Dunkelheit legte sich über sie, und das geschah innerhalb eines Augenblicks, sie sahen entsetzt in die Höhe und stolperten weiter in dem unbegreiflichen Dunkel, gingen dann immer schneller, rannten zuletzt schon, so schnell sie konnten, aber vergebens war das Gehen, vergebens das Rennen, vergebens die Blicke in die Höhe, blind und verzweifelt, denn diese Dunkelheit war vollständig und endgültig, man kam nicht weg unter ihr, es gab keinen Ausweg aus ihr, es gab kein Entrinnen, denn auf sie gelegt habe sich die ewige Nacht, rief, vor Furcht an allen Gliedern zitternd, Bengazza, *perennial night*, flüsterte Korim erklärend dem Rücken der Frau am Herd zu, woraufhin sie erschrocken hinter sich sah, erschrocken vielleicht von dem unerwarteten Flüstern, dann wandte sie sich wieder ihren Töpfen zu und rührte in ihnen, schließlich seufzte sie auf, trat ans Lüftungsfenster, öffnete es, blickte hinaus, strich sich mit dem Handrücken über die Stirn, schloß das Fenster, setzte sich mit dem Rücken zu Korim auf ihren Stuhl am Herd und wartete, wartete, daß das Essen in den Töpfen fertig werde.

18 Im Hafen, *the harbour*, wimmelte es von Menschen, da waren Leute aus Luv und Libyen, von den Kykladen und aus dem Argolis, aber auch aus Ägypten, Kythera, Melos und Kos, die meisten kamen von Thera, dorther eine große Menge, überallher also, bunt durcheinander, doch alle, sagte Korim, im selben Chaos und in derselben Panik, und vielleicht war es die Art und Weise, wie sie umherliefen und schrien und auf die Knie fielen und weiterhasteten, was Toot und die anderen drei einigermaßen beruhigte und befähigte, ihre Furcht zu überwinden, und statt, wie so viele der Herbeiströmenden, ins Meer zu laufen, zogen sie sich vor der allgemeinen Hysterie in einen abgelegenen Winkel zurück, wo sie sich lange, und das bedeutete viel Zeit, um nichts anderes

kümmerten als um ihre Vorbereitung auf den Tod, bis sie gewahr wurden, daß die Katastrophe nicht sofort ihr Leben for-
derte, weshalb sie abzuwägen begannen, ob sie denn nicht
eine Chance zur Flucht, *run away*, hätten, die hätten sie unbedingt, meinte Bengazza, und sie sei die gleiche wie gestern,
nämlich das Meer, das heiße, sagte Bengazza, sie müßten herausfinden, ob es auf dem Wasser ein Schiff gebe, das auf ihre
Bitte hin sie vier mitzunehmen bereit wäre, zumindest müßten sie es versuchen, sagte er und deutete auf die mit Fackeln
beleuchtete Bucht, *the bay*, und damit, und daß er überhaupt
von Flucht hatte reden können, flößte er den anderen drei
sichtlich Kraft ein, nur Kasser blieb stumm, ihn schienen
Bengazzas Worte nicht so beeindruckt zu haben, er ließ den
Kopf hängen und sprach kein Wort, auch nicht am Ende, als
die anderen zustimmten, ja, man müsse es probieren, wenigstens einen Versuch machen, und aufstanden, um ans Wasser
zu gehen, blieb er mit gesenktem Kopf im Winkel sitzen, er
rührte sich nicht vom Fleck, wollte nicht mitgehen, sie mußten
ihn geradezu wegschleppen, denn, das erzählte er viel später,
auf dem Deck eines nach Alaisa ausgelaufenen Schiffes, die
schreckliche Dunkelheit über ihnen und daß bald Asche vom
Himmel zu fallen begann, das habe für ihn den sicheren Eintritt des Weltgerichtes bedeutet, nicht aber, daß es an der Zeit
sei zu fliehen, die Chancen abzuwägen und zu hoffen, seiner
habe sich da, sagte Kasser auf halbem Weg nach Alasiya, als
er die ersten Flugascheflocken in der Luft gewahrte, die totale
Hoffnungslosigkeit bemächtigt, er habe zu wissen vermeint,
und zwar rechtens, was geschah, daß nämlich irgendwo in
der Nähe, er habe an Knossos gedacht, *die ganze Welt brennt*, er
sei überzeugt gewesen, daß er sich nicht irrte, daß die Erde
brennt mit allem, was über ihr und was unter ihr ist, das ist
das Ende, habe er sich gesagt, das ist jetzt wirklich das Ende
dieser Welt und auch der künftigen Welt, und danach habe er

nichts sagen und nichts erklären können, er habe sich einfach
mitschleppen lassen ans Wasser, habe sich umherstoßen lassen in der enthemmten Menge, habe sich auf ein Schiff drängen lassen, ohne daß ihm bewußt gewesen sei, wie ihm geschah, was rundum vor sich ging, und Kasser habe sich in
den Bug des Schiffes, *bow*, gesetzt, sagte Korim, und für ihn,
Korim, verbleibe er auch so in diesem Kapitel, im Schiffsbug
sitzend, aber nicht nach vorn Ausschau haltend, sondern vor
sich hin blickend, während der Bug sich neigt und hebt im
Gang der Wellen, so sehen wir ihn, sagte Korim, und hinter
ihnen in völliger Dunkelheit Kreta, vor ihnen aber, in unge-
wisser Ferne, irgendwo, Alasiya, die Zuflucht.

19 Sie müsse wissen, sagte Korim am folgenden Tag, als
er in der Küche seinen Platz am Tisch einnahm, zu
der Frau, als er beim erstmaligen Lesen in jenem fernen Archiv an die Stelle kam, daß sie per Schiff nach Alasiya verschwinden, sei er ganz aus dem Häuschen gewesen, so sehr
habe ihn die Erzählung, *the story*, oder was es auch sei mitge-
rissen, wie er schon erwähnt habe, allerdings habe er nichts
von alledem verstanden, das könne sie ihm glauben, er übertreibe nicht, absolut nichts, denn beim erstenmal könne man
durchaus das Gefühl haben, man verstehe, was man liest oder
hört, vermutlich gehe es auch ihr, dem Fräulein, so, aber beim
zweitenmal ist es vorbei mit diesem Gefühl, als hätte es nie
existiert, denn beim zweitenmal kann sich einer, der liest oder
hört, die Frage stellen, und das tut er natürlich auch, um hier
Toots Wortgebrauch zu übernehmen, na gut, in Ordnung,
sie sind an Land gespült worden, haben ein paar schöne Wochen erlebt und das Paradies auf Erden kennengelernt, und
dann kam das Weltgericht, na gut, in Ordnung, so etwas
kann man schreiben, heimlich, zu irgendeinem inoffiziellen
Zweck, mit dem Rücken zur Welt, wie es der Verfasser dieses

Manuskriptes getan habe, möglich, jedoch: *wozu* — na, so klinge das vielleicht ein bißchen schroff, sagte Korim, also ein bißchen *coarse*, für ihn jedenfalls habe sich die Frage beim erstenmal so gestellt, so schroff und schlicht, das alles ist wundervoll, großartig und faszinierend, jedoch: *wozu*, wozu, wozu, das heißt, warum erfindet jemand heimlich oder zu einem inoffiziellen Zweck oder mit dem Rücken zur Welt so etwas, daß er urplötzlich diese vier Männer aus dem Nebel und kompletten Dunkel herausführt und sie hin und her wirft in einer zeitlosen Ferne, in einer an Legenden verlorenen, erdachten Welt, er habe sich die Frage gestellt und stelle sich jetzt wieder die Frage, sagte Korim, welchen Sinn das habe, und das Resultat sei wieder das gleiche, nämlich null, er wisse keine Antwort, wie er damals keine gewußt habe, im Archiv, beim ersten Lesen, er habe nur einen Atemzug lang den Kopf aus dem Manuskript gehoben, um zu überlegen, wie er es auch vorhin getan habe, um in dieser atemzuglangen Pause das ganze auf die Homepage zu bringen, *schon ganz Kreta ist auf der Homepage*, triumphierte Korim, geöffnet für die Welt, oder viel genauer, geöffnet für die Ewigkeit, das Fräulein wisse, was das bedeutet, daß nämlich jetzt jedermann die Kapitel über Kreta lesen könne, womit gemeint sei: jedermann aus der Ewigkeit, er müsse nur klicken, wenn er im Altavista-Suchprogramm auf seine Adresse stößt, er klickt, und es sei da und *es wird da sein*, sagte Korim und sah die Frau begeistert an, er habe die Hinweise Herrn Sárvárys befolgt und die ersten Kapitel der ganzen Ewigkeit überantwortet, ein paarmal klick, und fertig, begeisterte sich Korim, aber sofern er damit auch die Frau am Herd begeistern wollte, mußte er wiederum eine Niederlage einstecken, es gelang ihm nicht einmal, ihre Aufmerksamkeit auf sich zu ziehen, sie saß nur mit krummem Rücken auf ihrem Stuhl, ab und zu wandte sie sich dem Herd zu und stellte die Flamme kleiner oder größer, je nachdem, dann rüttelte sie, was im Topf brutzelte, oder rührte es mit einem Holzlöffel um.

20 Das minoische Reich, sagte Korim, der Minotauros, Theseus, Ariadne und das Labyrinth, die eintausendfünfhundert Jahre unwiederholbaren Friedens, die menschliche Schönheit und Lebhaftigkeit und Sinnlichkeit, die Doppelaxt und die Kamaresvasen, die Opiumgöttinnen und die heiligen Höhlen, die Wiege der europäischen Kultur, wie man so sagt, die Blütezeit, das fünfzehnte Jahrhundert, dann Thera, sagte er bitter, schließlich die Mykener und die achaiischen Horden, die unverständliche und schmerzliche und vollkommene Vernichtung, das, mein Fräulein, ist es, was wir wissen, sagte er und verstummte, und weil sie beim Kehren gerade vor ihn gelangte, hob er die Beine an, um dem Besen den Boden unter seinem Stuhl freizugeben, er zog die Beine an, und die Frau kehrte zusammen, und bevor sie zur Tür hin weiterkehrte, sagte sie, vermutlich, um ihm für das bereitwillige Anheben der Beine zu danken, sehr leise und mit fremdem Akzent zu Korim: *gutt* – dann folgte sie tatsächlich weiter der Richtung zur Tür, kehrte beide Ecken aus und auch einigermaßen die Ritze vor der Schwelle, kehrte ein Häufchen zusammen und das Häufchen auf eine Schaufel, trat zum Lüftungsfenster, öffnete es und ließ das Zusammengekehrte hinaus in den Wind, in den Himmel, zu den erbärmlichen Dächern und den wackeligen Schornsteinen, und als sie das Lüftungsfenster schloß, hörte Korim noch eine leere Konservenbüchse laut dachabwärts purzeln, dann verstummte das Geräusch allmählich im Wind, im Himmel, zwischen den Dächern und Schornsteinen.

21 *Bald kommt der Schnee*, sagte Korim und sah starr aus dem Fenster, massierte sich dann die Augen, blickte zur Weckuhr, die tickend auf dem Küchenschrank stand, ging grußlos aus der Küche und zog die Tür seines Zimmers hinter sich zu.

IV

Die Sache in Köln

1 Wenn sie schon nach der Sicherheit fragten, dann könnten sie diesbezüglich ganz ruhig sein, denn die Sicherheit
sei in seinem Fall voll und ganz gegeben – mit diesen Worten
setzte sich der Dolmetscher gerade hin in diesem Lincoln,
sich streng an die ursprüngliche Weisung haltend, sich nicht
hin und her zu drehen und immer nach vorn zu blicken, dann
ergänzte er, allein mit seiner Lebensgefährtin könne etwas
sein, aber sie sei schwachsinnig, also ein medizinischer Fall,
und deshalb ganz unerheblich, er habe sie vor einem Jahr aus
der absoluten Hoffnungslosigkeit, Aussichtslosigkeit und
Schmuddeligkeit eines puertoricanischen Morastes herausge-
holt, sie habe nichts und niemanden auf der Welt, weder in
der Heimat, woher sie illegal in die Staaten gekommen sei,
noch hier, wo sie keine Papiere gehabt habe, bis das Schicksal
sie mit ihm zusammenführte, ihm habe sie ihr Leben zu verdanken, eigentlich alles und mehr als alles, denn sie sei sich
darüber im klaren, daß sie dieses Alles in einem einzigen Augenblick verlieren könne, jederzeit, wenn sie sich nicht so
aufführe, wie es nötig sei, also kein großer Fang, aber die habe
er abgekriegt, und ihm sei es recht, sie habe zwar einen Dach-
schaden, aber sie könne kochen, sie könne ausfegen, und sie
könne das Bett anwärmen, man verstehe sicherlich, was er
meine, und da wohne noch jemand bei ihnen, über den er eigentlich nur der Ordnung halber rede, ein Kerl, der ihm quasi
zugelaufen sei, ein verrückter Ungar, für ein paar Wochen, bis

er was Eigenes finde, eine Wohnung habe, und der Dolmetscher zeigte an dem Haus hinauf, denn sie rollten gerade wieder daran vorbei, ein hinteres Zimmer, das hätten sie ihm zur
Verfügung gestellt, eigentlich nur aus Ungarnfreundlichkeit,
er habe ihnen leid getan, ein total bekloppter Typ und ganz
unerheblich, einfach ohne Konturen, so sei er am kürzesten
und besten zu charakterisieren, also dieser verrückte Ungar,
diese Puertoricanerin und er, so sehe es aus seiner Sicht aus,
Sicherheit voll und ganz gegeben, Freunde habe er nicht, er
sei auf sich gestellt, er gehöre keinerlei Organisation an, nur
gelegentlich ein paar Kumpels aus dem Videoverleih und
vom Flughafen, wo er früher gearbeitet habe, das wär's, sagte
er, und als er soweit erzählt hatte, schlug er ihnen vor, ruhig
noch Fragen zu stellen, aber auf den Rücksitzen rührte sich
nichts, und nichts wurde gefragt, sie drehten nur in Grabes-
stille noch eine Runde um den Häuserblock, wo der Dolmetscher wohnte, so daß er, als er schließlich aussteigen und zur
Wohnung hinaufsteigen konnte, Stoff zum Grübeln hatte,
wie auch Korim bemerkte, als sie sich im Treppenhaus be-
gegneten, der Dolmetscher aufwärts, Korim abwärts stei-
gend, guten Abend, Herr Sárváry, Sie gucken so nachdenklich, Herr Sárváry, aber wenn er erlaube, wolle er ihm jetzt
gleich hier im Treppenhaus etwas sagen, in der Wohnung sähen sie sich ja kaum, der unglückliche Vorfall neulich, das sei
ein Mißverständnis gewesen, ihm sei nie in den Sinn gekommen, naseweis und neugierig in anderer Leute Angelegenheiten herumzuschnüffeln, sich in anderer Leute Leben ein-
zumischen, derlei liege ihm besonders fern, aber wenn es
mißzuverstehen war, dann sei es seine Schuld, und deshalb
entschuldige er sich jetzt, wirklich, rief er dem Dolmetscher
hinterher – doch er rief vergebens, denn die letzten Worte
konnte er nur noch den kahlen Wänden zurufen, der Dolmetscher stieg nach einem ärgerlichen Abwinken, er wolle in

Ruhe gelassen werden, inzwischen die nächste Treppe hinauf, weshalb auch er, Korim, nach kurzem verwirrtem Zögern seinen Weg treppab fortsetzte und genau um siebzehn Uhr zehn auf die Straße trat, denn er hatte wieder angefangen, das heißt, er hatte wieder damit anfangen können, weil das stürmische, regnerische, scheußliche Wetter seit ein paar Tagen vorbei und von trockener Kälte abgelöst worden war, so daß er wieder anfing hinauszugehen, seine Gänge auf den Spuren des New Yorker Rätsels fortzusetzen, wie er es der Geliebten des Dolmetschers gegenüber ausdrückte, dann nahm er die Subway bis zum Columbus Circle, von dort marschierte er mit gerecktem Hals zwischen den ungeheuren Bauten den Broadway entlang, dann die Fifth Avenue oder die Park Avenue bis auf die Höhe des Union Square, von wo er mal nach Greenwich Village abbog, mal bis Soho ging und dort die Wooster, die Greene und die Mercer Street abschritt, um von Chinatown oder, noch weiter unten, vom World Trade Center mit der Subway zum Columbus Circle zurückzufahren, dann weiter bis zur Washington Street, und todmüde und in der Regel mit immer der gleichen Ratlosigkeit hinsichtlich des Rätsels zurück in die Wohnung an der 159. Straße, um noch einmal die Arbeit des Tages durchzulesen und sie, wenn er sie okay fand, mit der entsprechenden Taste abzuspeichern, es gehe also, sagte er, alles seinen geregelten, beruhigenden Gang, was bedeute, sagte er, in dem Maß, wie drüben die Poesie wachse, nehme hier die Zahl seiner Tage ab, aber das jage ihm nicht Angst ein, im Gegenteil, er sei höchst zufrieden, wisse er doch gut, worin hier seine einzige Chance bestehe, darin nämlich, daß alles in diesem tödlichen Gleichgewicht bleibt, zwischen der Ewigkeit und den weniger werdenden Tagen bleibt, den ursprünglichen Plänen entsprechend so bleibt, daß es auf der einen Seite wächst und wächst und auf der anderen stetig abnimmt.

2 In der Zimmerecke, dem Bett gegenüber, lief der Fern⟋
seher, eingestellt auf einen Kanal mit sogenannter End⟋
loswerbung, ein fröhlicher, gewinnender Mann und eine
fröhliche, gewinnende Frau boten zum telefonischen Einkauf
Diamantenschmuck und mit Diamanten besetzte Arm⟋
banduhren an, was bedeutete, daß man die auf dem Bild⟋
schirm sichtbaren Dinge zu dem in der rechten unteren Ecke
angezeigten und als sensationell bezeichneten Preis über die
ganz unten unablässig von rechts nach links laufende Tele⟋
fonnummer sofort bestellen konnte, während gleichzeitig der
Schmuck und die Uhren beziehungsweise die integrierten
Edelsteine von Zeit zu Zeit im Licht eines Scheinwerfers
glitzerten und funkelten, wobei sich erst die Frau und dann
der Mann jedesmal in scherzhaftem Ton bei den Zuschauern
entschuldigten, daß sie leider noch keine Kamera hätten, die
dieses Strahlen aussparen könnte, deshalb glitzere und fun⟋
kele es eben, und die Frau lachte den Zuschauern in die Au⟋
gen, deshalb gleiße und blende es, lachte auch der Mann,
und sie lachten nicht vergebens in diesem Zimmer, denn
wenn die Geliebte des Dolmetschers bisher auch nicht das
geringste Anzeichen von Interesse gezeigt hatte, verzog sie an
dieser Stelle, angekleidet auf dem ungemachten Bett liegend,
wie den größten Teil der Tage, und den Blick auf den Bild⟋
schirm gerichtet, immer das Gesicht zu einem kleinen Lä⟋
cheln, sicherlich hatte sie diese spaßigen Sprüche schon tau⟋
sendmal gehört, und trotzdem, wenn die Sprecherin dies
sagte und der Sprecher das, konnte sie sich nie das Lächeln
verkneifen, erst blinkte TELESHOP TELESHOP TELESHOP auf,
dann kam die Frau hereingeschwebt, der Mann hinter ihr
her, maschineller Beifall, und es erschienen zwischen den ge⟋
schickt geknautschten Wellen rot glühender Samtstoffe die
ersten Schmuckstücke, begleitet von sorglosem Gezwitscher
über Karat und Wert, Größe und Preis, dann folgte die

Pointe der Frau und die des Mannes mit der Kamera, dem Scheinwerferlicht und dem Strahlen, schließlich war es vor-bei, Abschied, Winken, eine Art Tusch, und schon fing das gleiche wieder von vorne an, sie kommen herein, Beifall, ro-ter Samt und die beiden Pointen, so lief es wieder und wieder mit der schonungslosen Gleichgültigkeit der Wiederholung, dem Zuschauer ins Hirn brennend, daß dieses Hereinkom-men, dieser Beifall, dieser rote Samt mit den beiden Pointen gewissermaßen etwas Ewiges sind, und sie wandte den Blick nicht ab vom Bildschirm im verdunkelten Zimmer, wie be-hext, und wenn sie dort lachten, lachte sie immer ein wenig mit.

3 Der Dom, sagte Korim eines Tages in der Küche zusam-menfassend zu ihr, sei einfach überwältigend gewesen, und er habe sie auch überwältigt, *enthralling*, eigentlich lasse sich nicht entscheiden, was verblüffender sei, die Beschrei-bung von diesem Dom, also die Beschreibung von diesem Überwältigtsein, oder daß das Manuskript nach dem kreti-schen Teil – sie erinnere sich, fügte Korim hier ein, sie sind mit dem Schiff nach Alasiya unterwegs, hinter ihnen das dunkle Weltgericht, *the day of doom* –, daß es also nach Kreta nicht den nächsten Schritt, nicht die Fortsetzung erzählt, sich nicht entwickelt und vorwärtsbewegt, sondern: *von vorn be-ginnt, resumption* – der erste, davon sei er überzeugt, der erste und einzige Gedanke dieser Art sei es, daß, um es so zu nen-nen, etwas wie eine Story beginnt und sich dann fortsetzt, in-dem sie von vorn beginnt, ob sie verstehe, der namenlose Ver-fasser aus der Familie Wlassich beschließt, etwas wie eine Story zu beginnen, und er kommt auch ein Stück weit voran mit seinen Protagonisten, aber an einer Stelle geht er nicht weiter, sondern fängt ganz selbstverständlich, *a matter of course*, von vorn an, jedoch nicht so, daß er das bisher Geschriebene

wegwirft und von vorn anfängt, er wirft nichts weg, nein, und doch fängt er von vorn an, so war es, sagte Korim, nach der Einschiffung nach Alasiya tauchten die vier in einer ganz anderen Welt wieder auf, und am merkwürdigsten sei es, daß man beim Lesen keinerlei Unzufriedenheit oder Befremdung deswegen empfinde, daß man sich nicht sage, äh, also eine Zeitreise, das hat mir gerade noch gefehlt, *noch* eine Zeitreise, aus einem Zeitalter in ein anderes, wieso denkt bloß wieder einer, daß es noch nicht genug gibt von solchen Bankrottreisen der dilettantischen Phantasie?!, nein, das sage man sich nicht beim Lesen, sondern man akzeptiere es sofort, empfinde es sofort als selbstverständlich, daß die vier irgendwie aus nebulöser Vorgeschichte aufgetauchten Burschen jetzt in einem Bierhaus an der Ecke des Domklosters an einem Fenstertisch saßen, wie es tatsächlich der Fall sei, und hinausblickten auf das für sie überwältigende Bauwerk, wie es Tag für Tag im Entstehen begriffen war, wie ein Steinklotz nach dem anderen an seinen Platz gelangte, und daß sie täglich hier saßen, in diesem Bierhaus, war keineswegs ein Zufall, denn von hier aus, insbesondere wenn man an diesem Tisch saß, konnte man alles am besten aus unmittelbarer Nähe und südwestlicher Richtung beobachten, von hier aus sahen sie, daß dieser Dom nach seiner Fertigstellung unter allen Domen der allererstaunlichste sein würde weit und breit, und das Schlüsselwort hierbei sei, sagte Korim mit Nachdruck zu der Frau, die Sicht aus südwestlicher Richtung, *southwest*, vom südlichen Turm, jedoch von einem bestimmten Punkt dieses Turmes her, tatsächlich in etwa von dem, wo ihr Tisch stand, der Stammtisch aus schwerem Eichenholz, ja, sie durften ihn ruhig ihren Stammtisch nennen, seit der Wirt sie dazu ermächtigt hatte, dies sei, hatte er so freundlich, wie es mit seiner groben Bärbeißigkeit kaum zu vereinbaren war, nach einer Woche gesagt, *meine lieben Herren*, ein Tisch ausschließlich für

Sie, und das hatte er mehrfach wiederholt, was nicht nur eine
Auszeichnung war, sondern auch eine Tatsache, *fact*, so daß
sie sich immer dorthin setzten, wenn Hirschhardt, der Wirt,
öffnete, kaum ging die Tür auf, waren sie zugegen und nahmen ihre Plätze am Fenster ein, der Aussicht wegen, sie erschienen so schnell, als hätten sie auf Hirschhardt gelauert,
wie es sich ja in Wirklichkeit auch verhielt, sie warteten in der
Nähe, sie waren vom frühen Morgen an auf den Beinen, und
wenn Hirschhardt die Türladen seines Bierhauses auseinan-
derdrückte, hatten sie bereits ihren mehrstündigen Morgen-
spaziergang zum Dom hinter sich, aus Marienburg durch
den kühlen Wind am Rhein entlang, dann an der Deutzer
Fähre nach links und stadteinwärts über den Heumarkt, zwischen St. Martin und dem Rathaus hindurch über den Alten
Markt und schließlich durch die engen Gassen des Martins-
viertels bis zum Dom, *the cathedral*, den sie umrundeten, ohne
daß viel gesprochen wurde, denn am Rhein wehte wirklich
noch ein kalter Wind, weshalb sie, sagte Korim, ziemlich
durchgefroren bei Hirschhardt eintraten, als er gegen neun
endlich öffnete.

4 Die Kunde, in Köln sei etwas im Gange, war während
ihrer Flucht Falke auf einem Jahrmarkt in Niederbayern
zu Ohren gekommen, und zwar auf die folgende Weise,
erzählte Korim, da er am Zelt eines Buchhändlers Interesse
für ein Werk eines gewissen Sulpiz Boisserée gezeigt hatte, indem er darin blätterte und sodann auch noch ein Stückchen
zur Seite trat, um sich in die Buchseiten zu vertiefen, erzählte
ihm der Buchhändler, *the bookseller*, überzeugt, dieser Mann
wolle ihn nicht bestehlen, sondern sei ein ernstzunehmender
Kunde, o ja, seine, Falkes, Wahl spreche von allerbestem Geschmack, denn große Dinge seien in Köln im Gange, er, der
Buchhändler, wage sogar zu behaupten, dort entstehe eine

Weltsensation, und von der handle das Buch, das er, Falke, in der Hand halte, eine vorzügliche Arbeit und höchst empfeh, lenswert, der Verfasser entstamme einer sehr alten Kauf, mannsfamilie und sei ein lebenslanges Verlöbnis mit der Kunst eingegangen, indem er es als das Hauptziel seines Le, bens bezeichnete, einen Weltskandal, um es so auszudrücken, mit einer Weltsensation zu beseitigen, der verehrte Herr, sagte der Buchhändler, sich Falkes Ohr zuneigend, wisse vermut, lich doch, was 1248 geschah, da nämlich legte Erzbischof Konrad von Hochstaden den Grundstein zum Dom, und er wisse sicherlich auch, wie es weiterging mit diesem über, menschlichen Gedanken, mit diesem Stein den Grund zur leuchtendsten Kathedrale der Welt zu legen, denn natürlich sei die Rede von Meister Gerhard sowie vom Teufel, *the devil*, sagte der Buchhändler, und daß nach dem äußerst merkwür, digen Tod dieses Gerhard, also nach 1279, niemand den Dombau zu vollenden vermochte, weder Meister Arnold bis 1308 noch sein Sohn Johannes bis 1330, noch Michael von Savoyen nach 1350, niemand konnte einen wesentlichen Fort, schritt erreichen, es verhalte sich nämlich so, fuhr der Buch, händler fort, daß nach den ersten 312 Jahren die Bauarbeiten gestoppt wurden, so daß der Bau als unsagbar trauriger Torso dastand, daß lediglich der Chor, die Sakristei und vom süd, lichen Turm die ersten 58 Meter fertig waren, sonst nichts von dem großen Vorhaben, und den Gerüchten nach lag das na, türlich an Gerhard, an seinem Bündnis mit dem Teufel, an seiner etwas verworrenen Geschichte von Geheimnissen bei irgendeinem Kanalbau, sicher ist jedenfalls, daß er sich 1279 vom Gerüst in die Tiefe stürzte, als hätte er den Verstand ver, loren, und danach lag ein Fluch auf dem Vorhaben, und es konnte über viele, viele Jahrhunderte nicht vollendet werden, der Dom stand in dem skandalösen Zustand am Rhein, in dem er sich eigentlich schon beim Hochziehen der Glocke im

Jahr 1437 befunden hatte, man munkelte, wegen der Un‑
menge fehlender Taler, in Wirklichkeit aber ging es um Ger‑
hard, immer nur um Gerhard, denn dort witterten alle, und
zu Recht, den Grund, *the cause*, sagte der Buchhändler, und
dann kam 1814!, und 1814, also 246 Jahre nach der Einstel‑
lung aller Arbeiten, fand dieser energiegeladene, wackere, lei‑
denschaftliche Mann, dieser Sulpiz, irgendwie auf einmal die
Zeichnungen des Doms aus dem 13. Jahrhundert, die *Ansich‑
ten, Risse und einzelnen Theile des Doms von Köln* betitelten Un‑
terlagen, nach denen Gerhard gearbeitet hatte, die fand er,
und deren Sklave wurde er, und damit ging er auch gegen den
Gerhardschen Fluch an, und hier sei jetzt das Buch, sagte der
Buchhändler, auf das Werk in Falkes Händen deutend, und
hier sei auch die Nachricht, daß wieder gebaut wird, immer‑
hin, 621 Jahre nach der Grundsteinlegung wieder, so daß es
sehr gescheit von dem guten Herrn gewesen sei, nach diesem
Buch zu greifen, und nun solle er gescheit genug sein, es auch
zu nehmen und zu einem außerordentlich günstigen Preis
nach Hause zu tragen und darin zu studieren, denn er gelange
auf diese Weise in den Besitz eines Werkes, das ihm viel
Freude bereiten werde und das, ohne Übertreibung, seines‑
gleichen suche, fuhr der Buchhändler mit gesenkter Stimme
fort, in der gesamten heutigen Welt.

S Dombaumeister Voigtel, dieser Name fiel am häufigsten,
dazu Dombauverein und Dombaufonds, ferner Westfas‑
sade und Nordfassade, Südturm und Nordturm und in erster
und letzter Reihe, wieviel tausend Taler und Mark gestern
und wieviel tausend Taler und Mark heute, so strömte es un‑
aufhaltsam aus dem Mund des mürrischen Hirschhardt, der
inzwischen zugab, sofern der Dom jemals fertiggebaut werde,
werde er ein Weltwunder sein, auf das dann, wie er sich aus‑
drückte, die gebildete Welt sicherlich herschauen werde,

allerdings versäumte er nie, sogleich hinzuzusetzen, seiner Meinung nach werde der Dom *jedoch* niemals fertiggebaut werden, weil das bei *so einem* Dombauverein und *so einem* Dombaufonds unmöglich sei angesichts des ständigen Haders zwischen der Kirche und dem Staat, wer jetzt zu zahlen habe, dabei komme nichts Gutes heraus, geschweige denn ein Weltwunder, und so weiter, gleichgültig, wovon die Rede war, Hirschhardt war unerschöpflich im Schwafeln, im Faseln, in säuerlichen Bemerkungen und in der Anmeldung von Zweifeln, mal beschimpfte er die Steinmetze, mal die Zimmerleute, mal die Steinlieferanten, mal die Steinbrüche in Königswinter, Staudernheim, Oberkirchen, Rinteln und Hildesheim, Hauptsache, er konnte jemanden beschimpfen, so sei es gewesen, erzählte Korim, gleichzeitig aber war sich niemand so sehr darüber im klaren wie Hirschhardt, was draußen vor seinem Fenster geschah, er wußte beispielsweise, daß jetzt gerade 368 Steinmetze, 15 Steinschleifer, 14 Zimmerleute, 37 Maurer und 113 Hilfsarbeiter dort tätig waren, er wußte, was bei den letzten Verhandlungen zwischen den kirchlichen und den königlichen Beauftragten besprochen worden war, er wußte von den Zusammenstößen zwischen Zimmerleuten und Steinmetzen, Steinmetzen und Maurern, Maurern und Zimmerleuten, er wußte von den Krankheiten, von den Mängeln in der Versorgung, von den Schlägereien und Unfällen, er wußte tatsächlich einfach über alles Bescheid, worüber man wissen konnte, so daß die vier Hirschhardt zwar ertragen mußten, aber gerade durch ihn erfuhren, was, zumindest teilweise, hinter dem Sichtbaren steckte, denn Hirschhardt wußte auch über Voigtels Vorgänger Bescheid, über Zwirner, den unermüdlich leistungsfähigen, dann aber jung verstorbenen Dombaumeister, über die fast in Vergessenheit geratenen Virneburg und Gennep, Saarwerden und Moers, aber er wußte auch, wer jetzt Rosenthal, Schmitz und

Wiersbitzky waren, Anton Camp, Carl Abelshauser und über Augustinys Weggang, er wußte, wie die Winden, Flaschenzüge und Steinwagen funktionierten und wie die Einrüstungen, Maueraufzüge und Dampfmaschinen aufgebaut wurden, mit einem Wort, Hirschhardt war bei nichts auf die Schliche zu kommen, was die vier auch gar nicht versuchten, so gut wie nie stellten sie Fragen, wußten sie doch, daß sie dann nur neue ausfällige Vorträge Hirschhardts auslösen würden, so daß sie bei seinen Worten hin und wieder nickten, mehr aber nicht, denn am liebsten war jedem von ihnen die Stille im Bierhaus, die Stille bei einem Krug frisch gezapften blonden Bieres, vornehmlich also der Morgen und der Vormittag, wenn sich außer ihnen kaum jemand in der Schenke aufhielt, dann saßen sie am liebsten am Fenster, nahmen kleine Schlucke von dem Bier und sahen zu, wie draußen der Dom gebaut wurde.

6 Schon in Boisserées *Ansichten* findet sich eine aus dem Jahr 1300 und wahrscheinlich von Meister Arnolds Sohn Johannes stammende Zeichnung der Westfassade, übrigens für sich allein schon mit besonderer Schönheit gesegnet, die etwas über die außergewöhnlichen Absichten hinter dem geplanten Bauwerk verrät, aber den letzten Anstoß gab – als erstem Falke, nach seinem Bericht dann auch den anderen – ein Druck, den sie später im ganzen Reich ausgehängt sahen, bei den Barbieren ebenso wie in den Wirtshäusern, und der nach einem Stich W. von Abbemas von Richard Voigtel selbst für das Verein-Gedenkblatt umgemalt worden war, um aufmerksam zu machen auf das, was in Köln vor sich ging, also ein Druck von 1867 aus der Nürnberger Werkstatt des Carl Mayer, mehr nicht, und dies entschied, wohin sie gehen sollten, denn mit ihren Augen betrachtet, so stand es im Manuskript, habe man in der auf dem Druck

sichtbaren gigantischen Konzeption auf den ersten Blick die großartige Möglichkeit eines Denkmals des Schutzes erkennen können, des Schutzes, schrieb Korim, von dem sie, wie Kasser einem Fremden erzählte, der sie geschickter als andere befragte, von dem sie, die Gejagten, besessen seien, aber heute, das heißt, seit einer Woche, sagte er es nicht mehr ganz so, zum Beispiel zu Hirschhardt, sondern er sagte es so: einfache Schutzexperten, das sagte er, als deutlich war, daß sie Hirschhardt etwas sagen mußten, sie vier seien nicht nur hauptsächlich gekommen, um ihn zu erkunden und zu analysieren, sondern in erster, in allererster Linie, um zu bewundern, was hier geschehe, womit sie nichts sagten, zu dem sie sich nicht hätten bekennen können, denn sie bewunderten ihn, seit sie aus der Postkutsche gestiegen waren und ihn erblickt hatten, man konnte ihn einfach und ausschließlich nur bewundern, sie stiegen aus, erblickten ihn und waren gefangen, auf der Stelle, und mit diesem Augenblick war nichts zu vergleichen, denn anhand des Boisseréeschen Buches etwas zu ahnen und nach der Zeichnung und dem Druck etwas zu erwarten, das war etwas anderes, als an den Turm zu treten und in der Wirklichkeit zu sehen, daß das Geahnte und Erwartete zutraf, wobei man sich freilich so stellen müsse, erzählte Korim in der Küche, in die Nähe und genau auf den richtigen Punkt und in den richtigen Winkel an der südwestlichen Ecke, daß ein Irrtum ausgeschlossen war, aber sie verfehlten weder die Nähe noch den Punkt noch den Winkel, und sie sahen und vergewisserten sich auch, daß es sich hier nicht einfach um den Bau eines Doms handelte, um die Vollendung eines gotischen Heiligtums, an dem jahrhundertelang nicht mehr gearbeitet worden war, sondern um einen *gigantischen Block*, ein unglaubliches, alle Vorstellungskraft übersteigendes Bauwerk, eines mit allem Drum und Dran, Chor, Kreuz-, Haupt- und zwei Nebenschiffen, Fenstern und Türen auf al-

len Seiten nach der Regel, doch eigentlich wird es nicht wich‚
tig sein, daß es so oder so ein Schiff, solche oder andere Fenster
und Türen hat, denn es wird eine einzige, gen Himmel stre‚
bende, gewaltige, ungeheure, riesige Masse sein, in deren un‚
mittelbarer Nähe ein Punkt zustande kommt, muß sich vor
rund sechshundert Jahren Gerhard gesagt haben, eine Sicht,
müssen sich alle Dombaumeister bis hin zu Voigtel gesagt ha‚
ben, ein Blickpunkt, von dem her dieses wundervolle Muster‚
stück für Amiens *wie eine einzige Türmemasse wirkt*, eine Posi‚
tion also, aus der *das Wesentliche, the essence*, sichtbar wird, und
sie vier hatten dies entdeckt in der Gerhardschen Legende, in
der Zeichnung des Johannes, in dem Abbema‚Voigtel‚
Druck und auch jetzt, bei ihrer Ankunft, in der Wirklich‚
keit, und sie waren verblüfft, und sie suchten den geeignetsten
Ort, dort diese Verblüffung weiter zu studieren, und den zu
finden war dann wahrhaftig nicht schwer, das Bierhaus näm‚
lich, aus dem sie nun Tag für Tag sehen konnten, um es Tag
für Tag zu glauben, daß das Gesehene hier kein flüchtiges
Phänomen planerischer Phantasie war, sondern etwas Wahr‚
haftiges, Unfaßbares und Existierendes.

7 *Manchmal halte ich so gerne an und lasse alles sein, nur so,* sagte
Korim einmal in der Küche, um nach einer langen
Pause, in der er minutenlang nur auf den Fußboden starrte,
den Kopf zu heben und sehr langsam hinzuzusetzen: *Denn es
bricht ab in mir, und ich ermüde.*

8 Der Tag begann für ihn vor fünf Uhr am Morgen, da
wachte er auf, von selbst und abrupt, sofort saß er mit ge‚
öffneten Augen im Bett, und sofort wußte er, wo er sich be‚
fand und was er jetzt machen mußte: sich über der Schüssel
waschen, über das Turnhemd, in dem er schlief, ein Hemd
streifen, dann den Pullover und das einfarbig graue Sakko,

dann die lange Unterhose und die Straßenhose mit den Ho﹣
senträgern, schließlich die Socken vom Heizkörper und die
Schuhe unter dem Bett, gleichsam in einer einzigen Minute,
als wäre alles auf Zeit getrimmt, schon konnte er an die Tür
treten und lauschen, ob draußen jemand auf den Beinen war,
aber um diese Zeit niemals, also öffnete er langsam die Tür,
und zwar so, daß sie nicht quietschte und daß es vor allem
nicht laut knackste, wenn er auf die Klinke drückte, denn sie
konnte, wenn er nicht achtgab, sehr laut knacksen in der
Stille, so, nun konnte er auf Zehenspitzen in den Verbin﹣
dungskorridor treten, von dort in die Küche und ins Trep﹣
penhaus, wo er an die Toilettentür klopfte, aber natürlich war
um diese Zeit niemand drin, nun konnte er pinkeln und
scheißen, dann zurück, in der Küche Wasser aufstellen, den
gemahlenen Kaffee, verwahrt neben der Teedose oberhalb des
Gasherds, vorbereiten, überbrühen und süßen und so leise
wie möglich ins hintere Zimmer huschen, so begann jeder
Morgen, und so ging es weiter nach einer beständigen, unver﹣
änderlichen Ordnung, und tatsächlich verlief es niemals
anders, denn an dieser Stelle angelangt, setzte er sich zum
Beispiel sogleich an den Tisch und schaltete, im Kaffee
rührend und ihn schlürfend, den Laptop ein, begann also im
ewig grauen Licht, das durch das Fenster fiel, zu arbeiten, was
hieß, daß er kontrollierte, ob alles, was er am Abend zuvor
gespeichert hatte, wirklich noch vorhanden war, dann die
entsprechende Seite des Manuskriptes auf die linke Seite legte,
die Textdurchsicht fortsetzte und das ganze sorgsam, Wort
für Wort, mit zwei Fingern einzugeben begann, schließlich
wurde es elf Uhr, bis dahin tat ihm der Rücken so sehr weh,
daß er sich eine Weile hinlegte, dann aufstand und mit den
Hüften, vor allem aber mit dem Kopf kreiste, vor und zurück,
und von vorn, hiernach hinunter zum Vietnamesen, Ruhe﹣
pause und Mittagessen, sodann in die Küche zu der Frau, wo

er mit dem Wörter- und dem Notizbuch in den Händen eine, manchmal auch anderthalb Stunden mit ihr plauderte, ihr also alle neuen Entwicklungen erzählte, dann wieder ins Zimmer, eine Kleinigkeit essen und erneut an die Arbeit bis gegen fünf Uhr, aber gelegentlich nur bis halb fünf, denn unter Umständen hörte er schon gegen halb fünf auf und legte sich aufs Bett, weil Hals und Rücken nicht mehr mitmachten, weil ihm der Kopf so schwer war, aber entgegen den früheren Zeiten genügte ihm eine halbe Stunde, dann wieder das Lauschen an der Tür, er wollte dem Hausherrn nicht begegnen, wenn es sich vermeiden ließ, und wenn er meinte, das lasse sich bewerkstelligen, hinaus, schon in Mantel und Hut, durch den Verbindungskorridor und die Küche ins Treppenhaus, die Treppe hinunter und schleunigst aus dem Haus, um nur keinem zu begegnen, da ihm das Grüßen, wenn auch dieses sich nicht vermeiden ließ, immer noch Probleme bereitete, sagte man jetzt *good evening* oder *good day* oder eventuell, mit einem leichten Kopfnicken, nur *hi*, nun die gewohnte Strecke *rein nach New York*, wie er es nannte, und zurück ebenso, und die Treppe hinauf, und manchmal langes Lauschen an der Wohnungstür, weil er drinnen oftmals die dröhnende Stimme des Dolmetschers hörte, es kam vor, daß er nicht Minuten, sondern halbe Stunden an der Wohnungstür fror, bis er schließlich durch den Verbindungskorridor in sein Zimmer huschen konnte, dort überaus behutsam die Tür schließen und die zurückgehaltene Luft langsam aus der Lunge lassen und ebenso langsam wieder durchatmen, gleichzeitig schon die ausgezogenen Sachen auf den Stuhl packen, Mantel, Sakko, Hemd, Hose, Unterhose, die Socken auf den Heizkörper, die Schuhe unters Bett, endlich in die Federn und todmüde, aber immer noch vorsichtig Luft holen, vorsichtig sein unter der Bettdecke auch beim Umdrehen, damit die Federung nicht quietscht, denn diese Angst, immer diese Angst, man könne ihn nebenan hören, wie er von denen durch die dünne Wand immer unterdrücktes Geschrei hörte, das des Mannes.

9 Irgendein Kirschert oder so, mit dem kommt er mir jetzt, sagte der Dolmetscher zu seiner Geliebten und schüttelte ungläubig den Kopf, er sei am Abend zuvor wieder in die Küche gerannt gekommen, und jetzt werde er das Gefühl nicht los, der Dussel mache regelrecht Jagd auf ihn, laure ihm irgendwo zwischen der Wohnungstür, der Küche und dem Korridor auf und warte auf die Gelegenheit zu einem »zufäl‚ ligen« Zusammentreffen, so schätze er die Lage ein, er sei re‚ gelrecht auf der Flucht vor ihm, schnuppere in der eigenen Wohnung, ob die Luft rein ist, wenn er in die Küche gehen will, ob etwa der Düssel dort herumhockt, einfach nicht aus‚ zuhalten, er habe sich schon dabei ertappt, vor der Tür zu ste‚ hen und zu lauschen, trotzdem entgehe er diesen »zufälligen« Zusammentreffen nicht mehr, wie auch gestern abend, sie habe schon geschlafen, als er ihm mit diesem Mischfart kam, er solle ihm eine Minute zuhören, in seiner Arbeit sei er gerade bei diesem Firschert oder wie auch immer angekommen, der quatsche ihm Löcher in den Bauch, und er verstehe kein Wort, der rede, als wäre er, der Dolmetscher, bestens infor‚ miert, wer zum Henker dieser Dirschmarsch ist, und über‚ haupt, der Dussel sei im erschreckendsten Sinn verrückt und höchstwahrscheinlich auch gefährlich, das sehe man an sei‚ nen Augen, langer Rede kurzer Sinn, sagte er, jetzt ist Schluß, er ahne, wenn er jetzt nicht Schluß macht, nehme es ein schlechtes Ende, so daß er nur sagen könne, Korims Tage hier sind gezählt, Korim werde sofort rausgeschmissen, wenn ihm, dem Dolmetscher, der große Wurf mit diesem neuesten Angebot gelinge, das solle sie ihm glauben, sagte er zu seiner Geliebten, wenn es klappe, und danach sehe es sehr aus, das

könne nicht mal mehr der Herrgott verhindern, dann sei es
hier ein für allemal vorbei mit dem Elend, dann komme ein
neuer Fernseher, Video, allerlei, was sie wolle, neuer Gasherd,
Küchenschrank, also ein völlig neues Leben bis zum letzten
Kochtopf, und raus mit diesem Korim, er wolle sich in der eigenen Wohnung vor dem nicht länger verstecken wie eine
Ratte, er wolle nicht länger jeden Abend in der eigenen Küche zu hören bekommen, was es mit diesem Birschart auf sich
hat, Kirschhardt, berichtigte ihn Korim äußerst verlegen,
weil er nicht wußte, wie er seinen von der mißglückten Situation erzwungenen Bericht abschließen sollte, und den solle er,
Herr Sárváry, sich als einen denken, der das Zwielichtige um
sich herum hasse und dieses Zwielichtige als Wissensmangel
auslege, deshalb empfinde er nicht bloß Haß, sondern auch
Scham, die er irgendwie zu übertünchen versuche, bei Kasser
und dessen Begleitern zum Beispiel auf die Weise, daß er aus
aufgeschnappten nebensächlichen und zumeist mißverstan-
denen Bemerkungen auf seine Weise völlig unbegründete
Schlußfolgerungen ziehe, also absolut willkürlich aus der
Phantasie heraus das wenige und zwielichtige Aufgeschnapp-
te ergänze und das dann als Allwissender den Einheimischen
auftische, jawohl, indem er sich an ihre Tische setze und, mit
gedämpfter Stimme, damit die Betroffenen ihn nicht hörten,
über sie berichte, indem er sage, freilich, das sind vier seltsame
Vögel dort am Fenster, sagen nichts, kommen und gehen, niemand weiß was über sie oder ihr Woher und Wohin, ihre Namen sind fremd, ihre Herkunft unklar, absonderliche Typen
also, diese vier, jedoch solle man die Sache auch so sehen, daß
sie an der ruhmreichen Schlacht von Königgrätz teilgenom-
men hätten, also vertraut seien mit der Hölle von Königgrätz,
wo sie vor bald vier Jahren, an jenem gewissen dritten Juli,
den Sieg der Preußen und in diesem Triumph die dreiundvierzigtausend Toten sahen, und das sei allein der österreichi-

sche Verlust an Menschenmaterial, sagte Hirschhardt zu den ansässigen Biertrinkern, an einem einzigen Tag dreiundvierzigtausend Kopf allein auf der gegnerischen Seite, und bitte schön, wer an einem einzigen Tag dreiundvierzigtausend Österreicher tot sieht, der ist danach nicht mehr derselbe Mensch, dabei kommen die vier da, sagte Hirschhardt und zeigte auf sie, aus der unmittelbaren Umgebung des großen Feldherrn, sind also Leute aus dem Verteidigungsrat, so daß sie nicht zum erstenmal Schießpulver schnuppern und demnach nicht zum erstenmal in einer Schlacht dem Tod ins Auge blicken, sang Hirschhardt ein letztes Lobeswort, doch die Hölle von Königgrätz habe auch sie bestürzt, nämlich, setzte er flink hinzu, die Hölle für die Österreicher, so sei es gemeint, das dort seien also Helden von Königgrätz, so müsse man sie sehen, und niemand dürfe sich wundern, wenn ihnen nicht nach Amüsements zumute sei, wonach die Einheimischen natürlich so zu ihnen sahen und auch so bei sich dachten, wenn sie einen Blick zu ihnen hinüberschickten, nun ja, die Königgrätzer, sie traten ein, suchten mit den Augen einen freien Tisch oder einen Bekannten, bestellten ein Bier, und während sie schräge Blicke zum Fenster schickten, mit denen sie konstatierten, ja, die Königgrätzer sitzen auf ihrem Platz, hörten sie wieder und wieder Hirschhardt zu, lauschten sie wieder und wieder dem Bericht von der ruhmreichen Schlacht, dem großen Sieg und dem Triumph auf der einen sowie von der Hölle und den dreiundvierzigtausend Toten auf der anderen Seite, eingeschlossen die Geschichte dieser vier Männer, die an einem einzigen Tag neben dem strahlenden Sieg auch diesem dreiundvierzigtausendfachen Tod hatten ins Auge schauen müssen.

10 Kasser und seine Freunde seien sich natürlich darüber im klaren gewesen, erklärte Korim dem Frauen-

rücken, daß der Bierhauswirt dummes Zeug redete, doch als sie bemerkten, daß die Einheimischen sie wegen der Lügengeschichten des Wirtes im wesentlichen in Frieden ließen, sprachen sie ihn nur gelegentlich auf diese Sache an, indem sie ihn fragten, warum er sie als Helden von Königgrätz bezeichne, wo sie doch nie in Königgrätz gewesen seien und nie dergleichen behauptet hätten, wie sie auch nur gelegentlich klarzustellen versuchten, ihre Flucht *vor* Königgrätz bedeute keine Flucht *aus* Königgrätz, und so weiter, und sie seien keine Männer Moltkes, und sie seien keine Soldaten, und wenn sie flüchteten, dann vor einem, nicht aus einem Krieg, dies alles aber tatsächlich nur gelegentlich und hin und wieder, denn auf Hirschhardt hätten sie umsonst eingeredet, davon verstand Hirschhardt nichts, er nickte nur mit seinem verschwitzten, knochenkahlen, großen Kopf und setzte das falsche Lächeln des Besserwissers auf, so daß sie auf weitere Versuche verzichteten und Kasser zum ursprünglichen Gedankengang zurückkehrte, *the original thread*, also das eigentlich schon seit ihrer Ankunft geführte Gespräch fortsetzte und sagte, die Neigung zum vollkommenen Scheitern, von dem die Rede sei, lasse sich nicht bestreiten, habe doch die Geschichte unzweifelhaft zur immer ausgedehnteren Herrschaft der Gewalt, *the violence*, geführt, andererseits dürfe die Abschied nehmende Betrachtung keinesfalls außer acht lassen, welch erstaunliche Dinge hier entstanden seien, welch glanzvolle Arbeit der Mensch geleistet habe, und da denke er vor allem an die Entdeckung der Heiligkeit, *the holiness*, an die des unsichtbaren Raumes und der Zeit, des Gottes und des Göttlichen, denn nichts war großartiger, sagte Kasser, als der Mensch, dem bewußt wurde, daß er einen Gott hatte, der die magische Tatsache der Heiligkeit erkannte und der dies alles mit seinem Bewußtwerden und Erkennen erschuf, es seien, sagte er, machtvolle Augenblicke und machtvolle Leistungen gewesen, doch zwischen allem, auf dem Gipfel aller Augenblicke und Leistungen, erstrahlte der alleinige Gott, *God*, und wiederum der Mensch, der ihn wahrnahm, der ein ganzes Universum in sich errichtete, himmelwärts wie eine Kathedrale, und dem als einzigem Lebewesen überhaupt das Bedürfnis nach den heiligen Bereichen erwachte!, das sei es, was ihn, Kasser, geradezu verblüffe in diesem eindeutigen Scheitern, diesem heftigen Absturz bis zur letzten Niederlage, ja, es sei verblüffend, sagte Falke, das Wort an sich ziehend, noch bestürzender aber sei das Persönliche an diesem Gott, da der Mensch mit dieser seiner größten Entdeckung, daß ein Gott *sein kann* im Himmel, *sein kann* zwischen Himmel und Erde, nicht nur zu einem Herrn auf dem Thron der Welt gelangt, sondern auch zu einem persönlichen Gott, der ansprechbar ist, was geschah also?, fragte Falke, und *what's happened?*, fragte auch Korim, daß das Heimischsein auf die ganze Welt ausgedehnt worden sei, lautete die Antwort, und dies sei verblüffend, dies sei bestürzend, dies sei ein unübertrefflicher Gedanke, der schwache und hinfällige Mensch, der ein Universum erschuf, viel, sehr viel mächtiger als er selbst, denn das sei magisch, was der Mensch über sich auftürme und womit er etwas erschüfe, das wesentlich größer ist als der, der er ist – jenes kleine Wesen, sagte Falke, wie es sich an das von ihm erschaffene riesenhafte klammert, damit es von diesem beschützt und artikuliert werde, das ist blendend schön und unvergeßlich, aber auch erschütternd, *poignant*, denn zu beherrschen vermag er dieses Riesenhafte nicht, es bricht zusammen, und was er so erschuf, stürzt auf ihn, damit hiernach alles von vorn beginne und seinen Fortgang nehme ohne Ende, denn dies habe sich, sagte Falke, während der allmählichen Vorbereitung des Scheiterns nicht verändert, das Zusammenbrechen darunter ist immer etwas Unveränderliches, denn unveränderlich war auch die verzehrende, die ungeheuerliche

Spannung zwischen dem Monumentalen und dessen klein-
winzigem Schöpfer.

11 Das Gespräch dauerte bis zum späten Abend, und es
endete mit einem Lob für die Entdeckung der Liebe
und des Guten, also, wie Toot es ausdrückte, der beiden be-
zeichnendsten europäischen Erfindungen, etwa in den Augenblicken übrigens, sagte Korim, als Hirschhardt von Tisch
zu Tisch ging, bei den Biertrinkern abkassierte und sie dann
nach Hause schickte, sich aber auch von den vieren verabschiedete, alles vollzog sich also genau wie am Tag zuvor und
am Tag vor diesem, und keiner ahnte, daß sich in Bälde alles
ändern und daß jegliche bisherige Ordnung aus den Geleisen
geraten würde, das sahen nicht einmal Kasser und seine
Freunde voraus, auf dem Heimweg am Rhein entlang debattierten auch sie mit vom Bier ein wenig dösigen Köpfen nur
noch darüber, ob es für den Bau irgendwie von Belang sein
könne, daß sich seit etlichen Tagen ein merkwürdiger, beäng-
stigend wirkender Kerl am Dom herumtrieb, ein langer, sehr
magerer Mann mit hellblauen Augen und in einem schwarzen Seidenmantel, den sie durch das Fenster bemerkt hatten,
das sei der Herr von Mastemann, hatte Hirschhardt sie auf
ihre Nachfrage hin aufgeklärt, Genaueres war jedoch weder
von ihm noch von anderen zu erfahren, wenngleich es an
krausen Reden nicht mangelte, denn an einem Tag hieß es
beispielsweise, er sei ein Mann des Staates, am anderen, er sei
einer der Kirche, einmal sagten sie, er sei über die Alpen gekommen, dann, aus einem nordöstlichen Fürstentum, und
obgleich es möglich war, daß an alledem etwas daran war,
wußte niemand Genaues, es kamen immer wieder nur Gerüchte auf, *hearsay*, zum Beispiel wollte man ihn mit dem Bau-
leiter oder dem Polier der Zimmerleute oder sogar mit Herrn
Voigtel persönlich gesehen haben, und daß er einen sehr jun-

gen Diener mit krausem Haar habe, dessen einzige ersichtliche Aufgabe darin bestehe, jeden Morgen einen Klappstuhl zum Dom zu bringen, damit sein Herr darauf Platz nehmen könne, sobald er eintreffe, und stundenlang darauf sitzen, still und regungslos, und daß die Weiber, *the women*, besonders die Mägde in dem Wirtshaus, wo er abgestiegen sei, regelrecht den Kopf verloren hätten und verrückt nach ihm seien, und daß er kein Bier trinke, sondern hier, in der berühmten Stadt der heiligen Ursula, skandalöserweise Wein, *wine*, Kleinigkeiten dieser Art also von allen Seiten, sagte Korim, aber nichts, was ein abgerundetes, abgesichertes Bild ergeben hätte, nichts über das Wesentliche und Wichtige, woraufhin sich natürlich der Ruf dieses Herrn von Mastemann gewissermaßen von Stunde zu Stunde verschlechterte, ganz Köln spitzte nur die Ohren und bangte, so daß die Wahrheit über ihn bald keine Chance mehr hatte, *the truth*, da gegenüber den ungehindert schweifenden Schreckensnachrichten, wie zum Beispiel, daß es in seiner nächsten Umgebung stets sehr *kalt* sei oder daß diese hellblauen Augen gar nicht blau und auch nicht echt seien, sondern aus einem speziell funkelnden Stahl beständen, so daß dieser von Mastemann eigentlich blind sei, daß also solchen Gerüchten gegenüber die Wahrheit logischerweise schon uninteressant wirke, weshalb sich auch niemand mehr fand, der gewillt gewesen wäre, sie aufzudecken, und sogar Toot, der am ehesten dazu neigte, einem Gerede Glauben zu schenken, sogar er sagte, daß es einem eben doch kalt über den Rücken läuft, wenn man sieht, daß dort dieser Mastemann sitzt mit seinen funkelnden Stahlaugen und regungslos stundenlang den Dom betrachtet.

12 Unaufhaltsam sei das Unheil nähergerückt, sagte Korim in der Küche, viele Zeichen seien ihm vorausgeeilt, und dann war es doch ein Wort, welches die Sache

in Köln entschied und nach dem nicht mehr in Frage stand, was folgen würde, und das Wort hieß *Festungsgürtel* – der, sagte Korim, beziehungsweise das an ihn gebundene Ereignis habe sich als wichtiger erwiesen als alles sonst, zumindest für Kasser und seine Freunde, denn obzwar die Zunahme der nervösen Begeisterung im Bierhaus und in der Stadt und die Gegenwart der immer öfter durch die Straßen marschieren- den Kompanien sie nachdenklich stimmten, erkannten sie darin keinen Hinweis, den gab erst das militärisch polternde Gerede, wie sie es zu hören bekamen, wenn sich Hirschhardt abends im rohen Gelärm der Soldaten an ihren Tisch setzte und erzählte, die in der Stadt stationierte militärische Füh- rung, also der Festungsgouverneur in der Person des General- Lieutenants von Frankenberg persönlich, habe gegen den zor- nigen Protest des Herrn Erzbischofs die Räumung des Festungsgürtels wegen der Errichtung eines Schießplatzes an- geordnet, im Festungsgürtel, und dieses Wort sprach Hirsch- hardt mit Nachdruck aus, befinde sich, die Herren wüßten es wohl, das psychologische Zentrum des Dombaus, der Domsteinlagerplatz in unmittelbarer Nähe des Bahnhofs am Thürmchen, und nun sei dieser Befehl erlassen worden, und Herr Voigtel müsse, was für das ganze Bauvorhaben höchste Gefahren berge, die weiteren Bahnanlieferungen sofort stop- pen, und es sei sofort mit der Einlagerung des Steinmaterials anzufangen, heimlich und eilig, denn die Anordnung laute auf dieses Sofort, und schon der Tonfall verrate, daß es kein Pardon gebe, das müsse alles tatsächlich sofort ausgeführt werden, und was bleibe Herrn Voigtel übrig, er versuche zu retten, was zu retten sei, und herauszuholen, was herauszuho- len sei, was nicht, lasse er dort vergraben, denn auf die alles überragende Bedeutung des Dombaus beriefe er sich ver- gebens, die Antwort wäre sowieso, daß eine alles überragende Bedeutung lediglich der Ruhm des großen deutschen Reiches besitze, Festungsgürtel, sagte mit einem bedeutungsvollen Nicken Hirschhardt immer wieder, und als er gewahr wurde, daß seine Gäste nun gänzlich verstummt waren, versuchte er sie mit der Abwägung der großartigen Chancen des nahenden Kriegs aufzuheitern, was jedoch nicht gelang, die vier starrten nur bestürzt vor sich hin, um dann weitere Fragen zu stellen, da sie besser verstehen wollten, was geschah, doch Hirschhardt konnte nur wiederholen, was er schon gesagt hatte, dann kehrte er zu seinen krakeelenden Infanteristen zurück, mit denen er in sichtlich vollständiger Glückseligkeit und entschieden erlöst von seiner düsteren Beständigkeit ausnahmsweise, denn das hatte er noch nie getan, einen großen Krug Bier trank, um bald auch in den donnernden Gesang einzustimmen, der im voraus den ruhmvollen Sieg über die garstigen Franzosen pries.

13 Sie legten das Geld auf den Rand der Theke und gingen, ohne daß Hirschhardt in der allgemein gehobenen Stimmung ihr Weggehen aufgefallen wäre – sie legten es unbemerkt hin und gingen still hinaus, wodurch sie, sagte Korim zu dem Frauenrücken, vermutlich schon genau wisse, was danach geschah, er brauche es eigentlich gar nicht zu erzählen, so deutlich sei es von hier an vorauszusehen, und mit seinen Worten klinge es ohnedies ganz anders, die Sätze, mit denen das Manuskript operiere, gut wiederzugeben sei unmöglich, zum Beispiel hier, an dieser Stelle, klinge es unbeschreiblich schön, wie es sich ausführlich mit dem letzten Abend befasse, *the last evening*, mit dem Rückweg den Rhein entlang, wie sie dann in ihrem Quartier auf dem Bettrand saßen und lange kein Wort zueinander sprachen, die ganze letzte Nacht, als sie auf das Morgenrot warteten, und wie schwerfällig doch noch ein Gespräch in Gang kam, natürlich über den Dom, von jenem südwestlichen Punkt aus betrachtet, den sie von diesem Tag an niemals mehr sehen würden, *nevermore*, aus südwestlicher Position, woher gesehen der Dom auch innen vollkommen wirke in seiner Bündigkeit, sie spra‚ chen über die Meisterhaftigkeit der Stützpfeiler, die Erstaun‚ lichkeiten der Mauerkonstruktion und die vibrierende Ver‚ zackung der Fassade, wodurch Schwere und Gewicht verschwänden, und natürlich sprachen sie wieder und wieder über die große Metaphysik, dieses unübertreffliche, meister‚ hafte Werk der menschlichen Phantasie, über die Ordnung des Himmels, der Erde und der Unterwelt, über die Erschaf‚ fung des unsichtbaren Bereiches, denn unnötig zu erwähnen, daß sie sich, als aus Hirschhardts Bericht eindeutig hervor‚ ging, was mit dem Räumungsbefehl für den Festungsgürtel beginnen würde, sofort entschlossen hatten, Köln, *dieses* Köln unverzüglich zu verlassen, Köln, wo der Geist eines außeror‚ dentlichen Bauvorhabens jetzt von der Kunst der Fußsolda‚ ten abgelöst werde, *the art of soldiers*, übersetzte Korim mit Hilfe des Wörterbuchs, und wissen Sie, setzte er hinzu, wie‚ der geht ein Kapitel zu Ende, ohne daß wir Klarheit gewin‚ nen über die vier, ohne daß wir wissen, worauf alles hinaus‚ läuft und was dieses Manuskript nun will, was wir von ihm halten sollen, denn derjenige, der es liest oder hört, hat neuer‚ lich nicht das Gefühl, er suche an der richtigen Stelle, wenn er diese vier in der Schwebe gehaltenen Figuren zu erklären ver‚ suche, denn er möchte natürlich verstehen, was das alles soll — so zumindest gehe es ihm, Korim, aber vorläufig sehe er nur das Bild vor sich, das er vorhin eingegeben habe, wie nämlich am Tag darauf die Morgenpostkutsche mit Kasser und den anderen drei auf den Sitzen in einer Staubwolke Köln hinter sich läßt, das Bild, das mit einem kraushaarigen jungen Die‚ ner endet, wie er auf dem Platz vor dem Dom erscheint, in der einen Hand den Klappstuhl tragend, die andere nachlässig in die Hosentasche vergraben, der Wind weht ein wenig und zupft ein wenig an den krausen Locken des Jünglings, als er genau vor der Westfassade den Stuhl absetzt, sich neben ihn stellt und wartet, aber nichts geschieht, er steht nur da, nun beide Hände in den Hosentaschen vergraben, niemand zeigt sich, es ist noch früh, der Stuhl ist leer.

V

1 Die Uhr ging auf Viertel drei am Morgen zu, und schon
von weitem war zu hören, daß er mächtig betrunken war,
denn kaum durch die Tür, brüllte er los, Mariiia!, und pol-
terte andauernd gegen die Wand, wieder und wieder das
Rums und das Aufrappeln und das Gefluche, je näher er
kam, desto klarer und unmißverständlicher, weshalb sie sich,
so gut es ging, unter der Bettdecke verkroch, bis Füße und
Hände und Kopf völlig verschwunden waren, sich verkroch
und zitterte, den Atem anhielt und sich an die Wand drängte,
damit möglichst viel Platz im Bett frei blieb und sie möglichst
wenig Platz in Anspruch nahm – aber wie betrunken er
wirklich war, konnte sie von hier aus nicht beurteilen, das
konnte sie erst, als er nach langen Mühen die Klinke fand, sie
niederdrückte und die Tür aufstieß, nun nämlich zeigte sich,
daß er an der Grenze zum Bewußtseinsverlust torkelte, weshalb er auch nach dem Aufstoßen der Zimmertür prompt auf
der Schwelle zusammenbrach, und völlige Stille trat ein, sie
mucksten sich nicht, weder er noch sie unter der Bettdecke,
vielmehr versuchte sie mit angespannten Muskeln möglichst
lange den Atem anzuhalten, doch ihr Herz machte vor Angst
solche Sätze, daß sie nicht sehr lange durchhalten konnte und
vor lauter Anstrengung, bloß kein Geräusch zu machen, unter der Decke tief aufseufzte, um dann minutenlang wieder
starr dazuliegen, aber es geschah nichts, sie hörte immer noch
nichts anderes als das, was in der völligen Stille aus dem Ra-

dio des Mieters unter ihnen heraufsickerte, nämlich den wummernden Baß in *The cold Love* von Three Jesus, nicht aber den Singsang und nicht den Synthesizer, nur, ausdau‚ ernd und unbestimmt, den Baß – und da machte sie, weil sie ja damit rechnen mußte, daß er sich bis zum Morgen nicht vom Fleck rühren würde, eine mutlose Bewegung, sie zog die Bettdecke ein wenig weg, um zu ihm hinzusehen, denn viel‚ leicht brauchte er Hilfe, doch da sprang er, völlig unerwartet und geradezu verblüffend gewandt, auf die Beine, als hätte er nur einen Spaß gemacht, und postierte sich, wenn auch schwankend, in der Tür, dann fixierte er mit einem halben Lächeln in den Mundwinkeln, das erschreckend wirken sollte, die Frau im Bett, bis sein Blick, wieder urplötzlich, todernst und hart wurde und die Augen wie zwei Klingen, und nun erschrak sie so sehr, daß sie nicht einmal wagte, sich die Bettdecke wieder über den Kopf zu ziehen, sie drängte sich nur zitternd weiter an die Wand, zitternd am ganzen Leib, Maria, schrie er erneut, das I sonderbar in die Länge ziehend, als ob er sie haßte oder verspottete, dann trat er ans Bett, warf die Bettdecke auf den Boden und riß ihr das Nacht‚ hemd vom Körper, sie vermochte nicht zu schreien, als der Stoff ratschte und sie auf einmal nackt dahockte, nicht zu schreien, nur zu gehorchen, als er sie heiser, fast flüsternd hieß, sich auf den Bauch zu legen, sich aufzuknien, höher den Arsch, dreckige Nutte, knurrte er und zog sein Glied hervor, da er aber ungarisch sprach, mußte sie erraten, was er wollte, und sie erriet es und hob den Hintern, und er drang mit schrecklicher Kraft in sie ein, so daß sie vor Schmerz die Au‚ gen schloß, aber wieder nicht schrie, obgleich er so stark ihren Hals preßte, daß sie unbedingt hätte schreien müssen, doch nur Tränen rollten ihr aus den Augen, sie hielt es aus, endlich ließ er ihren Hals los, weil er sie an den Schultern packen mußte, denn er merkte sogar, wenn er das nicht tat, würde sie unter seinen immer gröberen Stößen einfach nach vorn fallen, er packte sie also und zog sie immer verbitterter an seinen Schoß, aber zum Genuß war er nicht imstande, deshalb warf er sie, als er ermüdete, einfach zur Seite, hin aufs Bett, legte sich auf den Rücken, machte die Beine breit und bedeutete ihr, auf sein schlaffes Glied zeigend, was sie jetzt machen sollte, und da mußte sie es in den Mund nehmen, was ihm aber auch nicht half, also schlug er sie wütend ins Gesicht, du dreckige puertoricanische Schlampe, und sie stürzte unter dem Schlag zu Boden und blieb liegen, sie hatte nicht mehr die Kraft, aufzustehen und irgendwie weiterzumachen, und er verlor erneut das Bewußtsein, lag nur da und begann mit weitgeöffnetem Mund zu schnarchen, wodurch sich ein Schimmer von Hoffnung ergab für sie, wegzukriechen, sie kroch also weg, so weit wie möglich weg von ihm, zog ein Plaid über sich und bemühte sich, nicht in die Richtung des Bettes zu blicken, wo er in nahezu völliger Bewußtlosigkeit lag, sie wollte nicht die weitgeöffnete Höhle seines Mundes mit den Zähnen und der Zunge sehen, wollte nicht sehen, wie dieser Mund Luft holte und wie seitlich, wie langsam seitlich der Speichel herausrann.

2 Er sei Videokünstler und Dichter, sagte der Dolmetscher am Mittag darauf am Küchentisch zu Korim, und er wünschte sehr, daß Korim sich das ein für allemal merke, daß also ihn nur eins interessiere, ausschließlich die Kunst, für sie sei er vom Schicksal bestimmt, auf sie habe er sich sein Leben lang vorbereitet, zu ihr sei er geboren, deshalb befasse er sich mit ihr, beziehungsweise er werde sich wieder mit ihr befassen nach etlichen Jahren Zwangspause, es entstehe, sagte er, ein epochales Videowerk, global und grundlegend, über Zeit und Raum, über Stille und Wort und vor allen Dingen natürlich über die Gefühle, die Instinkte und die extremen

Emotionen, über das ewige Fundament des Menschen, das Verhältnis zwischen Mann und Frau, über die Natur und den Kosmos, ein unabwendbares und unanfechtbares Werk, Korim verstehe hoffentlich, was er meine, unabwendbar und unanfechtbar, über ihn werde man so reden, daß selbst ein winziges Pünktchen wie Korim stolz darauf sein werde, ihn gekannt zu haben, er könne später einmal erzählen, ja, mit dem habe ich in der Küche gesessen, ich habe wochenlang bei ihm gewohnt, er hat mir ein Dach über den Kopf gegeben, er hat sich meiner erbarmt, er hat mir geholfen, er hat mich unterstützt, und er hoffe sehr, daß Korim so über ihn sprechen werde, an ihm solle es nicht liegen, er garantiere den Erfolg schon jetzt, im voraus, anders kann es gar nicht mehr kommen, alles ist in Bewegung, binnen Tagen wird alles gelöst sein, Kamera, Schneidetisch, alles, und zwar, sagte der Dolmetscher, das folgende Wort besonders scharf betonend, *eigene* Kamera, *eigener* Schneidetisch und alles, er füllte die Gläser mit Bier, stieß sein Glas an das andere und leerte es bis auf den letzten Tropfen, ohne zu schlucken, indem er es einfach in die Kehle goß, seine Augen waren tot, sein Gesicht gedunsen, die Hände zitterten stark, als er sich eine Zigarette anzündete, fand die Flamme des Feuerzeugs sie erst nach mehreren Versuchen – und wenn er noch was wissen wolle, sagte er, sich über den Tisch beugend und ein strenges Gesicht schneidend, dann bitte, hierauf erhob er sich, torkelte aus der Küche und kehrte mit einem Aktenordner zurück, den er Korim vor die Nase legte, bitte, sagte er und neigte sich über ihn, hieraus könne er erahnen, er/ah/nen, worum es gehe, bitte, ermunterte er Korim und zeigte auf den Ordner, den ein Gummi zusammenhielt, machen Sie's auf, gucken Sie nach, und langsam, als habe er es mit einem rohen Ei zu tun, als könne eine schnelle Bewegung etwas zerbrechen, streifte Korim das Gummi ab, schlug den Ordner auf und begann gehorsam die erste Seite zu lesen, bitte, rief der Dolmetscher gereizt und schlug mit der Hand auf die Blätter, lesen Sie, lesen Sie ruhig, damit Sie endlich kapieren, mit wem Sie es hier zu tun haben und wer dieser József Sárváry ist, die Zeit, fuhr er aufbrau⸍ send fort, und der Raum, damit setzte er sich wieder, legte die Ellbogen auf den Tisch und legte den Kopf auf die Hände, in der einen Hand glimmte eine Zigarette, deren Rauch aufstieg und sich kräuselte, o ja, sagte nun kleinlaut Korim, er könne das gut verstehen, auch ihm gefalle sie sehr, eigentlich sei er ja täglich mit ihr verbunden, nämlich mit der Kunst, er, Herr Sárváry, wisse ja inzwischen, daß das Manuskript, mit dem er befaßt sei, allerhöchste Kunst darstelle, weshalb ihm solche schöpferischen Probleme wirklich nicht fremd seien, natür⸍ lich nur aus respektierlicher Distanz, ihn persönlich betreffe sie ja nicht, er bewundere sie lediglich und ordne sich ihr un⸍ ter, jetzt habe er ihr ja sein gesamtes Leben untergeordnet, ein Leben übrigens, das nichts wert sei, keinen bekotzten Pfiffer⸍ ling, knurrte, um ihn zu übertrumpfen, der Dolmetscher und drehte den Kopf auf den Armen zur anderen Seite, gleichzei⸍ tig aber, fuhr Korim lebhaft fort, sei die Kunst sein Ein und Alles, wie zum Beispiel das dritte Kapitel beginne, das sei schlicht und einfach atemberaubend, denken Sie nur, Herr Sárváry, jetzt sei er beim Eintippen da angekommen, Ent⸍ schuldigung, aber anders drücke er es nicht mehr aus, immer nur Eintippen, beim dritten Teil also, und er solle sich nur denken, das sei bereits das Bassano⸍Kapitel, und das Manu⸍ skript schildere Bassano, diese Schilderung und wie die vier weiterzögen nach Venedig, das sei unvergleichlich schön, wissen Sie, das Warten auf ein Gefährt, das sie mitnähme, und die langen Spaziergänge in diesem Bassano, die uner⸍ schöpflichen Gespräche darüber, was jeder von ihnen für am schönsten in der menschlichen Schöpfungsgeschichte halte, also ein außergewöhnliches Gefühl und damit die Entdek⸍

kung einer außergewöhnlichen Welt, also Kassers Gedankengang über die Liebe und Falkes Entgegnungen, das
Aufbauen und das Abstützen also, denn auf diese Art unterhielten sie sich auch diesmal, Kasser baue etwas auf, Falke
stütze es ab und führe es weiter, manchmal äußere auch Toot
sich und auch Bengazza, und hier, Herr Sárváry!, hier ist an
alledem am erstaunlichsten, wie lange ein sehr wesentliches
Element nicht erwähnt wird, daß nämlich einer von ihnen
verwundet ist, was das Manuskript bis zu diesem Aufbruch
völlig unerwähnt läßt, und auch danach teilt es nur die Tatsache mit, und auch nur einmal, als auf dem Hof der Bassa-
noer Mansio, wo Mastemann, aus Trento kommend, gerade
die Pferde wechselt, der Gastwirt eifrig dienernd vorträgt, vor
einer Woche seien vier Männer, Pilger wohl, auf der Reise
nach Venedig bei ihm abgestiegen, der eine sei verwundet,
und er wisse nicht, wohin und wem er die Angelegenheit zu
melden habe, denn ihm sei, fuhr er flüsternd fort, die gesamte
Kumpanei äußerst verdächtig, niemand wisse, woher sie kämen und was sie im Schilde führten, lediglich, daß ihr Reiseziel Venedig sei, aber sie benähmen sich so merkwürdig,
flüsterte der Gastwirt weiter, den lieben langen Tag säßen sie
nur versonnen da, und richtige Pilger seien sie bestimmt
nicht, denn erstens redeten sie andauernd von Weibern, und
zweitens täten sie das auf so gottlose und unverständliche
Weise, daß von diesem Gerede ein gewöhnlicher Sterblicher
nichts verstehe, außer daß es eben empörend sei, zudem sei
ihre Kleidung, meine er, eher eine Ver-Kleidung, kurz und
gut, er finde keinen Gefallen an ihren Physiognomien, überhaupt keinen, sagte der Gastwirt und zog sich auf Mastemanns Wink aus der Kutsche zurück, traute jedoch eine gute
Stunde später kaum seinen Augen, als dieser Edelmann, der
ihm aussah, als stammte er aus Trient, zum Abschied wie bei-
läufig sagte, er habe beschlossen, als Mittel gegen die Lange-

weile diese vier Männer mitzunehmen, falls es ihnen recht sei –
ausgewechselt waren die gerissenen Riemen, eingespannt die
frischen Pferde, gerichtet und festgezurrt die Bagage auf dem
Dach, so daß er sich beeilen mußte, dem Beschluß des Edel-
mannes nachzukommen und den vier die gute Nachricht zu
überbringen, und obgleich er nichts von alledem verstand,
war er deutlich erleichtert, sie endlich los zu werden, weshalb
er sich, als sie aus dem Tor rollten, die Richtung nach Padua
einschlagend, nicht länger mühte, etwas zu verstehen, er be-
kreuzigte sich, dann stand er, der Kutsche hinterhersehend,
noch lange vor der Mansio, bis der Staub sich legte.

3 Pietro Alvise Mastemann, stellte er sich vor, im Sitzen
den Kopf leicht neigend, um sich dann verlegen zurück-
zulehnen und ihnen Platz anzubieten, so daß sofort klar war,
daß sich hinter der nicht anzweifelbaren Großzügigkeit der
Einladung nicht Wohlwollen oder Hilfsbereitschaft oder ein
Geselligkeitsbedürfnis oder irgendwelche Neugier versteckte,
sondern bestenfalls die flüchtige Laune eines hoffärtigen Ge-
müts, was wiederum die Platzverteilung erschwerte, denn
wohin sollten sie sich setzen, wenn doch Mastemann fast allein schon eine Sitzbank völlig einnahm, und vier auf der
anderen, das ging nicht, sie versuchten es, so schmal sich drei
auch machten, der vierte hatte keinen Platz mehr, so daß sich
der vierte, Falke nämlich, nach einigem ratlosem Herumste-
hen in gekrümmter Haltung, unter vielen Entschuldigungen
zwar, jedoch überaus kühn auf Mastemanns Seite niederließ,
so gut es sich machen ließ, indem er nämlich die Decken vom
Sitz ein wenig wegschob, dann auch die Bücher, die Pro-
viantkörbe und die Itinerarien, um sich an die Außenwand
zu zwängen, während Mastemann sich nicht rührte, während
Mastemann, die Beine nachlässig übereinandergeschlagen
und bequem zurückgelehnt, prüfende Blicke aus dem Fenster

schickte, woraus sie nur auf eines schließen konnten, auf sein
ungeduldiges Warten, daß sie endlich ihre Plätze fänden und
er das Zeichen zur Abfahrt geben könne – so also verhielt es
sich in den ersten Minuten, und daran änderte sich nicht viel,
Mastemann gab dem Kutscher einen Wink, die Kutsche
setzte sich in Bewegung, und die vier blieben stumm, obgleich es ihnen schien, wenn überhaupt, dann sei jetzt die Zeit
gekommen, daß sie sich vorstellten, bloß wie zum Kuckuck
das anstellen?, Mastemann war sichtlich nicht auf Gespräche
erpicht, andererseits wurde es ihnen immer peinlicher, daß sie
noch nicht hinter sich gebracht hatten, was doch alle Höflich-
keit gebot, sie räusperten sich, gleich werden sie ihm sagen,
wer sie sind, woher und wohin, na schön, aber wie?, sie sahen
sich an, so daß sie nach dem langen anfänglichen Schweigen,
als sie den Mund nicht aufzumachen wagten, nur miteinander
flüsterten, so leise wie möglich, um Mastemann nicht zu stören, und einander sagten, gut sei es in Bassano gewesen, schön
die malerischen Höhen des Monte Grappa oben zu sehen und
unten die Franziskanerkirche mit dem alten Turm, durch die
Straßen zu schlendern, dem Rauschen der Brenta zu lauschen
und festzustellen, wie freundlich die Einwohner seien, wie
offenherzig, besonders der Gastwirt, Dank also dem Himmel
für Bassano, sagten sie, und großen Dank für diese Gelegenheit, die Reise fortzusetzen, wenngleich der Dank in diesem
letzteren Fall, verständigten sie sich mit Blicken, gewiß nicht
dem Himmel, sondern einzig und allein Herrn Mastemann
gelten mußte, und sie sahen ihn noch einmal an, aber vergeblich, denn ihr Wohltäter starrte unbeirrt in den Staub der
Straße nach Padua hinaus, und erst jetzt, an diesem Punkt ihres zurückhaltenden Geplauders, dachten sie an die Möglichkeit, daß Mastemann nicht nur nicht sprach, sondern auch
nicht wünschte, daß sie sprachen, daß er sich überhaupt
nichts von ihnen wünschte, daß sie ihn mißverstanden hatten,

als sie meinten, er gebe sich mit ihrer bloßen Anwesenheit zu‑
frieden, es genügt, ließ er sie mit seinem Schweigen wissen,
daß ihr hier seid, mehr ist nicht nötig, nötig war nur, daß sie
dort waren, wobei sie naturgemäß unschwer feststellen konn‑
ten, daß es Mastemann auch völlig gleichgültig war, was sie
beredeten, wenn sie überhaupt redeten, und eigentlich wurde
die Reise für sie dadurch ein wenig angenehmer, erkannten sie
doch gleich, daß sie dort anknüpfen konnten, wo sie in Bas‑
sano aufgehört hatten, nämlich bei der Liebe, tippte Korim,
bei dem, wozu die Welt durch die Liebe wird, sagte Kasser,
darüber sprachen sie, während die Kutsche geschwind dahin‑
rollte und von Bassano nichts mehr zu sehen war.

4 Korim saß in seinem Zimmer und wußte unverkennbar
nicht, was er tun, was er glauben und was er von all dem,
was seit dem Morgen in der Wohnung geschah, halten sollte,
unverkennbar, denn alle paar Minuten sprang er auf, um sich
nach kurzem Auf und Ab wieder hinzusetzen, aber gleich
sprang er von neuem auf und setzte sich von neuem, und das
schon ungefähr eine Stunde lang, doch es bedurfte kaum einer
Erklärung, warum, denn schon wie es anfing, hatte ihm einen
Schrecken eingejagt, gegen Viertel zehn hatte der Dolmetscher
die Tür zu ihm aufgerissen und ihn in die an ein Schlachtfeld
erinnernde Küche geschubst, wobei er sagte, angesichts ihrer
Freundschaft müßten sie unverzüglich ein heilkräftiges Bier zu‑
sammen trinken, woran sich ein für ihn lauter nebulöse Dro‑
hungen enthaltender Monolog anschloß, der, von vielen zu‑
sammenhanglosen Dingen abgesehen, hauptsächlich davon
handelte, daß mit dem gestrigen Tag angeblich irgend etwas zu
Ende gegangen, daß damit jetzt ein Kapitel endgültig abge‑
schlossen war, woraufhin natürlich Korim das Wort über‑
nahm, wollte er doch um keinen Preis erfahren, um was für
ein Kapitel es sich handelte, zudem war dem Dolmetscher an‑

zumerken, daß er jeden Augenblick den feindseligsten Ton anschlagen konnte, also redete und redete er, solange er konnte, bis der Dolmetscher vornüber auf den Tisch sank und sich vom Schlaf überwältigen ließ, da zog er sich in sein Zimmer zurück, kam aber auch dort nicht zur Ruhe, denn nun begann das Auf-dem-Bett-Hocken und das Hin-und-her-Wandern, der Kampf also gegen den Wunsch, zu lau-schen, ob der Dolmetscher noch in der Küche oder wieder in seinem Zimmer war, und das dauerte an, bis er nach einiger Zeit inmitten des Töpfeklapperns und des Geschreis, das aus der Küche zu ihm drang, laut sagte, genug, jetzt müsse er ar-beiten, an die Arbeit, sagte er, zurück zum Computer, den Faden wiederaufnehmen, und das tat er auch, er machte wei-ter, und zuletzt habe er sich, wie er tags darauf erzählte, so tief in die Arbeit versenken können, daß er, als er für diesen Tag aufhörte und sich mit an die Ohren gedrückten Händen auf das Bett legte, nur Kasser vor sich sah, Falke, Bengazza und Toot, und so schlief er ein inmitten des in der Küche wieder-holt aufkommenden Töpfeklapperns und Geschreis, er hatte nur die vier im Kopf, und ihnen hatte er es eigentlich auch zu verdanken, daß er, als er sich am nächsten Vormittag zur ge-wohnten Zeit in die Küche wagte, Zeuge einer hexenhaften Veränderung war, denn er fand alles so vor, als wäre am Tag zuvor nichts passiert, Zerbrochenes war aufgefegt, Ausgeflos-senes war weggewischt, in den Töpfen kochte es wieder, auf dem Küchenschrank tickte die Uhr, und die Geliebte des Dolmetschers stand auf ihrem Posten, mit dem Rücken zu ihm und regungslos, und weil alles darauf hindeutete, daß der Dolmetscher außer Haus war, wie es tagsüber meistens der Fall war, setzte er sich über sein Staunen hinweg, nahm gleichfalls seinen Platz am Küchentisch ein und legte los, als führe er da fort, wo er gestern aufgehört hatte, indem er be-richtete, er habe den ganzen Abend Kasser und die drei anderen vor sich gesehen, Falke, Bengazza und Toot, und auch beim Einschlafen habe er nur sie im Kopf gehabt, ihr, dem Fräulein, könne er sogar verraten, er habe sie nicht nur im Kopf, sondern auch im Herzen, denn als er beim Aufwachen über dies alles nachdachte, habe er feststellen müssen, daß nunmehr nur noch sie für ihn existierten, mit ihnen lebe er, mit ihnen bringe er seine Tage und Nächte zu, er könne ruhig sagen, er habe niemanden auf der Welt außer ihnen, allein sie, sagte er, die ihm somit und vielleicht auch, weil er ihre Ge‚ schichte zum letztenmal lese, sehr naheständen, und aus der Nähe auch sehe er zum Beispiel in diesem Augenblick, wie die Kutsche sie nach Venedig trage, wie solle er es beschrei‚ ben, sagte er nachdenklich, um sie der Reihe nach zu nehmen, da könne man mit dem Kasserschen Gesicht beginnen, dicke Brauen, dunkle, leuchtende Augen, spitzes Kinn und eine ganz hohe Stirn, oder Falke, schmal geschnittene Mandel‚ augen, mächtige Hakennase und dichtes, lockiges, schulter‚ langes Haar, dann Bengazza, sagte Korim, mit sehr schönen grüngelben, klaren Augen, fraulich zarter Nase und kräftigen Stirnfalten, schließlich Toot mit seinen kleinen, runden Au‚ gen, mit der platten Nase und mit den tiefen Rinnen kreuz und quer unter den Augen, um die Nase und am Kinn, wie eingemeißelt — das sehe er jetzt Tag für Tag aus nächster Nähe, das sehe er in jedem Augenblick, und an dieser Stelle könne er vielleicht gestehen, als ihm dies heute beim Aufwa‚ chen bewußt geworden sei, habe er unerwartet eine gewisse Furcht empfunden, wer weiß, zum wievielten Mal er das Ma‚ nuskript jetzt lese, aber allmählich komme ihm die Ahnung, warum sie auf der Flucht sind, wohin dieses merkwürdige Manuskript sie also führt und wieso sie weder Vergangenheit noch Zukunft haben oder was die Ursache des sie umgeben‚ den ständigen Zwielichts ist — er sehe sie an, sagte er zu dem Frauenrücken, sehe immer nur diese vier ihm so lieben, diese ungewöhnlichen Gesichter an, und zum erstenmal verhalte es sich so, daß er in Furcht sei und als ob er schon ahnen, als ob er wissen würde, worum es geht.

5 *Stände nur noch ein einziger Satz aus, dann könnte er in meinem Fall nur so lauten, bestes Fräulein, daß alles keinen Sinn hatte, alles überhaupt keinen Sinn,* sagte Korim am folgenden Tag nach einer der üblichen langen Schweigepausen, dann sah er nur aus dem Fenster auf die Brandmauern, die Dächer und die drohenden schwarzen Wolken am Himmel, schließlich setzte er noch hinzu, *aber es stehen ja noch viele Sätze aus, und jetzt kommt der Schnee.*

6 Schnee, bedeutete ihr Korim, Schnee, und er zeigte aus dem Fenster, denn draußen schwebten Flocken herab, aber er hatte das Wörterbuch nicht mitgebracht, er mußte es erst holen, um nachzusehen, wie das Wort auf englisch lautet, er ging also und sah nach, und sieh an, nun sagte er nicht mehr vergebens *snow, snow,* denn er erreichte nicht nur, daß sie den Kopf wandte, sondern auch, daß sie die Gasflamme unter ihren Töpfen kleiner stellte, die Holzlöffel abstrich und weg-legte, zu ihm trat, sich bückte und ebenfalls aus dem Fenster sah, sie sah hinaus und setzte sich auf den Stuhl an der ande-ren Seite des Tisches, und nun sahen sie gemeinsam zu, wie die Dächer da draußen langsam, Stück für Stück, weiß wur-den vom Schnee, gemeinsam, eigentlich zum erstenmal mit Korim auf der einen und ihr auf der anderen Seite, obzwar Korim in Bälde nicht mehr den Schneefall betrachtete, son-dern sie, diese Frau, deren Gesicht ihn aus der neuen Distanz geradezu überraschte, und zwar in solchem Maß, daß er eine Zeitlang nicht die Kraft fand wegzusehen, und das nicht nur wegen der neuesten Quetschung, die machte, daß sie kaum das linke Auge offenhalten konnte, sondern vor allem, weil

dieses Gesicht, und das sah er erst aus der Nähe, voll und voll war von den Spuren älterer Verletzungen, von nicht endgül⟨ tig verschwundenen Spuren von Schlägen, Abschürfungen an der Stirn und dem Kinn und unter dem Jochbein, das jagte ihm einen Schauder ein, und daß er sie betrachtete, machte ihn höchst verlegen, während er andererseits den Blick nicht von ihr wenden konnte, ihr Gesicht zog wie ein Magnet seinen Blick an, bis er schließlich versuchte, sich von ihm zu lösen, indem er aufstand, an den Ausguß trat, den Hahn aufdrehte und ein Glas Wasser trank, und das Glas Wasser half ihm, er konnte zurückkehren an den Tisch und sich niedersetzen auf den Stuhl, und jetzt machten ihm nicht mehr diese entstellenden Wunden zu schaffen, sondern erneut die Geschichte der Kutsche nach Venedig, er sah also nicht die Geliebte des Dolmetschers an, sondern hinaus in die im⟨ mer dichter fallenden Schneeflocken, und er sagte, hier wird jetzt Winter, und dort war noch Frühling, *spring in Veneto*, und der sei die bewunderungswürdigste Jahreszeit gewesen, die Sonne schien, aber nicht heiß, der Wind wehte, aber nicht sonderlich stark, der Himmel zeigte sich ruhig und in reinem Blau, und auf den umliegenden Bergen waren die Wälder be⟨ reits in Grün gehüllt, kurzum, die vier konnten sich kein bes⟨ seres Reisewetter wünschen, auch daß Mastemann schwieg, machte ihnen nichts aus, sie nahmen es hin, er wollte es so, und sie forschten nicht nach, warum, sie saßen nur da in ihrer Stillheit, die Kutsche wiegte sie durch die Wegrinnen, irgend⟨ wann fuhr Kasser fort in seinem Gedankengang über die reine, die ganz reine Liebe, *the clear love*, und zwar sei, setzte er hinzu, ihm nur an der ganz reinen Liebe gelegen, nicht je⟨ doch an der nicht ganz reinen, die ganz reine, von der er spre⟨ che, sei ja die tiefste und vielleicht einzig edle Form gewesen des Aufbegehrens, *the resistance*, denn nur in ihr sei der Mensch vollkommen und bedingungslos und ganz und gar frei geworden und damit naturgemäß ungeheuer gefährlich für seine Welt, ja, so ist es, fuhr nun Falke zustimmend fort, wenn wir so an die Liebe denken, dann war der verliebte Mensch der einzige gefährliche Mensch, er war es, der, als einziger der Liebe vollauf überdrüssig, unfähig wurde zu lügen und der am ehesten den empörenden Unterschied zwischen seiner von Natur aus reinen Liebe und der von Natur aus unreinen Ordnung der Welt nachempfand, denn, so meine er, nicht darum handelt es sich hier, daß die Liebe selbst die vollkommene Freiheit, *the perfect freedom*, war, sondern daß es in der, in dieser Liebe absolut unerträglich wurde, wenn der Mensch unfrei war, was letztlich, nur anders ausgedrückt, auf das gleiche hinauslaufe wie das von Kasser Gesagte, jedenfalls war, sagte Kasser, ihm ins Wort fallend, die Freiheit, die der Liebe entstammte, unter allen Menschenzuständen nach der Schöpfung der höchste, merkwürdig jedoch, sagte er, sei es, daß diese Freiheit allein und für immer dem einsamen Menschen gegeben sein solle, daß folglich die Liebe zu den am allerwenigsten auflösbaren Einsamkeitsfällen gehört habe und sich folglich niemals als Summe des aber und aber millionenfachen Liebens, des aber und aber millionenfachen Aufbegehrens, also der aber und aber millionenfachen Erfahrungen in bezug auf die Unerträglichkeit der entgegen dem Ideellen existierenden Welt habe ergeben können, weswegen diese Welt niemals ihre erste radikale Revolution erleben konnte, denn sie wäre gekommen, sie wäre gefolgt, eine radikale Revolution in der *eigentlich* immer entgegen den Idealen existierenden Welt, wie sie ja auch nicht kam und folgte und jetzt auch nie mehr folgen kann, sagte Kasser, allmählich die Stimme senkend, dann trat Stille ein, und lange sagte keiner etwas, so daß nur die Stimme des Kutschers vom Bock zu hören war, wie er an einer Steigung die Pferde antrieb, und hernach nur noch das Knarren der Räder der Kutsche, die sie eilends durch das Tal der Brenta trug, schon ein ganzes Stück hinter Bassano.

7 Tche, sagte die Geliebte des Dolmetschers, während sie aus dem Fenster zeigte und dem Schneefall sogar einen Augenblick zulächelte, dann verzog sie schmerzlich das Gesicht, griff sich an das verletzte Auge, stand auf und kehrte an den Herd zurück, um rasch in zwei Töpfen die Speisen umzurühren – und damit war der ganze Schneefall für sie erledigt, denn nun rührte sie sich vom Herd nicht mehr weg und drehte sich auch nicht mehr zum Fenster um, wie die Lage da draußen jetzt sei, ob es noch oder nicht mehr schneie, keine Wendung, kein Blick, der verraten hätte, daß sie etwas mit der Person zu tun hatte, die der Anblick von Schnee vorhin noch sichtlich mit Vergnügen erfüllt hatte, so daß Korim kaum etwas anderes tun konnte, als die Hoffnung, die ihm bisher recht deutlich ins Gesicht geschrieben stand, aufzugeben, daß er, jetzt im Frieden des Schneefalls, endlich eine Form finden würde, sein Mitgefühl auszudrücken, das heißt, auch er kehrte zu seinem früheren Selbst zurück und machte ebenso, wenn auch nicht ebendort weiter, denn inzwischen habe die Kutsche, sagte er, Cittadella erreicht und nach kurzer Rast die Fahrt in Richtung Padua fortgesetzt, anscheinend schlief Mastemann, und allmählich überwältigte der Schlaf auch Falke und Kasser, nur Bengazza und Toot unterhielten sich noch, von allen Möglichkeiten des Schutzes sei, sagten sie, das Wasser selbstverständlich die beste, und deshalb sei es eine Idee ohnegleichen, eine ganze Stadt auf Wasser zu bauen, nirgendwohin lieber, sagte Toot, er seinerseits habe sich nirgendwohin mehr gesehnt als an einen Ort mit so ausgeprägtem Schutzaspekt, *defense-viewpoint*, denn damit hatte es begonnen, mit der Frage nach der sichersten Lösung, aufgeworfen wurde sie bereits in Aquileia, entschieden zur Zeit der

langobardischen Eroberungen, bis unter der Herrschaft von Antenoreo der Gedanke weiter verfeinert und nach Mala-mocco und Chioggia, Caorle, Ièsolo und Heracliana endlich die richtige Lösung gefunden wurde, als nämlich wegen des Eindringens der Franken in den Lido 810 der Doge auf die Rialto-Inseln übersiedelte, was in der Tat eine absolut richtige Lösung war, und nur infolge dieser absolut richtigen Lösung entstand die Urbs Venetorum, und das, also die Entdeckung der Unangreifbarkeit auf Rialto sowie die auf den Frieden be-gründete Entscheidung, also der Handel, führten zu den heu-tigen Zuständen, dazu, daß neben der richtigen Entschei-dung auch der richtige Entscheidungsträger kommen mußte und kam – *was* er damit genau meine, ließ sich da vom Sitz gegenüber der demnach doch nicht schlafende Mastemann vernehmen, und es war eine so unerwartete und überra-schende Frage, daß auch Kasser und Falke hochschreckten, was gemeint sei?, fragte Toot verlegen zurück, gemeint sei, antwortete er höflich, daß sie schon immer der Ansicht wa-ren, einen wahren und echten Schutz biete menschlichen An-siedlungen ganz selbstverständlich das Wasser, weshalb es eine Idee ohnegleichen gewesen sei, eine ganze Stadt auf Was-ser zu bauen, nirgendwohin lieber, sagte leise Toot, er persön-lich habe sich nirgendwohin mehr gesehnt als an einen Ort, wo der sogenannte Schutzaspekt eine so ausgeprägte Rolle spiele, denn in Venedig habe es, Herr Mastemann wisse es sicherlich, tatsächlich so begonnen, mit der Frage nach der sichersten Lösung, sie habe sich schon in Aquileia gestellt, bei der Bedrohung durch die Hunnen, und entschieden wor-den sei sie zur Zeit der langobardischen Eroberungen, bis sich, Herr Mastemann, sagte Toot, unter der Herrschaft von Antenoreo der Gedanke weiter verfeinerte und nach Mala-mocco und Chioggia, Caorle, Ièsolo und Heracliana endlich die richtige Lösung gefunden wurde, als nämlich wegen des

Eindringens Pippins in den Lido 810 der Doge nachdenklich wurde und auf die Rialto-Inseln übersiedelte, weil das die absolute und zugleich absolut richtige Lösung war, und nur infolge dieser absolut richtigen Lösung entstand die Urbs Venetorum, und das, die Entdeckung der Unangreifbarkeit auf Rialto sowie die auf den Frieden begründete Entscheidung, also der Handel, führten zu den heutigen Zuständen, dazu, daß neben der richtigen Entscheidung auch der richtige Entscheidungsträger kommen mußte und kam – *wen* er damit genau meine, beharrte Mastemann und zog ungeduldig die Augenbrauen hoch, den, antwortete diesmal Bengazza, der nicht nur das Wesen der Republik verkörperte, sondern in seinem Testament auch darlegte, daß Venedig einzig und allein durch die Wahrung des Friedens, *the conservation of peace*, im Strahlen gehalten werden kann, auf keine andere Weise, das Testament des Dogen Mocenigo, setzte Toot hinzu und nickte, Tommaso Mocenigo, von dem sei hier die Rede, von dem berühmten Testament, diesem großartigen Dokument der Ablehnung des Florentiner Bundes und damit des Kriegs, von der ersten entschiedenen Konzeption des venezianischen Friedens und damit also vom Frieden allgemein, auch von Mocenigos Worten, die gleich die Runde machten in den Fürstentümern, so daß ein jeder von der Sache wissen konnte, und überraschend sei die Nachricht nicht gekommen, was zwei Wochen vorher im Palazzo Ducale geschah, und auch sie hätten sich deswegen auf die Reise begeben, völlig ratlos, wohin sie gehen sollten, hätten sie sich auf den Weg gemacht, und zwar unverzüglich auf die Nachricht von der Veröffentlichung des Testaments, von Mocenigos letzten Worten Ende März und vom ersten Abstimmungserfolg der Serenissima hin, da seien sie auf der Stelle losgegangen, denn sie hätten sich gesagt, wohin sonst könnten sie, die Verfolgten eines Kriegsalptraums, sich begeben, wenn nicht nach Mocenigos

Venedig, in die magische Stadt, die nach soviel Ungemach nunmehr allem Anschein nach selbst auch den vollkommen/sten Frieden suche.

8 Sie fuhren durch frisch duftende Kastanienhaine, so daß es für eine Weile still wurde in der Kutsche, und als ein Gespräch, *a conversation*, wieder in Gang kam, sprachen sie vom Schönen und Vernünftigen, von der Schönheit Venedigs und von der fundamentalen Rationalität, denn unter Maste/manns unverändert kühlem Schweigen, aber auch offenkun/diger Aufmerksamkeit ließ sich Kasser darüber aus, daß sich noch nie in der Geschichte des zivilisierten Menschen das Schöne und das Vernünftige so unvergleichlich getroffen hät/ten, und damit wolle er sagen, sagte er, daß das Fundament einer so unvergleichlichen Schönheit wie der Venedigs die reine, die überschaubare, die klare Rationalität sei, wiederum verkörpert durch Venedig, daß also im Gegensatz zu allen anderen bedeutenden Städten, wo die Schönheit durch wirre, dunkle Zufälle und demnach durch übertriebene Gedanken entstand, im Falle Venedigs die Schönheit eine Ausdünstung der Vernunft sei, aufgebaut, und zwar von den Fundamenten im wörtlichen Sinn an, auf die reinen, die überschaubaren, die klaren Entscheidungen, auf die richtigen Antworten auf überaus irdische Herausforderungen, sagte Kasser, den Freun/den zugewandt, sich aber bewußt, daß Mastemann wachsam war, sie sollten daran denken, wie es begann, so nämlich, daß die ständigen Angriffe, die ständige Gefahr, *the continuous dan/ger*, die angehenden Venezianer schlicht dazu zwangen, in die Lagunen überzusiedeln, ein unglaublicher, aber völlig richti/ger Entschluß, *dessen Richtigkeit sich stetig erhöhte*, wodurch eine Stadt entstand, die an jedem Punkt von erzwungener Ratio/nalität erbaut wurde, eine Stadt, sagte Falke, wie sie eigenwil/liger, traumhafter, magischer, *magic*, der Mensch noch nie er/

schaffen habe und die sich infolge der unglaublichen, der genialen Wahl als uneinnehmbar, unzerstörbar, von menschlicher Kraft nicht vernichtbar erwies – und als sehr schön, sagte Falke, leicht den Kopf hebend, da dieses unerklärliche Reich des Marmors und des Schimmels, des Pompösen und des Fadenscheinigen, des goldschimmernden Purpurs und des bleiernen Zwielichts auf dem Fundament der Rationalität zugleich völlig absurd und nutzlos sei, *absurd and useless*, ein unbegreiflicher, unüberbietbarer Luxus, eine auf Wunsch einer nicht nachvollziehbaren und nicht annäherbaren Phantasie jedermann mitreißenden, nicht von dieser Welt seienden Kühnheit, nichts als undurchsichtige Chiffriertheit, nichts als lastende Sinnlichkeit, kokette Flüchtigkeit, gefährliches Spiel, aber auch vollständiger Fundus der Todeserinnerung von der sanft wogenden Traurigkeit bis zur gellenden Angst – und weiter, sagte Korim, könne er jetzt nicht erzählen, er sei einfach außerstande, Sprache und Geist des Manuskriptes heraufzubeschwören, so daß man es ausnahmsweise einmal so machen könne, daß er es heraushole, um das Kapitel von hier an wörtlich vorzulesen, denn mit seinen eigenen Worten könne er es diesmal wahrhaftig nicht anschaulich wiedergeben, nicht nur, daß dazu sein ärmlicher Wortschatz und sein chaotischer Satzbau unzulänglich wären, nein, er würde damit das ganze regelrecht totschlagen, deshalb verzichte er und bitte sie, das Fräulein, lediglich, sich vorzustellen, wie es gewesen sein mag, als dieser Kasser und dieser Falke in dieser Kutsche zu Mastemann über das morgendliche Bacino S. Marco oder die nagelneue Fassade der Ca' d'Oro sprachen, denn so geschah es, und sie taten es mit einem Schwung, daß es den Anschein hatte, gleich fliege die Kutsche geradezu dahin zwischen den knospenden Bäumen des frisch duftenden Kastanienhains, nur Mastemann blieb von dem Schwung unberührt, nur Mastemann machte den Eindruck eines Men-

schen, den es nicht mehr interessierte, was er gefragt hatte, den
auch die Antwort nicht mehr interessierte, sondern nur noch,
wie die Kutsche schaukelnd über die Wege rollte und wie sie
den müden Reisenden auf dem samtenen Sitz wiegte.

9 Korim verbrachte die Nacht beinahe hellwach, bis zwei,
halb drei zog er sich gar nicht aus, vielmehr wanderte er
auf und ab zwischen der Tür und dem Tisch, dann entklei-
dete er sich doch und legte sich hin, aber er fand keinen
Schlaf, er drehte und wälzte sich, er deckte sich auf, weil ihm
warm war, dann deckte er sich zu, weil ihn fror, schließlich
lauschte er nur noch dem Summen des Heizkörpers und betrachtete bis zum Morgen nur noch die Risse in der Zimmer-
decke, so daß ihm deutlich anzusehen war, daß er die Nacht
über nicht geschlafen hatte, als er am Vormittag in die Küche
kam, das heißt, er war augenscheinlich ein anderer als sonst,
die Augen brannten ihm, das Haar stand wirr ab, das Hemd
hing aus der Hose, und überraschend setzte er sich nicht an
den Tisch, sondern trat, auf dem Weg ein- oder zweimal in-
nehaltend, zum Herd und blieb unmittelbar hinter der Frau
stehen, er habe es schon lange sagen wollen, begann er höchst
verlegen, er habe schon lange darüber sprechen wollen, nur sei
es irgendwie nie geglückt, aber jetzt auf jeden Fall, über ihn
selbst sei alles bekannt, er habe alles über sich erzählt, und es
sei auch für sie kein Geheimnis, was er hier in Amerika wolle,
was er mache und warum und was folgen werde, wenn er fertig sei, das alles habe er wiederholt vorgetragen, etwas aber
habe er noch nie zur Sprache gebracht, nämlich was sie beide
für ihn bedeuteten, insbesondere das Fräulein, für ihn persönlich, er wolle also nur sagen, daß für ihn die Bewohner dieses
Hauses und insbesondere sie, das Fräulein, die einzige Verbindung zum Leben darstellten, daß also sie und der Herr
Sárváry die beiden letzten Menschen in seinem Leben seien,

sie möge ihm nachsehen, daß er so abgehetzt, so ungereimt, so faselig darüber spreche, aber was solle er tun, es sei nun mal so, daß sie beide sehr wichtig für ihn seien und daß alles, was hier mit ihnen geschehe, sehr wichtig sei, und wenn sie, das Fräulein, eine Traurigkeit in sich verspüre, dann könne er, Korim, sie vollauf verstehen, und er bedaure sie sehr, und es schmerze ihn, wenn er hier jemanden traurig sehe, nur das, nur soviel habe er sagen wollen, fuhr er mit gedämpfter Stimme fort, dann blieb er noch eine Weile hinter ihr stehen, aber weil sie zuletzt gerade nur, für einen Augenblick, zu ihm sah und sehr leise mit dem ihr eigenen Akzent nur soviel sagte, *understand*, um gleich wieder den Kopf abzuwenden, trat er mit dem Gefühl, sie ertrage seine Nähe nicht länger, schnell weg vom Herd, setzte sich an den Tisch und kehrte sofort, als wollte er die zweifellos ausgelöste Verlegenheit vergessen machen, zum gewohnten Thema zurück, indem er berichtete, inzwischen habe sich die Kutsche Padua genähert, und bis die Stadtgrenze erreicht war, fielen nur Namen, verschiedene Namen und Vermutungen, wer wohl der neue Doge, wer gewählt werde, wer also nach Tommaso Mocenigos Tod in Venedig herrschen werde, Francesco Barbo?, fragten sie sich prüfend, Antonio Contarini?, Marino Cavallo?, vielleicht Pietro Loredan?, oder gar Mocenigos jüngerer Bruder Leonardo?, nicht undenkbar, meinte Toot, keiner wäre ausgeschlossen, meinte auch Bengazza, ja, nickte auch Falke, jeder komme in Betracht, nur eines sei ausgeschlossen, daß nämlich die Wahl auf einen gewissen Francesco Foscari fallen werde, den rasenden Befürworter des Mailänder Bundes und damit des Krieges, auf jeden, fuhr Kasser fort und sah Mastemann ins Gesicht, nur nicht auf ihn, den steinreichen Prokurator von San Marco, den einzigen, vor dem Tommaso Mocenigo in seiner denkwürdigen Ansprache die Republik und den Frieden bewahren wollte, was ihm auch gelang, denn das einundvierzig-

köpfige Wahlgremium bewies schon am ersten Tag die Kraft
der Mocenigoschen Worte und seine eigene Weisheit, da Foscari lediglich drei Stimmen erhielt, und offenbar sank diese
Zahl an den folgenden Tagen erst auf zwei, dann auf eine,
man wisse es nicht genau, warf nun Kasser ein, zu Mastemann sprechend, sie hätten keine neuen Nachrichten seit dem
Ergebnis der ersten Wahl, aber entweder Barbo oder Contarini, oder Cavallo, oder Loredan, oder Leonardo Mocenigo,
daran bestehe für sie kein Zweifel, nur Foscari nicht, er halte
es für sicher, daß der Nachfolger feststehe, jedoch nicht Francesco Foscari heiße, seit der ersten Wahl seien zwei Wochen
vergangen, und vielleicht erführen sie schon in Padua etwas —
das sagte Kasser, aber Mastemann schwieg auch dazu nur,
wenngleich sie sich nicht sicher sein konnten, daß er schwieg,
weil er schlief, denn seine Augen waren, wenn auch nur zum
Spalt, geöffnet, ja, sagte Korim, vielleicht schlief er nicht, jedoch saß er so da, daß keiner von ihnen den Mut hatte, ihm
das Gespräch aufzudrängen, weshalb bald wieder Stille eintrat, und die Grenze von Padua passierten sie, ohne daß einer
von ihnen diese Stille gestört hätte, das Tal draußen lag schon
eine geraume Zeit im Dunkeln, die Kutsche verschreckte ab
und an ein zögerndes Reh vom Weg, dann war das Stadttor
erreicht, die Wächter leuchteten mit ihren Fackeln in das Innere der Kutsche, erklärten dem Kutscher, wo er die gesuchte
Herberge finde, traten zurück und erlaubten ihnen mit solda-
tischem Gehabe die Weiterfahrt, also Padua, faßte Korim für
die Geliebte des Dolmetschers zusammen, späte Nacht, der
Hof der Herberge, herbeieilend der Wirt und die Bediensteten, kläffende Hunde und vor Müdigkeit taumelnde Pferde,
mit einem Wort, sagte Korim, die Ankunft kurz vor Mitternacht am 28. April 1423.

10 Die Herren hätten hoffentlich Verständnis, daß er sich so spät und so offen äußere, sagte Mastemanns Kutscher, als er sie, geweckt von einem Knecht, an einem Tisch der Herberge antraf, aber wenn seinen Herrn überhaupt etwas peinigen könne, dann sei es die Fahrt mit einer sechsspännigen Kutsche über die für ihn so schrecklichen venezianischen Straßen, dann habe sein Herr einfach das Gefühl, ihm platzten die Nieren und brächen die Knochen und berste der Kopf, und wegen der unzulänglichen Blutzirkulation gehe er beider Beine verlustig, für ihn sei das alles also eine schwere Heimsuchung, er sei außerstande zu reden, zu plaudern, zu existieren, und deshalb entschließe er sich selten zu einem Abenteuer wie diesem, das er auch jetzt nur auf sich genommen habe, weil ihn die Pflicht rief, sagte der Kutscher, der Nachricht, der guten Nachricht wegen, über den an diesem Morgen zu berichten er befohlen habe, es war nämlich so, sagte er und zog einen Bogen Papier aus dem Wams, als sie in der Nacht hier eintrafen, habe Herr Mastemann, wie sie vielleicht gehört hätten, nicht mit einem Bett empfangen werden wollen, sondern mit einem bequemen, gut mit Decken ausgekleideten und dem offenen Fenster zugewandten Lehnstuhl sowie einem Fußschemel, es tue ihm am wohlsten, wenn er wie gerädert und wenn im Bett an Lesen nicht zu denken sei, sich auf diese Weise auszuruhen, sein Wunsch sei erfüllt worden, die Mägde kleideten einen Lehnstuhl aus, in dem sich Herr Mastemann, nachdem er in sein Zimmer geführt worden war, sich ein wenig gesäubert und etwas zu sich genommen hatte, gleich niederließ, um nach dreistündigem Schlummer, also gegen vier Uhr, geweckt zu werden und ihn, den ausschließlich dank seiner schreib- und lesekundig gewordenen Kutscher, in sein Zimmer zu bestellen, wo er, gleichsam zum Sekretär befördert, eine Art Vermerk diktiert bekommen habe, eine Seite lang, den schriftlichen Kern einer

Botschaft, erklärte der Kutscher, welche er heute früh, also jetzt, lückenlos übergeben solle, und zwar so, daß er ihren Sinn, falls nötig, mit Fleiß erhelle und auf eventuelle Fragen geduldig antworte, woran auch ihm sehr liege, nämlich die Aufgabe, wie ihm geboten worden sei, zu erfüllen, er bitte sie also, sofern ein Ausdruck, ein Wort, ein Gedanke nicht gleich beim ersten Hören verständlich sei, ihn zu unterbre‑ chen und nachzufragen – soviel schickte der Kutscher einlei‑ tend voraus, während er ihnen schon, ganz allgemein nur, den Bogen Papier hinhielt, nach dem erst keiner langen wollte, bis er ihn ein wenig energischer in die Richtung Kassers bewegte, der ihn aber auch nicht nehmen mochte, wohl aber Bengazza, er ergriff ihn und begann den in schönster Kutscherschrift ge‑ schriebenen einseitigen Brief zu lesen und gab ihn, als er fertig war, an Falke weiter, der ihn gleichfalls las, und so ging der Brief im Kreis, bis er wieder zu Bengazza gelangte, so daß nun alle vier in nachdenkliches Schweigen versanken und nur äußerst stockend zu fragen begannen, aber sie fragten ver‑ gebens, und der Kutscher antwortete vergebens mit Fleiß und Geduld, über den eigentlichen Kern des Briefes verriet er nichts, falls, meinte Korim am Tag darauf zum Rücken der Frau am Herd, falls das Schreiben überhaupt noch als Brief, *letter*, zu bezeichnen gewesen sei, denn eigentlich bestand es aus dreizehn scheinbar unabhängigen Erklärungen unter‑ schiedlicher Länge, deren eine zum Beispiel FÜRCHTEN SIE SICH NICHT VOR FOSCARI lautete, was übrigens der Kutscher, als sie ihn fragten, wie das zu verstehen sei, so erklärte, daß Herr Mastemann ihm für diesen Abschnitt auf‑ getragen habe, nur richtig zu betonen, nämlich das FÜRCH‑ TEN SIE SICH zu betonen, und das habe er getan, soweit seine Erklärung, mehr war aus ihm nicht herauszubekommen, und ebenso erging es ihnen mit einer Zeile, die mit den Worten DAS MENSCHLICHE LEBEN IST DEM GEIST DES KRIEGES begann, denn hier stimmte der Kutscher überraschend ein Loblied auf den Krieg an, *the glorification of war*, die Männer würden durch große Taten geadelt, der Mann sehne sich nach Größe, und Voraussetzung der Größe sei nicht einfach die Fähigkeit zu einer großen Tat, sondern die große Tat selbst, die man allein in der Gefahr aufbauen, entfalten und verwirklichen könne, und zwar, erläuterte der Kutscher, offensichtlich aber nicht mit seinen eigenen Worten, auf dem Scheitelpunkt der Gefahr, wenn das Leben dauerhaft in Zweifel stehe, was aber der Krieg höchstselbst ist, Kasser starrte den Kutscher nur an, konsterniert und völlig ratlos, dann blickte er auf seine ebenso konsternierten und völlig ratlosen Gefährten, hierauf überflog er nochmals den Mastemannschen Brief, las wenigstens dreimal den dreizehnten Abschnitt, in dem stand DEM SIEG GEHÖRT DIE WAHRHEIT, und fragte, ob nach Herrn Mastemanns Wissen der Wahlrat in zehntägiger Abstimmung über die Person des neuen Dogen entschieden habe, und nur langsam wurde ihm klar, Schritt für Schritt, daß Cavallo zu alt und zu untüchtig, Barbo zu elend und eitel, Contarini zu gefährlich, da der Alleinherrschaft zu geneigt sei, daß Loredan an der Spitze der Flotte und nicht im Palazzo Ducale benötigt werde, kurzum, daß nur ein Kandidat wirklich in Betracht gekommen sei, einer, der zur Erhaltung seines Ruhmes Venedig brauche, der Sieger nämlich, der schließlich mit sechsundzwanzig Stimmen am zehnten Tag zum Dogen gewählt wurde, heiße natürlich Foscari, Foscari?, ist das sicher?, fragte Kasser, ja, nickte der Kutscher und deutete auf den Namen, der zuunterst auf dem Bogen stand, zweimal dick unterstrichen, Francesco Foscari, der ehrenwerte Prokurator von S. Marco, mit sechsundzwanzig gegen fünfzehn Stimmen.

11 Wenn er sage, erklärte Korim, die Enttäuschung war unbeschreiblich, dann benutze er nur eine gängige Redensart, die sie keinesfalls wörtlich nehmen solle, die Enttäuschung Kassers und seiner Kameraden beschreibe das Manuskript nämlich sehr einfühlsam, mit behutsamem Blick und in allen Einzelheiten, den ganzen Morgen, *all morning*, der auf das Gespräch mit dem Kutscher folgte und an dessen Ende sie begreifen mußten, daß sie aus dem Vermerk entnehmen sollten, daß sich Mastemann von hier an die Reise ohne sie vorstellte – und genau das sei das Wesentliche, behauptete Korim, diese Einfühlsamkeit, diese Behutsamkeit, diese Detailgenauigkeit, also daß das Manuskript an dieser Stelle *plötzlich außerordentlich gründlich werde*, wodurch sich die äußerst merkwürdige Situation ergebe, daß er jetzt, am Ende des dritten Kapitels, nicht erzählen müsse, was sich in der Paduaner Herberge nach dem Auftritt des so einmalig ausgebildeten und beauftragten Kutschers begab, sondern von der nicht alltäglichen Ausgestaltung der Beschreibung, *description*, zu berichten habe, darüber also nicht, daß Kasser und seine Freunde, nachdem sie begriffen hatten, die Weiterreise mit Mastemann ist ausgeschlossen, denn nach dem dreizehnten Abschnitt des Vermerks führte nach Venedig, wohin es sie zog, jetzt kein Weg mehr, nicht mit und nicht ohne Mastemann, vielmehr wurde von hier an alles, das kleinste Ereignis und das kleinste Moment, ungeheuer wichtig, er könne die Lage einfach so charakterisieren, versuchte Korim diese zu beleuchten, daß das Manuskript im Erzählen unerwartet innehält, um sich schaut und alle dort vorkommenden Personen, Dinge, Zustände, Verhältnisse und Umstände registriert, während es gleichzeitig die Grenze zwischen dem Wesentlichen und Unwesentlichen völlig durcheinanderbringt, also auflöst und aufhebt, denn es folgen zwar scheinbar wichtige Begebenheiten, daß zum Beispiel die vier noch lange mit dem Kutscher am Tisch saßen, bis dieser aufstand, sich verneigte und hinausging, um wenig später mit der Vorbereitung der Kutsche zu beginnen, die Bagage festzuzurren, die Riemen zu kontrollieren und die Achsen zu prüfen, doch dann kommen in womöglich noch entschiedenerer Detailliertheit die scheinbar unwichtigen Dinge, wie es sich beispielsweise mit dem Sonnenlicht verhielt, das in das Innere fiel, was es beleuchtete und was es im Schatten ließ, oder wie die Hunde bellten, wie sie aussahen, wie viele sie waren und wie sie verstummten, oder was die Bediensteten zwischen den oberen Zimmern und dem Keller taten und wie es um den vom Abend her in einem Krug zurückgebliebenen Wein stand, und dies alles, das Wichtige und das Unwichtige, *essential and inessential*, dicht nebeneinander, aufeinander sich türmend und auseinander erwachsend, wirkte, als bestände die Aufgabe nunmehr darin, einen Zustand zu beschreiben, zu dessen Beschreibung alles relevant ist – so ungefähr, sagte Korim, so etwa könne er die radikale Veränderung im Manuskript umschreiben, ohne daß, und er hob die Stimme, man sie bemerke, aber schon habe sich die Enttäuschung und Verbitterung der vier auf ihn übertragen, und in dieser Enttäuschung und Verbitterung beobachte er nun, was noch kommen werde, denn es werde noch etwas kommen, das Kapitel, das nach Venedig führt, entlasse seinen Leser nicht an dieser Stelle, sondern dann und dort, wo in der Treppenkehre plötzlich mit starrem, aschgrauem Gesicht, in langem, dunkelblauem Samtumhang und in glänzend schwarzen Stiefeln Mastemann erscheint, die Stufen herabsteigt, dem mit gesenktem Haupt dastehenden Herbergswirt ein paar Dukaten in die Hand fallen läßt und ohne einen Blick für die vier am Tisch aus dem Haus tritt, in die Kutsche steigt und an der kanalisierten Brenta entlang davonfährt, während sie am Tisch sitzen bleiben, bis der Wirt zu ihnen tritt, ein kleines weißes

Leinensäckchen darauf legt und sagt, der Herr aus Trento habe ihn beauftragt, nach seiner Abfahrt dies demjenigen der Herren auszuhändigen, der verletzt sei, und als sie den Inhalt des Säckchens prüften, zeigte sich, daß es feinstes Wundpuder enthielt, damit ende der dritte Teil, sagte Korim, stand auf und schickte sich an, in sein Zimmer zurückzukehren, mit dieser geheimnisvollen Geste Mastemanns, und natürlich damit, setzte er, schon an seiner Tür, hinzu, daß auch sie zahlten, sich von dem Wirt verabschiedeten und hinaus in das strahlende Morgenlicht traten.

12 Alles sei von gleichem Gewicht, und alles sei unaufschiebbar wichtig, sagte Korim zu ihr, als er am Mittag darauf in die Küche kam, und ohne zu verheimlichen, daß etwas mit ihm passiert und daß er ein wenig verzweifelt war, setzte er sich auch an diesem Tag nicht dorthin, wo er gewöhnlich saß, sondern er begann in der Küche auf und ab zu gehen, dann meinte er, entweder habe alles, was er denke und mache, seinen Sinn verloren, oder er stehe an der Schwelle zu einer entscheidenden Erkenntnis, nach diesen Worten lief er eilig in sein Zimmer zurück und kam tagelang nicht mehr zum Vorschein, weder in der Mittagszeit noch nachmittags gegen fünf, noch nachts, so daß am Abend des dritten Tags die Geliebte des Dolmetschers besorgt die Tür öffnete und ihn fragte, *everything all right?*, is all gutt?, denn noch nie war es vorgekommen, daß er eine so lange Zeit nicht einmal den Kopf herausstreckte, weshalb man durchaus an einen Unglücksfall denken konnte, aber Korim antwortete lediglich, ja, *it's all right*, erhob sich dann vom Bett, auf dem er angekleidet lag, lächelte ihr zu und setzte in einer für ihn gänzlich ungewohnten Gelöstheit hinzu, heute müsse er noch nachdenken, aber morgen, gegen elf Uhr, werde er wieder in die Küche kommen und ihr alles erzählen, morgen, und er

drängte sie sanft hinaus, sie solle ganz beruhigt sein, gegen elf Uhr, rief er ihr noch nach, bestimmt, und schon knackte das Schloß, die Tür war zu.

13 *O ja, alles ist von gleichem Gewicht, und alles ist unaufschiebbar wichtig,* sagte Korim am folgenden Tag Punkt elf Uhr, und da er sehr langsam gesprochen hatte, machte er nach diesen Worten eine lange Pause, an deren Ende er, als hätte er alles gesagt, was er sagen wollte, etliche Male bedeutungsvoll wiederholte, *es ist gleich, Fräulein, und unaufschiebbar.*

VI

Er kann sie hinausführen

1 Sie trugen als erstes den Schrank hinunter, den großen Kleiderschrank aus dem hinteren Zimmer, aber sehr lange blieb unklar, warum, wer sie geschickt hatte und was sie wollten, sie standen nur, ihre Mützen knautschend, an der Tür und brummelten etwas in einem absolut unverständ, lichen Englisch, während sie der Geliebten des Dolmetschers ein Papier mit der Unterschrift des Dolmetschers vorzeigten, dann drangen sie in die Wohnung ein und machten sich an die Arbeit, was eine ganze Weile freilich nichts anderes be, deutete, als daß sie durch die Räume schlurften, brummelnd und mit abschätzigen Blicken, und alles, was ihnen im Weg stand, ein Stückchen wegschoben, kurzum, was sie machten, war sichtlich eine Bestandsaufnahme, sie stellten eine Liste zusammen vom Kühlschrank bis zum Wischlappen, von der Deckenleuchte aus Papier bis zu den als Fenstervorhang be, nutzten Decken, sie fädelten die Dinge also sozusagen auf und ordneten sie nach einem bestimmten Gesichtspunkt, aber nach was für einem, darüber ließen sie sich, weil sie ihn ver, mutlich als bekannt voraussetzten, nicht aus, so daß schließ, lich, als sich die vier Männer – demonstrativer Blick auf die Uhr, devoter Blick auf die beiden anderen Anwesenden – in der Küche auf den Fußboden setzten und zu frühstücken be, gannen, weder die erschrocken und verwirrt im Hintergrund erstarrte Geliebte des Dolmetschers noch der von seinem Computer vertriebene und jetzt mit stumpfsinniger Miene

herumlungernde Korim gegen dieses Tun etwas einzuwen⸗
den wagten, sie verharrten in ihrem Zustand, sie verstört und
verwirrt, er stumpfsinnig herumlungernd, und keine Spur
vom Dolmetscher, der vielleicht hätte erklären können, was
hier los war, er zeigte sich nicht, weder an diesem noch am fol⸗
genden Tag, so daß sie, wenngleich sie sein Einverständnis
ahnten und zur Kenntnis nahmen, nicht die blasseste Vorstel⸗
lung hatten, warum die vier Männer nach Beendigung des
Frühstücks fortfuhren, sie beide hin und wieder in ihrer Mut⸗
tersprache anknurrend, alles Bewegliche aus allen Räumen
zu dem vor dem Haus wartenden Lastwagen zu tragen,
warum sie auch vom Gasherd und vom Küchentisch bis zum
Nähzeug und zum letzten rissigen Salzstreuer systematisch al⸗
les mitnahmen, wie sie auch nicht verstanden, was sie nach
dem Wegräumen der für die Nacht noch zurückgelassenen
Betten am folgenden Morgen hier noch sollten, denn die vier
erschienen neuerlich, sie klingelten und warfen ein gewaltiges
violettes Plastikband in die Ecke neben der Tür, knautschten
ihre Mützen in der Hand und sagten im Chor, *morning*, und
schon nahm der gestrige Alptraum seinen Fortgang, nun je⸗
doch umgekehrt, denn von dem wieder vor dem Haus par⸗
kenden Lastwagen hoben sie unzählbar viele Dinge, die sie
treppauf zu schleppen begannen, Holzkisten und Pappkar⸗
tons, darunter etliche sehr große und schwere, die sie mittels
über die Schultern gestreiften Riemen manchmal nur zu
zweit, manchmal gar nur zu viert zu bewegen vermochten, sie
schleppten stundenlang, und gegen Mittag füllten die Kisten
und Kartons die Räume bis in Kopfhöhe, so daß man sich
nicht setzen und nicht legen konnte, selbst das Umhergehen
war beschwerlich, weshalb sie zwei, die Geliebte des Dolmet⸗
schers und Korim, nur dastanden, nebeneinander, in einer
Ecke der Küche, und das absurde Chaos beobachteten, um
später, nachdem gegen vier Uhr die Transportarbeiter gegan⸗

gen waren und plötzlich Stille herrschte, langsam und vorsichtig mit dem Öffnen der Kisten und Kartons zu beginnen, hoffend, es werde sich eine Erklärung finden.

2 Sie fuhren über den West Side Elevated Highway, und alle vier wirkten sie fröhlich, das gestrige Catrafuse nämlich, das Abgestaubte, war für sie von unschätzbarem Wert, ein toller Fang, sagten sie, einander auf den Rücken klopfend, und immer wieder kam im Führerhaus Gelächter auf, bei diesem Ungarn das Zeug abzufassen und nicht, wie vorgesehen, zur Deponie, sondern am Abend ins eigene Quartier hinter Greenpoint zu karren, das war leichter gewesen, als sie dachten, der Ungar hätte das Catrafuse sowieso weggeschmissen, und Mister Manea, ihren Wohltäter, wie sie ihn nannten, interessiert derlei nicht, sagten sie einander aufmunternd, jetzt haben wir alles, sagten sie zufrieden, Bett, Schrank, Tisch, Stuhl, Herd und Kleinkram, alles, was man braucht, eine komplette Einrichtung, und keine x-beliebige, wirklich alles, von der Kaffeetasse bis zur Schuhbürste, und das für den einen Penny, den Vasile zum Abschied über seine Schulter geworfen hat, abergläubisch, wie er ist – von wegen auf die Mülldeponie!, hatten sie sich gestern gesagt, den Schrank etwa, dieses Bett, den Tisch und diese Stühle, den Herd und die Kaffeetassen und die Schuhbürste, das alles einfach wegschmeißen?, kommt nicht in Frage, entschieden sie, nehmen wir mit nach Hause, kein Aas wird merken, wo die Sachen geblieben sind, warum nicht nach Greenpoint verschwunden, in ein leerstehendes Gebäude mit Blick auf den Newton Creek, in eine leerstehende Wohnung, die ihre, die ihnen vor knapp zwei Wochen, gleich nach der Ankunft in der Neuen Welt, Mister Manea für siebenhundertfünfzig Dollar, also hundertachtundachtzig pro Nase, zusätzlich zur Arbeit angeboten hat, und gestern früh, sofort als sie das abzuholende

Zeug sahen, war klargewesen, was damit passieren würde, sie schleppten es die Treppen runter, schleppten es aber für sich selber, die Wohnungsinhaber waren Luft für sie, măi bozgo‑roaica curva imputita, sagten sie mit devotem Lächeln zu der Frau, dă‑te la o parte bozgor imputit, sagten sie mit schrägem Blick zu dem Mann, sie hätten gerne losgelacht, aber sie un‑terließen es, sie schleppten nur, lachten, das machten sie erst am Abend, als der Lastwagen vollgepackt nach Greenpoint fuhr, und jetzt, als sie die Aufregungen des Tages hinter sich hatten, ob sie geschnappt werden würden, aber nein, keiner fragte, keiner kontrollierte, keiner wollte wissen, wohin sie das Catrafuse brachten, niemand auf der Welt wollte es wissen, also fuhren sie glücklich über den West Side Elevated Highway und weiter durch den strudelnden Verkehr auf der Twelfth Avenue, kurz, jetzt erst ließen sie ihrem Gelächter freien Lauf, sie hockten im Fahrerhaus und lachten sich scheckig, dann hörten sie auf und sahen aus den Fenstern, be‑staunten mit glänzenden Augen und verwundert geöffne‑ten Mündern den Wirrwarr der Scheinwerfer draußen, die Hände im Schoß, drei Händepaare mit nicht gestreckten Fin‑gern, dreißig für alle Zeiten vom unermeßlichen Fassen und Tragen gekrümmte Finger, drei Händepaare im Schoß und eines, das von Vasile, das Lenkrad drehend, den Wagen len‑kend durch die Mitte der unbekannten, der furchteinflößen‑den, der hoffnungsstarren Stadt.

3 Sie sind weg, sagte Korim am Abend des ersten turbu‑lenten Tages in der leeren Wohnung, und er sah recht traurig aus, eher vielleicht gebrochen, niedergeschlagen, ver‑zagt, gleichzeitig aber auch außerordentlich angespannt, un‑ablässig massierte er sich den Nacken und kreiste mit dem Kopf, ging in sein Zimmer und kam schon wieder heraus, wieder hinein und wieder heraus, ein unruhiger Geist, raus

und rein, raus und rein, und wenn er in die Küche kam, warf er durch den Türspalt stets einen Blick in den hinteren Raum, und immer sah er durch den Spalt die Geliebte des Dolmetschers reglos auf dem Bett sitzen, dasitzen und warten, er warf einen kurzen Blick auf sie und trat zur Seite, schweigend, erst zu später Stunde raffte er sich auf, trat ein und setzte sich zu ihr, begann aber, damit sie sich nicht aufregte, nicht über das zu sprechen, worüber er ursprünglich hatte sprechen wollen, nämlich über seine Entdeckung in der Toilette neben der Wohnungstür, und auch nicht darüber, was sie machen könnten, wenn sie die Wohnung räumen müßten, denn er war fest davon überzeugt, daß hier nur noch eines fehlte, die Wohnungsräumung, nein, darüber habe er nicht zu ihr gesprochen, sagte er später zu jemandem, sondern, tatsächlich nur um sie zu beruhigen, darüber, daß er ja nun gleichzeitig drei große Kapitel noch vorstellen müsse, er ließe es gerne bleiben, er könnte darauf verzichten, aber das gehe nicht, denn dann werde nicht klar, *clear*, was zu erklären er ihr früher versprochen habe, er habe die drei großen Kapitel, *three chapters*, in den vergangenen Tagen nicht übergehen können, er habe nicht sagen können, so, alles ist *absolutely clear*, also pfeif ich drauf und gebe keine Zeile mehr ein, dabei hätte er es sehr wohl sagen können, denn tatsächlich sei alles *absolutely clear* geworden, jedoch sei ein Abschluß nötig, er dürfe nicht abbrechen, ein Archivar, *archivist*, macht nicht auf halber Strecke Schluß, bloß weil er das Rätsel plötzlich gelöst hat, *the rebus*, denn das sei geschehen, er habe das Rätsel plötzlich gelöst, zugegeben, trotz voller Kenntnis des Materials erst jetzt, aber eben gelöst, und das habe seine Pläne völlig umgekrempelt, das heißt, alles habe sich verändert, bevor er aber Näheres berichte über dieses Alles, sagte er, wolle er nur soviel sagen, Corstopitum, nur soviel, Gibraltar, und noch soviel, Rom, denn er müsse unbedingt dorthin zurückkehren, wo er aufgehört habe, denn nur im Fließen sei es, wie alles auf dieser Erde, zu verstehen, nur und ausschließlich das *Continuing Understanding*, sagte er, den für passend befundenen Ausdruck seinem Notizheft entnehmend, also zurück vor allem zum scheußlichen Wetter von Corstopitum, denn scheußlich war es wahrhaftig, dieses trostlose Reich des ewigen Nieselregens, ein Greuel, *enormity*, die unangreifbare Herrschaft des pausenlosen, bis zu den Knochen eindringenden, eisigen Windes, noch gräßlicher aber die übermenschliche Anstrengung des Manuskriptes, Corstopitum, dann Gibraltar und Rom zu zeichnen, von hier, vom vierten Kapitel an experimentiere es nämlich nicht mehr mit der bereits bekannten und unglaublich minutiösen Registrierung der ausgewählten Tatsachen und ihrer Umstände, sondern mit einer beispiellos intensiven Versenkung in die Tatsachen und ihre Umstände, was sie, das Fräulein, sich so vorstellen müsse, sagte er zu der Geliebten des Dolmetschers, die allerdings wieder nicht auf ihn achtete, sondern den Geräuschen im Treppenhaus draußen lauschte, während sie in einem schwarzweißen Werbeprospekt blätterte, daß zum Beispiel der Weg von Segedunum, also von der Mündung des Tyne westlich bis zur vierten Garnison und weiter die Straße bis Corstopitum, *road*, am Anfang des Kapitels *viermal* dicht hintereinander beschrieben werde, viermal *ein und dasselbe*, den ersten Satz manchmal nur um einen Nebensatz erweiternd, öfter noch nur um ein Attribut, ein Adverb, irgendwie so, als wolle er vier Atemzüge, *four breathes*, beschreiben mit alledem, was von dieser Reise durch Nebel und Regen in einen Atemzug überhaupt hineinpasse, vier also, und so viermal ein und dasselbe über die Etappenstraße entlang des Göttlichen Vallums, viermal, wie sie die Pferde wechselten bei Condercum, welchen Eindruck Kasser und seine Begleiter von den Bastionen des Walls, den Befestigungen und den dazwischenliegen-

den Garnisonen hatten und wie sie sechs Meilen vor Vindo⁄
vala festgehalten wurden und nur das energische Auftreten
des Befehlshabers der sie begleitenden Turma und die Strek⁄
kengenehmigung des Praefectus Fabrum den Centurio der
Festung dazu bewegen konnten, sie Richtung Vindovala wei⁄
terziehen zu lassen, das gleiche könne er aber auch vom Gi⁄
braltar⁄Kapitel sagen, wo sich die Beschreibung nur einer an⁄
deren und speziellen Form der Wiederholung bediene, indem
sie wieder und wieder zu einem unglaublich scharf gezeichne⁄
ten Bild, *a picture*, zurückkehre und dem Leser, indem sie die⁄
ses Bild ständig am Leben halte, alles geradezu ins Gehirn
brenne, zum Beispiel, wie im fünften Teil festgehalten sei, was
Kasser und seine Kameraden zu sehen bekamen, als sie,
Calpe vom Festland her erreichend, nach der Ankunft und
Unterbringung in einer ausgedehnten, gasthofähnlichen An⁄
lage, einer Albergueria, ins Erdgeschoß hinabstiegen, um
Geld zu wechseln, aus dem Fenster zum erstenmal die
gespenstische Versammlung der Galeonen, Fregatten und
Korvetten, der Naviguelas, Karavellen und Hulks unter den
schweren Nebelbänken erblickten, Schiffe aus Venedig, Ge⁄
nua und Kastilien, bretonische, algerische und florentinische,
aus der Biskaya, aus Pisa, aus Lissabon und wer weiß woher,
deren unirdische Starrheit und Reglosigkeit auf den ersten
Blick verrieten, was hier, wenn sie eintritt, die *calma chicha* be⁄
deutet, hier, sagte Korim, zwischen den gefährlichen grauen,
todbringenden Felsen von Gibraltar – nun, dem also sehe sich
das Hirn des Lesers gegenüber, solchen und ähnlichen Bil⁄
dern mit zunehmend tieferen Konturen, wie er sich auch da⁄
mit abfinden mußte, daß beim Eingeben des vierten und dann
des fünften Kapitels mit schwindelerregender Geschwindig⁄
keit das Verständnis abzustürzen begann, um die Sache so
auszudrücken, sagte Korim, hinab, einem letzten Gelände des
Verständnisses entgegen.

4 Er brauchte ungefähr zehn Minuten, um den kleinen Raum morgens mit seiner Atemluft zu erwärmen, er schob den Riegel vor, knöpfte die Hose auf, setzte sich und hauchte dann nur, hauchte, bis er langsam wahrnahm, daß es ein bißchen wärmer wurde, meistens war es fünf, Viertel sechs, wenn er seinen Platz einnahm, dann konnte er sicher sein, nicht gestört zu werden, für den Dolmetscher und seine Geliebte wäre es zu früh gewesen, also konnte er beruhigt sein, und er war es auch, was das betraf, so berichtete er eine ganze Zeit später eines Abends, sei allein er ruhig gewesen, er habe diese halbe Stunde in der Frühe gebraucht, die Sicherheit und Ruhe auf der Außentoilette, denn soviel Zeit etwa habe er dort gesessen und gewartet, daß es losgeht, deshalb habe er auch Zeit gehabt, zu gaffen und zu gucken, was er auch getan habe, gegafft und geguckt, sogar Gedanken seien ihm gekom-men, nur vom verschlafenen Gaffen und Gucken, bei wel-chem sich einem alles *sehr* einpräge, was man vor sich sehe – er habe, wie man so sagt, sagte er, jeden Riß im Putz, an der Tür oder im Betonfußboden gekannt, so daß es kein Wunder war, daß er eines Morgens oben an der bis zur Decke hoch geka-chelten Wand bemerkte, daß mit der einen Kachel etwas nicht stimmte, daß da etwas nicht so war wie gestern oder vor-gestern, er bemerkte es nicht sofort, denn solange er mit her-untergelassenen Hosen saß, die Ellbogen auf die Knie ge-stützt, sah er nicht nach oben, sondern nach unten und nach vorn, auf den Riegel, erst als er fertig war und die Hose hoch-zog, sah er zufällig in diese Richtung, und da fiel ihm oben diese Veränderung auf, um die Kachel herum hatte jemand den Fugenmörtel entfernt, die Abdichtung fehlte dort so offenkundig, daß es ihm sofort ins Auge sprang, er klappte den Klodeckel herunter, stieg darauf und klopfte an die Ka-chel, er hörte, daß es dort hohl war, daraufhin drückte er eine Kachelecke nach hinten, so daß er die ganze Kachel heraus-

nehmen konnte, und tatsächlich war hinter ihr ein Hohlraum, eine richtige Vertiefung, die vollgestopft war mit Pla-
stikbeutelchen, ojojoj, machte Korim, *wie Mehl*, aber er prüfte
nicht nach, er machte nichts auf, denn er war ein wenig erschrocken, er dachte sich sofort, hier ist *das* drin, obgleich er,
offen gesagt, sagte er später, nicht genau gewußt habe, was
dieses *das* ist, er habe es nur ungefähr gewußt, irgendwoher,
aber die Sache sei eindeutig gewesen, und wer das Zeug dort
versteckt haben könnte, darüber habe er sich nicht den Kopf
zerbrochen, da sei jeder in Frage gekommen, höchstwahrscheinlich aber jemand aus den Wohnungen unter ihnen, so
daß er die Kachel wieder einsetzte, seine Hose zuknöpfte, die
Spülung betätigte und rasch in die Wohnung zurückkehrte.

5 *Zwischen den nahen Dingen besteht ein starker Zusammenhang,*
zwischen den fernen Dingen ein schwacher, zwischen den sehr
fernen gar keiner, und das ist Gott, sagte Korim nach langem Grübeln, und weil er plötzlich nicht mehr wußte, ob er es laut gesagt hatte oder aber nur innerlich, räusperte er sich ein paarmal, sagte dann, statt zu seinem unterbrochenen Bericht
zurückzukehren, eine ganze Weile gar nichts und lauschte nur
dem Rascheln des Papiers, während die Geliebte des Dolmetschers in ihrem Werbeprospekt blätterte.

6 Am schlechtesten habe Kasser die Kälte vertragen, sagte
er später in die Stille hinein, schon beim Aufbruch, als
sie aus dem riesigen Deceres stiegen und am Ufer des Tyne
ihre Pferde bekamen, um im Schutz der ihnen zur Seite gestellten Turma an der Innenseite des Walls loszureiten, fror er
so, daß er beim Erreichen der ersten Garnison, *garrison*, vom
Pferd gehoben werden mußte, so steif war er, er sagte, er habe
kein Glied mehr, das seinem Willen gehorche, also wurde er
in die Festung gebracht, *fort*, und ans Feuer, *fire*, gesetzt, wo

ihm zwei Calos den Rücken, die Arme und die Beine rieben, bis sie den Ritt fortsetzen konnten, und das wiederholte sich in Condercum, und so ging es weiter, bis Corstopitum erreicht war, denn das war ihr Reiseziel, und das war der Anfang, von hier aus hatten sie im Auftrag des Praetorius Fabrum und mit der Pflicht, diesem Bericht zu erstatten, den Zustand des Walls zu begutachten, des Unsterblichen Werkes des Göttlichen Kaisers, freilich erst nach einigen Tagen des Ausruhens, nötig vor allem, damit Kasser sich im wohltuenden Dampf, *vapour*, britannischer Heilkräuter auskurieren konnte, was auch nach der Ankunft der vier in Calpe wünschenswert gewesen wäre, da wieder er es war, der im folgenden Teil nach der Abreise aus Lissabon am stärksten unter den Unbilden der Reise litt – und überhaupt sei Kasser, fuhr Korim fort, der einzige von den vieren, der in der zweiten Hälfte des Manuskriptes eine sanfte, jedoch eindeutige Veränderung durchmache, *mutation*, seine Empfindlichkeit oder Überempfindlichkeit, seine Verletzbarkeit oder Verletzlichkeit werde immer deutlicher, und sie werde noch hervorgehoben durch die stetig zunehmende Aufmerksamkeit der anderen für ihn, mal fällt es Bengazza, mal Toot ein, sich in der unter dem Schutz des Herzogs von Medina dahinrollenden Kutsche bei ihm zu erkundigen, ob alles in Ordnung sei, dann wieder, zum Beispiel in der Albergueria, versucht Falke heimlich, einen Doktor ausfindig zu machen, und er findet auch einen »zur gegebenenfalls erforderlichen Abwendung spezieller Krankheiten, die dem Señor Casser auflauern«, kurz, vom vierten Kapitel an sei es so, daß die anderen immer um eine Nuance, *nuance*, mehr auf Kasser achten als aufeinander oder auf sich selbst, und diese Aufmerksamkeit und Beachtung wirft bereits einen beunruhigenden Schatten auf die ersten Stunden nach ihrer Ankunft, etwa, wenn sie im Gedränge der Albergueria an einem Tisch Platz nehmen und verstohlen beobachten, ob Kasser aufißt, was die Wirtin ihm vorsetzt, oder später, nach der Abendmahlzeit, als sie gerne herausfänden, ob er von dem lauten Palaver rundum etwas mitbekommt, denn alle reden in ihrer Sprache über die un‐ heildrohende Situation, die sich in der Bucht ergeben hat, alle äußern sich über ein anderes alptraumhaftes Detail des Bildes: das langsame Schaukeln der reglosen Schiffe im Ne‐ bel ... die hoffnungslose Leere der tödlichen Windstille ... oder die festliegenden Schatten der an die Küste bei Gibral‐ tar, also in nächste Nähe, getriebenen Karacken aus Genua und Handelsgaleeren aus Venedig, wenn das Knarren der Mastbäume in den Halterungen wie unterdrücktes Wehkla‐ gen die lastende Stille unterbricht.

7 Nach dem Mandat des Praetorius Fabrum, das einem Be‐ fehl gleichkam, sollten sie den Zustand des Ruhmreichen Bauwerks prüfen, sich eine Meinung über den Wert der ver‐ richteten Arbeiten bilden und den entscheidungspflichtigen Ingeniarius‐Stab in Eburacum, wo die VI. Legio Victrix sta‐ tioniert war, fachmännisch über die besondere und allge‐ meine Tuitio, das ist Instandhaltung, sowie über die mensch‐ lichen und dinglichen Erfordernisse beziehungsweise den zeitlichen und räumlichen Rahmen dieser Instandhaltung be‐ raten, in Wirklichkeit jedoch, erzählte Korim der Geliebten des Dolmetschers auf dem Bett, seien sie wohl eher geschickt und gerufen worden, damit sie dieses beispiellose Werk be‐ wunderten, damit sie sich hingerissen und bewundernd dar‐ über ausließen und damit ihre Hingerissenheit und Bewun‐ derung seine Schöpfer bestärke, vor allem den derzeitigen Legatus von Britannia Romana, Aulus Platorius Nepos im fernen Londonium, dahingehend nämlich, daß hier das Bei‐ spielloseste, das Rühmlichste und das Unsterblichste entstan‐ den sei – schon dem Stil, dem feierlichen Ton des Mandats

war zu entnehmen gewesen, daß man dies von ihnen erwartete, und sie hätten sich auch nicht eingelassen auf die aufreibende Fahrt zu Lande und die noch aufreibendere Seereise, wenn sie sich nicht sicher gewesen wären, daß der gigantische Entwurf der Göttlichsten Hoheit, *the Project*, diese Bewunderung und Hingerissenheit auch weitgehend verdiente – sie wurden nicht enttäuscht, der Hadrianswall, wie das Bauwerk in der Sprache der einfachen Legionäre hieß, faszinierte sie tatsächlich, er war mehr und anders, als die ihm vorauseilenden Nachrichten und Gerüchte sie hatten erwarten und ahnen lassen, in seiner physischen Wirklichkeit, also wie er sich viele Meilen weit über die kahlen Höhen der kaledonischen Berge schlängelte, um bei Ituna Aestuarium den westlichen Endpunkt zu erreichen, zog er den Betrachter in seinen Bann, auch sie vier, die sie, nachdem sie sich von den Mühen der Reise ausgeruht hatten (Kasser übrigens unter Schichten auserwählter Bären-, Fuchs-, Hirsch- und Schaffelle), wochenlang dem Verlauf des Walls folgten, ja, sagte Korim, bei der Visitation zeigten sie sich interessiert, wenn auch nicht sachkundig, und zwar unabhängig vom zutiefst offiziellen Rahmen ihrer Mission, wie sie auch nicht mehr als interessierte Beobachter in der am Wasser gelegenen Albergueria unterhalb des Calpe in Gibraltar waren, wo sie als Abgesandte des kartographischen Beirats König Johann II. von Portugal Quartier nahmen, tatsächlich sich aber auf die Betrachtung der Meeresbucht von den oberen Zimmern aus einrichteten, in welcher sich, um einen Ausdruck Falkes zu verwenden, die Grenze der Welt, *border of the world*, zeigte, der Welt und mit ihr, so Toot, der Gewißheit, der beweisbaren Aussagen, des Hellen und Geordneten, zusammenfassend also die Grenze der Wirklichkeit zum Ungewissen, zur Verlockungskraft noch nicht beweisbarer Aussagen, zum unlöschbaren Durst nach Dunkelheit, zum undurchsichtigen Zwielicht, zum Unglaublichen und zur Chance des Unmöglichen, mit einem Wort, zu dem, was hinter dem Seienden liegt, hier hat die Menschenwelt ihr Ende gezogen, sagte Bengazza, sich ihm anschließend, am zweiten Abend, hinter dem, so sagt man, nichts ist, *nichts sein kann*, wie man sagt, fuhr er mit erhobener Stimme fort, und indem er die Stimme erhob, verriet er zum erstenmal das tiefste Ziel, *the aim*, warum sie gekommen waren, oder besser, wieso sie sich hierher verirrt hatten, nämlich um hier auf die Große Nachricht zu warten, wie Kasser es ursprünglich, noch in Lissabon, ausgedrückt hatte, und sie, das Fräulein, sagte Korim, müsse dazu wissen, daß hier, im fünften Kapitel, die gesamte christliche Welt, besonders die Königreiche von Isabella und Ferdinand und von Johann II., in einer ganz beispiellosen Erregung loderte, auch Kasser, Bengazza, Falke und Toot, die als Mitglieder der Mathematischen Junta am Lissaboner Hof sowie als persönliche Subordinierte und aufrichtige Gefolgsmänner des respektablen Don Enrique de Guzman, Herzogs von Medina-Sidonia, gleichfalls der Meinung waren, die von Johann verworfene, aber von Isabella unterstützte tollkühne Expedition sei viel, sehr viel mehr als eine solche und besitze eine viel, sehr viel größere Bedeutung, als man im Falle eines bloßen Abenteuers vermeine, denn sofern, hatte Toot auf der Herreise geäußert, das verrückte Unternehmen des Señor Colombo von Erfolg gekrönt werden würde, sei es um Gibraltar geschehen, und mit Gibraltar um die Welt, und mit der Welt um das Begrenzte, und mit dem Begrenzten um alles Bisherige, verlorengehe, äußerte Toot, das verborgene Schicksal in den Begriffen, seinen Sinn verliere der vorherbestimmte Unterschied zwischen dem Daseienden und dem Nichtdaseienden, es verschwinde, sagte er, das Unbenennbare und so die richtige, obgleich unmeßbare Relation zwischen den göttlichen und den irdischen Dingen, auf daß dies alles das Endgültige gegen die gefährliche Euphorie des Entdeckens, das Unmögliche gegen die strahlende Provinz forschender Aufmerksamkeit, gegen den Respekt vor der aus dem Irrtum erwachenden und aus dem Irrtum erwachten Persönlichkeit eintausche, damit also statt des Fiebers des Schicksals der Rausch der Nüchternheit komme, *instead of fever the intoxication of sobriety*, ja, sagte Kasser, das Wort an sich ziehend, so sei der Ort also außerordentlich bedeutsam, Gibraltar, und er blickte nachdenklich aus dem Fenster, das Calpe und der Felsen des Abila, sagte er leise, das Tor des Herakles, und er flüsterte fast, das auf das Nichts schaut, kann jetzt unvermittelt auf das Etwas schauen – damit verstummte er, und es verstummten an diesem zweiten Abend auch die anderen, sie saßen nur da und starrten schweigend vor sich hin, langsam legte sich ein Schatten auf ihre Gesichter, als dächten sie an die in die Meeresbucht gedrängten Gefangenen der Windstille, der gefürchteten *calma chicha*, an die Bucht da unten, den Nebel und das Wehklagen, das von den Masten der Schiffe leise zu ihnen drang.

8 Die beiden Kapitel, sagte Korim, die stetige Hervorhebung der Gestalt Kassers, der übertriebene und maßlose Gebrauch von Mitteln der Wiederholung und Vertiefung hier im vierten und fünften Teil, das hätte schon beim ersten Lesen den Weg weisen können zur eigentlichen Absicht des Verfassers und damit zur eigentlichen Aussage des Manuskriptes, doch sein dummer, unvorbereiteter, kranker Kopf habe bis in die letzten Tage hinein nichts, rein gar nichts davon bemerkt, der unerklärliche, nebulöse Ursprung des Textes, seine poetische Ausstrahlung beziehungsweise die Tatsache, daß es den bei solchen Literaturen angewandten Traditionen auf das entschiedenste den Rücken kehrt, habe ihn taub und blind gemacht, ja geradezu vernichtet, als wäre aus unmittelbarer Nähe mit einem Geschütz, *cannon*, auf ihn

geschossen worden, dabei habe er doch, fuhr er kopfschüttelnd fort, immerfort die Erklärung vor der Nase gehabt, er
hätte sie sehen müssen und sah sie auch, bewunderte sie sogar,
nur verstand er nicht, was er sah und bewunderte, daß sich
nämlich das Manuskript nur für eines interessiert: *die bis zum
Wahnsinn umschriebene Wirklichkeit*, die mit wahnsinniger Detailliertheit und manischen Wiederholungen geschilderte Situation in die Phantasie *einzuritzen*, und das meine er wörtlich, sagte Korim, so, als schreibe der Verfasser nicht mit der
Feder und den Wörtern, sondern als grabe er etwas mit den
Nägeln seiner Finger in das Papier und in die Phantasie, zahl-
lose Details und Wiederholungen und Vertiefungen er-
schwerten das Lesen, während sich das Detaillierte und Wiederholte und Vertiefte für alle Zeiten ins Hirn einbrenne,
brain, an diesen Stellen benutze er stets dieselben, nein, die
gleichen Sätze, stets mit den feinsten Mitteln der Abänderung
und Ergänzung, der Erweiterung und der Zurücknahme, der
Vereinfachung und der Verdunklung operierend, doch merk-
würdigerweise, fuhr Korim sinnend fort, ärgerten oder reizten
oder verstimmten diese Wiederholungen und so weiter und so
fort den Leser nicht, sondern sie böten ihm, und er sah sinnend zur Decke, einen Unterschlupf, ein Versteck in der be-
schworenen Welt, nun, darüber später, unterbrach er sich,
jetzt weiter damit, daß sie tatsächlich mit der Inspektion begannen, von Onnum bis Maia und zurück, und wer beim
Rasten oder abends in den improvisierten Quartieren nicht
bei ihnen war, der sah zwischen Onnum und Maia ebenso
wie zwischen Maia und Onnum lediglich dies: die drei *decurio*
vorn, die vier Reiter hinter ihnen, hinter den vier Reitern auf
stark gepanzerten Pferden die zweiunddreißig Soldaten der
Turma, aber nein, sagte Korim und schüttelte den Kopf, alles
war ein einziges, stetiges Vorwärts entlang der Schlängellinie
des gigantischen Walls, und es war ein einziges, nicht enden

wollendes Sprechen, *talking*, nach Einbruch der Dunkelheit, wenn sie sich in den beheizten Zufluchten der Festungen Aesica, Magnis oder Luguvalium ausruhten, ein einziger nicht beendbarer, nicht abschließbarer Bericht am Feuer auf Bärenhäuten, wo sie immer von neuem feststellen mußten, daß all das, was sie am gegebenen Tag gesehen hatten, die tref‚ fende Auswahl der zum Behauen geeigneten Steine, die bei‚ spiellos geschickte Anpassung an die natürlichen Vorausset‚ zungen, die Organisation der Beförderung, der Markierung, der Gründung und des Mauerns, die Sachkundigkeit und Findigkeit der Baulegionäre der II. Legio Augusta, also die Kunst der Bauausführung, *art of implementation*, gar nichts war gegen das, was das Vallum als Gedanke, das Vallum als Idee bedeutete, denn es verkörpere, sagte Bengazza, die Grenze, das faszinierend klare Wissen, was das Reich sei und was nicht das Reich sei, es sei einfach beeindruckend, was das Vallum Hadrianum wovon trenne, da in den Tiefen jeder menschlichen Absicht, warf Toot ein, auf der elementarsten Ebene des Menschen also, *in the primary level of human*, das un‚ löschbare Verlangen nach Sicherheit und Genuß wirke, die schrille Gier nach dem Erwerb von Eigentum und machtge‚ gebener, nicht natürlicher Freiheit, und darin, fuhr er fort, habe der Mensch es sehr, sehr weit gebracht, und schön sei es gewesen, dem Unentwickelten gegenüber das Ausgesuchte aufzubauen, dem Zersplitterten gegenüber das Monumen‚ tale, dem Ausgeliefertsein gegenüber die Sicherheit, dem An‚ gegriffenwerden gegenüber das Schützende, dem Wilden ge‚ genüber das Behutsame, der Gefangenschaft gegenüber die Uneingeschränktheit, mit einem Wort, dem Niederen gegen‚ über das Höhere, er könne es aber auch so sagen, sagte Ben‚ gazza, den Frieden statt des Krieges, *instead of war peace*, denn jener sei die unübertreffliche und über allem stehende, die größte Leistung des Menschen gewesen, der Friede, der gött‚

liche Hadrianus und die nicht zu erschütternde Pax, und eindrucksvolles Symbol all dessen sei hier über viele Meilen hinweg das Vallum, bis sich dann dies alles, was seinen Inhalt betreffe, in seinen vollkommenen Gegensatz umkehre, schon in Gibraltar, am Tisch der Albergueria, hatten sie doch in den gleichfalls nicht enden wollenden Gesprächen als Höchstes, als unübertrefflich und über allem stehend die großartige Fähigkeit zu neuem Risiko und neuer Kühnheit, den Mut und die Neugier der Persönlichkeit, das unausrottbare Verlangen nach Verständnis, *understanding*, bezeichnet – im fiebrigen Gelärm der morgendlichen und abendlichen Zusammenkünfte, unten in der Albergueria, an den langen Tagen der Untätigkeit, während sie auf die vielleicht entscheidende Nachricht des Jahres 1493 und damit der Weltgeschichte warteten, auf die Nachricht, ob Admiral Colombo siegreich zurückkehre oder aber für immer spurlos verschwunden bleibe im unermeßlichen Dunkel hinter dem Ende der Welt.

9 Er solle an der Ecke nach rechts biegen, sagten sie vom Rücksitz zum Fahrer, und noch eine Runde drehen, und wenn er wieder hier in der 159. Straße ankomme, solle er seine verdammte Flosse vom Gas nehmen und ganz langsam an den Häusern entlangfahren, denn es kann doch nicht wahr sein, daß sie es nicht finden, kann einfach nicht wahr sein, daß diese verdammten Häuser eins wie das andere aussehen, wie zum Satan sollen sie es da erkennen, aber sie müssen, unbedingt, und sie werden auch, sagten sie, früher oder später kommt die Erleuchtung, welches, und wenn sie die ganze Nacht kreisen müssen, hier rechts ist es irgendwo, entweder dies hier, sagte der eine, oder das da, neben dem Vietnamesen, sagte der andere, neulich sind sie dreimal im Kreis getrudelt, wie zum Henker konnte es ihnen passieren, daß sie so gar nicht aufpaßten, aber ehrlich, sagte der Fahrer über die

Schulter, kann doch nicht sein, daß zwei normale Mütter zwei so dusselige Bastarde in die Welt setzen, dreimal trudelt er mit ihnen im Kreis, dann steigt der Arsch aus, aber sie gukken nicht, wo, und jetzt weiß kein Aas, wo sie ihn suchen sollen, und ihm sollen sie nicht befehlen, was er mit dem Gas zu machen hat oder was nicht, sollen sie doch die Karre fahren, sollen sie doch alleine hinfinden, wenn nicht anders, sagten die hinten dazu, werden sie hier im Kreis trudeln, bis diese Ratte ihre miese Visage aus dem Haus steckt, sie sollten hier halten, schlug der eine vor, nein, lehnte der andere ab, weiter, also was denn nun, knurrte wütend der Fahrer und schlug aufs Lenkrad, soll er die ganze Nacht in diesen dreckigen, miesen, verfickten Straßen rumtrudeln?! – und weiter ging es, im Schrittempo durch die 159. Straße, so langsam, daß Fußgänger sie überholten, dann bogen sie an der Ecke rechts ab, umrundeten den Häuserblock und bogen wieder in die 159. ein, drei Mann in einem riesigen Lincoln, das war es, was der Vietnamese mitbekam, als er sich nach einiger Zeit entschloß, auf die Straße zu treten und nachzusehen, was denn da los war, denn immerfort rollte dieser Schlitten an seinem Schaufenster vorbei und tauchte ein paar Minuten später von neuem auf, immer wieder, ein hellblauer Lincoln Continental MK III, erzählte er später seiner Frau, verchromte Zierleisten, innen mit Leder, hinten die magischen Rücklichter und das alles natürlich mit der gewissen langsamen, würdevollen, wunderbaren Federung.

10 Die Albergueria sei kein Wirtshaus gewesen, sagte Korim zu der Frau auf dem Bett, wie schon die Größe verraten habe, denn ein so ungewöhnlich, so unglaublich großes Wirtshaus baut niemand, und gebaut war die Albergueria auch nicht, wenn man unter Bauen etwas Planmäßiges versteht, sie erbaute sich gewissermaßen selber, tat über die Jahre immer wieder noch etwas zu sich hinzu, wurde weiter und höher und breitete sich aus, *expansion*, in den Obergeschossen, sagte Korim, Räume ohne Zahl, mehrere und unterschiedliche Treppenhäuser, dann noch ein Geschoß darauf und noch eins, Winkel und Nischen, Ausbuchtungen und Durchgänge, hier ein Korridor, da ein Korridor, die Anordnung total unübersichtlich, und an einem dieser Korridore urplötzlich und mit unklarem Einzugsbereich eine Küche oder eine Waschstube, die Türen weggenommen, unablässig strömt Dampf heraus, *steam*, oder dann irgendwo, in irgendeinem Obergeschoß, zwischen zwei Gästezimmern, völlig unerwartet ein offenes Bad mit riesigen Zubern, in den Zubern dampfende Männer, um sie herum mit Handtüchern vor der Scham dünne, eifrige Berberknaben, und Treppen überallhin auch aus dem Inneren dieser Räume, wodurch sich wieder noch andere Ebenen ergaben, auf den verschiedenen Ebenen hier und da eine Art Büro, *offices*, mit Firmenzeichen an den Türen, vor den Türen in langen, ungeduldigen Reihen Provenzalen, Sarden, Kastilier und Normannen, Bretonen, Pikarden, Gascogner, Katalanen und so weiter, nicht aufzählbar, dazu Geistliche, Matrosen, Notare, und die Händler, Geldwechsler und Dolmetscher, und auf den Treppen und Korridoren die Huren, solche aus Granada und solche aus Algier, *whores*, überall – so riesenhaft, so verwirrend und so konfus das alles, daß niemand mehr die Übersicht hatte, denn es gab hier nicht einen Eigentümer, sondern unzählige, und jeder hatte ein Auge nur für das Gebiet, das zu ihm gehörte, die anderen scherten ihn nicht, so daß er vom Ganzen keine Ahnung hatte, aber niemanden interessierte das Ganze, und nun müsse er sagen, sagte Korim, sich den Nacken massierend, wenn es sich so in den oberen Stockwerken verhielt, dann verhielt es sich erst recht so unten, *down below*, denn Chaos und Unübersichtlichkeit, *the impenetrable situation*, herrschten auch im Erdgeschoß, so daß sich unmöglich sagen ließ, was denn das nun war, wo fünfzig maurische Säulen die bezaubernd bemalte Decke hielten und wo sich unter dieser Decke ein trostloser Pferch, ungeteilt und von unwahrscheinlicher Größe, ausbreitete: ein Speisesaal? ein Zollhaus? eine Arztpraxis? Trinkstube? Geldwechselstelle? ein Ort zum Beichten? einer zur Anwerbung von Matrosen? Puff? Friseurladen? oder alles zusammen? – alles zusammen, sagte Korim, das Erdgeschoß, *downstairs*, war alles in einem, Gelärm und Getöse am Morgen, mittags, abends und in der Nacht, Mengen von Menschen, ein ständiges Kommen und Gehen und obendrein, ergänzte Korim augenzwinkernd, alles wie ein wenig außerhalb der Geschichte, denn zusammengedrängt waren ja hier Gegner und Geflohene, Versteckte und Verfolger, Unterlegene und Unterliegende, kurz, der Schnüffelagent der algerischen Seeräuber mit dem Geheimagenten der aragonischen Inquisition, illegale Morisken, die Schießpulver, mit Wanderhändlern, die Stella-Maris-Figürchen feilboten, Capocorsinos auf dem Weg nach Tadschura, Missura und Algier und gleich neben ihnen traurige, heimatlose, wunderschöne Sepharden, die vor einem Jahr Isabella, oder niedergeschlagene sizilianische Juden, die Sizilien selbst vertrieben hatte, und sie alle zwischen Hoffnung und Verzweiflung, Ekel und Traum, Berechnung und Wunderglaube hin und her gerissen, hier, auf dem einige Jahre zuvor zurückgenommenen Grundbesitz der Katholischen Wanderkönige, und alle auch im Fieber der Erwartungen, *another expectancy*, ob die drei zerbrechlichen Karavellen wiederkommen würden und die Welt sich damit verändere, die jetzt in dieser Albergueria mitsamt den in der Bucht festsitzenden Schiffen selbst in eine Art Windstille geraten schien, die ihr Funktionieren gleichsam ausgesetzt hatte, zulassend, daß es so sei, daß dieses Chaos und Durcheinander im Erdgeschoß und in den oberen Geschossen eine draußen elementar fehlende Kraft, der Friede, *peace*, kompensiere, der Friede, den auch Kasser, Bengazza, Falke und Toot auf der Reise von Lissabon nach Ceuta glücklich genossen hatten – nun, so im wesentlichen, *in point of fact*, sah es aus zwischen den dicken, sicheren Mauern der Villa in Corstopitum, drinnen nämlich, sagte Korim, fing einen eine innere Ruhe ein, die zu empfangen einer Wie⸗ dergeburt gleichkam, wie Falke es ausdrückte, als sie Wochen später, nach gründlicher Inspektion des Walls, zurückkehr⸗ ten, denn Corstopitum bedeutete ihnen den Sinn der Sicher⸗ heit, zu deren Beschirmung rund dreißig Meilen von hier das außergewöhnliche Bauwerk errichtet worden war, denn ein⸗ zutreten zum Beispiel, sagte Korim, in das ihnen vom Cursus Publicus zur Verfügung gestellte Bad der Villa, einen Blick auf die bezaubernden Mosaike des Fußbodens und der Wände zu werfen, sich hinabzulassen ins Wasser des Beckens und die steifen Gliedmaßen der flinken Wärme zu überlas⸗ sen, das war ein Gefühl, ein erhebender Luxus der Ruhe, zu dessen Schutz *zumindest* so ein Vallum vorhanden sein mußte, damit es in Corstopitum Sicherheit, Ruhe und Frieden gab, der echten Sieg bedeutete, Sieg über das, was sich jenseits des Walls befand, Sieg über die barbarische Finsternis, über die grobe Not, die mörderische Leidenschaft und die verzehrende Habgier, Triumph über das, sagte Korim, was Kasser und seine Freunde einmal hinter den Bastionen der Festung Ver⸗ covicium drüben gesehen hatten im wilden Blick eines pik⸗ tischen Rebellen, der sich im Dornengebüsch versteckte, Triumph über die Beständigkeit der Gefahr, Triumph über das tierische Ewige.

11 Geräusche an der Wohnungstür, die Geliebte des Dolmetschers wandte den Kopf in die Richtung, und ihr Körper spannte sich in der Erwartung, daß die Tür

geöffnet werde, in ihren Augen Furcht, aber an der Tür war es wieder ruhig, also schlug sie die Zeitung wieder auf, neigte sich über sie und betrachtete das Bild einer Brosche mit einem funkelnden Diamanten in der Mitte, betrachtete es lange, lange, bevor sie bedächtig weiterblätterte.

12 Er kam in der typischen Kleidung eines Centurios der syrischen Bogenschützen, einfacher Legionärs, helm mit Helmbusch, weiche Ledertunika, Drahtharnisch, Halsschal, dicker Umhang, an der Seite ein Gladius mit langer Spitze und an der Hand der unvermeidliche Daumen, ring, und doch würde er, sagte Korim, ihn eher einen Zere, monienmeister nennen, einen *master of ritual*, der sich in der Woche nach ihrer Rückkehr vom Wall unter dem Personal der Villa zeigte, niemand wußte, wer ihn geschickt hatte, ob der Praetorius Fabrum oder der Cursus Publicus oder gar der Generalstab der Hilfskohorten oder ein unbekannter Vorge, setzter der II. Legion aus Eburacum, jedenfalls erschien er eines Tages zwischen zwei Bediensteten, die als Krönung der aus Pons Aelius stammenden Verpflegung jeder mit einer großen Schale Früchten, *fruits*, eintraten, in der zentralen Halle der Villa, wo die gemeinsamen Mahlzeiten eingenommen wurden, er trat mit ihnen ein, nannte seinen Namen: Lucius Sentius Castus, neigte den Kopf und lenkte, unumwunden eine Wirkungspause einlegend, die Aufmerksamkeit Kassers und seiner Gefährten auf sich, um dann vorzutragen, er komme nicht im Auftrag, *nicht im Auftrag*, wiederholte er, und es wäre ihm eine große Ehre, *very dignified*, wenn sie einen Mann in ihm sähen, für den mit dem Ende seiner Mission nicht nur diese Mission, sondern auch seine Existenz endet, einen einfachen Kurier also, der mit einer Nachricht und zugleich mit einem Angebot gekommen sei und sich mit diesem als Abgesandten vernichten wolle, wenn es erlaubt sei, würde

er sich so ausdrücken, daß er mit der Übergabe der Nachricht und des Angebots auch als *Corax* verschwinden werde – hier verstummte er, *silence*, einen Augenblick schien es, als forsche er in ihren Gesichtern, ob sie ihn verständen, und dann habe er, sagte Korim, einen für ihn besonders unverständlichen, fast gänzlich nur aus Anspielungen, Hinweisen und Andeutungen bestehenden Bericht geliefert, er müsse es so sagen, sagte Korim, daß dieser Castus eine Art Geheimrede hielt, die dem Manuskript zufolge bei Kasser und den Seinen auf größtes Verständnis stieß, während er, Korim, größte Schwierigkeiten habe, sich diesbezüglich ein klares Bild zu verschaffen, da er Zusammenhänge zwischen Dingen, Namen und Wendungen sehen und weitergeben müßte, zwischen denen Zusammenhänge völlig fehlen, und zwar nicht nur in seinem kranken Kopf, sondern überhaupt, denn Wörter wie *Sol Invictus* und Auferstehung, Stier und phrygische Mütze, Brot, Blut und Wasser oder Altar, Pater und Wiedergeburt hätten immerhin verraten, daß hier ein Eingeweihter des geheimnisumwittertsten Mysteriums, des Mithrakults, sprach, aber was er sagte, sagte Korim kopfschüttelnd, war unmöglich zu verstehen, das Manuskript teilt lediglich die Rede des Castus mit, hilft aber nicht weiter, erklärt und interpretiert sie nicht, auch nicht mittelbar, sondern es macht, was es in diesem Kapitel so oft macht, es wiederholt, und zwar wiederholt es dies in dichter Folge dreimal, so daß man am Ende sehr scharf zwar die Szene sieht, wie Kasser, Bengazza, Falke und Toot, auf den Liegestätten des mit riesigen Lorbeerzweigen geschmückten Speisesaals ausgestreckt, mit leuchtenden Augen aufgeregt den Worten Castus' lauschen, der, wie er verhieß, als *Corax*, also Rabe, verschwinden wird, hinter ihnen mit erstaunten Mienen die Dienerschar, vor ihnen Schalen mit duftenden Datteln, Korinthen, Nüssen und Mandeln zwischen Leckereien der Konditoren des Corstopitumer Castrums, derlei prägt sich tief ein, und auch die gebrochenen Sätze des Castus behält man tief im Gedächtnis, doch führte dies alles nirgends hin, *it didn't lead nowhere*, höchstens ins Dunkle, ins allervollkommenste Dunkel, oder gegebenenfalls könne er sa, gen, sagte Korim, in das unteilbare Dunkel eines sogenannten Mithraeums, denn gegen Ende der Rede, als Kasser gegen Ende der Rede, als Kasser, auch im Namen der anderen, ihm stumm zunickte, war es so, *als ob* Castus darauf anspielte, daß ein nicht näher genannter Pater sie vier am Tag der Wieder, geburt des Sol im Mithraeum von Brocolitium erwarte, er werde es sein, sagte Castus, sich an die Brust tippend, oder ein anderer, ein Corax, ein Nimphaeus oder ein Miles, der kom, men werde, um sie in die Höhle zu führen, Näheres wisse man noch nicht, jemand werde sie abholen, das werde der Führer sein, *the guide*, dann hob er die Arme, richtete den Blick zur Decke und sprach: sei freundlich und wolle auch du, daß wir dich beschwören als den rot leuchtenden Sol in, victus auf die schöne Art des Acimenius oder als Osiris den Fütterer oder als den heiligsten Mithra, ergreife die Hörner des Stieres unter den Felsen des persischen Glases, des Stieres, der sich stemmt und dir dann folgt – er senkte die Arme und senkte den Kopf und sagte noch leise, *outum soluit libens merito*, und er ging, *leave taking*, kurzum, ein Rätsel, ein Geheimnis, ein Mysterium, welches ganz das Ende des vierten Kapitels umschwebt, und gleichermaßen ein außerordentlich wichti, ges Element des nachfolgenden Teils, wo dieses Rätsel, Ge, heimnis, Mysterium von gleicher Gewichtigkeit ist, nur daß es dort dazu dient, eine der in der Albergueria wartenden Gruppe zu charakterisieren, die Sepharden und ihre sizilian, schen Brüder, ein Bild nämlich kehrt immer wieder zurück, und zwar, wie ein Sepharde oder ein Sizilianer, sei er nun Bettler, Buchdrucker, Schneider oder Schuster, sei er Dol, metscher oder Übersetzer aus dem Griechischen, Türkischen,

Italienischen oder Armenischen, wechsle er Geld oder ziehe er Zähne, einerlei, *never mind*, sagte Korim, wie ein solcher auf einmal aus seiner Rolle fällt und übertritt in eine andere Welt, *in another world*, unversehens erstarrt die Schneiderschere oder das Schustermesser in seiner Hand, erstarrt der Butterklöppel oder die abgezählten Maravedi in seiner Hand, und nicht für einen Augenblick, sondern oft für lange Minuten, wir könn-ten sagen, er kommt ins Sinnen, *brood*, hört einfach auf, Schneider oder Schuster, Bettler oder Dolmetscher zu sein, wird etwas ganz anderes, sein Blick grüblerisch, du redest ihn vergebens an, er sieht und hört dich nicht, und dann ver-stummst, weil es schon so lange andauert, auch du, sprichst nicht mehr zu ihm und rüttelst ihn nicht, schaust nur in das merkwürdig durchgeistigte Gesicht, auf das verzückte Au-genpaar, das in die Höhe starrt, auf dieses schöne Gesicht und diese schönen Augen, *beautiful faces and beautiful eyes*, darüber läßt sich das Manuskript wieder und wieder aus, ein wenig so, als sinne es selber nach, grüblerisch und träumerisch, es bricht plötzlich ab und verweilt bei diesen Gesichtern und Augen, dieses Manuskript, sagte Korim, von dem man mittlerweile eines wisse, er zumindest habe es schon beim ersten Lesen ge-wußt, es sei sogar das einzige gewesen, was er von Beginn an sicher wußte, nämlich, *das hat ein Verrückter geschrieben*, des-halb fehlt die Titelseite, und deshalb fehlt der Name.

13 Es war schon spät, aber sie rührten sich nicht, Korim, mit dem Wörterbuch und dem Notizheft in der Hand, erzählte und erklärte ohne Pause, die Geliebte des Dolmetschers hielt immer noch dieselbe Zeitung auf den Knien, manchmal blickte sie auf, manchmal schlug sie sie zu, aber für keinen Augenblick legte sie sie weg, auch nicht, wenn sie den Kopf zur Tür wandte, wenn sie, den Kopf leicht zur Seite geneigt, in die Stille lauschte, immer wieder kehrte sie zurück zu den Bildern in dem schwarzweißen Prospekt, zu dem farblosen Strahlen der mit Preis und Telefonnummer versehenen Halsketten, Ohrgehänge, Armreifen und Ringe auf dem glanzlosen Papier.

14 Es wäre eine Irreführung, fuhr Korim nach kurzem Überlegen fort, wenn er ihr verschwiege, wenn er vertusche, wenn er nicht zu erwähnen versuche, daß auch Lüsternheit, Erotik und Leidenschaft vorkämen, und er war sichtlich verlegen, neben all den Dingen, von denen bisher die Rede war, habe der in die Richtung des völligen Zusammen‚ bruchs, also Rom, treibende Text noch einen durchaus we‚ sentlichen Zug, er sei nämlich ganz und gar durchtränkt von Sinnlichkeit, wegen des später Folgenden könne er das ein‚ fach nicht unterschlagen, die ganze Albergueria ist, wie er sagte, voll mit Huren, und die Sätze beim Umhergehen auf den verschiedenen Schauplätzen der Albergueria prallen im‚ mer wieder gegen Huren, das müsse er offen sagen, die Be‚ schreibungen seien unerhört schamlos, sie stehen auf den Treppen und den Treppenbiegen, sie stehen lässig in den hel‚ len oder dunklen Winkeln der Korridore, der Geschosse und der Durchgänge, aber die Sätze des Manuskriptes begnügen sich nicht damit, dem Leser kundzutun, was für ein farbiger, brodelnder Jahrmarkt riesiger Brüste und Steiße, sanfter Hüf‚ ten und schlanker Fesseln, üppigen Haars und rundlicher Schultern dies ist, vielmehr folgen sie ihnen, wenn sie an der Seite eines Matrosen oder Notars, eines Händlers oder Geld‚ wechslers, an der Seite von Andalusiern und Pisaern, Lis‚ sabonnern und Griechen, mit Halbwüchsigen und Lesbie‚ rinnen, mit Alten und verschreckt hinter sich blickenden Geistlichen in einem nahen dunklen Zimmer verschwinden, sich mit der Zunge wollüstig über die Lippen leckend und mit verführerischen Blicken die Kunden im voraus anfeu‚

ernd, ja, sagte Korim und errötete jäh, diese Sätze lüften den
Vorhang, wo er unter allen Umständen geschlossen bleiben
müßte, aber nein, er wolle darüber nicht noch detaillierter berichten, er müsse nur vermerken, daß das fünfte Kapitel, *the
fifth chapter*, mit schonungsloser Sorgfalt alles schildere, was
im Dunkel dieser Zimmer geschieht, die unerschöpflichen
Abfolgen der Liebesaktivitäten, die unflätigen Wortwechsel
zwischen den Huren und ihren Kunden, die öde oder komplizierte Stimmung des Aktes selbst, seine eisige oder hitzige
Leidenschaft, das erwachende oder erlöschende Verlangen,
den skandalös flexiblen Liebestarif, aber wenn es dies alles
tue, stelle es jene Welt nicht als verdorben hin, es genieße
nicht, wenn es das beschreibe, und es habe nichts Krankhaf-
tes oder Aburteilendes, Verlogenes oder Brutales an sich, sondern es verfahre nur mit außerordentlicher Gründlichkeit
und Empfindsamkeit, wenn er sich so ausdrücken dürfe, sagte
Korim mit einer Geste, die um Verständnis heischte, und weil
diese gründliche und empfindsame Verfahrensweise erstaunlich wirkungsvoll sei, gebe sie ab der Mitte des Kapitels den
Ton an, was von nun an neu ist im Bereich der Albergueria,
das saugt sich gleich voll mit dieser Sinnlichkeit, in erster Linie Mastemann, der hier, an dieser Stelle und wieder ziemlich
unerwartet, erneut auftaucht, sich nämlich, der erzwungenen
und gefährlichen Stille in der Bucht überdrüssig, in einem
Kahn von einer Cocca, die nach Genua auslaufen möchte,
an Land bringen läßt und mit mehreren Bediensteten Zimmer in der Albergueria nimmt, Mastemann, sagte Korim, die
Stimme hebend, der allen Grund gehabt habe, sich nicht
gleich so zu entscheiden, mußte er doch in dem unter spani-
scher Oberhoheit stehenden Gibraltar mit dem ihm als Ge-
nuesen entgegengebrachten Haß rechnen, *hate*, ein wenig wie
schon im ersten Teil, als Kasser und seine Freunde von den
eintreffenden Besuchern, vom Primipilus der ersten Kohorte

von Eburacum, dem Librarius des Castrums von Corstopitum und schließlich von dem in der fünften Woche ihres Auf-
enthalts in Britannien ankommenden Praetorius Fabrum
selbst zum erstenmal etwas über den geheimnisvollen Führer
der Frumentarier vernehmen, der, wie sie sagen, in höchster
kaiserlicher Gunst steht und den sie unter den freundlichen
Lorbeerzweigen des gemeinsamen Speiseraums mal genial,
mal verworfen, mal ruhmvoll, mal nichtswürdig, immer jedoch als den Furchterregendsten charakterisieren, *the most
Fearful* – da zum erstenmal etwas über die Frumentarier, sagte
Korim, das zur *vollkommenen* Kontrolle von allem und allen
befähigte System der in die Zellen des Cursus Publicus ein-
gebaute kaiserlichen Geheimpolizei im vertraulichen Dienst
des unvergänglichen Hadrianus, damit nichts im Dunkel
bleibe, ob das unsterbliche Rom sich nun gerade in Lon-
dinium oder Alexandria, in Tarraco, in Germanien oder
Athen aufhalte.

15 Da sei Kasser schon sehr krank gewesen, *Kasser was
ill*, erzählte Korim, er verbrachte den größten Teil des
Tages im Bett und stand nur zu den Abendmahlzeiten auf, allerdings wußte niemand, welche Krankheit es war, unter der
er litt, zumal sie sich in einem einzigen Symptom ausdrückte:
daß er entsetzlich fror, aber weder fieberte noch hustete er,
noch tat ihm etwas weh, nur daß es ihn Tag und Nacht schüttelte am ganzen Körper, Arme und Beine, alles zitterte, dabei
wurde doch geheizt, zwei Sklaven waren dazu abgestellt, un-
unterbrochen für Wärme zu sorgen, und sie schufen eine
Wärme, von der sie selbst im Schweiße schwammen, die
Kasser aber nichts nutzte, er fror weiter, da war nichts zu machen, Ärzte aus Corstopitum und Eburacum untersuchten
ihn, sie gaben ihm Wurzeltee und Eidechsenfleisch, aber was
sie auch ausprobierten, es half nicht, obendrein führten die

drei Besucher und die drei Berichte über die alles umspannen-
den Frumentarier und über Mastemann sichtlich zu einer
Verschlimmerung seines Zustands, und zwar auf erschrek-
kende Weise, so daß er nach dem Besuch des Praefectus Fabrum abends nicht mehr zum Essen herauskam, weshalb die
anderen zu ihm hineingingen, aber richtig sprechen, *talk*,
konnten sie nicht mehr mit ihm, denn entweder zitterte er unter den Decken und Fellen so heftig, daß an ein Gespräch
nicht zu denken war, oder sie fanden ihn in der tiefen Senke
des Schweigens vor, aus der ihn herauszuholen sie gar nicht
erst versuchten, kurzum, die Abende, *the nights*, verrannen in
Stille und wortkarg, aber in Stille und wortkarg vergingen
auch die Tage, für Bengazza, Falke und Toot waren Morgen
und Vormittag mit der Arbeit an dem abzufassenden Bericht
ausgefüllt, nachmittags gingen sie ins Bad, mit der Abend-
dämmerung kehrten sie in die Stille der Villa zurück – das
habe sich, sagte Korim, an der Oberfläche abgespielt, in
Wirklichkeit aber hätten sie, Kasser in seinem Bett und Zittern, die drei anderen über dem Bericht und im Schaum des
Bades, nur eines im Sinn gehabt: zu *schweigen* über Mastemann, keiner erwähnte ihn, sein Name fiel nicht, und doch
lastete er in der Luft, seine Gestalt und seine Geschichte, die
sie nach den detaillierten Vorträgen der drei Besucher lebhaft
vor sich sahen, überschatteten gleichsam ihre Gedanken, bis
eine weitere Woche später deutlich wurde, daß sie nicht nur
schwiegen über ihn, sondern auch auf ihn *warteten*, damit
rechneten, daß er käme, überzeugt waren, daß er sie als britannischer Magister des Cursus Publicus aufsuchen werde,
immer wieder komme, sagte Korim, der Text darauf zu sprechen, wie sie die Geschehnisse vor der Villa beobachteten,
wie sie zusammenzuckten, wenn die Diener einen Besucher
meldeten, aber Mastemann kam nicht, Mastemann suchte sie
nicht auf, *he was not coming*, er komme erst im nächsten Kapi-

tel, wo er sich als Sonderbeauftragter des Dominante von Ge‑
nua vorstelle, mit einer zarten Duftwolke im Schlepp bat er,
an ihrem Tisch Platz nehmen zu dürfen, neigte leicht den
Kopf, setzte sich, warf einen kurzen Blick in ihre Gesichter
und stimmte, bevor sie vier ihm hätten mitteilen können, wer
sie seien, eine Lobpreisung König Johanns an, als wüßte er,
mit wem er am Tisch saß, wobei er sagte, in seinen Augen
und in den Augen Genuas sei der König von Portugal die
künftige Zeit, der neue Geist, die Nuova Europa, also der
perfekte Herrscher höchstselbst, der seine Entscheidungen
nicht auf seine Emotionen, nicht auf Pflichten und Zufälle
begründe, sondern sie nach den seinem Verstand untergeord‑
neten Emotionen, Pflichten und Zufällen treffe, hierauf äu‑
ßerte er sich zu der Großen Nachricht und sprach über die
berühmte Expedition, Colombo einmal Signor Colombo
und dann wieder »unseren Cristoforo« nennend, was die vier
durchaus überraschte, als wäre sie schon erfolgreich zu Ende
gegangen, und schließlich bestellte er bei der Wirtin einen
schweren roten Malaga für sie alle, eine neue Welt sei im
Kommen, sagte er, *a new world coming*, in der nicht einfach Ad‑
miral Colombo siegen werde, sondern der Geist von Genua,
und zwar, fuhr er fort, die Stimme und das Glas hebend, alles
durchdringend und alles umfassend – der Geist von Genua,
sagte Korim zu der Geliebten des Dolmetschers, der, nach
den Blicken, die Mastemanns geringster Geste folgten, zu ur‑
teilen, hier in der Albergueria durchdringend und allumfas‑
send verhaßt war.

16 *Wenn wir sterben, läuft der ganze Mechanismus weiter, und die Leute denken, das ist am schrecklichsten*, sagte Korim
später, sich selbst unterbrechend, dann senkte er den Kopf,
grübelte eine Weile und begann mit schmerzlicher Miene
langsam mit dem Kopf zu kreisen, wobei er sagte, *dabei kann*

man nur dadurch, daß es weiterläuft, richtig verstehen, daß es gar keinen Mechanismus gibt.

17 Die Huren seien übergeschnappt, fuhr er hiernach fort, und zurückzuführen sei das allein auf das Erscheinen des Signor Mastemann, niemand sah eindeutig, woran es lag, und vor allem, was es mit der magischen Kraft auf sich hatte, die von ihm ausging, aber die Tatsache ließ sich mit nichts anderem verknüpfen, Mastemann kam, und die Albergueria veränderte sich, er nahm ein Appartement in einem der Obergeschosse, und ins Erdgeschoß zog eine unvergleichliche Stille ein, Stille, bis er am Abend seiner Ankunft herabgestiegen kam und sich an einen sichtlich auf gut Glück ausgewählten Tisch, zu Kasser und seinen Kameraden übrigens, setzte, und nun nahm das Leben seinen Fortgang, wenn es auch nicht mehr so weiterging wie bisher, das heißt, Schneider, Schuster, Dolmetscher und Matrose machten zwar dort weiter, wo sie abgebrochen hatten, aber immer mit einem Auge nach Mastemann schielend, was der machte, doch was habe der schon machen können, fragte Korim, er saß bei den vieren und redete, füllte Wein in Gläser, stieß an und lehnte sich zurück, er machte also nichts, was an sich schon diesen allgemeinen Schauder, *this general rigor*, begründet hätte, zugleich stimmt es, ein Blick auf ihn genügte, und man bekam es mit der Angst zu tun, erschreckend hellblaue, bewegungslose Augen, poröse Gesichtshaut, eine Nase von enormer Größe, spitzes Kinn, die Finger lang, fein und elegant, und sein ebenholzschwarzer Umhang mit dem immer wieder aufflammenden roten Futter erstickte allen das Wort in der Kehle, kurzum, Haß und Furcht, *hate and fear*, das löste er im Erdgeschoß bei den Schneidern, Schustern, Dolmetschern und Matrosen aus, doch das war gar nichts im Vergleich damit, welche Wirkung Mastemann auf die Huren

hatte, denn ihnen schauderte nicht nur nicht vor ihm, sie ver-
gaßen sich regelrecht, sobald er sich zeigte, die Schönen aus
Algerien und Granada, die sich in der Nähe aufhielten, liefen
ihm entgegen, umringten ihn und benahmen sich, als hätten
sie einen unwiderstehlichen Magier vor sich, sie bestürmten
ihn nämlich, als hätte er sie behext, sie berührten seinen Umhang und flehten, er möge mitkommen, gratis, flüsterten sie
ihm ins Ohr, die ganze Nacht und von Kopf bis Fuß alles,
girrten sie, lachten hysterisch, hüpften und flitzten um ihn
herum, hängten sich an seinen Hals, zogen, zerrten und zupf-
ten an ihm, tasteten ihn ab, verdrehten die Augen und
seufzten, als sei allein schon seine Nähe die reinste Wollust,
kurzum, Mastemanns Erscheinen raubte ihnen den Verstand,
und damit ging auch das blühende Gewerbe, das auf ihnen
fußte, schnell und spektakulär vor die Hunde, denn nun begann eine Zeit, *epoch*, wo diese Huren in den Liebesgeschäften
nicht auf Geld aus waren, sondern auf Befriedigung, die sie jedoch nicht fanden, da niemand sie befriedigen konnte, bändle
nicht mit ihnen an, sie machen dich fertig, warnten die Männer einander, sie benutzen dich, nicht du sie, belehrte der eine
den anderen, zugleich wußten alle, woher der Wind wehte,
daß es an Mastemann lag, so wuchsen Haß und Furcht von
Stunde zu Stunde hinter der Friedfertigkeit, *hate under the quie-
tude*, so irgendwie, wie sich das gleiche in Corstopitum vertiefte, denn was Bengazza und die Seinen dem unbekannten
Magister entgegenbrachten, ließ sich kaum anders nennen als
Haß und Furcht, sie lauschten den deprimierenden Berichten
des Primipilus und des Librarius, sie merkten sich die bitteren Worte des Praetorius Fabrum, sie kauten nochmals
durch, sagte Korim, wie meisterhaft geschickt Mastemann
beim Aufbau seines Agentennetzes das schon immer bestens
funktionierende System des Cursus Publicus für seine
Zwecke nutzte, und sie haßten und fürchteten ihn schon, als

sie ihn noch gar nicht gesehen hatten, sie verachteten ihn, und sie schauderte vor ihm, obgleich doch von einem Treffen keine Rede war, nur Kasser habe nicht verraten, was er fühlte, sagte Korim, nur bei ihm blieb unklar, was er von der Sache hielt, denn er sprach kein Wort und äußerte keine Meinung, er tat das weder in Corstopitum, wenn abends die anderen zu ihm in sein Zimmer kamen, noch am Tisch in der Albergueria, wo er sich beinahe gar nicht mehr an den Gesprächen beteiligte, meistens saß er nur schweigend da und sah durch das Fenster auf die Bucht, auf die Schiffsfackeln zwischen den Nebelbänken, die gespenstische Versammlung der Galeonen, Fregatten und Korvetten, der Naviguelas, Karavellen und Hulks, die darauf warteten, daß nach elf Tagen, *after eleven days*, endlich Wind aufkomme.

18

Castus erschien erneut eine Woche später, einen Tag nachdem sie ihren enthusiastischen, an einen lyrischen Hymnus erinnernden Bericht über das göttliche Vallum dem Praetorius Fabrum übergeben hatten, womit ihre Obliegenheiten in Britannien eigentlich erledigt waren, wieder er, sagte Castus und neigte den Kopf, als Abgesandter des Paters und mit der ehrenvollen Aufgabe, sie am heiligen Festtag von Sol und Apollo nach Brocolitia zu geleiten zum großen Opfer, bei diesen Worten hob er die Rechte in die Höhe, und zum großen Festschmaus für alle, die es am ruhmreichen Tag der Tötung des Stiers und der Wiedergeburt des Mithra nach Reinigung verlange –– aber nur Bengazza, Falke und Toot folgten der Einladung, Kasser mochte eine solche Reise zu Pferd und bei möglicherweise noch scheußlicherem Wetter als je zuvor nicht auf sich nehmen, nein, dazu sei er, antwortete er leise auf Falkes Frage, überhaupt nicht mehr imstande, sie sollten ruhig ohne ihn gehen, sagte er, und dann über alles ausführlich berichten, und so kam es, daß die drei anderen mit den zum Ritual erforderlichen Umhängen und Masken in dicke Pelze gekleidet und diesmal den Vorschriften gemäß ohne Begleitung reisten, in größter Heimlichkeit also und zum erstenmal in ihrer gemeinsamen Geschichte tatsächlich ohne Kasser, *without Kasser*, den Weg legten sie in schnellem Galopp, dreimal die Pferde wechselnd, in einer kurzen Nacht gegen eisigen Wind, der in die Augen biß, zurück, *the wind* – der Ritt war schwer, war unmenschlich, erzählten sie bei der Rückkehr am Krankenbett, aber sie kamen rechtzeitig, also schon vor der Morgenröte, in Brocolitia an, wo Castus sie zum verborgenen Eingang einer Höhle etwas westlich vom Lager führte, doch als spürte er, daß sie ihm etwas verheimlichten, musterte Kasser sie immer trauriger und betrübter, er fragte zwar nicht, und eigentlich erwartete er auch nicht, daß sie verrieten, was es war, aber man merkte ihm an, daß er wußte, *unterwegs ist etwas geschehen*, worüber sie nicht sprechen wollen, und ihre Augen glänzten jetzt, als sie erzählten, wie erhebend und wie wundervoll die Geburt des Mithra, das Verströmen des Stierblutes, der Festschmaus, die Liturgie und der Priester selbst gewesen seien, aber Kasser entging nicht, daß hinter dem Glanz in den Augen ein verborgener Schatten von etwas anderem sprach, und er irrte sich nicht, *no error*, nein, schreibe das Manuskript, sagte Korim, denn unterwegs war in der Tat etwas vorgefallen, an der zweiten Mansio nämlich, zwischen Cilurnum und Onnum, wo sie haltmachten, um die Pferde zu wechseln und aus heißen Bechern einen Schluck Honigwein zu trinken, dort stießen sie *darauf*, sie hatten damit gerechnet, daß es so kommen könnte, sie waren jedoch nicht vorbereitet, und sie wollten gerade weiterreiten, traten aus dem Hof der Mansio auf die Straße, als unvermittelt ein Trupp Berittener aus der Nacht hervorbrach, unbekannte, am ehesten noch an die helvetischen Auxiliarien erinnernde Schuppenpanzerung, volle Bewaffnung, Scutum und Gladius, sie wurden einfach niedergestürmt und mußten sich in den Graben werfen, wollten sie nicht samt ihren Pferden umgerissen und zertrampelt werden, ungefähr eine Turma Berittener in geschlossener Formation und in der Mitte ein Mann ohne Rangabzeichen und in langem, wehendem Umhang, er warf nur einen kurzen Blick auf sie, während sie sich aus dem Graben erhoben, ein Blick, mehr nicht, schon stiebte er mit seinen Berittenen weiter, auf Onnum zu, aber den dreien genügte die kurze Begegnung, zu wissen, wen sie gesehen hatten, und diesem Blick zu entnehmen, ob die Nachricht stimmte, es war ein ernster, ein sehr ernster Blick, stehe im Manuskript, beziehungsweise, so ist es nicht exakt genug, berichtigte sich Korim, nicht einfach ernst, denn es war Ernsthaftigkeit und Strenge zusammen, *seriousness and dourness*, das, womit der Mörder seinem Opfer mitteilt, *jetzt* sei der letzte Augenblick gekommen, sie hätten in ihm also, sagte Korim zusammenfassend, und seine Stimme klang bitter, den Herrn des Todes erblickt, *the Lord of Death*, vom Rand des Grabens her, zwischen Cilurnum und Onnum, und davon weiche das Gibraltar-Kapitel nur in einem Punkt ab, während es hier die ungeheure Entfernung sei, die sie trenne, sei es dort die ungeheure Nähe, die Bengazza und seinen Freunden Furcht einflößte, denn vielleicht brauche er es gar nicht zu erwähnen, fuhr Korim fort, daß Mastemann, als er sich in der Albergueria zu ihnen an den Tisch setzte und einen regelrechten Vortrag hielt, sie erschaudern ließ, so nahe ein so erschreckendes Gesicht, mehr noch als furchteinflößend, das Blut erstarrte ihnen in den Adern.

19 Am liebsten mochte er Weine aus Malaga, ölig, süß und schwer, an den ersten Abenden nach seiner Ankunft, die er regelmäßig mit Kasser und dessen Freunden verbrachte, bestellte er einen Krug nach dem anderen, goß ein,

trank, goß nach und ermunterte auch die vier zum fleißigen
Trinken, dann, im lechzenden Karree der Huren, die sich
hinter ihm versammelten, redete und redete er, *talk and talk*,
und niemand wagte ihm ins Wort zu fallen, denn er sprach
über Genua und die alles Bisherige in der Welt übertreffende
Macht – Genua, er ließ sich das Wort auf der Zunge zerge-
hen, so, als wäre damit eigentlich schon alles gesagt, Genua,
sagte er noch einmal und zählte Namen auf, Ambrosio Boc-
canera, Ugo Vento und Manuel Pessagno, doch als er merkte,
daß die Namen seinen Zuhörern nichts sagten, beugte er sich
zu Bengazza hinüber und fragte ihn leise, wie es denn mit
Bartolomeo, Daniel und Marco Lomellini sei, ob man die
kenne – nein, antwortete Bengazza und schüttelte den Kopf,
no, he said, woraufhin sich Mastemann zu Toot wandte, ob
ihm der berühmte Satz von Baltazar Suárez etwas sage, »das
sind Menschen, denen die ganze Welt nicht zu groß ist, um sie
zu erwerben«, nein, das sage ihm nichts, antwortete Toot verwirrt, *die ganze Welt*, wiederholte Mastemann, Toot mit dem
Zeigefinger anstoßend, so laute die vollständige Formulie-
rung, behauptete er, denn sie werde in Bälde ihnen gehören,
aber damit nicht genug, es werde der folgende beispiellose Fall
eintreten: es kommt Genuas große Zeit, und sie vergeht, wie
es in der Natur der Dinge liege, nicht vergeht aber der genuesische Geist, *the spirit*, und auch nach dem Erlöschen von Genua wird die Welt nach der genuesischen Federung gehen,
und ob man wissen wolle, was denn die genuesische Federung
sei, fragte er, sein Glas ins Licht haltend, nun, es ist das, wenn
die Welt der Nobili Novi, der einfachen Kaufleute, von den
Nobili Vecchi, den nur mit Geld befaßten Kaufleuten, be-
siegt wird, vom genuesischen Genius also, donnerte Mastemann, der mit der Ausarbeitung eines Systems der Asientos
und Juro de resguardos, der Wechsel und Kredite, der Wert-
papiere und Zinsen, mit einem Wort, der Borsa generale ei-

nen völlig neuen Globus schafft, wo das Geld und die Geld-operationen nicht mehr auf die Wirklichkeit aufbauen, sondern auf den Verstand, und wo die Beschäftigung mit der Wirklichkeit nur noch Sache des barfüßigen Gesindels ist, auf den genuesischen Sieger entfällt einzig und allein die *nego-ziatione dei cambi*, um zusammenzufassen, fuhr Mastemann mit Stentorstimme fort, es entsteht eine neue Ordnung auf Erden, wo das, was herrscht, sich verklärt und wo die Banchieri di contos, die Cambiatoris und die Heroldis, also rund zwei-hundert Menschen in Lyon, Besançon oder Piacenza, von Zeit zu Zeit zusammentreffen, damit deutlich wird, ihnen ge-hört die Welt, ihnen das Geld, die Lira, der Oncio, der Ma-ravedi und der Dukaten, der Real und das Livre tournois mit-samt der uneingeschränkten Macht dahinter — — nicht mehr als zweihundert Menschen, sagte Mastemann, die Stimme senkend, dann drehte er den Wein im Glas, nickte allen zu und leerte es bis zum letzten Tropfen.

20 Zweihundert?, fragte ihn Kasser am letzten gemein-samen Abend, und eigentlich begann damit schon das Packen, *the wrapping*, es hatte nämlich in der vorangegan-genen Nacht einen Augenblick gegeben, als sie die Treppen zu ihren Zimmern hinaufstiegen, da hatten sie sich angeblickt und wortlos verständigt, es gibt kein Weiter, jetzt schnüren wir unser Bündel, zu warten ist sinnlos, und wenn die Nach-richt eintrifft und so ausfällt, wie Mastemann es ihnen einre-den wollte, werden sie nicht mehr betroffen sein, *the news are not for them*, aber sie glaubten Mastemann, denn ihm nicht zu glauben war unmöglich, seine Worte fielen wie Hammer-schläge auf sie herab und überzeugten sie von Abend zu Abend mehr von der neuen Welt, die ihre Verseuchung schon bei der Geburt in sich trug, kurzum, sie waren bereits zur Ab-reise entschlossen, und Kassers, von Mastemann übrigens

überhörte, Frage lieferte jetzt nur die Begleitmusik zu alledem, *the music* –– zweihundert?, fragte er ein zweites Mal, und
Mastemann hörte es auch beim zweiten Mal nicht, wohl aber
die anderen, sie hatten verstanden, und man sah ihnen an, daß
es tatsächlich an der Zeit war, und käme der Wind, gäbe es
keinen Grund zu bleiben, einerlei, aus welcher der früher er-
hofften Richtungen die Nachricht kommen würde, einerlei,
ob aus Palos oder Santa Fé, aus Luis de Santangel, Juan Ca-
brera oder Imigo Lopez de Mandoza, für sie kündigte sich
diese neue Welt als schlimmer an als jede alte, *awful like the old*,
und Mastemann, der redete und redete nur, auch an diesem
letzten gemeinsamen Abend, der Wein aus La Rochelle,
Sklaven, Biberpelze und Wachs aus Britannien, aus Spanien
Salz, Lack und Safran, aus Ceuta der Zucker, der Talg und
die Ziegenhäute, Wolle aus Neapel und Schwämme aus
Djerba, griechisches Öl und deutsches Holz, das alles aber
nur ein Posten auf einem Stück Papier, verstehen Sie?, Berufung
und Beteuerung, Hauptsache ist, was auf den Blättern des
scartafaccio steht, und entscheidend, was die eingebundenen
Bücher der großen Risconto-Käufe ausweisen, darauf achten
Sie dann, das wird die Wirklichkeit sein, sagte er und leerte
noch ein Glas Wein – am Tag darauf traf ein Trupp Matrosen
aus dem Languedoc ein, und sie berichteten, sie hätten einige
Magogs vom Calpe kommen und zum Meer hin davonlaufen
sehen, das war das erste gute Zeichen, weitere folgten bald, bis
schließlich andalusische Pilger die Neuigkeit brachten, in der
Bucht fliege ein riesiger alter Albatros dicht über dem Wasser-
spiegel umher, man solle begreifen, das grausame Regiment der
calma chicha, der Windstille, *the hull is over*, ist vorbei, und in der
Tat, wenige Stunden später kamen glücklich Mägde in die
Zimmer der vier gestürmt, um den seit Tagen eingeschlosse-
nen Herren mitzuteilen, Wind sei aufgekommen, die Segel
begännen sich zu blähen, die Schiffe bewegten sich, erst lang-

sam, dann immer schneller traten sie ihre Reise an, die Coccas und Fregatten, die Karaken und Galeonen, plötzlich glich die Albergueria einem Ameisenhaufen, auch Kasser und seine Freunde brachen auf, Gibraltar den Rücken kehrend und Ceuta vor Augen, um dort den ursprünglichen Plänen gemäß von Bischof Ortiz den Auftrag zur Zusammenstellung eines neuen Portolano entgegenzunehmen, sie wußten also, was jetzt folgen würde, wie sie auch in Corstopitum wußten, als sie Abschied nahmen, was ihnen bevorstand an den normannischen Küsten, *what comes at the beach of Normandia*, wenn erst der Kanal überquert wäre, nur Kasser wußte noch nicht, ob er je das andere Ufer erreichen würde, ihn hatten sie in die wärmsten Felle gewickelt, dann führten sie ihn zu der vom Cursus Publicus zu seiner Verfügung gestellten Carruca Dormitoria, halfen ihm vorsichtig, einzusteigen und Platz zu nehmen, saßen auf und traten, sich gegen den starken Wind stemmend, die Reise an, bei Condercum gerieten sie in Nebel, vor Pons Aelius wurden sie von Wölfen angegriffen, dann die so zerbrechlich anmutende Navis Longa im römischen Hafen, das stürmische Meer mit den aufgepeitschten, riesenhaften Wellen, schließlich die Tagesdunkelheit, die sich über das Ufer legte, die verbannte Sonne, sagte Korim, denn keinerlei Licht, kein Licht!

21 Er starrte lange vor sich hin und schwieg, dann, um irgendwie für heute Schluß zu machen, holte er tief Luft und blickte die Geliebte des Dolmetschers an, aber sie ihrerseits hatte schon Schluß gemacht für heute, sie lehnte mit dem Rücken an der Wand hinter dem Bett, der Kopf war nach vorn gekippt, das Haar fiel ihr ins Gesicht, sie schlief bereits, Korim merkte es erst jetzt, am Ende, als auch er Schluß machen wollte, so aber war jede Schlußklausel überflüssig, er erhob sich vorsichtig vom Bett und ging auf Zehenspitzen aus

dem Zimmer, kehrte aber nach kurzem Überlegen zurück, wählte aus dem zusammengewickelten Bettzeug, das die Transportarbeiter dortgelassen hatten, ein Deckbett aus und deckte sie zu, dann ging er in sein Zimmer und legte sich angekleidet auf das Bett, aber es dauerte einige Zeit, bis er einschlief, das aber im Nu, so daß er keine Zeit hatte, sich zu zudecken oder auszuziehen, weshalb er natürlich so auch erwachte, angekleidet und am ganzen Körper bibbernd, draußen war es noch dunkel, er betrachtete eine ganze Weile die undeutlichen Umrisse der Dächer und rieb seine Glieder, damit ihm warm wurde, dann setzte er sich auf den Bettrand, schaltete den Laptop an, gab die Passwords ein und prüfte noch einmal, ob alles auf der Homepage erschien, ob er nicht doch etwas falsch gemacht, ob er sich irgendwo geirrt hatte, aber kein Irrtum, kein Fehler, nach den erforderlichen Eingaben leuchteten die ersten Sätze des abgeschriebenen Manuskriptes auf dem Bildschirm, da schaltete er das Gerät ab, klappte es zu und stellte es weg, um auf den Fortgang der Wohnungsräumung zu warten, aber die Räumung habe keinen Fortgang genommen, erzählte er später, sondern es habe etwas wie ein Neueinzug begonnen, das drücke es noch am genauesten aus, Neueinzug, denn jetzt kamen all die Kisten und Kartons, sie beide standen in der Küche, in die Ecke neben der Tür gedrängt, und staunten nur, was die vier Transportarbeiter diesmal anstellten, wiederum, ohne daß sich der Hausherr, also der Dolmetscher, blicken ließ, er war wie vom Erdboden verschluckt, und sie schleppten einen Karton, eine Kiste nach der anderen herein, schon war alles zugedeckt und kein Fußbreit mehr frei, schließlich ließen die vier Arbeiter die Frau ein anderes Papier unterschreiben, dann verschwanden sie, sie beide blieben am Küchenfenster stehen, betrachteten das Durcheinander und verstanden rein nichts, bis sie zögernd die Packung, die ihr am nächsten war, öffnete, das Papier abriß und nachsah, und was sie sah, war ein Mikrowellengerät, erst vorsichtig, dann immer eifriger packte sie weiter aus, Korim war ihr behilflich, mit den Händen, mit einem Messer, je nachdem, was geeigneter war, ein Kühlschrank, sagte er, ein Tisch, eine Deckenleuchte, ein Teppich, ein Service, Badewanne, Schüsseln, Haartrockner, langsam wurde es draußen dunkel, und die Geliebte des Dolmetschers ging hin und her auf den Unmengen Verpackungsmaterial, hin und her zwischen den Unmengen von Gebrauchsgegenständen, rieb sich die Hände, sah zuweilen erschrocken Korim an, aber der antwortete nicht, auch Korim ging hin und her, manchmal blieb er stehen, bückte sich, nahm einen Stuhl, eine Gardine oder eine Mischbatterie in Augenschein, ob es sich wirklich um einen Stuhl, eine Gardine, eine Mischbatterie handle, dann kehrte er zur Wohnungstür zurück, wo die Arbeiter am Morgen das breite violette Plastikband hingeworfen hatten, hob es auf, untersuchte es und las vor, was darauf stand, *start over again*, er denke, das sei eine riesige Schleife, sagte er, vielleicht ein Spielzeug … oder ein Gewinn, es könne ja sein, daß damit alles zusammengebunden war, aber die Frau achtete wieder nicht auf seine Worte, sie hörte auch nicht auf, in dem Chaos hin und her zu gehen, und das hielt an, bis sie beide müde wurden, sie sich aufs Bett setzte und Korim neben sie, so wie am Tag zuvor, und tatsächlich war es so, eigentlich ebenso unerklärlich und beunruhigend wie am vorangegangenen Abend, jedenfalls, erzählte Korim viel später jemandem, nach den ängstlichen Blicken der Geliebten des Dolmetschers zu urteilen, unbedingt, deshalb war auch im weiteren Verlauf alles wie einen Tag vorher, den Rücken an die Wand gelehnt und ab und zu einen Blick zur Wohnungstür werfend, blätterte sie in demselben Werbeprospekt wie gestern, und Korim fuhr, um sie abzulenken, da fort, wo er am Abend aufgehört hatte, denn nun, erklärte er feierlich, nun sei das letzte Kapitel gekommen, Abschluß und Ende, und damit auch die wichtige Minute, in der er endlich verraten könne, worin die alles entscheidende, seine Pläne in ihren Grundlagen erschütternde, für ihn so erleuchtende Erkenntnis bestehe und was hinter ihr stecke.

22 Die Sätze sind gut gebaut, die Wörter stehen, Punkt, Punkt, Komma, alles ist an seinem Platz, trotzdem, sagte Korim und begann wieder mit dem Kopfkreisen, was hier, im letzten Teil, geschieht, läßt sich tatsächlich nur so auf einen Nenner bringen: Zusammenbruch, Zusammenbruch und Zusammenbruch, *collapse, collapse and collapse*, da die Sätze, als wären sie verrückt geworden, nicht einfach Anlauf nehmen, sondern gewissermaßen in eine verweifelte Geschwindigkeit hochschalten und ein irres Tempo erreichen, *crazy rush*, seine Sprechweise sei auch nicht die allerfeinste, sagte er und deutete auf sich, das wolle er nicht behaupten, sicher, er spreche gurgelnd und knarrig und leiernd und versuche alles in einen Satz zusammenzudrängen, um es dann in einem einzigen letzten, tiefen Atemzug, klar, das wisse er, aber was im sechsten Kapitel stehe, *the sixth chapter*, das sei etwas ganz anderes, hier kündige die Sprache einfach den Dienst auf und werde nicht dafür genutzt, wofür sie da sei, ein Satz fängt an und will nicht aufhören, aber nicht, weil er – man könne es so sagen – in eine Schlucht abstürzt, also nicht, weil ihn irgendeine Hilflosigkeit treibt, sondern eine wahnwitzige Strenge, als gehe der Zug nicht in die übliche Richtung ab, sondern in die entgegengesetzte, bei ihm nämlich, im Manuskript, Richtung Disziplin, *the discipline*, darum handle es sich, sagte Korim zu dem Fräulein, da kommt so ein enormer Satz und hetzt sich ab, möglichst genau und möglichst anschaulich zu sein, deshalb läßt er nichts aus, was die Sprache erträgt, auch nichts, was sie nicht erträgt, da kommen die Wörter im Satz, wölben

und schieben sich aufeinander, aber dann zerfällt alles, nicht wie bei einem Verkehrsunfall, sondern wie bei einem Puzzle, bei dem es um Leben und Tod geht, dicht, kompakt, abge٫ schlossen, in luftloser Enge, so also, irgendwie so, sagte Korim und nickte bedächtig, als wären alle Sätze, *all the sentences*, un٫ geheuer wichtig, als hingen Leben und Tod von ihnen ab, *life and death*, das Tempo ist schwindelerregend, und was be٫ schrieben, was aufgebaut, eingebettet und dargestellt wird, das ist so kompliziert, *so complicated*, daß eigentlich nichts mehr zu verstehen ist, jawohl, sagte Korim, es sei besser so, daß er das Wichtigste jetzt schon verraten habe, denn der sechste Teil, Rom, der sei *unmenschlich kompliziert*, und das ist das Wesentliche, sagte er, sowie auch, daß wegen dieser un٫ menschlichen Kompliziertheit das Manuskript von hier an unlesbar ist — unlesbar und doch einzigartig schön, das habe er schon ganz am Anfang so empfunden, als er, und er habe darüber schon berichtet, in einem Archiv in Ungarn, sehr, sehr weit von hier entfernt, noch vor der Sintflut es zum aller٫ erstenmal bis zum Ende gelesen habe, und das gleiche Gefühl habe er bei jedem neuen Lesen gehabt, wieder und immer wieder, und er habe es auch heute, unverständlich und wun٫ derschön, *inapprehensible and beautiful*, vom Inhalt habe er beim ersten Anlauf lediglich mitbekommen, daß sie an einem Tor der Stadtmauern des Aurelianus stehen, und zwar an der Porta Appia, schon außerhalb der Mauern, vielleicht hun٫ dert Meter davon entfernt, zwischen ihnen ein nicht sehr gro٫ ßer heiliger Stein, und zur Straße sehen, zur Via Appia, wie sie pfeilgerade von Süden her naht, sie stehen da, und nichts geschieht, an der Porta Appia ist Herbst oder Vorfrühling, es läßt sich nicht entscheiden, das Tor an der Porta herabgelas٫ sen, von der Wache sieht man nur zwei Gesichter durch die Schießscharten der Manöverstube, beiderseits Einöde, wu٫ cherndes Unkraut, neben dem Tor der Brunnen und um den

Brunnen cisiarii – nun, das ungefähr habe sich anfangs dem letzten Kapitel entnehmen lassen, es sei eben, meinte Korim und spitzte vielsagend den Mund, alles, wirklich alles ungeheuer kompliziert.

23 Sie warteten an einem Mercurius-Heiligtum, ungefähr hundert, hundertfünfzig Meter vor der Porta Appia, Bengazza saß, Falke stand, Toot hatte den rechten Fuß auf einen Stein gestellt und die verschränkten Arme auf das Knie gestützt – und tatsächlich sei nichts weiter geschehen, sagte Korim, dieses Warten stand im Mittelpunkt, *expectancy in the heart of things*, oder etwas näher betrachtet, in der Erzählung war die vorwärtsschreitende Zeit erloschen und mit ihr auch die Erzählung selbst, was immer auftauchte in den ins Gigantische gewachsenen Sätzen, was immer an Neuem erschien, es führte nirgends hin, es bereitete nichts vor, es war nicht Einleitung oder Abschluß, nicht Ursache oder Anfang, lediglich ein Element eines mit unglaublicher Geschwindigkeit blitzartig hingeworfenen Bildes, Bestandteil, Zelle, Stück eines unerhört komplizierten Ganzen, das regungslos zwischen den gigantischen Sätzen steht, und wenn er jetzt sage, sagte Korim, daß der sechste Teil *letzten Endes* nichts anderes ist als eine großangelegte Inventur, dann täusche er sich und andere, gleichzeitig aber könne er keinesfalls etwas anderes sagen, und es sei dieser Widerspruch gewesen, der ihn bis in die letzten Tage hinein so beunruhigte, einander ausschließende Behauptungen, mit denen er nichts habe anfangen können, als er wußte, daß beide zutrafen, doch wie war das denn möglich, er sei einfach nicht zurecht gekommen, denn einerseits ist es so, sie stehen zu dritt, ohne Kasser, an der Einmündung der Via Appia und beobachten von Süden her die Straße, und es beginnt die großangelegte Inventur von der Roma Quadrata bis zum Tempel der Vesta und von der Via Sacra bis zur Aqua Claudia, einerseits ist es so, tatsächlich, andererseits, und in Korims Augen glommen Lichter auf, nicht.

24 Er stand auf, ging hinaus, kam nach einigen Minuten mit einem dicken Papierpacken zurück, setzte sich neben sie, legte das Manuskript auf seine Knie und suchte eine Weile darin, hernach nahm er, sich entschuldigend, daß er diesmal ausnahmsweise ein Hilfsmittel benötigte, ein paar Blätter heraus und fuhr, ab und zu einen Blick auf den Text werfend, da fort, wo er zuvor aufgehört hatte, indem er sagte, es seien gekommen auf der Straße nach Rom: Sklaven, Freigelassene und Tenuiri, Treppenbauer und Damenschuhmacher, Kupfergießer, Glasbläser, Bäcker und Ziegelbrenner, Wollweber aus Pompeji und Töpfer aus Arretium, Walker, Barbiere, Quacksalber und Wasserträger, Ritter, Senatoren und dicht hinter ihnen Accensi, Viatoren, Praeconen und Librarii, dann kamen die Ludimagister, die Grammatici und Rhetoren, die Blumenverkäuferinnen, Capsarii und Kuchenbäcker, es kamen die Gastwirte, die Gladiatoren, die Pilger und die Delatoren, schließlich kamen die Libitinarii, die Vespillonen und die Dissignatoren, aber sie kommen nicht mehr, sagte Bengazza, nein, sagte Falke, denn es gibt kein Forum und keinen Palatinus, kein Capitolium und keinen Campus Marcus, und da sind keine Saepta und kein Emporium am Ufer des Tiber, nicht die wunderbaren Horti Caesaris und das Comitium und die Cura, nicht die Arx, das Tabularium, die Regia und das Cybele-Heiligtum, und es sind da auch die strahlenden Tempel weder des Saturnus noch der Augusta, des Jupiter, der Diana, denn Gras wächst schon über dem Colosseum und auch über dem Pantheon, Gesetze erläßt weder der Senat noch der Kaiser, denn weder Senat noch Kaiser sind an ihrem Platz – und so weiter bis ins Un-

endliche, sagte Korim, sie sprachen und redeten und nahmen einander das Wort aus dem Mund, wie ein Wasserfall, in welcher Unermeßlichkeit alles irdische Gut hierhergeströmt sei, wie etwa das Getreide, sagte Toot, wie das Scheit- und das Schnittholz zum Vicus Materius, zur Via Sacra aber der Honig, das Obst, die Blumen und der Schmuck, zum Forum Boarium das Rindvieh und zum Forum Suarium die Schweine, zum Piscatorium die Fische, zum Holitorium das Grünzeug, zum Fuß des Aventinus, ans Ufer des Tiber das Öl, der Wein, der Papyrus und die Gewürze, aber es gebe nichts mehr, wofür diese unermeßlichen irdischen Güter strömen sollten, sagte Bengazza, denn es gibt kein Leben mehr und keine Feste mehr, und nie mehr wird es Wagenrennen oder Saturnalien geben, denn vergessen sind Ceres und Flora, und nicht mehr veranstaltet werden die Ludi Romani, und noch einmal wird es auch die Ludi Victoriae Sullanae nicht geben, denn in Trümmern liegen die Bäder, eingestürzt die Thermen von Caracalla und Diocletianus, versiegt die großen Wasserleitungen, ausgetrocknet die Aqua Appia, leer die Aqua Marcia, und keine Rolle mehr spielt es, wo Catullus, Cicero oder Augustus wohnten, unwichtig, wo die großen, die überwältigenden, die unnachahmlichen Paläste standen, uninteressant, welche Weine sie tranken, ob Wein aus Falernus oder Massilia, aus Chios oder Aquileia, einerlei und nicht mehr interessant, es ist nicht mehr und strömt nicht mehr, es fehlt der Grund, so fließe es auf eine verrückte Weise von Seite zu Seite, sagte Korim, ein wenig verloren blätternd, und er sei jetzt naturgemäß, setzte er hinzu, außerstande, die vibrierende Disziplin zu veranschaulichen, die dies alles antreibe, denn es werde einfach alles nur hintereinander aufgezählt, vielmehr müsse er sagen, daß neben der Inventur noch tausenderlei Dinge gleichzeitig strömen, denn mal lese man, beispielsweise zwischen dem Forum Boarium und der Caracalla Thermae, wie die Wächter an der Porta das Tor – Gitter und Holzplatten – herablassen, dann, zwischen den Aquae und den Saturnaliae sowie dem Holitorium, wie die Terra Sigillata als kostbare Ladung beschaffen ist, oder wie beiderseits der Via Appia die Blätter der Zypressen, Pinien, Akanthien und Maulbeerbäume von Staub bedeckt sind, ja, genau so, sagte Korim und seufzte, aber zugleich sei das alles mit dem übrigen *zusammen* und irgendwie eingekeilt in die große Aufzählung, sie, das Fräulein, solle es also so verstehen, daß die Dinge nicht aufeinander folgen wie nach einer Liste, die etwa die nach Rom strömenden Gestalten enthält, und danach kommt der Staub auf den Zypressen, dann wieder ein Stück Inventur von den Massen hier zusammengetragener Waren und so weiter, zum Beispiel über die Cisarii, nein, so nicht, sondern so, daß dies alles in einen einzigen schrecklichen, höllischen, alles verschlingenden Satz mündet, etwas beginnt mit einer Sache, aber es kommt die nächste, dann die dritte, und schon ist der Satz wieder bei der ersten und so weiter, sagte Korim und sah die Geliebte des Dolmetschers an, er hoffe, sie habe inzwischen einigermaßen erkannt und glaube ihm, daß er nicht übertrieb, als er sagte, unlesbarer und purer Irrsinn!!!, wie er auch hoffe, sie wisse, daß das alles trotz alledem ergreifend schön ist, übrigens sei er bei jedem erneuten Lesen wirklich ergriffen gewesen, jedesmal, bis er vor drei oder wieviel Tagen zu diesem sechsten Kapitel gelangt sei, hier angelangt sei, bei den letzten Tagen des Eintippens, als er schon glaubte, fertig, alles bleibt im dunkeln, nun, da, sagte Korim mit leuchtenden Augen, da, dort, nach den ersten Sätzen des sechsten Kapitels, habe er den Schlüssel zu der Sache gefunden, nur so könne er es sagen, nicht anders, vor drei oder wieviel Tagen habe er auf einmal den *Schlüssel* vor sich gesehen, unerwartet nach ach so vielem Lesen und Staunen und Probieren und Leiden, sie solle recht verstehen, unerwartet sei sein Zimmer von einem außergewöhnlichen Licht durchflutet gewesen, er sei aufgesprungen vom Bett in diesem Licht und vor Aufregung hin und her gegangen, aufgesprungen und umhergegangen, und er habe alles verstanden.

25 Er las die unheimlichen und immer unheimlicheren Sätze und tippte sie in den Laptop, aber mit den Gedanken war er nicht bei der Sache, mit den Gedanken sei er ganz woanders gewesen, erzählte er der Frau, so daß alles, was vom letzten Kapitel noch fehlte, gewissermaßen von selbst auf den Bildschirm geriet, und das sei noch eine Menge gewesen, sagte er, das gesamte Material über die Straße, über die Verkehrsmittel und über Marcus Cornelius Mastemann, der sich auf diesen Seiten, gleichsam zum Abschied, als Curator viarum bezeichne – über die Straße also, daß sie gebaut werden müßte, in allen Einzelheiten ausführend, was ein Statumen, ein Rudus und Nucleus und Pavimentum ist, über die vorgeschriebenen Abmessungen einer Straße und über die Wasserrinnen zu beiden Seiten, über die Crepinides und über die Regeln für die Anordnung und Beschriftung der Millarien, ferner, wie die Centuria accessorum velatorum funktionierte, die berühmte Hundertschaft des Augustus zur Instandhaltung der Straßen, sodann über die Verkehrsmittel, das heißt, in erster Linie über die zahllosen Wagenarten vom Carpentum bis zur Carruca, von der Raeda bis zum Essedum, und neben Birota, Petorritum und Carrus stellte die größte Zahl natürlich das zweirädrige, dachlose Cisium, bis schließlich nur noch Mastemann übrigbleibe, genauer gesagt, die Schilderung der Grundaufgaben und der Macht des jeweiligen Curator viarum, selbstverständlich aber hineingefüllt in das zentrale Bild, wie Bengazza, Falke und Toot am Heiligtum des Mercurius stehen und die Via Appia beobachten, falls sich doch jemand zeige, nun, also, sagte Korim, er habe die

letzten Sätze in den Laptop geschrieben, aber in seinem Gehirn habe sich von Minute zu Minute etwas ganz anderes abgespielt, da drinnen habe es gedröhnt, gekracht, gerumpelt
und geklappert, während er zu klären versuchte, was dieses
Licht ihm gesagt und wo alles überhaupt begonnen habe, das
habe er sich gefragt, dort, sagte er, nach dem Archiv, als er damals das Manuskript mit nach Hause nahm, und jedesmal
beim Lesen habe er sich wieder gefragt, gut, gut, aber wozu
und wozu und wozu?!, das war die erste Frage, doch es war
auch die letzte, und sie faßte in sich alle übrigen zusammen,
denn wenn es auch Sprache ist, womit das Manuskript hier
operiert, was für eine ist es dann, wenn sie doch sichtlich zu
niemandem spricht, und warum legt sie keinen Wert darauf,
wenigstens dem Minimum der Anforderungen, die man an
literarische Werke stellt, gerecht zu werden, und überhaupt,
was ist es, wenn es kein literarisches Werk ist, denn ein solches
ist es nicht, das liegt auf der Hand, und wieso verwendet der
Verfasser massenweise dilettantische Lösungen ohne die geringsten Bedenken, als Dilettant zu gelten, und überhaupt,
und überhaupt, man sah die Erregung in Korims Blick, er beschreibe, fuhr er fort, in unglaublicher Schärfe vier Figuren
und bringe sie an einem historischen Punkt zum Einsatz, aber
warum gerade dort und nicht woanders, warum gerade diese
vier und niemand sonst, was ist das für ein Nebel, aus dem er
sie andauernd vorführt, und was ist das für ein Nebel, in den
er sie wegführt, warum wiederholt sich alles, und wohin verschwindet am Ende Kasser, und was soll diese ständige, diese
ewige Geheimnistuerei, was soll die von Kapitel zu Kapitel
wachsende Ungeduld, wer ist Mastemann, und wieso laufen
alle Ereignisse immer mit derselben Federung ab, warum vor
allem verliert derjenige, der das geschrieben hat, *vollständig*
den Verstand, wer auch immer es sein mag, ob nun einer aus
der Familie Wlassich oder nicht, ob nun sein Manuskript zu-

fällig in den Faszikel der Wlassich geriet oder nicht, mit einem Wort, sagte Korim und hob, immer noch auf dem Bett
sitzend, die Stimme, was will das Manuskript *letzten Endes*,
denn es muß einen Grund gegeben haben für seine Existenz,
irgendeinen Grund, habe er sich immer wieder gesagt, sagte
Korim, sooft er nur daran dachte, müsse es gegeben haben,
und da sei dieser Tag gekommen, zurückblickend wisse er
nicht mehr genau, welcher, der dritte oder wievielte, er habe
sich das verrückte sechste vorgenommen, sich über die teuflischen Sätze hergemacht, da sei ihm auf einmal ein Licht aufgegangen, innerhalb eines Augenblicks sei es hell geworden,
schwer zu erklären, warum nicht schon früher und warum
gerade jetzt, er glaube, deshalb gerade jetzt, also vor drei oder
wieviel Tagen, weil er in den zurückliegenden Monaten ja
wahrhaftig genug darüber nachgedacht hatte und seine Gedanken einfach reif waren für die Helligkeit, und als sich das alles
in ihm abspielte, er erinnere sich deutlich, das mit dem Licht
und dem Verstehen, da sei ihm warm ums Herz geworden, er
schäme sich nicht, es so auszudrücken, vielleicht hätte er sogar
so auch anfangen sollen, denn höchstwahrscheinlich sei davon das ganze ausgegangen, auch diese Helligkeit, von der
Wärme um das Herz, er wolle nicht sentimental werden, aber
so sei es gewesen, jemand, ein Wlassich oder so, legt los und
erfindet vier großartige, reine, engelsgleiche Männer, vier liebenswerte, schwebende, unendlich feine Gestalten *mit großartigen Gedanken*, und beim Überfliegen der überlieferten Geschichte sucht er für sie einen Punkt, durch den hindurch er
sie vorführen kann, ja, sagte Korim, und Korims Hände zitterten, Korims Augen glühten bereits, als hätte ihn unvermittelt ein Fieber befallen, den Weg hinaus, den Ausweg habe
dieser Wlassich oder wie immer er heiße für sie gesucht,
jedoch nicht gefunden, etwas völlig ÄtherischIrreales, er
schickte die vier in das völlig Reale, in die Menschheitsge

schichte, also in die Ewigkeit der Kriege, und versuchte sie dort an dem einen oder anderen Punkt anzusiedeln, der Frie-den verhieß, aber nie gelang es, dabei beschwört er dieses Reale immer höllisch-kraftvoller, immer teuflisch-zuverlässiger, im-mer dämonisch-anschaulicher, und er schreibt seine eigenen Geschöpfe hinein, doch alles vergebens, und alles immer ver-geblicher, denn für sie führt der Weg nur aus dem Krieg in den Krieg, nicht aus dem Krieg in den Frieden, und dieser Wlas-sich oder wer verzweifelt immer mehr an diesem dilettanti-schen, einsamen Ritual, bis er am Ende verrückt wird, weil es keinen Weg hinaus gibt, mein Fräulein, keinen Ausweg, sagte Korim und senkte den Kopf, und das schmerze ihn, der er die vier Männer so sehr ins Herz geschlossen habe, über die Ma-ßen, sie vier, Bengazza, Falke, Toot und der zum Ende hin ver-schwindende Kasser, lebten so tief in ihm, daß er jetzt kaum die Worte finde, mit ihnen auszudrücken, daß er sie seither mit sich herumschleppe im Zimmer, hierher und dorthin und in die Küche und zurück, weil etwas ihn treibe, und das ist schrecklich, Fräulein, sagte Korim und sah die Geliebte des Dolmetschers mit Verzweiflung in den Augen an, es gibt für sie nicht den Weg hinaus, um es nunmehr so zu nennen, nur Krieg und Krieg überall, sogar in seinem Inneren, und jetzt, wo er zudem auch endgültig fertig sei und das gesamte Mate-rial auf der Homepage untergebracht habe, wisse er einfach nicht, was auf ihn warte, ursprünglich habe er geglaubt, am Ende könne er sich beruhigt auf den sogenannten letzten Weg begeben, jetzt aber müsse er ihn mit dieser schmerzlichen Hilf-losigkeit in der Seele antreten, und er spüre, es ist nicht gut so, deshalb müsse er sich etwas ausdenken, unbedingt, er könne sie ja nicht gut mitnehmen, er müsse sie irgendwo ab-setzen, aber nein, sein Kopf sei dumm, gähnend leer, verrückt, schwer, er schmerze nur und er wolle ihn vom Halse reißen, alles tue weh, und nichts falle ihm ein.

26 Die Geliebte des Dolmetschers sah ihn an und fragte leise, what's there on your hand, aber Korim war so verblüfft, daß sie überhaupt etwas sagte, außerdem hatte sie es so schnell gesagt, daß er eine Weile um eine Antwort verlegen war, er nickte nur und sah zur Decke hinauf, als dächte er nach, dann nahm er das Manuskript von den Knien und das Wörterbuch in die Hand und begann unter undeutlichem Gemurmel nach einem Wort zu suchen, das er nicht verstanden hatte, aber gleich schlug er es wieder zu und rief erleichtert, aha, »what's« und »there«!, ja, er verstehe, nicht »watser« oder was auch immer, aha, er nickte, »what *is* there on your...«, demnach *on my hand*, und er hob sie vor seine Augen und drehte sie, aber er bemerkte nichts Ungewöhnliches an ihr, bis ihm sichtlich einfiel, was sie meinte, er seufzte und deutete mit dem linken Zeigefinger auf eine Narbe am rechten Handrücken, das, ja?, er verzog den Mund, eine alte Geschichte, *old thing*, nicht interessant, *not interesting*, vor langer, langer Zeit sei er einmal sehr verbittert gewesen, auf kindische Weise, er schäme sich geradezu, und da passierte es, daß er sich mit einer Pistole durch die Hand schoß, *perforate with a colt*, sagte er nach einem Blick ins Wörterbuch, eine Lappalie, es sei nicht schlimm gewesen, er habe sich so an die Narbe gewöhnt, daß er sie gar nicht mehr wahrnehme, obgleich er sie doch für die Ewigkeit habe, das sei sicher, sie, das Fräulein, sehe es ja, wie er auch für die Ewigkeit, und das sei schlimmer, den Kopf hier habe auf dem schmerzenden, zu schwachen Hals, und er deutete auf seinen Kopf, er sei überlastet, sagte er, langte hinter den Schädel und rieb sich den Nacken, er könne nicht mehr, fuhr er fort und kreiste mit dem tief gesenkten Kopf, das alte Problem kehre also zurück, nach einer kurzen, vorübergehenden Leichtigkeit kehre das alte, quälende Gewicht zurück, so daß er das Gefühl habe, der Kopf werde jetzt wirklich nicht mehr lange halten, besonders in den letzten Tagen, und mit diesen Worten stellte er das Massieren und das Kopfkreisen ein, legte sich das Manuskript wieder auf die Knie, ordnete die Blätter und erwähnte noch, eigentlich könne er nicht sagen, was das Ende sei, so dicht und unübersichtlich sei hier alles, man könne nicht einmal genau bestimmen, wann es geschah, er meine also die zeitliche Einordnung, zwar lese man hier ab und zu etwas wie einen bitteren Monolog, zum Beispiel über das Erdbeben von vierhundertzwei, dann Anspielungen auf die schrecklichen Leistungen der Wassergoten, auf Geiserich und Theoderich und Orest und Odoaker, auch ein wenig über Romulus Augustus, kaum mehr als den Namen, aber viel nicht, sagte Korim, bloß Anspielungen und Schnappschüsse, gewiß ist dabei lediglich, daß es mit Rom dort an der Porta Appia für alle Zeiten vorbei ist, es sei ausgewesen mit Rom, sagte Korim, aber er konnte nicht weitersprechen, denn unerwartet setzte draußen Lärm ein, Getrampel, Gerumpel, Gepolter und Gefluche – dann blieb nicht viel Zeit zum Überlegen, wer oder was das sein mochte, denn aus dem Getrampel, Gerumpel, Gepolter und Gefluche wurde alsbald ein Mensch, der schon im Treppenhaus brüllte, guten Abend, Liebste, und dann die Tür eintrat.

2 7 Nichts fragen, bloß freuen, sagte der Dolmetscher, schwankend auf der Schwelle stehend, und wenngleich die vielen Beutel und Tüten, mit denen er sich ausgestattet hatte, Erklärung genug für sein Schwanken gewesen wären, denn einige hatte er sich sogar um den Hals und über die Schultern gehängt, konnte am wahren Grund seiner Befindlichkeit kein Zweifel bestehen, denn er war betrunken, wie die geröteten Augen, die ganz langsamen Blicke und die stockende Rede sofort verrieten, jedoch verrieten sie auch, daß er unerhört gute Laune hatte, was er den beiden auch unver-

züglich kundtat, denn als er den Blick durch die Wohnung wandern ließ und irgendwo im endlosen Dickicht der Kisten und Kartons die zwei hinauseilenden Gestalten bemerkte, brach er in ein solches Gelächter aus, daß er minutenlang nicht aufhören konnte – ein Gelächter, das ihn immer weiter hochschaukelte, so daß er schallender und schallender lachte, schließlich mußte er sich atemlos an die Wand lehnen, Speichel rann ihm aus dem Mund, aber aufhören konnte er immer noch nicht, selbst da noch, als er aus irgendeinem Grund doch ermüdete und sich allmählich beruhigte, als er Korim und seine Geliebte anschrie, was ist, wie lange gafft ihr noch, seht ihr nicht, wie bepackt ich bin, weshalb sie rasch zu ihm liefen und ihm die Taschen und Päckchen abnahmen, selbst da noch war alles vergebens, und vergebens war auch, von der Bepackung befreit, ein Schritt nach vorn, den zweiten schaffte er nicht mehr, denn als sein Blick erneut über die Kartons und Kisten wanderte, konnte er nicht anders, er mußte weiterlachen, und während er weiterlachte, sagte er atemlos, *start over again*, und zeigte im Kreis und fiel um, seine Geliebte eilte zu ihm und half ihm auf die Beine, und auf das Fräulein gestützt, schaffte er es irgendwie in das Zimmer der beiden, wo er auf das Bett sank, auf Korims Manuskript, das Wörterbuch, das Notizheft und auch den Werbeprospekt, er stöhnte noch einmal laut, dann schlief er ein, sein Mund öffnete sich zum Schnarchen, aber die Augenlider waren nicht richtig geschlossen, weshalb die Frau sich nicht wegzurühren getraute, es hätte ja sein können, daß der Dolmetscher nur Spaß machte, was ungeklärt blieb, denn er konnte durchaus geschlafen haben, als er nach einigen Minuten die Augen aufschlug und von neuem brüllte, *start over again*, was wiederum ein Spaß sein konnte, da er seine Geliebte verschmitzt ansah, als er im weiteren zu ihr sagte, komm her, er beiße nicht, keine Sorge, sie solle sich zu ihm setzen und zu zittern aufhören, sonst kriege sie eine geklebt, sie solle endlich kapieren, die Not ist vorbei, von jetzt an solle sie sich aufführen wie jemand, der die Butter dick aufs Brot streicht, sie könne sich das jetzt lei/ sten, sagte der Dolmetscher und setzte sich auf im Bett, um mit einem Zwinkern fortzufahren, er wisse nicht, ob es ihr aufgefallen sei, daß er ruckzuck das gemeinsame Leben reor/ ganisiert habe, er sei losgegangen, direkt zu Hutchinson, und habe das Start/over/again bestellt, den Austausch von Altem gegen Neues innerhalb eines Tages, er habe den ganzen Scheiß wegbringen und Neues kommen lassen, es sei ihm, ehrlich, ein Bedürfnis gewesen, er habe ein Genie wie diesem Hutchinson im Kaufhaus Hutchinson gebraucht, der eine so elementare Grundidee hatte wie diese, innerhalb eines Tages weg mit dem Scheiß, und zwar samt und sonders, und inner/ halb eines Tages her mit dem Neuen, und zwar samt und son/ ders, und dann ran an den Start!, wozu übrigens kaum etwas nötig gewesen sei, nur daß man den richtigen Augenblick er/ kannte und austauschte, er habe ihn erkannt und habe ausge/ tauscht, gerade noch rechtzeitig, denn alles hier sei ja schon am Verfaulen gewesen, es habe ihn angestunken, die Cents zu zählen, ob es noch ausreiche, etwas vom Vietnamesen zu ho/ len, jetzt reicht es, habe er gesagt und sich an den Haaren aus dem Sumpf gezogen, er habe einen günstigen Augenblick er/ wischt für den Austausch, so lasse sich die Sache am knapp/ sten beschreiben, sagte er stockend, und jetzt, fuhr er fort, sprang auf und ging auf die Tür zu, wird gefeiert, wo steckt denn unser kleiner Ungar?, schrie er in Korims Zimmer, wor/ aufhin dieser sich rasch zeigte, guten Abend, Herr Sárváry, aber da wurde er schon mitgezerrt, wo ist der Beutel, schrie der Dolmetscher glückselig, schließlich fand er ihn selbst nach einigem Suchen, nahe bei der Wohnungstür, er nahm zwei Flaschen aus dem Beutel, hob sie hoch und schrie neuer/ lich, start over again, dann mußte seine Geliebte drei Gläser holen, was gar nicht leicht war, da sie erst einmal in dem Durcheinander die Kartons mit den Gläsern suchen mußte, aber sie fand sie, nun wurde eine Flasche geöffnet, der Dol‑ metscher goß ein, und zwar zur Hälfte in die Luft und zur an‑ deren Hälfte in die Gläser, dann hob er sein Glas – auf das neue Leben, sagte er zu Korim, dem bange war, der aber zu lächeln versuchte, und weg mit allem, was weg muß, ergänzte er, mit seiner immer noch erschrockenen Geliebten ansto‑ ßend, dann machte er eine breit ausholende Gebärde, bei der ihm das Glas aus der Hand fiel, was er nicht zu bemerken schien, denn sein Blick war in die Höhe gerichtet, Ankündi‑ gung einer feierlichen Erklärung, aber erst folgte eine lange Kunstpause, nach der er nicht mehr sagte als, … diesen gan‑ zen … diesen ganzen …, hierauf ließ er die Arme sinken, für einen Moment wurden seine Augen klar, er schüttelte den Kopf, schüttelte ihn noch einmal, ließ sich ein neues Glas bringen, füllte und leerte es, winkte seine Geliebte zu sich, legte einen Arm um ihre Schultern und fragte sie, ob sie sich was aus Champagner mache, aber er wartete die Antwort nicht ab, sondern er zog eine kleine Schachtel aus der Tasche, drückte sie ihr in die Hand und drückte jeden einzelnen von ihren Fingern fest darauf, schob sein Gesicht dicht vor ihr Ge‑ sicht, sah ihr tief in die Augen und fragte sie mit Flüster‑ stimme, aber das gute Leben, daraus machst du dir doch was?

28 Er hatte ein Taxi genommen, wie schon seit Tagen, und jetzt, auf der Heimfahrt, betrunken und mit all dem Kram, war der gesamte Rücksitz belegt, er hatte ihn voll‑ gepackt, bevor er einstieg, auch den Kofferraum, er wisse nur nicht, sagte er zum Fahrer, wie zum Satan er das alles zum obersten Stock schleppen werde, wie er das schaffen solle, wisse er nicht, viel zuviel für einen, sehen Sie?, sagte er und hob einen Beutel an, das sei Kaviar, und zwar Petrosian Be‑

luga, hier Stilton-Käse, Kompott, und das hier?, er sah näher
nach, ach ja, Bagel mit Lachskrem, und sehen Sie das?, fragte
er und zog einen anderen Beutel aus der Nähe seiner Füße
hoch, Champagner, M-Lafitte, die teuerste Marke, mit Bio-
erdbeeren aus Florida, und das hier, er wühlte in einer Papier-
tüte an seiner Seite, Gammel Danks, wissen Sie, und Chorizo
und Heringe und ein paar Flaschen Burgunder, weltberühmt
übrigens, weltberühmt, und nun hoffe er, sagte der Dolmetscher zu dem Taxifahrer, er begreife, daß heute abend zu
Hause ein großes Fest starte, das größte Fest seines Lebens,
und ob er wisse, was gefeiert werde, fragte er, sich zum Sicherheitsgitter beugend, damit der Fahrer ihn im Motorgebrumm
besser hörte, wissen Sie, was?, kein Geburtstag, kein Namens-
tag, kein Hochzeitstag, keine Taufe, nein, nein und nein,
nein, er, der Fahrer, werde es nicht erraten, denn es gebe in
New York kaum noch jemanden, der das gleiche feiern könne
wie er, den Mut nämlich, seinen eigenen, persönlichen Mut,
daß er, und er deutete auf sich, zur richtigen Zeit den richtigen Schritt gewagt und sich nicht in die Hosen gemacht habe,
als er sich fragen mußte, ob er den Mut aufbringen würde, er
habe sich bedenkenlos entschieden und den Mut aufgebracht,
und zwar, das sei entscheidend gewesen, im richtigen Moment, weder früher noch später, genau da, als es sein mußte,
weshalb aus dem heutigen Abend ein Fest des Mutes werden
würde und die große Ouvertüre zum Neubeginn einer künst-
lerischen Karriere, deshalb werde er heute abend äußerst über
die Stränge schlagen, das könne er ihm, dem Taxifahrer, versprechen, sie beide könnten ja gleich einen heben auf die Sache, hier, bitte, das eigne sich vielleicht, sagte er, zog einen
Flachmann mit Bourbon aus der Tasche und hielt ihn durch
das Sicherheitsgitter dem Fahrer hin, der die Flasche nahm,
über die Öffnung leckte, nickte und sie lachend zurückgab,
okay, sagte der Dolmetscher, okay, wenn er mehr wolle, solle

er es ruhig sagen, sie könnten sie leer trinken, er habe noch reichlich davon, das ganze Universum sei voll mit Bourbon, nun fiel ihm sein Problem wieder ein, er wisse nur nicht, wie zum Henker er soviel Zeug all die Treppen hochschleppen werde, und er schüttelte selig den Kopf, er könne sich nicht vorstellen, wie er es damit bis zur Wohnung schaffen werde, aber, aber, fiel ihm plötzlich ein, wie wäre es, wenn sie zwei es zusammen hinauftrügen, ihm sei es ein paar Dollar wert, und ihm, dem Fahrer, werde das Cab nicht wegrennen, gut, wird gemacht, sagte der Fahrer und nickte mit heiterer Miene, und dann half er ihm tatsächlich beim Ausladen und Tragen, aber nur bis zur untersten Treppenstufe, hinauf nicht, er lachte immer noch, nickte, aber jetzt müsse er weiter, sagte er, und so bekam er nur einen Dollar, und der Dolmetscher schimpfte wie ein Rohrspatz, während er sich und das Zeug abschnittsweise hinaufschleppte, so daß es ihm richtig guttat, die Tür einzutreten, wie er am Morgen darauf, im Bett liegend, seiner Geliebten, die an der Tür stand, erzählte, einzutreten und auf der Schwelle stehenzubleiben und sie mit dem kleinen Ungarn zu sehen, wie sie ihn zwischen den Mengen von Kisten und Kartons und Beuteln und Tüten angafften, ohne irgend etwas zu kapieren, so daß er auf der Stelle allen Ärger vergaß und sie am liebsten alle beide umarmt hätte, aber vielleicht habe er es auch, oder?, fragte er, vielleicht habe er sie beide tatsächlich umarmt, sie, seine Geliebte, bestimmt, fuhr er fort und versuchte seine undeutlichen Erinnerungen zu überprüfen, gleich zuerst habe er ihr den Halsschmuck gegeben, nicht wahr?, dann habe er einen Tisch und zwei Stühle ausgepackt, Korim habe sich ihm gegenüber hinsetzen müssen, das sei sicher, er habe ein oder zwei Flaschen Champagner hingestellt, dann habe er angefangen, dem anderen auf ungarisch zu erklären, was er im Leben tun müsse, damit es so mit ihm nicht weitergehe, so idiotisch und nutzlos, aber der andere schien

die belehrenden Worte gar nicht zu hören, er fragte immerfort
nur, wo denn das ungarische Viertel sei, von dem er, der Dolmetscher, vorhin als dem besten New Yorker Quellgebiet von
Paprikasalami gesprochen habe, er sei sich sicher, fuhr der
Dolmetscher fort, deswegen habe er, Korim, ihm am Anfang
Löcher in den Bauch gefragt, also ja, oberhalb von Zabar's
Delicatessen in der Gegend der 81. und 82. Straße, aber trotzdem, welche Avenue, so sei es eine Weile hin und her gegangen, aber warum?, er habe keine Ahnung, wie er auch gestern
keine Ahnung gehabt habe, er erinnere sich nur, daß er ihm
erklären wollte, was man macht, wenn man einmal am Schei-
deweg steht, nämlich auf seine Instinkte hören und Mut haben, Mut, Mut, er habe ihm zugeredet wie einem kranken
Pferd, sagte er grinsend und bohrte den Kopf ins Kissen, daraufhin habe er, Korim, allerlei Zeug geredet, Herr Sárváry,
die Zeit ist um, Herr Sárváry, die Sache ist abgeschlossen,
und noch einen Sack voll ähnlichen Unsinn, wie üblich, und
er habe – jetzt falle es ihm ein! – die Miete bezahlt und ihm
zuletzt, wie er sich undeutlich entsinne, sein sogenanntes restliches Geld gegeben, alles, das müsse noch in irgendeiner
Hosentasche stecken, falls es stimme, damit solle er, der Dolmetscher, in seinem Namen beim Provider ein ewiges Abon-
nement einrichten, alles Geld, habe Korim ihm gesagt, für
einen Platz beim Provider für alle Zeit, und er entsinne sich
auch, daß sie zuletzt noch einen Schmatz gewechselt hätten,
lachte der Dolmetscher ins Kissen hinein, daß sie ein heiliges
Freundschaftsbündnis geschlossen hätten, glaube er, aber
mehr wisse er nicht, an mehr könne er sich einfach nicht ent-
sinnen, und jetzt solle sie ihn in Ruhe lassen, ihm zerspringe
der Kopf, wo das Gehirn war, befinde sich ein Eimer voll
Rotz, Ruhe jetzt, er wolle noch ein bißchen schlafen, wenn er
nicht mehr hier sei, dann sei er eben nicht mehr hier, wen interessiere das schon, aber seine Geliebte stand weiter an der

Tür und weinte und sagte wieder und wieder, er ist weg, er ist weg, alles hat er hiergelassen, aber er ist weg und sein Zimmer leer.

29 In der Ecke, dem Bett gegenüber, lief das Fernsehgerät, ein nagelneues, mit großem Bildschirm, mit Fernbedienung, ein SONY-Modell mit zweihundertfünfzig Kanälen, der Ton war abgeschaltet, nicht aber das Bild, und immer wieder dasselbe Bild, vom Anfang bis zum Ende, wie der fröhliche und gewinnende Mann mit der Frau herbeigeschwebt kommt, dann folgt die Sache mit den Diamanten und geht zu Ende, dann wird es dunkel und wieder hell, und alles geht von vorne los, von Zeit zu Zeit wird es dunkel und dann wieder hell, und in der nervösen Helligkeit schien auch das Zimmer zu vibrieren – auf dem Bett, die Beine gegrätscht, schlief der Dolmetscher, neben ihm, mit dem Rücken zu ihm, zum Fenster hin und auf der Seite, lag seine Geliebte, den blauen Frotteemantel hatte sie nicht abgelegt, der Dolmetscher hatte ihr völlig die Bettdecke weggezogen, ohne die sie fror, deshalb hatte sie in dieser ersten Nacht lieber den Frotteemantel anbehalten, und vor Aufregung konnte sie nicht einschlafen, sie lag auf der Seite, die Knie zum Bauch hochgezogen, die Augen geöffnet, die Wimpern kaum bewegend, und während sie mit der einen, der rechten Hand den Kopf stützte, lag die andere ausgestreckt neben ihr, die Finger um ein Schächtelchen gekrümmt, das sie noch immer fest preßten, nicht losließen, festhielten, und sie war glücklich und sah nach vorn in dem nervös vibrierenden bläulichen Licht, sah nach vorn, die Wimpern kaum bewegend.

VII

Nichts nehme er mit

1 Er ging den vereisten Bürgersteig entlang und blickte nicht zurück, er hatte das Haus verlassen und die Richtung zur Station Washington Avenue eingeschlagen, ohne einen Blick hinter sich zu werfen, und nicht, weil er es so beschlossen habe, erzählte er später, sondern weil jetzt tatsächlich alles hinter ihm und nichts vor ihm gewesen sei, sagte er, nur eine völlige Leere und der vereiste Bürgersteig, und nichts als Leere auch in seinem Inneren, dazu aber natürlich Kasser und seine Kameraden, die er mit sich zur Washington Avenue schleppte, das sei alles, woran er sich aus der ersten Stunde erinnere, er habe das Haus in der 159. Straße hinter sich gelassen, früh am Morgen, noch dunkel, auf der Straße kaum jemand, und die Dinge stahlen sich an ihn heran, noch auf den ersten paar hundert vereisten Metern, die zurückliegende Nacht, als nach dem Feiern und der pausenlosen Bekräftigung ihres Freundschaftsbündnisses auch Herr Sárváry, sein Erretter, still wurde und er in sein Zimmer gehen, die Tür hinter sich zumachen und sich auf dem Bett langstrecken konnte, nichts nehme er mit, sagte er sich noch, bevor er die Augen schloß, aber der Schlaf kam und kam nicht, später ging leise die Tür auf, es war das Fräulein des Herrn Sárváry, seine treue Zuhörerin über lange Wochen, lautlos kam sie zu ihm ans Bett, bestimmt wollte sie ihn nicht wecken, denn er tat, als schliefe er fest, er wollte sich nicht verabschieden, was hätte er sagen sollen, wohin er jetzt gehen würde, das konnte

er ihr nicht sagen, und das Fräulein stand sehr lange am Bett und beobachtete vermutlich, ob er tatsächlich schlief, und als er sich nicht anmerken ließ, daß er nicht schlief, hockte sie sich nieder und strich ihm sehr behutsam, sie gerade nur berührend, einmal über die Hand, die rechte übrigens, sagte Korim und hielt sie seinem Zuhörer hin, diese, an der die Narbe sei, mehr geschah nicht, denn dann ging sie so geräuschlos, wie sie eingetreten war, aus dem Zimmer, so daß er nur noch geduldig auf das Ende der Nacht warten mußte, aber die Nacht wollte und wollte nicht zu Ende gehen, immer wieder sah er nach der Uhr, Viertel drei, halb vier, dreiviertel fünf, an diese Zeiten erinnere er sich deutlich, sagte er, und wie er aufgestanden sei, sich anzog, sich das Gesicht wusch, zur Toilette ging und sein Geschäft verrichtete, und weil ihm plötzlich eine Idee kam, stieg er auf den Sitz und sah nach, was mit den Beutelchen war, kurz zuvor nämlich, erklärte er, habe er hinter einer Kachel ein Versteck entdeckt, darin eine Menge kleiner Tüten mit einem feinen Pulver, er habe sofort geahnt, was das für ein Pulver war, und jetzt habe er halt nachgesehen, vielleicht aus Neugier, aber als er die Kachel von der Wand nahm, sah er nicht diese Tüten, sondern eine Menge Geld in dem Versteck, eine solche Menge, daß er die Kachel gleich wieder einsetzte und schnell in die Wohnung zurückhuschte, damit ihn bloß niemand aus den Stockwerken weiter unten sah, der das Geld möglicherweise dort versteckt hatte, er huschte zurück, zog leise die Wohnungstür ins Schloß, legte dann in seinem Zimmer das Bettzeug zusammen und stapelte es ordentlich am Bettrand, sah sich noch einmal, ein letztes Mal, um und ließ alles, wie es war, was außer seinem Mantel und den fünfhundert Dollar hätte er schon mitnehmen sollen, weil er es noch brauchte, er brauchte nichts mehr, es blieb also alles, der Laptop, das Wörterbuch, das Manuskript und das Notizheft, Kleinkram, ein paar Hemden und Wäschestücke, die niemand mehr waschen würde, er nahm demnach nicht gerade großartig und tränenreich Abschied, wozu auch, dachte er schulterzuckend, wozu dem Fräulein ein Herzeleid antun, denn das würde bestimmt geschehen, sie hatten ja Zeit, sich an seine Anwesenheit zu gewöhnen, nein, das nicht, sagte er sich, ich gehe, wie ich gekommen bin, so trat er auf die Straße, und in seinem Kopf war tatsächlich nichts als die Leere und dazu Kasser und seine Kameraden sowie die Traurigkeit darüber, daß er keinen Ort wußte, sie dorthin zu bringen.

2 Er rief den Text auf und schrieb darüber *War and War*, den Namen gab er auch der Datei, dann sicherte er ihn und kontrollierte, ob das als Titel wirklich funktionierte, nun drückte er die letzte Taste, schaltete den Laptop aus, klappte ihn zu und legte ihn vorsichtig auf das Bett, und schon war er draußen, schon lief er den Bürgersteig entlang, sozusagen ohne Sinn für die Richtung, weshalb er bald stehenblieb, kehrtmachte und die entgegengesetzte Richtung einschlug, und zwar im gleichen Tempo und ebenso unsicher wie zuvor, so daß er zweihundert Meter vom Haus entfernt erneut innehielt, seinen Hals massierte, mit dem Kopf kreiste und dann nach vorn blickte, dann nach hinten, als suchte er jemanden, den er aber nicht fand, es war ja früh, kaum ein paar Leute zeigten sich auf der Straße, sich auch nur in der Ferne, ungefähr an der Washington Avenue, hier gab es nur ein paar Stadtstreicher in einer Burg aus Pappdeckeln, genau gegenüber, auf der anderen Straßenseite, und einen sehr alten blauen Lincoln, der aus einer Nebenstraße in die 159. einbog, dann hochschaltete und an ihm vorbeifuhr – und wohin jetzt bloß, fragte er sich so vollkommen ratlos, daß ihm anzumerken war, er hat gewußt, wohin, aber er hat es vergessen, er zerknüllte ein Papiertaschentuch in der Jackentasche, er räusperte

sich, er stieß mit der Schuhspitze eine leere Orbit-Schachtel durch den verharschten Schnee, die Pappe war schon völlig durchgeweicht, so daß die Schachtel sich nur schwer kicken ließ, aber schließlich kickte er sie ein Stückchen, und es gelang ihm sogar, sie umzudrehen, mit einem Fuß, mit der Schuh-spitze, während seine Hand das Papiertaschentuch in der Manteltasche knüllte und während er mal in diese, mal in jene Richtung blickte, vielleicht fiele ihm doch noch ein, wohin.

3 Ihm waren auch die rote Eins und die rote Neun recht, denn beide brachten ihn von der Washington Avenue zum Times Square, dort konnte er in einen Zug mit schwar-zer Markierung umsteigen, mit dem er an der Grand Central die Linien zur Upper East Side erreichte, die eine grüne Kennzeichnung hatten, er habe nämlich gleich hierher ge-wollt, erklärte Korim seinem Zuhörer, schon als er gestern abend den Worten seines Zimmervermieters entnahm, daß es in New York ein ungarisches Viertel gibt, habe er beschlos-sen, die Pistole dort zu kaufen, schließlich könne er kein Eng-lisch, er müsse auf ungarisch eingewiesen werden, so kam ihm die Erwähnung des ungarischen Viertels sehr gelegen, den Vermieter konnte er nicht um Hilfe bitten, den hatte er schon weidlich bemüht, an eine andere Person konnte er sich wegen seines mangelhaften Englisch nicht wenden, nur an einen Ungarn, dem er unmißverständlich erklären könnte, was er wollte, und zu dem er auch Vertrauen hätte, der Sprache we-gen, auch das, habe er sofort gedacht, erzählte er, kann wahr-scheinlich nur ein Ungar sein, aber als er dann schließlich in einen Zug mit einer roten Neun stieg, sich auf einen Platz ge-genüber einer korpulenten Schwarzen setzte und sich in den Streckenplan über ihrem Kopf vertiefte, nahm er sich vor, den Weg zwischen dem Times Square und der Grand Central Station zu Fuß zurückzulegen, weil er nicht verstand, auf

welche Art Beförderungsmittel sich die schwarze Verbin-
dungsmarkierung zwischen den beiden Punkten bezog, entschieden habe also der Zufall, nicht er, er habe also der korpulenten Schwarzen gegenübergesessen und eingesehen, daß
er nicht dahinterkommen würde, er verstand die schwarze
Strecke zwischen den roten und grünen Strecken nicht, dann
also zu Fuß, entschloß er sich, und er ging zu Fuß, jedoch
völlig ahnungslos, was für ein besonderes, letztes Geschenk er
an diesem letzten Tag noch bekommen würde, weil es der un-
erforschliche Wille des Schicksals war, er sei absolut ahnungslos gewesen, sagte er angeregt, aber jetzt, fuhr er fort, an
diesem letzten Tag, gelang irgendwie ohnehin alles, er sei den
letzten Zielen entgegengegangen, als würde er von etwas, das
ihn an der Hand hielt, schnurgerade geführt, er stieg am
Times Square aus, ging aus der Subway hinauf und zu Fuß in
östlicher Richtung, und er bemerkte gleich, daß alles rundum
auf irgendeine Weise in Schwung kam, daß die Welt rundum
ein enormes Tempo vorlegte, er ging zwischen himmelhohen
Bauten hindurch, auf den Gehwegen strömte da schon eine
ziemliche Menge, und auch auf der Fahrbahn herrschte starker Verkehr, er betrachtete die Häuser und reckte den Hals,
und urplötzlich fiel ihm ein, daß er vergeblich nach dem Sinn
dieser Häuser fragte, er würde ihn nicht mehr begreifen, denn
er habe sich eindringlich danach gefragt, erzählte Korim, seit
er das berühmte Manhattan-Panorama zum erstenmal, im
Taxi sitzend, erblickte, ständig habe er darin etwas gesehen,
das eine besondere Bedeutung haben mußte, und ständig
hatte er geforscht und geprüft und gerätselt, worin diese Bedeutung bestehen mochte, wenn er nachmittags gegen fünf
nach seiner Arbeit den Gang durch das Häusermeer antrat,
meistens den Broadway entlang – Versuche, die Sache in
Worte zu kleiden, mißlangen, anfangs dadurch, daß ihn das
alles hier unheimlich an etwas erinnerte, und später, weil ihm

war, als wäre er hier schon einmal gewesen, schließlich vermeinte er, dieses weltberühmte Panorama mit den atemberau-
benden Wolkenkratzern von Manhattan auch schon irgendwo gesehen zu haben, doch wo?, es ging nicht, alles
Umhergehen war überflüssig, alle Versuche waren überflüssig, er kam nicht dahinter, und noch an diesem Morgen, als er
schnurstracks aus dem Gewimmel des Times Square weg-
ging, hatte er daran denken müssen, daß er nun also genötigt
war wegzugehen, ohne es zu verstehen, ohne dahintergekom-
men zu sein, ohne es zu begreifen, denn er ahnte nicht, daß es
nur ein paar Minuten dauern würde, bis er dahinterkommen
und endlich begreifen würde, ein paar Minuten, sagte Korim,
nachdem er inmitten der Wolkenkratzer die Richtung zur
Grand Central Station eingeschlagen habe.

4 Wir gehen an etwas vorbei und begreifen nicht, woran
wir vorbeigegangen sind, ob er das nicht wisse, sagte Korim zu seinem Zuhörer, ob er dieses Gefühl nicht kenne, genau das sei ihm, Korim, passiert, aber das wurde ihm erst
nach einigen Schritten bewußt, als er schon vorbei war, da befiel ihn eine seltsame Ahnung, er ging langsamer und mußte
stehenbleiben, zuerst wußte er nicht, was los war, worauf sie
sich bezog, er hielt nur inne und begann angestrengt nachzudenken, dann ging er ein paar Schritte zurück, einen Schritt
um den anderen, bis er sich vor einem riesigen Schaufenster
wiederfand, daran sei er vorbeigegangen, das sei es gewesen,
ein Schaufenster von riesiger Größe und angefüllt mit Fern-
sehbildschirmen, in einer Höhe von mehreren Stockwerken
und einer Breite von zwanzig Metern nichts als Fernseher, alle
eingeschaltet, alle mit Bild, alle mit einem anderen Programm,
er spürte, daß sie ihm etwas sehr Wichtiges bedeuteten, aber
warum, das herauszufinden war nicht leicht, Werbung, Film-
ausschnitte, blonde Locken und Westernstiefel, unterseeische

Korallenriffe, Nachrichtensprecher, Zeichentrickfilme, Konzerte und Luftschlachten, was mag das sein, grübelte er, vor dem Schaufenster hin und her schreitend, lange fand er es nicht heraus, dann, plötzlich, wohl doch, er trat näher, beugte sich vor und erblickte in der zweiten Reihe, ungefähr in Augenhöhe, ein Bild, ein mittelalterliches Gemälde, daran war er soeben vorbeigegangen, ohne Zweifel, und deshalb hatte er gestutzt, aber warum?, er beugte sich weiter vor, ein Bild von Brueghel, es zeigte den Turmbau von Babel, mit dem er als ehemaliger Geschichtsstudent übrigens bestens vertraut war, die Kamera war gerade auf die Ankunft des Königs Nimrod auf der Baustelle gerichtet, sehr streng, sehr ernst, sehr furchteinflößend, neben ihm der mondgesichtige oberste Ratgeber, um sie herum einige Leibwächter, vor ihnen vier Steinmetze im Staub, vermutlich habe es sich um einen populärwissenschaftlichen Film gehandelt, bemerkte Korim hierzu, daran dürfte er gedacht haben, aber der Ton sei durch die Glasscheibe natürlich nicht zu hören gewesen, er habe nur den Straßenlärm gehört, eine Sirene, ein scharfes Bremsen, Gehupe, dann entfernte sich die Kamera langsam vom Nimrodschen Vordergrund, so daß mehr und mehr von dem Gesamtbild sichtbar wurde, und zuletzt stand Korim vor diesem ungeheuer großen Turm in der Landschaft, vor dem Turm mit den sieben höllischen Geschossen, wie er unvollendet, verlassen und verflucht in den letzten Himmel ragte, o ja, nun verstand er, Babels wegen hatte er innegehalten, ach, sagte er sich, wenn es so einfach wäre, Babel und New York, dann hätte er nicht vergebens wochenlang hinter einem Rätsel herzuschleichen brauchen – eine Weile blieb er noch, in das Bild versunken, stehen, aber dann löste sich ein langer Halbwüchsiger in einer Lederjacke aus der Menge und starrte ihn irgendwie herausfordernd an, was ihn zum Weitergehen zwang, und im Gehen klang die Sache in seinem Inneren von

Schritt zu Schritt ab, er ging weiter in die Richtung der Grand Central Station, hier und da öffneten die ersten Geschäfte, vor allem kleine Kram- und Gemüseläden, auch eine winzige Buchhandlung, jemand schob gerade einen Bücherkarren mit preisreduzierten Büchern heraus, Korim blieb stehen, er hatte ja viel Zeit, so frei war er noch nie gewesen, und er sah sich die Bildbände an, wie er es auch früher stets getan hatte, wenn sich bei Bummelgängen eine solche Gelegenheit bot, ein Buch mit einem Gebäude, das er kannte, auf dem Umschlag nahm er in die Hand, es trug den Titel Ely Jacques Kahn, darunter stand, mit kleineren Buchstaben, New York Architect, ein Vorwort von Otto John Teegen aus dem Jahr 1931, er blätterte, unzählige Schwarzweißfotos, große New Yorker Bauwerke genau von der Art, stellte er fest, wie er sie bei seinen Spaziergängen beobachtet hatte, Bilder aus dieser gewissen New Yorker Wolkenkratzerei – diese *Wolkenkratzerei* von New York, echote es in ihm, und das Wort kam in seinem Kopf irgendwie ins Schwingen, dann blätterte er weiter, jedoch nicht Seite für Seite, sondern planlos, von hinten wieder nach vorn, von vorn wieder nach hinten, und unvermittelt stieß er auf Seite achtundachtzig auf ein Foto, unter dem er las, View from East River. 120 Wall Street Building. New York City, da habe er sich, erzählte er am Nachmittag desselben Tages in einem Restaurant, das Mokka hieß, wie vom Blitz getroffen gefühlt, schnell habe er nun wieder vorn angefangen und das ganze Album durchgeblättert, Insurance Building, 42–44 West Thirty-Ninth Street Building, Number Two Park Avenue Building, N. W. Corner Sixth Avenue at Thirty-Seventh Street Building, International Telephone and Telegraph Building, Federation Building, S. E. Corner Broadway and Forty-First Street Building und so weiter, das ganze Buch, danach sah er noch einmal vorn nach, Ely Jacques Kahn, und nochmals, Ely Jacques Kahn, nun hob er

den Blick, um nach dem nächstgelegenen Building dieser Art
an der Lower East Side und Lower Manhattan hinzuspä-
hen, und er habe seinen Augen nicht trauen wollen, sagte er,
als er es fand, im ersten Moment habe er es einfach nicht glauben wollen, denn dieses wirkliche Gebäude vor seinen Augen
und jene anderen, die er im Buch gesehen hatte, waren unbezweifelbar miteinander, *zugleich aber auch mit dem Brueghelschen
Turmbau von Babel* verwandt, und nun versuchte er, weitere
solche Bauten zu finden, er eilte zur nächsten Kreuzung, um
besser sehen zu können, um also einen besseren Blick auf
Lower Manhattan zu haben, und er entdeckte sie auch sofort,
war aber so verblüfft, daß er versehentlich vom Gehweg trat,
auf die Kreuzung geriet und um ein Haar überfahren worden
wäre, im allgemeinen Gehupe sprang er zurück, und dann
wandte er lange den Blick nicht mehr von Lower Manhattan,
sah dorthin wie behext und sah deutlich, *ganz New York ist
voller Babelscher Turmbauten,* o mein Gott, nein, stellen Sie sich
das vor, sagte er am Nachmittag desselben Tages und war immer noch ganz aufgeregt, er sei zwischen ihnen umhergelau-
fen, wochenlang herumgelungert, und er habe gewußt, das
mußt du erkennen, aber er habe es nicht erkannt, jetzt allerdings, fuhr er feierlich fort, verstehe er, jetzt habe er begriffen,
daß irgend jemand die Mitte der Welt, das Zentrum der Welt,
diese wichtigste, empfindlichste, machtvollste Hauptstadt der
Welt *vollgestellt* hat mit Babelschen Turmbauten, sieben Geschosse sah er, als er mit zusammengekniffenen Augen das
Panorama überprüfte, und alle sieben, wie bei einem Sikku-
rat, abgestuft, in diesem Thema kenne er sich bestens aus,
sagte er zu seinem Zuhörer, vor rund zwanzig Jahren, als er
Geschichte studierte, aus der dann Lokalgeschichte geworden sei, habe er solche mesopotamische Türme bis zum Über-
druß analysiert, und nicht nur das Brueghelsche Babelbild,
sondern auch das Koldeweysche Material, Robert Koldewey,

das sei der deutsche Archäologe gewesen, daran erinnere er sich gut, der Babel, die Esagila und die Etemenanki fand, teilweise ausgrub und in einem Modell rekonstruierte, so daß es kein Wunder sei, wenn er seinerzeit, nach der Landung auf dem Kennedy-Airport, als er aus dem Fenster des Taxis zum erstenmal das berühmte Panorama erblickte, es sofort gespürt habe, er habe es nur nicht gewußt und hätte es nicht beim Namen nennen können, es habe im hintersten Eckchen seines schmerzenden Kopfes gesteckt und nicht herausge- konnt, erst heute, sagte er, und er gebe offen zu, daß er nicht verstehe, wieso überhaupt, wieso sie an diesem letzten Tag zu ihm gefunden hätten, wie für ihn hingestellt, so habe es ausgesehen, und überhaupt, vom frühen Morgen an habe ihn das Gefühl begleitet, er werde an der Hand geführt, und auch das Buch, Ely Jacques Kahn, werde ihm gewisser- maßen in die Hand gegeben, denn warum habe er genau die- ses gewählt und nicht irgendein anderes, und warum sei er genau an dieser winzigen Buchhandlung stehengeblieben und genau durch diese Straße gegangen und warum ausge- rechnet zu Fuß – ganz bestimmt, sagte Korim und nickte lächelnd, seien da welche an seiner Seite, führten ihn und hielten ihn an der Hand.

5 Der König bei den Steinmetzen, das überraschte alle in Babylon, da war kein Leitgesetz und worauf eine Ord- nung sich hätte gründen können, war zerbrochen und hiermit kam, tatsächlich, die Zeit, wenn ein Tag die Welt ist, in wel- cher das Unberechenbare, das Sensationelle, das Vernunft- lose Herr ist, immerhin, hingehen zu den Steinmetzen, zu Fuß wie ein Mensch, durch die Straße des Marduk und das Ischtar-Tor auf den gegenüberliegenden Hügel, die letzten Bräuche über den Haufen werfend, und solcherart doku- mentieren, daß das Reich seine Stärke verloren hat, ohne die

obligatorische Begleitung und nicht in Anwesenheit des Hofs den Palast verlassen mit lediglich vier Leibwächtern und dem gefürchteten obersten Ratgeber an der Seite, das war mehr, als Babylon ertragen konnte, der König, rief schon von weitem der oberste Ratgeber, der König, echoten mit dreister Stimme hinten die Leibwächter, aber die Steinmetze am Hang des Hügels glaubten, jemand wolle einen Scherz mit ihnen treiben, sie richteten sich nicht erst auf, sie unterbrachen die Arbeit nicht, dann, als sie sahen, *tatsächlich*, warfen sie sich zu Boden, doch der Ratgeber hieß sie, die Worte des Königs verdolmetschend, aufstehen und an die Arbeit zurückkehren, macht nur, arbeitet nur, lautete die königliche Ermahnung, sein Gesicht war sehr streng und furchteinflößend, sein Blick jedoch verlegen, der Blick irre, Nimrod im Königsmantel und mit dem Herrscherstab in der Hand – *inmitten der Arbeiter*: das allein sagte den Priestern des Marduk bereits, daß das jüngste Gericht nahe war, in den Heiligtümern wurde deshalb ohne Unterlaß geopfert, der König in unmittelbarer Rede mit den Steinmetzen am Berghang: eine vernichtende Meldung, die selbst jenen einen Schrecken einjagte, die unten in den sinnlos gewordenen dicken Mauern der Stadt in den Rausch heftiger Genüsse und bösen Vergessens geflüchtet waren – vier werfen sich erneut zu Boden, zu antworten wagt keiner, sie haben auch die Frage nicht verstanden, vor Angst schlägt ihnen das Herz bis zum Hals, daß der mächtige Nimrod vor ihnen steht im Wahn, der König frage, ob der Stein es aushalten werde, fährt, aus vertraulichem Wispern sich aufrichtend, der oberste Ratgeber sie an, o ja, ja, beteuern die Steinmetze und verneigen sich, der König gibt nicht zu erkennen, ob er die Antwort gehört hat, er tritt hinweg von den unverhüllt feixenden Leibwächtern, tritt an den Rand der Steile, wo sich ein vollkommener Ausblick bietet, zu seinen Füßen ein tiefer Abgrund, gegenüber der unheimliche Turm-

bau, das Etemenanki, Nimrod rührt sich nicht, vom Fluß
her umfächelt ihn ein schwacher, trockener, heißer Wind,
Nimrod beobachtet den Bau da drüben, das dort aufragende
gigantische, das unmögliche Werk, wie es fast fertig dasteht,
hinter ihm ist es sehr still, Meißel und Hammer sind in den
Händen der Arbeiter erstarrt, der König schaut auf das von
ihm Erschaffene, auf den weltberühmten Bau, auf das großartige Meisterwerk der Größe ohne Gott für immer und ewig –
er zumindest denke, so irgendwie müsse es gewesen sein, sagte
Korim, als er sich mit seinem frischgebackenen Freund, denn
wie sonst hätte er ihn nennen können, zu einem Drink im Restaurant Mokka niederließ, wenn man Brueghel glaube und
nicht Koldewey, und er glaube Brueghel und nicht Koldewey, er gehe davon aus, daß das Brueghelsche Bild das wahre
sei, denn von irgend etwas habe er ja unbedingt ausgehen
müssen und müsse er ausgehen, da es ja auch einen Grund geben müsse, daß ein geheimnisvoller Fingerzeig ihn gerade
hierher lenkte, nach New York, auf daß er, mit der Beendigung seines bescheidenen Werkes, eine eindeutige Erklärung
erhalte über die Babelschen Zusammenhänge, nun, und was
kann dieser Grund, was kann diese Erklärung sein?, fragte
Korim und wiegte lächelnd den Kopf, wenn nicht, zu verstehen und weiterzugeben, daß der Weg ohne Gott hierher
führt, zum wunderbaren, zum überwältigenden, zum beispiellosen Menschen, der nur zu einem nicht fähig ist und nie
fähig sein wird: zu beherrschen, was er schuf, denn seiner Ansicht nach sei wahrhaftig nichts wunderbarer als der Mensch,
sagte er, man denke nur an die Computer, die Raumfahrtzen-
tren, die Mobiltelefone, an die Mikrochips, die Autos, die Me-
dikamente, an die Fernsehgeräte und die Cruise-Missiles, die
Aufzählung lasse sich bis ins Unendliche fortsetzen, nun,
darin beständen vermutlich der Grund und die Erklärung,
die ihn nach New York lenkten, damit er das Wesentliche

vom Banalen trenne, daß also *das zu Große zu groß für uns* sei, damit er dies verstehe und weitergebe, denn er könne nicht oft genug wiederholen und betonen, so ist es tatsächlich, er, Korim, denke das jetzt nicht mehr nur, er empfinde es auch ganz entschieden, daß er an der Hand gehalten und geführt werde.

6 Der Gyuri Szabó sei ja bekannt, zwitscherte in derselben Nacht die Inhaberin des Restaurants Mokka, nachdem sie heimgekommen war, geduscht und den Fernseher eingeschaltet hatte, einer Freundin am anderen Ende der Leitung ins Ohr und zog das Gerät näher heran, vor einer Woche habe er auch bei ihr eine Gliederpuppe an einen Tisch gesetzt, mit Erlaubnis, klar, er habe ihr die Arme und die Beine ausgerichtet, und nun sitze sie da, eine Woche, zwischen den anderen Gästen, ja, so ein netter, stiller, gutaussehender Mann, wenn er auch komische Einfälle hat, also den ja, aber nicht den, mit dem er kam, den hätten sie zum erstenmal gesehen, ein bescheuerter Spinner, sagte sie, in Fahrt kommend, der pausenlos geschnattert hat, so ein Gefasel, rief sie, nicht wiederzugeben, Unicumlikör mit Bier hätten sie getrunken auf gut ungarische Art, elf Unicum pro Kopf von vier Uhr nachmittags bis zwei Uhr nachts, denk bloß an, der andere, mit so einem Fledermauskopf, habe gequasselt und gequasselt, und der Gyuri Szabó habe nichts als zugehört, aber er war besoffen, und der andere war besoffen, da konnte sie ihm noch so zureden, als sie ihn auf dem Weg zurück von der Toilette abfing, die machten weiter, sie hätte längst schließen müssen, die Kasse war fertig, aber die beiden wollten und wollten nicht gehen, bis sie schließlich ein Machtwort sprechen und das Licht ausschalten mußte, das sei ihr am meisten zuwider, das sei, als wäre sie noch in Ungarn, dort hätten sie auch immer das Licht ausgeknipst, aber was sollte sie machen, sie knipste ein paarmal aus und an und aus, da kamen sie endlich

zur Vernunft, standen auf und gingen, der Gyuri Szabó tue ihr leid, sagte sie, ein Sohn vom alten Béla Szabó aus zweiter Ehe, du weißt schon, sagte sie zu ihrer Freundin ins Telefon, der beim Lloyd Abteilungsleiter war, der alte Onkel Béla, jaja, und so ein Künstlertyp sei er immer schon gewesen, also ein ungeheuer Netter, echt, wohingegen sie über den anderen gar nichts wisse, und vor solchen, da sei sie ganz ehrlich, habe sie Angst, man kann nie wissen, was denen plötzlich in den Sinn kommt, dem mal gerade nichts, Gott sei Dank, der zahlte und ging brav raus, paar Stühle schmiß er um auf dem Weg zur Tür, aber er zog ab, da könne sie nicht klagen, und im Rausgehen sagte er zu dem Gyuri Szabó, ihm sei kotzübel, dann solle er eben kotzen, meinte Gyuri Szabó, daraufhin ging Korim ein Stückchen voraus und in eine Nische neben der Eingangstür und kotzte sich aus, was ihn sehr erleichterte, und in seiner Erleichterung wandte er sich sofort dem Wagen zu, um schieben zu helfen, aber wieder sagte der andere, nicht nötig, das schafft er allein, und das wird er immer allein erledigen, doch Korim hörte nicht auf ihn, denn das hatte er auch beim erstenmal gesagt, als er ihn am Nachmittag eine Ecke weiter, in der 81. Straße, angesprochen hatte, ob er schieben helfen könne, wortwörtlich das, und an der Aussprache hatten sie einander sofort als Ungarn erkannt, was bei Korim freilich nicht schwer war, *can I help you*, aber auch beim anderen nicht, no, thanks – da hatte Korim schon stundenlang versucht, allen Mut zusammenzunehmen und jemanden anzusprechen, jedoch hatte er weder Mut in seinem Innern entdeckt noch irgendwo eine ungarisch aussehende Person, bis er dann auf einmal einen absonderlichen Kerl bemerkte, verblüfft sah er zu, wie dieser Kerl an einer Bushaltestelle in der 81. Straße eine lebensgroße Schaufensterpuppe an die Stange, die das Haltestellenschild hielt, lehnte, und zwar so, als wartete sie auf den Bus, wonach er die Puppe an einem Arm und einem Bein an die Stange kettete und ihren Kopf so drehte, daß sie in die Ankunftsrichtung des Busses sah, und nachdem er den linken Arm der Puppe noch ein wenig angehoben hatte, als winkte sie dem Busfahrer, damit er hielt, kehrte er zu seinem Wägelchen zurück, um es weiterzuschieben, aber da trat Korim auf ihn zu und fragte, ob er schieben solle, er sei gern behilflich.

7 Das schaffe er allein, und das wolle er immer allein er, ledigen, entgegnete der Mann, doch dann ließ er es ge, schehen, daß Korim ihm half, wenn auch Hilfe überflüssig schien, denn obgleich die Ladung mit einer Plane abgedeckt war, ließen die hier und da herausstehenden Hände und Füße erkennen, daß sie aus nichts als Puppen bestand und kein Ge, wicht hatte, wie auch immer, Korim schob, der Mann zog vorne an der Deichsel, es knarrte und quietschte, und wo der Weg durch den Schnee holperig war, rutschte mal hier, mal da eine unter der Plane nach außen, die von Korim oder dem anderen Mann in die Ladung zurückbugsiert werden mußte, so schoben und zogen und schoben sie, nach einigen Minuten waren sie ganz gut aufeinander eingespielt, und als sie in den Verkehr der 2. Avenue eintauchten, brachte Korim den Mut auf, den anderen zu fragen, ob er nicht zufällig wisse, wo hier das ungarische Viertel sei, das nämlich suche er – dies hier sei das ungarische Viertel, bekam er zur Antwort, und ob er ihm dann noch sagen könne, fuhr Korim fort, wo er in dieser Ge, gend einen Ungarn finde, der ihm in einer bestimmten Sache unter die Arme greifen könne, in was für einer Sache, Korim räusperte sich und bekannte, er wolle eine Pistole kaufen, hm, Pistole, sagte der Mann düster, die können Sie hier überall kaufen, womit er das Thema abschloß, eine ganze Weile sag, ten sie beide nichts, bis der Mann den Wagen bremste, die Deichsel sinken ließ, sich zu Korim umdrehte und ihn fra,

gend ansah, was er eigentlich wolle, eine Pistole, wiederholte
Korim, völlig egal, was für eine, ob klein, groß, mittel, ihm sei
es schnuppe, er habe fünfhundert Dollar dafür, das sei sein
letztes Geld, und bestimmt sei es ausschließlich für die Pistole, doch er solle nicht erschrecken, fuhr Korim beschwichtigend fort, er sei absolut unschuldig und werde gleich erzählen, worum es sich handle, aber dazu würde er sich gern
hinsetzen, vielleicht mit ihm etwas essen und trinken, sagte
Korim und hielt Ausschau, er sei seit dem frühen Morgen auf
den Beinen und ganz durchgefroren, ein bißchen Wärme
wäre ihm jetzt sehr recht, ebenso, was zu essen und zu trinken,
eine Pistole also?, fragte der Mann und musterte Korim prüfend, der andere sei herzlich eingeladen, fuhr Korim fort, er
solle sich als seinen Gast betrachten, im Warmen könne er
ihm dann alles vom Anfang her erzählen – essen und trinken,
sagte der Mann nachdenklich, was das betreffe, kenne er ein
paar Lokale hier, und er deutete im Kreis, einige Minuten
später saßen sie schon im Restaurant Mokka, an den Wänden
bemalte Folkloreteller und überall Spiegel, an der Decke eine
Gußplastiktapete, an den Tischen insgesamt drei beküm-
merte Gäste, an der Theke die Inhaberin mit dem Gesicht einer Krähe, mit ovaler Brille und mit einer Ponyfrisur – essen
Sie auch was, rief sie nach einer Weile wohlwollend, aber nur
Korim folgte ihrem Rat und aß eine Gulaschsuppe mit ge-
zupftem Nudelteig, der andere mochte nichts essen, er be-
diente sich ab und zu aus den Bonbontüten, die auf dem Tisch
bereitlagen, er riß sie am Rand auf, legte den Kopf in den
Nacken, sperrte den Mund auf und schnipste sich die Dinger
eins nach dem anderen in den Rachen, zum Essen ließ er sich
nicht einladen, nur zum Trinken, und sie tranken Unicum
mit Bier, Unicum mit Bier, Unicum mit Bier, Korim erzählte, der andere hörte ihm schweigend zu.

8 Die Puppe saß allein an einem Tisch unweit der Theke, und es sah aus, als säße dort *jemand*, es war unverkennbar eine von den aus rosa Plastik gegossenen, lebensgroßen, unbekleideten Schaufensterpuppen, die die Ladung des Wägelchens draußen bildeten, nur daß bei dieser hier im Hellen die rosige Haut durchscheinender und der Blick träumerischer wirkten, sie saß ordentlich am Tisch, die Beine eingeknickt, damit sie sitzen konnte, eine Hand im Schoß, die andere auf dem Tisch, und der Kopf war so gedreht, nur ganz wenig, an der Schulter, daß es tatsächlich aussah, als schaute sie über die anderen hinweg verträumt in die Ferne – zu diesem Tisch war der Mann schnurstracks gegangen, und er saß schon, als Korim sich noch den Mantel auszog, dann setzte auch er sich zu der Puppe, und obgleich es ihm anfangs augenscheinlich schwerfiel, nicht zu fragen, was es mit ihr auf sich habe, gewöhnte er sich langsam an sie, nahm sie hin, erwähnte sie nicht, warf nur hin und wieder einen Blick auf sie, unterließ dann auch das und begann nach einer Weile, nach dem fünften oder sechsten Unicum, als ihm der Alkohol allmählich zu Kopf gestiegen war, *zu beiden* zu sprechen, denn das tat er natürlich, sprechen, er fing unverzüglich damit an, seinen Bekannten darüber aufzuklären, worum es sich handelte, er begann beim Kopfweh und bei der Babelschen Erleuchtung, fuhr fort mit dem Archiv, den Sárvárys und der ganzen Reise nach Amerika, dann kamen das Manuskript, die Ewigkeit und die Pistole und zuletzt Kasser, Bengazza, Falke und Toot, der Ausweg, daß er den nicht finde, daß er sie mit sich herumtrage, aber er sei sehr unruhig und keineswegs so ruhig, wie er es sich früher für diesen Tag immer vorgestellt habe, denn er könne sie nicht weglegen oder abstellen, sie klammerten sich an ihn, er spüre, daß er dies alles nicht mit sich herumschleppen könne, aber was solle er machen, wo und wie das Problem lösen, sagte er seufzend und ging zur Toilette,

284

und als er von der Toilette zurückkam, trat ihm in dem engen Gang zum Gastraum die Inhaberin mit der Ponyfrisur entgegen, sie entschuldigte sich und sagte ein wenig vorwurfsvoll, er solle dem anderen nicht so viel Alkohol einflößen, man kenne ihn in diesem Restaurant, er trinke sonst nicht und vertrage auch nichts, worauf Korim erwiderte, ihm gehe es genauso, doch sie fiel ihm ins Wort, trotzdem, sagte sie, der andere vertrage überhaupt nichts, wissen Sie, sagte sie zutraulich und zupfte an ihrem Pony, er sei ein äußerst sensibler und ordentlicher Mensch trotz des Ticks mit den Schaufensterpuppen, mit denen er das ganze Viertel vollpacke, denn nicht nur in ihr Restaurant habe er eine gesetzt, auch woanders, wo man es ihm erlaube, und man erlaube es diesem stillen, sanften, ordentlichen Menschen, drei säßen schon in der Grand Central Station, außerdem in der Public Library und eine bei McDonald's, ferner in einem Kino an der 11. Straße und hier in der Nähe in einem Zeitungskiosk zwischen den Zeitschriftenregalen, aber angeblich habe er auch zu Hause welche, eine sitze im Zimmer in einem Sessel und sehe fern, eine am Tisch in der Küche und eine am Fenster, wo sie, wie man sich erzähle, rausguckt, sie bestreite gar nicht, daß er diesen Tick habe, aber verrückt sei er nicht, das ganze mache er übrigens einer Frau wegen, es heiße, er habe sie innig geliebt, und deshalb ... sie bitte um Entschuldigung, sie wünsche sogar, daß er, Korim, nach Möglichkeit auf ihn aufpasse, man dürfe ihm nichts mehr zu trinken geben, das bringe nur Probleme, ja, sagte Korim bereitwillig, jetzt verstehe er, selbstverständlich werde er auf ihn aufpassen, der Mann sei auch ihm sehr sympathisch, und er habe ihn, das gestehe er, sofort als er ihn sah, sozusagen innerhalb von einem Augenblick, ins Herz geschlossen, er wolle also auf ihn aufpassen, versprach er, und dann hielt er sich doch nicht an sein Versprechen, denn als er wieder am Tisch saß, bestellte er sofort eine neue

Lage, und er ließ sich auch die nächste nicht ausreden, so daß es tatsächlich Probleme gab, wenn auch nicht ganz die von der Inhaberin vorausgesehenen, übel wurde nämlich ihm, Korim, und zwar sehr, als sie aufhörten, daß er sich übergab, half ein wenig, aber nur ein paar Minuten, dann wurde ihm wieder schlecht und immer schlechter, er schob den Wagen nicht mehr, eher hielt er sich an ihm fest, und immerfort beteuerte er dem anderen, den er da bereits seinen Freund nannte, der Tod interessiere ihn nicht, und er hielt sich fest und ließ sich ziehen, und andauernd rutschten ihm die Beine weg im Schnee, der jetzt, gegen vier Uhr, hart gefroren war.

9 Sie tappten durch den Schnee, Korim war es einerlei, wohin, und es sah sehr danach aus, daß es mittlerweile auch dem anderen einerlei war, manchmal zog er die Plane über den Schaufensterpuppen zurecht, dann beugte er sich vor und zog seinen Wagen weiter in eine ungewisse Richtung, ein scharfer Wind wehte, besonders durch die Avenues von Nord nach Süd, weshalb sie, wenn sie sich in eine solche verirrten, so rasch wie möglich aus ihr flohen, lange sprachen sie nicht zueinander, dann rief der Mann über die Schulter etwas nach hinten, als hätte er sich nach langem Grübeln zu etwas entschlossen, aber Korim hörte ihn nicht, so daß er die Deichsel loslassen, zu ihm gehen und es noch einmal sagen mußte, und er sagte, das sei schön, was Korim ihm vorhin im Restaurant über das Manuskript erzählt habe, schön, und er nickte mit starrem Blick, aber bestimmt habe er das alles nur erfunden, Korim solle es zugeben, denn das sei zwar schön, das mit Kreta und Venedig und Rom, aber Korim solle ruhig gestehen, daß das alles nur in seiner Phantasie existiere, nein, protestierte Korim schwankend, nein, er habe nichts erfunden, das Manuskript existiere und liege immer noch auf dem Bett in der 159. Straße, wenn er wolle, sagte er und hielt sich

schnell an der Rückseite des Wagens fest, denn er hatte ihn für einen Moment losgelassen, dann – er wolle, sagte daraufhin mit sehr schwerer Zunge der andere, denn wenn es stimme, sei es tatsächlich schön, sagte er und hob den Kopf, auch mit dem Ausweg müsse eine Lösung gefunden werden, und zwar schlage er vor, sie sollten sich am morgigen Abend gegen sechs bei ihm treffen, er solle das Manuskript mitbringen, falls es wirklich existiere, denn es wäre schön, sagte er mit einem Blick auf die Puppen unter der Plane, auch seiner Liebsten daheim ein paar Seiten zu zeigen, damit zog er eine Visiten‚ karte aus der Tasche, hier stehe die Adresse, sie sei leicht zu finden, also dann morgen abend um sechs, sagte er noch, schob Korim die Visitenkarte in die Manteltasche und stürzte wie ein Sack nach vorn, lag dann reglos im Schnee, Korim blieb noch eine Weile stehen, dann ließ er den Wagen los und machte einen Schritt nach vorn, um zu helfen, verlor aber das Gleichgewicht und fiel ebenfalls um, neben den anderen, den dann die Kälte als ersten zur Besinnung brachte, wenn auch nicht zur Vernunft, jedenfalls rappelte er sich als erster auf und half auch Korim auf die Beine, nun standen sie sich ge‚ genüber, beide mit gegrätschten Beinen, standen da und schwankten bedenklich, eine volle Minute lang, bis der an‚ dere Mann unerwartet äußerte, Korim sei ein liebenswerter Bursche, aber irgendwie habe er nirgendwo einen Mittel‚ punkt, damit kehrte er zu seinem Wagen zurück, hob die Deichsel und setzte seinen Weg durch den Schnee fort, Ko‚ rim jedoch folgte ihm nicht weiter, er hätte nicht einmal mehr Kraft genug gehabt, sich am Wagen festzuhalten, so sah er ih‚ nen nur eine Weile nach, dem Mann und den Puppen, wie sie sich immer weiter entfernten, dann schleppte er sich zum nächstbesten Hauseingang, drückte die Außentür auf und legte sich vor der Treppe an der Wand entlang auf den Boden.

10 Vierhundertvierzig Dollar, die empörten ihn eigentlich am meisten, als er sie bei ihm fand, denn woher habe so ein murkeliger Dreckskerl vierhundertvierzig Dollar, er, sagte der Mann im gelben Overall und zeigte auf sich, der für hundertachtzig im Monat den Dreck wegräume, die Abflüsse sauberhalte, den Müll raustrage und auf der Straße das bröcklige Eis wegfege, lasse sich die Därme aus dem Leib hängen, um was zu verdienen, und so einer, so ein Scheißer, habe einfach so vierhundertvierzig Dollar in der Tasche, er kommt die dreckige Treppe runter, und da sieht, da, vor allem, ahnt er schon, hier liegt so ein beschissener Penner rum, vollgekotzt, stinkend, da sei ihm das Blut in den Kopf gestiegen, aber so, daß er den am liebsten gleich abgeknallt hätte, so aber gab er sich mit einem Fußtritt zufrieden, und als er anfing, ihn aus dem Haus zu ziehen, da fand er die vierhundertvierzig Dollar bei ihm, er habe die Scheine zusammengezählt (und in die Brieftasche gesteckt) und ihm einen solchen Tritt versetzt, daß ihm der Rist jetzt noch weh tue, vermutlich habe er einen Knochen getroffen, den Tritt spüre er immer noch am Rist, vierhundertvierzig, stellen Sie sich das vor, und seine Stimme vibrierte vor Wut, er habe den Penner aus dem Haus geschmissen und mit Fußtritten vom Gehweg auf die Fahrbahn befördert wie ein Stück Scheiße, vor dem man sich ekle, denn er habe sich geekelt, sagte der Mann im gelben Overall zu dem Mieter aus dem ersten Stock und ergriff ihn am Arm, und er finde, es war richtig, wie er ihn behandelte, soll er doch erfrieren, rief er zornrot, soll er doch da rumliegen, bis ihn ein Wagen überrollt, und tatsächlich lag Korim auf der Straße und konnte nicht einmal die Augen öffnen, so schmerzten sie, schließlich bekam er sie doch auf und erkannte in dem ohrenbetäubenden Hupen, wo er sich befand, langsam arbeitete er sich auf den Gehweg hinauf, aber es dauerte noch lange, bis er begriff, was mit ihm passiert war und warum ihn der Bauch so unsäglich schmerzte, die Brust, das Gesicht, eine ganze Weile lag er am Gehwegrand, bis jemand ihn fragte, ob alles in Ordnung sei, aber was sollte er darauf antworten, ja, sagte er, und ihm ging durch den Kopf, wenn er nicht von einem Polizisten gefunden werden wolle, müsse er sofort verschwinden, sofort, hämmerte es in seinem Kopf, irgendwie kam er auf die Beine, es war inzwischen hell, zwei Schulkinder sahen ihn mitfühlend an, alles in Ordnung?, fragten sie nochmals, ob sie nicht den Notarzt rufen sollten, o nein, sagte Korim mit Mühe, Notarzt, nein, bloß nicht, ihm fehle nichts weiter, es sei etwas passiert, aber wie, das verstehe er nicht, jetzt sei alles wieder in Ordnung, danke, jetzt komme er allein zurecht, und plötzlich gewahrte er, daß er ungarisch sprach, weshalb er sich gerne noch einen englischen Satz abgerungen hätte, doch dazu war er nicht imstande, deshalb stand er auf und ging auf dem Gehweg davon, was ihm ungemein schwerfiel, irgendwie erreichte er die Kreuzung der 2. Avenue und der 51. Straße, dort stolperte er in die Subway hinab, hier fühlte er sich wohler, in der wogenden Menge fiel ein so zusammengeschlagener Mensch nicht auf, denn zusammen- und in Stücke geschlagen sei er gewesen, erzählte er später seinem Freund, so sehr, daß er sich nicht habe vorstellen können, wie aus ihm wieder einmal ein ganzer Mensch werden solle, er sei in den nächsten Zug gestiegen, wußte aber nicht, wohin, er hatte nur eines im Kopf, weg von diesem Ort, und als er meinte, weit genug weg zu sein, stieg er aus, schleppte sich zu den Übersichtskarten und sah nach, wo er sich befand, irgendeine Station in Brooklyn, aber was nun, habe er gegrübelt, erzählte er später, dabei sei ihm eingefallen, was er mit dem anderen ausgemacht hatte, bevor sie sich trennten, merkwürdig, so gut wie alles aus den letzten Stunden hätte er aus dem Gedächtnis verloren, nur an das eine erinnerte er sich, um sechs am Abend mit dem Manuskript bei dem neugebackenen Freund, das Manuskript also, sagte er sich, stieg in einen Wagen der Linie sieben und fuhr zurück zur 42. Straße, aber ihm war ziemlich bange, jeder sah doch, daß man ihn zusammengeschlagen hatte, er war verdreckt und stank und war vollgekotzt, er hatte Angst, jemand könnte ihn anhalten, bevor er nach Hause käme, aber niemand dachte auch nur daran, ihn anzuhalten, die Leute wichen ihm aus, doch niemand legte sich mit ihm an, so erreichte er die 42. Straße und stieg um in eine Bahn der Linie neun, heimwärts, nach Hause, sagte er sich auf wie ein stilles Gebet, nach Hause, so schleppte er diesen Körper, der nun aus verschiedenen Stücken bestand, einher, schließlich gelangte er zu dem Haus, und als er die Treppen hinaufstieg, fühlte er sich immer noch so miserabel, daß er nicht auf die Idee kam, daran zu denken, daß er ja dieses Haus gestern endgültig verlassen hatte, was er aber hätte bedenken müssen, sagte er später zu dem anderen Mann, denn er hätte dann besser verstanden, warum er sich fühlte, als wäre er tot.

11 Er fand beide in der Küche inmitten der Kartons, die Frau lag auf dem Rücken, der Körper verdreht, das Gesicht völlig zerschlagen, der Dolmetscher war an einem Heizungsrohr aufgehängt, aber an dem vielen Blut an seinem Kopf erkannte er, daß ihn vermutlich eine automatische Waffe aus nächster Nähe getötet hatte – Korim kam kein Laut über die Lippen, er stand wie erstarrt in der Tür und sperrte den Mund auf, aber er konnte nicht schreien, dann wollte er weggehen, zurück, hinaus, aber die Glieder gehorchten ihm nicht, und als endlich Leben in ihn zurückkehrte, trugen die Beine ihn nach vorn, näher an die beiden heran, immer näher, scharf bohrte sich ein schlimmer Schmerz in seinen Kopf, er blieb stehen und erstarrte von neuem, so verharrte er sehr lange, unbeweglich und unfähig,

den Blick von denen zu wenden, mit entsetztem, verwunder‚
tem, greisenhaftem Gesicht, wieder öffnete er den Mund, und
wieder brachte er keinen Laut hervor, da machte er einen
Schritt und stolperte über etwas, fast wäre er gefallen, es war
das Telefon, er hockte sich nieder und tastete sehr langsam
eine Zahl ein, eine Zeitlang lauschte er dem Besetztzeichen,
bis ihm einfiel, daß er die Nummer dieser Wohnung gewählt
hatte, nun begann er, seine Taschen zu durchforschen, aber
was er suchte, immer verzweifelter, fand er erst nach einer
geraumen Zeit, die Visitenkarte, oje, sagte er dann in die
Muschel, oj, oj, oj, sie sind tot, beide tot, das Fräulein, der
Herr Sárváry, sprechen Sie lauter, knurrte der Mann, wispern
Sie nicht, sagen Sie, was los ist, er wispere nicht, wisperte
Korim, sie seien umgebracht worden, beide tot, dem Fräulein
die Hüften ausgerenkt, der Herr Sárváry an einem Strick bau‚
melnd, verschwinden Sie schleunigst, schrie der Mann ins
Telefon, oj, flüsterte Korim, alles ist eingeschlagen, dann hielt
er den Hörer von sich und hob entsetzt den Blick, hastete ins
Treppenhaus, stieß die Toilettentür auf, sprang auf den Klo‚
deckel, nahm die Kachel aus der Wand, nahm das Geld aus
dem Hohlraum, schnappte es und hastete in die Wohnung
zurück, nahm den Hörer und sagte zu dem Mann, jetzt wisse
er, was geschehen sei, und er zählte auf, die neue Arbeit seines
Vermieters, die großen Einkäufe, das Geld, das er jetzt in der
Hand hielt, die kleinen weißen Tüten im Versteck und wie er
sie entdeckt hatte, alles, immer verworrener und in wachsen‚
dem Erschrecken vor den eigenen Worten, wispern Sie nicht,
knurrte ihn der Mann neuerlich an, er verstehe kein Wort,
aber jetzt, fuhr Korim fort, sei er sich ganz sicher, er wäre nie
auf die Idee gekommen, daß ausgerechnet der Herr Sárváry,
wo doch er, und Korim begann zu weinen, sehr zu weinen,
der andere redete ihm vergebens zu, Korim hörte ihn nicht
in seinem Weinen, er schluchzte und schluchzte, er konnte

kaum noch den Telefonhörer halten, dann hob er ihn ans Ohr und lauschte, hallo, sind Sie noch da?, fragte der andere, ja, antwortete Korim, dann haun Sie ab, und nehmen Sie, wenn Sie jetzt endlich kapiert haben, unbedingt das Geld mit, aber rühren Sie nichts mehr an, bloß raus, weg aus diesem Haus, kommen Sie hierher, gehen Sie sonstwohin, hören Sie noch?, sind Sie noch *da*? – die Frage stand lange in der leise knistern‑ den Stille, aber keine Antwort kam, denn Korim hatte den Hörer aus der Hand gelegt, er stopfte das Geld in die Mantel‑ tasche und wich zurück, wich immer weiter zurück, und er weinte wieder, so verließ er die Wohnung, dann stolperte er die Treppe hinunter und trat auf die Straße, einige hundert Meter ging er, dann begann er zu laufen, rannte und rannte, die Visitenkarte in der Hand, und seine Finger preßten die Visitenkarte so, daß die Hand unstillbar zitterte.

12 Sie saßen in den drei Rohrsesseln, genau vor dem Fernsehgerät eine Schaufensterpuppe, neben ihr der andere Mann und neben ihm Korim, und außer dem Grundgeräusch des ohne Ton laufenden Fernsehers, einem Rauschen hinter den Bildern, und vom Badezimmer her dem gedämpften Brummen, Röcheln und Rattern einer Waschmaschine war nichts zu hören, denn sie beide spra‑ chen kein Wort – als Korim kam, hatte der Mann ihm die‑ sen Platz angeboten und sich neben ihn gesetzt, aber es dauerte lange, bis er den Mund aufmachte, er starrte nur vor sich hin und dachte angestrengt nach, stand dann auf, trank ein Glas Wasser, setzte sich wieder und sagte, sie würden sich etwas einfallen lassen, Korim solle ganz ruhig bleiben, vor allem müsse seine Kleidung ausgewaschen werden, so könne er keinen Schritt gehen, dann half er ihm beim Ausziehen, da Korim offensichtlich nicht verstand, warum das nötig war, zudem bereiteten ihm die Knöpfe

Schwierigkeiten, aber schließlich lag alles, was er ausgezo-
gen hatte, vor seinen Füßen, der Mann gab ihm einen Ba-
demantel, schnappte Korims Sachen und steckte sie, nachdem er die Waschmaschine geleert hatte, hinein, alles, vom
Mantel bis zur Unterwäsche, dann schaltete er die Maschine ein, kam zurück, setzte sich wieder in den Sessel und
dachte wieder angestrengt nach, so blieben sie ungefähr eine
Stunde lang sitzen, und als plötzlich die Waschmaschine
im Badezimmer mit einem immer tiefer klingenden Röcheln verstummte, sagte der Mann, er müsse in groben Zügen Bescheid wissen, was geschehen sei, sonst könne er
nicht helfen, und Korim antwortete, er habe das Versteck
in der Toilette schon früher bemerkt, jedoch geglaubt, einer
von den Mietern unter ihnen habe es angelegt, denn ihre
Toilette stand ja jedem offen, was für ein Versteck?, unterbrach ihn der andere, ein Versteck eben, sagte Korim, und
eines Tages habe er entdeckt, daß irgendwer die weißen
Tüten herausgenommen und Geld hineingetan hatte, was
für Tüten?, was für Geld?, versuchte der andere zu ergrün-
den, aber er habe nicht gedacht, fuhr Korim fort, daß seine
Wohngefährten mit der Sache etwas zu tun hatten, nicht im
Traum, deshalb habe er ihnen auch nichts davon erzählt,
zumal unerwartet das ganze Leben in dieser Wohnung ein
einziges Drunter und Drüber geworden sei, eine Menge
Leute kamen und trugen alles weg, und am Tag darauf
brachten sie alles zurück, aber neu, das habe dem Fräulein
so zugesetzt, daß er sich mit ihr abgeben mußte, dabei habe
er bedauerlicherweise das ganze vergessen und nicht daran
gedacht, daß genau dies der Schlüssel zu den Dingen war,
sagte Korim und begann erneut zu weinen, und er beant-
wortete keine weitere Frage des anderen mehr, er antwortete
nicht, so daß im folgenden der alles allein machen mußte,
unter den Gegenständen, die Korim aus seinen Taschen ge-

nommen hatte, den Reisepaß heraussuchen und darin
nachsehen, ob er überhaupt gültig war, dann die nassen Sachen im Badezimmer aufhängen, das Geld zählen, schließlich überlegen, was nun werden sollte, sich wieder neben
ihn setzen und sanft sagen, es gebe nur eine einzige Lösung,
nämlich die, daß er so schnell wie möglich von hier verschwinde, aber Korim sagte nichts, er saß da und sah mit
der Puppe fern und weinte.

13 Im Schlafzimmer gab es nur ein Bett, am Fenster
war eine Schaufensterpuppe an die Wand gelehnt,
als sähe sie durch dieses Fenster hinaus, in der Küche nur
ein Tisch mit vier Stühlen, und auf einem Stuhl saß auch
eine Puppe, sie hob gerade die rechte Hand und zeigte auf
irgend etwas an der Decke oder weiter weg, im Wohnzimmer schließlich die drei Sessel, das Fernsehgerät, die Puppe
und der andere Mann sowie jetzt Korim, aber mehr nicht,
in der Wohnung herrschte sozusagen gähnende Leere, lediglich daß die Wände mit Fotos vollgeklebt waren, ein
einziges Bild in den unterschiedlichsten Abmessungen,
klein, groß, mittel, riesig, jedoch überall nur diese eine
Aufnahme und auf allen ein und dasselbe, ein halbkugel-
förmiges Gestell und Glasstücke, und als der andere Mann
am Morgen bei einem leisen Geräusch die Augen öffnete,
erblickte er Korim, angezogen und im Mantel, als warte er
darauf, gehen zu dürfen, einen Fuß neben den anderen setzend ging er an der Wand entlang und sah sich die Fotos
an, beugte sich vor, musterte sie eingehend, und als er bemerkte, daß der andere wach war, eilte er ins Wohnzimmer,
setzte sich in den Sessel neben der Puppe und richtete den
Blick auf den Fernseher – möchten Sie einen Kaffee?, fragte
der andere Mann ihn durch die Tür und stieg aus dem Bett,
aber Korim antwortete nicht, so machte er mit der Kaffee-

maschine in der Küche nur für sich selbst eine Portion Kaf/
fee, füllte ihn in eine Tasse, tat Zucker hinein, rührte um
und setzte sich neben Korim, wo ist denn Ihre Liebste?,
fragte Korim unvermittelt, verreist, antwortete der Mann
nach langem Schweigen, und diese hier?, und in der Kü/
che?, und der Bushaltestelle?, fragte Korim und deutete mit
dem Kopf auf die Puppen, die seien ihr sehr ähnlich, ant/
wortete der Mann, trank in kleinen Schlucken den Kaffee
aus und brachte die Tasse in die Küche, und als er zurück/
kam, steckte Korim schon tief in einer Erzählung, als hätte
er nicht bemerkt, daß der andere abwesend war, er habe
zwei Kindergesichter gesehen, erzählte er, die sich über ihn
beugten und ihm drohten, den Notarzt zu rufen, es sei ihm
gelungen, sich zu verdrücken, eine Weile habe er sich in der
Subway versteckt, er habe am ganzen Körper Schmerzen
gehabt, besonders am Bauch, an der Brust und etwas am
Hals, der Schädel habe ihm gebrummt, in den Beinen habe
er kaum noch Kraft gehabt, aber er habe die Zähne zusam/
mengebissen und die nächste Subwaystation erreicht, dann
weiter, noch eine und noch eine Station, er verstehe nicht,
unterbrach ihn der Mann, wovon er rede, aber Korim er/
klärte es ihm nicht, sondern er verstummte, und nun blick/
ten sie alle drei eine Zeitlang nur auf das Fernsehbild, das
Zeichentrickfilme und Werbeclips im Wechsel zeigte, ha/
stige, stumme Bilder, als wären sie alle unter Wasser gera/
ten – da senkte der andere Mann den Kopf und sagte, Korim
müsse sofort verschwinden, dies sei eine sehr rücksichtslose
Stadt, hier bleibe niemandem Zeit, über Flucht nachzuden/
ken, denn er, Korim, würde entweder getötet oder von der
Polizei geschnappt werden, was im wesentlichen auf das
gleiche hinauslaufe, er habe eine Menge Geld, er solle sich
entscheiden, wohin er wolle, er, der andere, werde sich um
die Sache kümmern, aber Korim müsse sich endlich zusam/

menreißen, doch er sah Korim an, daß er nicht zugegen war, daß die Dinge gar nicht in sein Bewußtsein gelangten, eine Zeitlang noch beobachtete er mit gerunzelter Stirn, als sei er bemüht, sich voll zu konzentrieren, das wirre Flimmern auf dem Bildschirm, dann erhob er sich, trat an die Wand, deutete auf die Bilder und fragte, während er sich zu ihm umdrehte, den anderen, wo *dies* sei.

14 Ein Lager hatten sie ihm hinter den Sesseln zurechtgemacht, im Wohnzimmer, dort lag er nun, zugedeckt, und konnte nicht schlafen, er wartete, und als der andere nebenan tief atmete und zu schnarchen begann, stand er auf, fühlte im Badezimmer nach seinen Kleidungsstücken, die zum Trocknen über dem Heizkörper hingen, und trat dann an die Wand, um sich die Bilder anzusehen, es war dunkel, er mußte die Augen ganz nahe an sie heranbringen, und so, aus allernächster Nähe, betrachtete er die Bilder, ging von einem zum anderen, nahm jedes sorgfältig in Augenschein, um sich dann das nächste anzusehen, und eigentlich tat er das die ganze Nacht hindurch und in allen Räumen, nach dem Bad im Schlafzimmer, nach dem Schlafzimmer im Wohnzimmer und hierauf wieder im Badezimmer, wo er zuerst wieder prüfte, wie trocken seine Kleidungsstücke waren, sie glattzog und wendete, um danach gleich zu den Fotos zurückzukehren und neuerlich die eigenartige, ätherische Kuppel zu bewundern, deren Bögen, einfache Metallrohre, eine große Halbkugel in den Raum zeichneten, um große – meter, halbmetergroße? – Glasscheiben zu bestaunen, die die Glaskugel nahezu abdeckten, er musterte die Verfügung und versuchte zu erkunden, was mittels der Leuchtstoffröhren auf sie geschrieben war, und je näher er die Augen an sie heranführte, um so mehr mußte er sie anstrengen, und nun hätte man gese hen, daß er sich sehr, daß er sich stark und immer stärker auf etwas in diesen Bildern konzentrierte – allmählich wurde es heller, Korim konnte die Einzelheiten leichter ausmachen, und er sah dies:

– in einem gänzlich leeren Raum mit weißen Wänden eine anscheinend außerordentlich leichte, hauchfeine Konstruk‚ tion, vielleicht ein Haus, sagte er sich leise, als er von einem Bild zum nächsten trat, ein archaisches Bauwerk, erklärte ihm später der Mann, eine prähistorische Hütte oder vielleicht eher nur ihr Gerüst aus Aluminiumrohren und gebrochenen, unregelmäßigen Glasscheiben nach dem Muster eines Eski‚ mo‚Iglus – wo ist das?, fragte da Korim, in Schaffhausen, ant‚ wortete der andere, und wo ist dieses Schaffhausen?, in der Schweiz, antwortete der andere, nahe bei Zürich, dort, wo der Rhein am Randen durch den Jura bricht, und ist es weit?, fragte Korim, ist es weit nach diesem Schaffhausen?, weit?

15 Er bestellte das Taxi für zwei Uhr, und es war auch pünktlich, er sagte Korim Bescheid, es sei soweit, zog den Mantel an ihm zurecht und sagte, der sei leider noch ein wenig feucht, kontrollierte dann die Innentasche, ob das Flugticket und der Reisepaß eingesteckt seien, gab ihm ein paar letzte Ratschläge, damit er sich auf dem Airport zurecht-finde, und schon stiegen sie schweigend die Treppe hinab und traten aus dem Haus, der andere umarmte ihn und half beim Einsteigen, und das Taxi fuhr davon in die Richtung der Schnellverkehrsstraße von Brooklyn, der andere blieb noch vor dem Haus stehen, hob die Hand und winkte ein Weil-chen, aber davon wußte Korim nichts, er drehte sich nicht um, wie er auch nicht zur Seite saß, er saß ganz gekrümmt auf dem Rücksitz, und sein starrer Blick, der über die Schulter des Fahrers hinweg auf die Straße gerichtet war, schien zu sa-gen, nichts interessiere ihn mehr außer einem: was vorn ist, was vor ihm ist über die Schulter des Fahrers hinweg.

VIII

In Amerika gewesen

1 Vier habe er in sich, sagte Korim zu dem bejahrten Herrn
mit dem Kaninhut, der auf einer Bank am Zürichsee neben ihm saß, vier seinem Herzen sehr nahe Männer, er habe
sie mitgebracht, auf Reisen, jetzt seien sie in Amerika gewesen, jedoch zurückgekommen, wenn auch nicht genau an den
Ausgangspunkt, aber eben zurück, und er suche jetzt, bevor
seine Verfolger ihn schnappten, denn er werde heftig verfolgt,
einen Platz, *a place*, der geeignet wäre, einen speziellen Punkt,
damit es aufhöre mit diesem Weiter und Weiter, denn nun
dürften sie nicht mehr mit ihm kommen, er fahre nach Schaffhausen, aber allein, die anderen müßten aussteigen, und das,
meinte er, sei durchaus möglich – ah, machte der bejahrte
Herr, und seine Miene hellte sich auf, obgleich er Korims
Worten bisher sichtlich nichts hatte entnehmen können, ah,
und er zwirbelte seinen Schnurrbart, jetzt verstehe er, und mit
seinem Spazierstock malte er zwei Zeichen in den matschigen
Schnee vor ihren Füßen, Amerika, sagte er, auf das eine deutend, und zog mit einem heiteren Lächeln eine Linie zwischen den beiden, und Schaffhausen, fuhr er fort, mit dem
Stock auf den anderen Punkt tippend, sodann deutete er, um
anzuzeigen, alles sei klar, auf Korim und anschließend erst
auf den einen, dann auf den anderen Punkt und sagte zufrieden, Sie – Amerika – Schaffhausen, this is wonderful
und Grüezi, ja, sagte Korim und nickte, aus Amerika nach
Schaffhausen, nur daß er diese vier eigentlich hierlassen

müßte, vielleicht der See, sagte er, den Kopf rasch zum Wasser wendend, *perhaps the lake*, rief er, begeistert von dem unverhofften Einfall, sprang auf und lief weg, den überraschten bejahrten Herrn hinter sich lassend, der mit verständnisloser
Miene noch eine Weile die beiden Punkte im matschigen
Schnee vor seinen Füßen betrachtete, sie schließlich mit der
Stockspitze verschmierte, aufstand, sich räusperte und mit
heiteren Blicken nach rechts und links zwischen den Bäumen
hindurch davonspazierte, zur Brücke hin.

2 Die Stadt war um ein Vielfaches kleiner als die, aus der er
kam, dennoch hatte er neben der Eile, damit sie ihn nicht
einholten, mit der Orientierung die größten Schwierigkeiten,
schon im Flughafen hatte er sich andauernd verlaufen, und
nachdem hilfreiche Hände ihn in die Schnellbahn nach Zürich geschoben hatten, stieg er eine Station zu früh aus, so,
mit einem Fehler nach dem anderen, ging es weiter, immer
wieder verlief er sich und mußte er fragen, die meisten Zürcher gaben bereitwillig Auskunft, sofern sie verstanden, was
er wollte, denn selbst als er mit einer Straßenbahn den Bellevueplatz erreicht hatte, begehrte er von allen zu wissen, wo er
die City zu suchen habe, dies sei die City, antworteten sie, er
solle nicht suchen, doch sichtlich glaubte er ihnen nicht, er
rührte sich nicht vom Fleck, massierte sich nervös den Nakken, kreiste mit dem Kopf und konnte sich erst nach geraumer Zeit entscheiden, die und die Richtung einzuschlagen,
wodurch er, ständig hinter sich blickend, ob ihm jemand
folge, nach einiger Zeit in einen Park gelangte, und auch dort
fragte er, Revolver?, City?, ersteres verstanden sie nicht, zu
letzterem nickten sie auch dort, ja, hier, was Korim zu einem
ärgerlichen Abwinken veranlaßte, er ging tiefer in den Park
hinein und erblickte in dessen hinterstem Winkel mehrere
Gestalten in zerrissener Kleidung und von finsterem Aus

sehen, endlich, dachte er erleichtert, vielleicht bei denen, er trat rasch zu ihnen und sagte, *I want to buy a revolver,* sie musterten ihn eine Weile von oben bis unten, mißtrauisch schweigend, dann meinte einer schulterzuckend, *it's okay, it's okay,* und er gab Korim ein Zeichen, ihm zu folgen, war aber sehr nervös und sehr in Eile, so daß Korim seine Mühe hatte, *come, come,* drängte jener und lief geradezu davon, um dann endlich in einem Gebüsch an einer Bank zu stoppen, auf der Bank saßen zwei Männer, aber so, daß sie auf der Lehne saßen und die Beine auf die Sitzfläche stützten, der eine mochte zwanzig, der andere dreißig sein, beide trugen genau die gleichen Lederjacken, Lederhosen, Schnürschuhe und Ohrringe, als wären sie Zwillinge, und auch sie waren außerordentlich nervös, unablässig rutschten ihre Füße auf der Bank hin und her, unablässig trommelten sie sich mit den Händen auf die Knie, sie beredeten auf deutsch etwas miteinander, so daß Korim kein Wort verstand, dann wandte sich der Jüngere zu ihm und sagte langsam und gedehnt, *two hours here again,* wobei er mit dem Zeigefinger ein paarmal auf die Bank deutete, in zwei Stunden? *two hours? and here?,* fragte Korim zurück, *it's okay,* sagte er, *okay,* aber cash, sagte nun der Ältere und schob sein Gesicht nahe an Korims Gesicht, *Dollar, okay?,* sagte Korim und trat einen halben Schritt zurück, *three hundred dollars,* verlangte jener und fletschte die Zähne, also three hundred, verstanden, sagte Korim und nickte zustimmend, in Ordnung, *it's all right,* und in zwei Stunden, *two hours, here,* wobei auch er auf die Bank zeigte, damit machte er kehrt und ging in den Park zurück, wohin ihm der Mann folgte, der ihn zu der Bank geführt hatte, *pot, pot, pot, pot,* flüsterte er ihm zu, immer wieder, und zeichnete ein für Korim nicht verständliches Zeichen in den Handteller, aber da lag der Park schon hinter ihnen, und der Begleiter gab auf und bog ab — zwei Stunden, sagte sich Korim auf dem Bellevueplatz und

überredete mit Mühe den Händler im Belcafé, ihm ein Sand‐
wich und eine Cola für Dollars zu verkaufen, er aß und trank
und wartete noch eine Weile, die Straßenbahnen betrachtend,
wie sie von der Brücke her nahten und wendeten und krei‐
schend und bimmelnd in einer engen Gasse verschwanden,
dann ging er an der Brücke vorbei zum See, immer wieder
hinter sich blickend, und sehr lange am See entlang, seitlich
das Wasser, darauf ein einziges Schiff, neben ihm Bäume und
hinter ihnen Häuser, Bellerivestrasse, las er auf einem Schild,
doch Menschen begegnete er auf seinem Weg mittlerweile
kaum noch, zuletzt stieß er auf eine Art Rummelplatz, bunte
Buden, Zelte, ein Riesenrad, aber alles geschlossen, dort
machte er schließlich kehrt und trat den Rückweg an, seitlich
wieder das Wasser mit demselben einzigen Schiff, wieder die
Bäume und die Häuser, immer mehr Fußgänger und immer
stärker der Wind, dann der Bellevueplatz, dann der Park, wo
ihm in eine Plastiktüte gewickelt die Pistole mit der Munition
gezeigt und ausgehändigt wurde, wie man lädt, entsichert
und abdrückt, zähnefletschend steckte der Ältere das Geld
ein, und wie durch einen Zauber verschwanden sie im Nu
von der Bildfläche, so daß Korim nun gelassen zurück zum
Bellevue und über die Brücke gehen konnte, um sich drüben
an einer windgeschützten Stelle endlich niederzusetzen, denn
er sei sehr müde, sagte er zu einem bejahrten Herrn, der die
Bank mit ihm teilte, und kaum noch bei Kräften, aber er
müsse noch durchhalten, denn er habe alle vier in sich, und so
könne es nicht bleiben, wozu der alte Herr nur brummelnd
nickte, während er heiter das einzige Schiff auf dem See be‐
trachtete, wie es gerade an ihnen vorüberzog.

3 Er sei an der Limmat entlang und dann weiter auf dem
Mythenquai Richtung Hafen gegangen, denn als Hafen‐
meister müsse er jetzt, wo die Ufervereisung Schaden anrich‐

ten könne, die Situation unbedingt im Auge behalten, ob nämlich von den Beauftragten das dünne, jedoch möglicherweise gefährliche Eis um die zur Winterruhe hochgezogenen Schiffe wirklich, wie vorgeschrieben, aufgehackt worden sei, und wegen des schönen Wetters sei er diesmal zu Fuß gegangen, als er am Arboretum auf einmal merkte, daß ihm jemand folgte, eine Weile habe er sich nicht daran gestört, es kann ein Zufall sein, habe er gedacht, der hat auch hier zu tun, undenkbar wäre es nicht, soll er doch, wenn es ihm paßt, er wird schon abbiegen und verschwinden, aber der Kerl, fuhr der Hafenmeister mit erhobener Stimme fort, sei nicht abgebogen, sei nicht verschwunden, sei ihm nicht von der Pelle gerückt, sei sogar beim Abstieg zu den Stegen an ihn herangetreten und habe, auf seine Dienstjacke zeigend, Mister Captain gesagt und dann in einer wildfremden Sprache, vermutlich auf dänisch, drauflospalavert, doch er habe ihn beiseite geschoben und gesagt, er solle englisch sprechen oder ihn in Ruhe lassen, woraufhin der Kerl mühsam einen Satz zusammengebastelt habe, aus dem hervorging, daß er Schiff fahren wolle, Schiff fahren, habe er ihm erklärt, geht jetzt nicht, es ist Winter, die Schiffahrt ruht, aber er habe darauf bestanden, er habe einen Packen Dollarscheine aus der Tasche gezogen, doch er habe ihm erklärt, das könne er sich sparen, es ist Winter, und gegen den kommen auch die Dollars nicht an, warten Sie den Frühling ab, das sei eine gute Antwort gewesen, dem habe der Gusti es gegeben, riefen sie in der Metzgerei, und Gelächter brandete auf, aber warten Sie, Ruhe, bedeutete der Hafenmeister seinen Zuhörern, denn allmählich interessierte die Sache auch ihn selbst, er habe den Kerl gefragt, was zum Satan er auf einem Schiff auf dem See vorhabe, und der Kerl habe – jetzt passen Sie gut auf, ermahnte der Hafenmeister seine Zuhörer und legte eine Kunstpause ein – gesagt, *ich will etwas auf das Wasser schreiben* – er habe seinen

Ohren nicht getraut, aber zu Unrecht, der Kerl habe, man solle sich das vorstellen, tatsächlich ein Schiff haben wollen, um mit diesem Schiff etwas auf das Wasser zu schreiben, ach du lieber Herrgott, rief der Hafenmeister in das erneut aufbrandende Gelächter hinein und schlug die Hände zusammen, freilich, er hätte es sich denken können, ein Verrückter, wie er zappelte, wie er sabbelte, und Augen wie ein irrsinniger Terrorist, so glitzernd, ja, das hätte eigentlich schon genügen müssen, ihn zu durchschauen, aber zuletzt habe er ihn eben doch durchschaut, und spaßeshalber, sagte er augenzwinkernd zu seinen Zuhörern, deren Zahl stetig wuchs, habe er beschlossen, nun auch aus ihm herauszukitzeln, was denn so very important sei, daß man es unbedingt aufs Wasser schreiben müsse, er habe ihn also gefragt, na, was denn, woraufhin der Kerl wieder mit seinem Palaver losgelegt habe, und wieder sei nicht ein Wort zu verstehen gewesen, wenngleich der nichts unversucht ließ, damit er, der Herr Kapitän, wie er ihn nannte, endlich verstand, Hände und Füße und mit der Schuhspitze Zeichnungen im Schnee, hier ist das Schiff, raus aus dem Hafen, zur Mitte des Sees und weiter dann wie eine Feder auf Papier, like a pencil on the paper, und das Schiff schreibt auf das Wasser, way that goes out – damit habe der Kerl es versucht, während er ihm, dem Hafenmeister, gespannt ins Gesicht schaute, ob er verstehe, dann habe er gesagt, outgoingway, aber wohl gesehen, daß er, der Hafenmeister, nicht reagierte, und deshalb habe er endlich vorgeschlagen, sie sollten mit dem Schiff way out schreiben, okay?, habe er hoffnungsvoll gefragt und sich in seiner Jacke festgekrallt, doch er, der Hafenmeister, habe ihn regelrecht abgeschüttelt und seinen Weg zu den Stegen hinab fortgesetzt, während der Kerl ratlos stehenblieb, ratlos und hilflos, als sähe er ein, wie betrüblich die Lage war, rief er dem Davongehenden noch nach, no traffic on the lake?, so daß der Hafenmeister nach ein paar

Schritten stehenblieb, sich umdrehte und zurückrief, na also, mit Verstand versteht man am Ende, genau das ist es, no traffic on the lake, und noch lange widerhallte dieser Satz in Korims Innerem, als er am See entlang zurückging, sehr lang‑ sam, wie einer, der ganz niedergeschlagen ist, mit krummem Rücken und gesenktem Kopf, so ging er den Mythenquai ent‑ lang, laut vor sich hin sagend, nun gut, dann sollen sie alle mitkommen, dann soll der ganze Verein mitkommen nach Schaffhausen.

4 Den Hauptbahnhof zu finden war nun nicht mehr so schwierig, denn er hatte sich bei der Straßenbahnfahrt den Weg irgendwie gemerkt, aber dort wurde es, bis alles ge‑ regelt war, bis er verstand, daß er zum Kauf der Fahrkarte unbedingt Dollar in Franken eintauschen mußte, bis er dann den richtigen Bahnsteig fand, Abend, weshalb in dem Zug, in den er stieg, kaum noch jemand mitfuhr, erst recht keiner, der Korim genehm gewesen wäre, Korim nämlich hätte je‑ manden gebraucht, und das war ihm sehr anzumerken, er ging mehrere Male durch die Wagen, nahm die Leute in Au‑ genschein und schüttelte den Kopf, denn keiner gefiel ihm, bis schließlich, einen Atemzug vor dem Anrucken des Zugs, vor dem Signal des Schaffners, der am letzten Wagen stand, er‑ hitzt und abgehetzt eine großgewachsene, sehr dünne Frau um die Vierzig, Fünfundvierzig durch die Tür in diesen letz‑ ten Wagen stürzte, und ihr stand in das aufgewühlte Gesicht geschrieben, was alles sie ausgestanden hatte, um diesen Zug zu erreichen, überhaupt wirkte sie wie jemand, der daran nicht mehr geglaubt, der keine Hoffnung mehr gehabt hatte, aber es trotzdem versuchen mußte, und im letzten Augen‑ blick schaffte sie es tatsächlich noch, ein Wunder fast, oben‑ drein mit hinderlichen Gepäckstücken in beiden Händen, und schon fuhr der Zug los, von der Lokomotive aus ging

zweimal ein kräftiger Ruck durch ihn, weshalb sie mit all dem vielen Gepäck und unter dem Gewicht, das die Hetz׳ jagd ihr aufbürdete, um ein Haar gestürzt wäre und sich den Kopf an der Gepäckablage gestoßen hätte, und niemand half ihr, der einzige, der ihr hätte helfen können, ein junger Araber, saß weiter vorn und schlief, wie seine Körperhaltung erkennen ließ, so daß sie nur eines tun konnte, die Gepäck׳ stücke auf den nächstbesten Sitz werfen und sich hinsetzen, sie schloß die Augen, rang nach Luft und seufzte, saß minu׳ tenlang so da, rührte sich nicht, versuchte sich zu sammeln, während der Zug bereits durch die Vororte rollte – da unge׳ fähr betrat Korim den letzten Wagen und sah sie, wie sie inmitten ihres Gepäcks saß, die Augen noch geschlossen, can I help you, rief er, zu ihr eilend, und hob ihr Gepäck in die Ablage, den Koffer, die Reisetasche, die Beutel, dann sank er auf den Sitz ihr gegenüber und sah ihr tief in die Augen.

5 *Ordnungsliebe ist das halbe Leben, so ist also Ordnungsliebe die Liebe zur Symmetrie und die Liebe zur Symmetrie Erinnerung an die Ewigkeit*, sprach er nach langem Schweigen, und als er ihren verwunderten Blick bemerkte, nickte er bekräftigend, stand dann auf und blickte auf die sich entfernende Stadt zu׳ rück, als wollte er kontrollieren, daß seine Verfolger zurück׳ geblieben seien, setzte sich wieder, zog den Mantel über sei׳ nem Leib zusammen und fügte erklärend hinzu: *Ein oder zwei Stunden, nicht mehr als ein oder zwei Stunden noch.*

6 Anfangs habe sie gar nicht verstanden, was er sagte, und es habe auch einige Zeit gedauert, bis sie ahnte, in wel׳ cher Sprache er auf sie einredete, deshalb habe, erzählte sie zwei Tage später ihrem Mann, als auch er in das Ferienhaus im Randen gekommen war, die Sache erst irgendwie eine Richtung genommen, als auch er sich verpustet hatte und

einen Zettel aus der Tasche zog, den hielt er ihr hin, und auf
dem Zettel stand *Mario Merz, Schaffhausen*, denk nur, sagte sie
ganz aufgelöst zu ihrem Mann, ausgerechnet Merz, der auch
ihm so nahe stehe, sie sei völlig perplex gewesen, bis sich dann
herausstellte, daß dieser Mann nicht etwas sagen, nicht eine
Geschichte erzählen, sondern etwas *wissen* wollte, wo nämlich Merz in Schaffhausen zu finden sei, was wiederum zu
Mißverständnissen geführt habe, zu vergnüglichen Mißverständnissen, denn der Mann hatte den, den er suchte, Merz genannt, und Merz, habe sie ihm geantwortet und hob jetzt, als
sie sich erinnerte, lachend beide Hände an den Mund, Merz
ist nicht in Schaffhausen zu suchen, sondern in Turin, dort
lebe Merz, habe sie ihm erklärt, und manchmal in New York,
sie verstehe nicht, wer ihm Schaffhausen empfohlen habe,
aber Korim schüttelte unbeirrt den Kopf und sagte, no To-
rino, no New York, Schaffhausen, Merz in Schaffhausen,
aber das entsprechende Wort sei ihm erst nach einer ganzen
Weile eingefallen, sculpture, sculpture in Schaffhausen, habe
er immer wieder gesagt, da sei es ihr eingefallen, oh, I'm so
silly, habe sie gerufen, gelacht und den Kopf geschüttelt,
natürlich, die Merz-Skulptur in Schaffhausen, in den dorti-
gen Hallen für neue Kunst, dort finden Sie gleich zwei, das
meine er, habe nun er gerufen, überglücklich, ein Museum,
ein Museum, und damit sei geklärt gewesen, was er suchte,
wohin er wollte und warum, und nun habe er sofort die vollständige Geschichte vor ihr ausgebreitet, leider nur auf ungarisch, sagte sie mit einer bedauernden Handbewegung, des
Englischen sei er nicht mächtig, man sei ihm auf der Spur,
und ihm fielen die Wörter nicht ein, höchstens ein paar, er
habe sich auch nicht recht bemüht, sondern lieber so gesprochen, aber einiges habe sie sich zusammenreimen können, die
Rede war von Kasser, von Bengazza, von Falke und von Toot,
er habe sie eingehend beschrieben, sie seien auf Kreta und in

Britannien, in Rom und in Köln aufgekreuzt, und am liebsten habe er darüber gesprochen, wie sehr sie ihm ans Herz gewachsen waren, so sehr, daß er von ihnen nicht mehr lassen
konnte, sie solle sich das vorstellen, habe er zu ihr gesagt, er
versuche es seit Tagen, aber es gehe nicht, und begriffen habe
er das eigentlich erst heute, am Zürichsee, the Zurich Lake,
ah, Zurich Lake, habe sie erfreut wiederholt, ja, dort, habe er
genickt, dort sei ihm auf einmal klargeworden, es wird nicht
gehen, er kann sie nicht einfach loslassen, er weiß, es gibt den
Ausweg nicht, so habe er jetzt also eingesehen, daß er sie mitnehmen müsse nach Schaffhausen, wohin er unterwegs sei,
und sein Gesicht habe sich verdüstert, zu den Hallen für neue
Kunst, habe sie helfend ergänzt, und daraufhin hätten sie sich
zugelacht.

7 Sie heiße Marie, sagte sie, charmant den Kopf neigend,
und habe einen wunderbaren Gatten, ihn betreue, be-
schütze und unterstütze sie, und das mache eigentlich ihr Leben aus, und sein Name, sagte Korim, auf sich zeigend, my
name is, sagte er, György, Gyuri, ah, sind Sie womöglich ein
Ungar? riet die Frau, Korim nickte, ja, oh, das Ungarland,
lächelte sie, von dem habe sie schon so vieles gehört, aber sie
kenne es so wenig, er solle ihr ein bißchen über die Ungarn erzählen, bis Schaffhausen hätten sie noch Zeit, die Ungarn?,
fragte Korim, ja, nickte sie, ja, und er erklärte, die Ungarn
gebe es nicht, hungarian no exist, sie seien ausgestorben, they
died out, angefangen habe es vor ungefähr hundert oder hundertfünfzig Jahren, auf unglaubliche Weise, nämlich ganz
unauffällig, hungarian?, no exist?, fragte sie und schüttelte ungläubig den Kopf, yes, they died out, bekräftigte Korim entschieden, vom vergangenen Jahrhundert an, da habe es dort
eine gewaltige Vermischung gegeben, in der zuletzt kein einziger Ungar mehr übrig war, nur ein Gemisch, dazu einige

Donauschwaben, Zigeuner, Slowaken und Österreicher und Juden und Kroaten und Serben und so weiter und hauptsächlich deren Gemisch, aber die Ungarn seien derweil verschwunden, beteuerte Korim, anstelle der Ungarn gebe es nur noch das Ungarland, Hungary yes, hungarian not, und es sei auch keine einzige aufrichtige und intakte Erinnerung mehr vorhanden, was für ein eigenes, großartiges, stolzes, unbezähmbares Volk sie waren, denn sie waren sehr wild und unter sehr klaren Gesetzen, wachgehalten lediglich von der stetigen Ausführung großer Taten, Barbaren, die dann langsam das Interesse an der auf kleine Taten eingerichteten Welt verloren, so daß sie sich selbst verloren, degenerierten, ausstarben und sich vermischten und nichts hinterließen als ihre Sprache, ihre Dichtung und ein kleines, wie bitte?, fragte sie und runzelte die Stirn, sie verstehe nicht, doch, so sei es geschehen, und das sei am interessantesten, obgleich es ihn kaltlasse, daß von ihrem Degenerieren und Aussterben niemand spreche und über die ganze Angelegenheit nur Lügen, Irrtümer, Mißverständnisse und Blödsinn im Schwange seien, das nun, bedeutete sie Korim charmant, sei ihr absolut nicht klar, woraufhin er aufhörte und sie bat, den genauen Namen des Museums auf einen Zettel zu schreiben, den er dann einsteckte, hernach schwieg er nur und betrachtete diese Frau, die ihren freundlichen, einfühlsamen Blick nicht von ihm wandte und langsam, damit er sie verstehe, zu ihm sprach, aber Korim verstand sie nicht, er hatte sichtlich abgeschaltet, er betrachtete sie nur, ihr freundliches Gesicht, dann die Lichter der kleinen Stationen, wie sie kamen und gingen, eine nach der anderen.

8 Auf der Uhr des Schaffhausener Bahnhofs, unter der Korim stand, war es 23 Uhr siebenunddreißig, der Bahnsteig völlig menschenleer, nur ein einzelner Eisenbahner zeigte

sich flüchtig, derjenige, der mit der Kelle in der Hand den
Zug empfangen und weitergelassen hatte, aber auch er nur
für einen Augenblick, denn bevor Korim sich entschließen
konnte, zu ihm zu treten, verschwand er mitsamt seiner Kelle
wieder hinter der Tür seines Dienstraumes, ein kalter Wind-
stoß fegte den Bahnsteig entlang, und nun trat Korim vor
das Bahnhofsgebäude, sah aber auch dort keine Menschen-
seele, weshalb er einfach losging in die Richtung der Stadt
und ging, bis er vor einem Hotel ein Taxi erblickte, der Fahrer schlief, über das Lenkrad gesunken, und Korim mußte
ein Weilchen an die Scheibe klopfen, bis er hochfuhr und
die Tür öffnete, Korim gab ihm den Zettel mit dem Namen des Museums, der Taxifahrer las, nickte mürrisch und
bedeutete ihm, in Ordnung, er solle einsteigen, er werde ihn
hinfahren – und so kam es, daß er schon zehn Minuten nach
seiner Ankunft vor einem großen, finsteren, stummen Gebäude stand, er fand den Eingang, prüfte, ob auf der Tafel
seitlich derselbe Name stand wie auf dem Zettel, ging dann
nach links und zurück zum Eingang, ging dann bis zur Ecke,
wo er vorhin ausgestiegen war, und machte sich auf, den Bau
zu umrunden, als müßte er vermessen werden, im Gehen
massierte er sich den Nacken und wandte den Blick nicht von
den Fenstern, sah immer wieder an den Fenstern entlang, ob
nicht doch hinter einem Licht zu sehen wäre, ein Aufglim-
men, ein Schatten, ein bewegter Vorhang, irgend etwas, das
ihm verraten könnte, daß noch Leben hinter den Mauern
war, dann kehrte er erneut zum Eingang zurück, pochte mit
den Fäusten an die Tür, pochte und hämmerte, aber nichts
geschah, und der Sicherheitsmann hinter der Tür hätte
schwören mögen, das alles sei exakt um Mitternacht passiert,
sein Kofferradio auf dem Tisch piepste gerade das Mitter-
nacht-Zeitzeichen, als das Pochen und Hämmern losging, er
könne nicht sagen, gleich im ersten Moment gewußt zu ha-

ben, was zu tun sei, da er ein wenig durcheinander gewesen sei, noch nie habe jemand um diese Zeit angeklopft, weder um Mitternacht noch später, seit er hier bedienstet sei, nachts?, jemand?, am Eingang?, habe er gedacht, aber da habe er schon an der Tür gestanden und sie spaltbreit geöffnet, doch was dann geschah, erzählte er am nächsten Morgen, als er von der Einvernehmung heimkam, habe ihn derart überrascht, daß er tatsächlich nicht wußte, was er tun sollte, am einfachsten wäre es gewesen, das wisse er am besten, den Betreffenden kurzerhand rauszuschmeißen, aber die paar Wörter, die er dessen Rede entnehmen konnte, nämlich sculpture, hungarian, mister director und New York, verunsicherten ihn, denn es war ja möglich, fiel ihm plötzlich ein, daß man nur ihm nicht Bescheid gesagt hatte und daß der Betreffende um diese Zeit erwartet wurde, was wäre, sagte er, seinen Milchkaffee schlürfend, wenn er ihn wie einen Stromer vertrieben hätte, und am Morgen stellt sich dann heraus, das war nicht richtig, weil der Betreffende zum Beispiel ein berühmter Künstler ist, erwartet wurde und sich nur verspätete, und wenn er zum Beispiel weder ein Quartier noch eine Telefonnummer hatte, weil ihm die zum Beispiel abhanden gekommen war, oder wenn er zum Beispiel auch noch sein Gepäck auf dem Flug verlorengegangen war, weil die Maschine sich verspätete, und darin war alles, wie oft, o wie oft sei diesen Künstlern so etwas schon zugestoßen, sagte der Sicherheitsmann mit einer vielsagenden Handbewegung zu seiner Mutter, er habe also die Tür wieder zugemacht und überlegt, Mitternacht ist vorbei, den Herrn Direktor kann er wohl nicht anrufen, aber wen dann, fragte er sich und kehrte auf seinen Platz zurück, als ihm plötzlich Herr Kalotaszegi einfiel, ein Saalwächter, na gut, Mitternacht hin, Mitternacht her, den wird er anrufen, und er suchte auch schon in der Namensliste der Angestellten nach der Telefonnummer, erstens ist Herr Kalotaszegi ungarischer Herkunft und versteht, was der Betreffende hier schwadroniert, den wird er herbitten, der soll den Burschen ausfragen, und dann werden sie gemeinsam entscheiden, was mit ihm wird, er bedaure sehr, sagte er zu Herrn Kalotaszegi ins Telefon, daß er stören müsse, aber er wisse nicht das geringste über diese Sache, und solange er nicht mit ihm spreche, wisse er nicht, was er tun solle, er könne kein Wort verstehen, höchstens, daß er vielleicht Bildhauer ist, vielleicht aus New York kommt und vielleicht Ungar ist, und in einem fort mister director, mister director, weshalb er also allein nicht entscheiden könne, am liebsten hätte er ihn zum Teufel geschickt, sagte der Saalwächter am Morgen zum Direktor, er habe nur mit einer Schlaftablette schlafen können, und wenn er damit einschlafe und dann geweckt werde, könne er in derselben Nacht nicht wieder einschlafen, er habe kurz nach Mitternacht angerufen und ihn ins Museum bestellt, was bildet der sich denn ein?!, zugegeben, sein erster Gedanke sei gewesen, ich geh nirgends hin, es sei ja wohl empörend, daß jemand mit so schweren Schlafstörungen wie er um Mitternacht aus dem Bett geklingelt werde, aber da sei der Name des Herrn Direktors gefallen, den wiederhole der Eindringling immerzu, und da habe er nicht das Risiko eingehen wollen, daß man ihm, falls er nicht helfe, am Tag darauf Schwierigkeiten mache, er habe sich also zusammengerissen, seinen Ärger hinuntergeschluckt, immerhin: Mitternacht, und sich angezogen, um ins Museum zu kommen, und gut, nur gut, und noch gar nicht zu sagen, wie phantastisch, daß er kam, der Herr Direktor kenne ihn, große Worte möge er nicht, aber was ihm bevorstand, das sei eine der erstaunlichsten Nächte seines Lebens gewesen, und was er als zufälliger Zeuge ab halb ein Uhr nachts hier erlebte, das habe ihn so aufgewühlt, daß er sich immer noch nicht beruhigt habe, denn er stehe noch ganz unter dem Eindruck der Erlebnisse, der absolut unbegreiflichen

Erlebnisse, möglich, daß er nicht gleich die richtigen Worte finden werde, wofür er sich entschuldige, aber er sei völlig, wahrhaftig völlig vernichtet und eigentlich noch nicht wieder ganz bei sich, wofür er als Entschuldigung lediglich anführen könne, daß er noch nicht eine Minute hatte, Distanz zu dem Geschehenen zu finden, er habe sogar, wie man ihn hierher, in die Direktion, bestellt habe, das ausgeprägte Gefühl, die Sache sei noch nicht ausgestanden und könne von vorne an‚ fangen mit seinem Eintreffen – kurz nach halb eins klopfte er an die Haupttür, der Sicherheitsmensch kam heraus und er‚ klärte ihm die Sache noch einmal, inzwischen kam auch der Betreffende, wie der Sicherheitsmensch ihn nannte, herbei, der in zehn bis fünfzehn Metern Entfernung gewartet und die oberen Fenster beobachtet hatte, der Kerl kam, der Saalwäch‚ ter stellte sich vor, und der Kerl war so glücklich, ungarisch angesprochen zu werden, daß er ihn wortlos in die Arme schloß, was den Saalwächter natürlich überraschte, daran war er, der schon seit Jahrzehnten in Schaffhausen lebte, nicht mehr gewöhnt, solche heftigen und überdimensionierten Ge‚ fühlsausbrüche kannte er nicht mehr, weshalb er ihn weg‚ schob und seinen Namen sagte und wer er sei und daß er hel‚ fen wolle, soweit möglich, und nun stellte auch der andere sich vor, Doktor György Korim, sagte er und legte los, hier sei er an der Endstation einer sehr langen Reise angelangt, und er sei froh und glücklich, daß er gerade jetzt, in dieser für ihn schicksalhaften Nacht, sein Problem einem Ungarn und auf ungarisch mitteilen könne, er sei Archivar in einer ungari‚ schen Kleinstadt gewesen und in einer Angelegenheit, deren Bedeutung seine Person in den Schatten stelle, nach New York gereist und erst neulich, nach einer fürchterlichen Ver‚ folgung, eingetroffen in Schaffhausen, wo sein Ziel die Hallen für neue Kunst seien, in diesen insbesondere das weltbe‚ rühmte Werk von Mario Merz, das hier angeblich irgendwo,

und er deutete um sich, ausgestellt sei, o ja, antwortete der
Saalwächter, im ersten Stockwerk hätten sie sogar zwei
Werke von Merz, aber da war schon nicht mehr zu übersehen,
daß der Betreffende am ganzen Körper zitterte, offenbar
durchgefroren beim Warten, deshalb habe er den Sicherheits-
menschen gebeten, der Fortsetzung der Einvernehmung im
Inneren des Gebäudes zuzustimmen, der Sicherheitsmann
war einverstanden, sie gingen hinein, schlossen die Tür der
Pförtnerloge und setzten sich an den Tisch, und als sie saßen,
legte Korim wieder los, weit ausholend – er bitte, warf der Direktor ein, um, soweit dies möglich sei, eine knappe Zusam-
menfassung, ja, sagte der Saalwächter und nickte, er wolle
versuchen, sich kurz zu fassen, aber die Geschichte sei so verworren und der Eindruck noch so frisch, daß er nicht wisse,
was wichtig sei und was nicht, in einem aber sei er sich sicher,
und er blickte den Direktor an, er habe sich diesen Mann an-
geschaut, dünn, groß, mittleren Alters, der Kopf klein und
kahl, die Augen fiebrig glitzernd, die Ohren riesig und abste-
hend, und sofort, schon als sie sich in die Pförtnerloge setzten,
gewußt, der ist übergeschnappt, jedoch nicht, wieso Minuten
genügten, ihn für sich einzunehmen, seine Zuneigung zu gewinnen, denn ihm sei inzwischen klargeworden, der ist vielleicht verrückt, aber kein Flunkerer, wenn er was sagt, soll
man ruhig hinhören, seine Story führt irgendwo hin, und jedes Wort hat seine eigene Bedeutung, und zwar eine dramati-
sche Bedeutung, und in diesem Drama habe von da an auch
er mitgewirkt, Herr Kalotaszegi, unterbrach ihn der Direktor
neuerlich und bat ihn in Anbetracht der Verpflichtungen, die
auf sie beide warteten, sich nun wirklich ein bißchen kürzer
zu fassen, wenn möglich, ja, selbstverständlich, nickte der
Saalwächter schuldbewußt, er habe ihm also seine Geschichte erzählt, angefangen bei einer Kleinstadt in Ungarn,
wo er in einem Archiv ein rätselhaftes Manuskript fand, bis

dahin, daß er mit diesem Manuskript nach New York reiste, nachdem er zu Hause alles liquidiert hatte, die Wohnung verkauft, alle Habe verkauft, alles zurückgelassen, die gewohnte Umgebung, die Arbeit, die Sprache, das Vaterland, um in New York zu sterben, Herr Direktor, und dazwischen ein unglaubliches Labyrinth und ungenannte Schrecknisse, über die er nicht habe sprechen wollen, schließlich führte ihn der Zufall hierher, er habe, und das möchte er betonen, *etwas läuten* gehört von einer Skulptur, genauer, er habe diese Skulptur auf einem Foto gesehen und sich vorgenommen, sie auch in der Realität zu betrachten, denn er habe sich verliebt, dieser Mann, Herr Direktor, sagte der Saalwächter, hat sich regelrecht verliebt in ein Werk von Herrn Merz und *wollte eine Stunde darin zubringen*, was wollte er?, fragte der Direktor und beugte sich argwöhnisch vor, eine Stunde darin zubringen, wiederholte der Saalwächter, dem konnte er natürlich um keinen Preis zustimmen, dazu, habe er ihm zu erklären versucht, ist ein Saalwächter nicht befugt, er habe dem Betreffenden also seinen Wunsch ausgeschlagen, sich seine Geschichte aber weiter angehört, und diese Geschichte habe ihn, das sehe ihm vermutlich der Herr Direktor an, überwältigt, habe ihm jeden Gedanken an Widerstand und Protest genommen, denn beim Zuhören, er gestehe es, habe er nach einer Weile das Gefühl gehabt, ihm werde gleich das Herz zerspringen, da er sich sicher gewesen sei, der Betreffende redet nicht ins Blaue hinein, Schaffhausen soll für ihn tatsächlich die letzte Station im Leben werden, ein Ungar, ein kleiner, unglücklicher Mann mit der fixen Idee, daß er das in Ungarn gefundene außergewöhnliche Manuskript in die Ewigkeit *befördert*, verstehen Sie, Herr Direktor?, fragte der Saalwächter, der Betreffende sei nach New York gereist, weil er meinte, dort sei das Zentrum der Welt, und er wollte die Sache im Zentrum der Welt vollenden, die *Beförderung* des Manuskriptes nämlich, wie er es ihm, dem Saalwächter, gegenüber ausgedrückt habe, in die Ewigkeit, er nahm einen Computer, schrieb das gesamte Manuskript ins Internet, und fertig, so habe der Betreffende es ihm erklärt, das Internet, habe er vor ein paar Stunden am Tisch in der Pförtnerloge behauptet, ist der bisher sicherste Weg in die Ewigkeit, das war seine fixe Idee, sagte der Saalwächter und senkte den Kopf, und sterben, habe er gesagt, müsse er sowieso, denn für ihn habe das Leben seinen Sinn verloren, dies habe er, und der Saalwächter blickte dem Direktor wieder ins Gesicht, stark betont und immerfort wiederholt, daß es ausschließlich um ihn gehe, daß nur für ihn das Leben sinnlos geworden sei, und dies stehe *kristallrein* in seinem Kopf, allerdings seien ihm die Personen des Manuskriptes übermäßig ans Herz gewachsen, habe der Betreffende erklärt, und als einziges sehe er nicht *kristallrein* vor sich, was er mit diesen so liebgewonnenen Gestalten machen solle, die ihm nicht von der Seite wichen, als wollten sie mit ihm gehen, etwas in dieser Art habe er gesagt, Genaueres jedoch nicht, genau habe er nicht verraten, was er plane, er habe nur noch etliche Male den Versuch unternommen, das Werk von Herrn Merz wenigstens zu Gesicht zu bekommen, was er als Saalwächter natürlich abwehren mußte, Morgen, habe er immer wieder beschwichtigend gesagt, es gibt kein Morgen, habe Korim erwidert, dann habe er seine Hand ergriffen und ihn fest angeblickt, Herr Kalotaszegi, habe er gesagt, ich habe zwei Bitten, die eine Bitte sei gewesen, wenn er mit dem Herrn Direktor spreche und der Herr Direktor gelegentlich eventuell mit Herrn Merz spreche, dann solle der Direktor Herrn Merz unbedingt sagen, ihm, Korim, habe seine Skulptur sehr geholfen, denn als er schon glaubte: nein, da gab es im letzten Augenblick noch einen Ort: *wohin*, und dafür sei er ihm von Herzen dankbar, und ihm solle gesagt werden, daß er, György Korim aus Ungarn, an ihn immer denken werde als *den teuren Herrn Merz*, das war die eine Bitte, und die andere war, und eigentlich sitze er, fuhr der Saalwächter, auf sich deutend, fort, jetzt deshalb hier, ihm eine Tafel »an der Mauer des Museums von Herrn Merz« zu gestatten, an irgendeiner Stelle, er habe, erzählte der Saalwächter, einen großen Packen Geld bekommen für die Anfertigung und Anbringung der Tafel, in die in einem einzigen Satz eingraviert sein solle, was sich mit ihm ereignete, er habe auf einen Zettel geschrieben, wie der Satz lauten solle, und ihm den Zettel in die Hand gegeben, damit er, habe Korim sein Tun begründet, mit der Seele in Herrn Merzens Nähe bleiben könne, mit den anderen zusammen ihm so nahe wie möglich, habe er erklärt, eine Tafel also, Herr Direktor, und hier ist das Geld, und hier ist der Zettel, sagte der Saalwächter und schob beides über den Tisch, schon während Kalotaszegis Vortrag habe er das alles unglaublich verworren gefunden, erzählte dann der Direktor seiner fast zeitgleich mit den Polizisten eingetroffenen Frau, zugleich habe es, sagte er, etwas Faszinierendes und, nun ja, auch etwas Tragisches gehabt, weshalb er nun dem Saalwächter Fragen stellte, noch einmal die gesamte Geschichte mit ihm durchging und die im Kalotaszegischen Bericht noch nicht passenden Teile zusammenzufügen versuchte mit jener letzten Szene, als Korim sich von dem Saalwächter verabschiedete und hinausging – es sei ihm einigermaßen gelungen, er habe die Stücke zusammengefügt, und die Geschichte sei in der Tat atemberaubend und erschütternd, gestand er, doch endgültig sei er so richtig erst überzeugt gewesen, als er den Computer einschaltete, es sich in dem in der Geschichte erwähnten Alta Vista ansah und sich mit eigenen Augen vergewisserte, daß das Manuskript mit dem Titel *War and War* tatsächlich existiert, er habe Kalotaszegi gebeten, ihm die ersten Sätze zu übersetzen, und diese Sätze seien selbst in der improvisierten Übersetzung noch so schön, so überwältigend gewesen, daß er sich bis zu ihrer, seiner Frau, Ankunft schon entschlossen habe, was er machen werde, und wozu sei er Museumsdirektor, wenn nicht, um nach einer solchen Nacht eine solche Entscheidung zu treffen, so daß er nun, sobald er mit den Polizisten fertig sei, gemein⁄ sam mit Kalotaszegi darangehen werde, einen geeigneten Platz draußen an der Mauer auszuwählen, denn es sei sein fe⁄ ster Entschluß, äußerte er, daß diese Tafel hängen werde, eine schlichte Tafel am Mauerwerk, auf der steht, was sich mit György Korim in seiner letzten Stunde ereignete, auf der wortwörtlich der Satz zu lesen ist, der auf dem Zettel steht, denn dieser Mann verdiene es, bei ihnen, und sei es im Text ei⁄ ner Tafel, Frieden zu finden, er, und der Direktor senkte die Stimme, für den das Ende in Schaffhausen kam,

das Ende tatsächlich in Schaffhausen.

Die Fotografie auf Seite 297 zeigt das Iglu von Mario Metz.
Mit freundlicher Genehmigung des Künstlers. Foto: Mike Bierwolf.